UNE ANNÉE DANS LA VIE DE TOLSTOÏ

JAY PARINI

Une année dans la vie de Tolstoï

Traduit de l'anglais (États-Unis)
par François-René Daillie

FIDES

Catalogage avant publication de Bibliothèque et Archives nationales du Québec et Bibliothèque et Archives Canada

Parini, Jay

Une année dans la vie de Tolstoï

Traduction de: The Last Station.

ISBN 978-2-7621-2887-1

1. Tolstoï, Léon, 1828-1910 - Dernières années - Romans, nouvelles, etc.
2. Russie - Histoire - 1904-1914 - Romans, nouvelles, etc.
I. Daillie, René, 1925- . II. Titre.

PS3566.A629L314 2008 813'.54 C2008-941679-1

Dépôt légal: 3e trimestre 2008
Bibliothèque et Archives nationales du Québec

Titre original: *The Last Station*
Éditeur original:
Henry Holt and Company, Inc., New York

ISBN original: 0-8050-1176-5

La première édition de cet ouvrage a paru en France en 1993 aux Éditions Albin Michel.
Pour la traduction française:

ISBN 978-2-84893-000-0

Les Éditions Fides reconnaissent l'aide financière du Gouvernement du Canada par l'entremise du Programme d'aide au développement de l'industrie de l'édition (PADIÉ) pour leurs activités d'édition. Les Éditions Fides remercient de leur soutien financier le Conseil des Arts du Canada et la Société de développement des entreprises culturelles du Québec (SODEC). Les Éditions Fides bénéficient du Programme de crédit d'impôt pour l'édition de livres du Gouvernement du Québec, géré par la SODEC.

IMPRIMÉ AU CANADA EN SEPTEMBRE 2008

Pour Devon,
chaque mot, toujours

Il y avait un centre bourbeux avant que nous respirions.
Il y avait un mythe avant que commençât le mythe,
Vénérable et articulé et au complet.

De là naît le poème : nous vivons en un lieu
Qui n'est pas nôtre et, plus encore, pas nous-mêmes
Et c'est bien dur en dépit des jours blasonnés.

Wallace STEVENS
« Notes en vue d'une Fiction Suprême »

I

SOPHIA ANDREÏEVNA

UNE NOUVELLE ANNÉE COMMENCE, qui marquera la fin de cette première décennie du siècle. J'inscris dans mon journal ces chiffres étranges. 1910. Est-ce possible ?

Liovotchka dort, maintenant, et ne se réveillera pas avant l'aube. Il y a un moment, ses ronflements sonores m'ont attirée dans le corridor, jusqu'à sa chambre. Ils résonnent dans toute la maison comme un bruit de porte qui grince, et les domestiques pouffent de rire. « Le vieux scie du bois », disent-ils même en ma présence. Ils n'ont plus le moindre respect pour moi, mais je réplique d'un sourire.

Les ronflements de Liovotchka ne m'importunent plus depuis que nous faisons chambre à part. Quand nous dormions dans le même lit, il avait encore ses dents : elles atténuaient le bruit.

Je me suis assise sur son petit lit étroit et j'ai tiré jusqu'à son menton la couverture grise aux motifs en forme de clé. Il a sursauté en faisant une monstrueuse grimace. Mais il ne s'est pas réveillé. Rien, ou presque, n'éveille Léon Tolstoï. Quoi qu'il fasse, il le fait à fond : dormir, travailler, danser, monter à cheval, manger. Il y a sans cesse des articles sur lui dans la presse. Même à Paris, les journaux du matin adorent recueillir les moindres potins sur lui, sur nous – vrais ou pas vrais, ça leur est bien égal. « Qu'est-ce que le comte Tolstoï aime prendre au petit déjeuner, Comtesse ? » demandent-ils, alignés sur le perron de l'hôtel dans l'espoir de l'interviewer, d'un bout de l'été à l'autre, quand le temps rend le séjour à Toula agréable. « Est-ce qu'il se coupe les cheveux lui-même ? Qu'est-ce qu'il lit en ce moment ? Lui avez-vous offert un cadeau pour sa fête ? »

Les questions ne me dérangent pas. Je leur en donne juste ce qu'il faut pour qu'ils repartent contents. Liovotchka non plus ne s'en formalise pas. De toute façon, il ne lit jamais leurs articles, même lorsque je les laisse sur la table à côté de son petit déjeuner. « Ils sont sans intérêt, dit-il. Je ne vois pas pourquoi il y a des gens pour imprimer de pareilles foutaises. »

Il ne manque pas, toutefois, de jeter un coup d'œil aux photos. Il y a toujours ici un photographe ou l'autre en mal de portraits, le mitraillant à hue et à dia. C'est Tchertkov qui est le plus pénible. Il se prend pour un artiste de la chambre noire, mais n'est pas plus malin dans ce domaine que dans les autres.

Liovotchka continuait de ronfler tandis que je caressais ses cheveux. Ses cheveux blancs qui retombent sur l'oreiller amidonné. Sa barbe blanche qui ressemble à de l'embrun, un doux nuage de barbe, pas rude comme celle de mon père. Je lui ai parlé tandis qu'il dormait, je l'appelais « mon petit chéri ». Il est pareil à un enfant dans son grand âge, je l'ai tout à moi pour le dorloter, le soigner, le protéger de ces cinglés qui nous tombent dessus jour après jour, ses soi-disant disciples – Tchertkov en tête, leur instigateur à tous, qui est absolument démoniaque. Ils croient qu'il est le Christ. Liovotchka lui-même le croit aussi.

Je l'ai baisé sur les lèvres dans son sommeil, respirant son souffle pareil à celui, doux comme le lait, d'un tout petit enfant. Et je me suis souvenue d'un jour heureux, il y a bien des années, quand j'avais vingt-deux ans. Liovotchka avait alors la barbe noire. Ses mains étaient douces, bien qu'il passât une bonne partie de son temps avec les moujiks, travaillant auprès d'eux dans les champs, surtout pour la moisson. C'était pour lui, en fait, une récréation. Un exercice physique. Moins un point d'honneur, en ce temps-là, que ce ne le fut plus tard, quand il se plut à s'imaginer, du fond du cœur, comme l'un de ces nobles moujiks qu'il adore.

Il écrivait *Guerre et Paix* et, chaque jour, m'apportait des pages à recopier. Je ne crois pas avoir jamais été plus heureuse, tandis que ma main noircissait ces pages d'une encre de Chine qui suscitait la vision la plus pure et sacrée qu'on ait contemplée ou rêvée. Liovotchka lui-même n'a jamais été plus heureux. C'est dans son travail qu'il a toujours trouvé le plus grand bonheur, rêvant ses rêves les plus grandioses et les plus doux.

J'étais la seule à pouvoir lire son écriture. Ses hiéroglyphes en forme de crabe remplissaient les marges de ses feuilles d'épreuves, à rendre fous les imprimeurs. Une correction recouvrait l'autre, et lui-même, la plupart du temps, ne pouvait déchiffrer ce qu'il avait écrit. Mais moi je pouvais. Je savais lire ses intentions, et les mots venaient aisément. L'après-midi, autour d'une tasse de tilleul, nous passions des heures assis près d'un feu de tourbe à discuter des choses à modifier. « Natacha ne dirait jamais une chose pareille au prince Andreï », lui disais-je. Ou bien : « Pierre, ici, est trop simple d'esprit. Il n'est pas aussi stupide qu'il le prétend. » Je ne le laissais pas écrire mal. Ni somnoler dans son cabinet de travail ou passer trop de temps à cheval ou dans les champs. Liovotchka avait une tâche plus importante à accomplir.

Je l'asseyais de force à son bureau. J'avais de l'importance pour lui.

Mais à présent je ne compte plus.

Pas comme en nos jeunes années, comme le jour de ma fête, le 17 septembre, quand j'avais vingt-deux ans.

Nous avions alors trois enfants. Il me fallait prendre soin d'eux, avoir l'œil sur la propriété (Liovotchka n'a jamais eu le sens du détail ni de la direction – ni en ce temps-là ni à présent), recopier ses manuscrits, et mes journées étaient pleines à craquer. Mais je ne me plaignais pas, même quand il passait des heures interminables à bavarder dans son cabinet avec cette stupide bas-bleu de Maria Ivanovna, qui s'accrochait à lui comme une patelle.

Je savais qu'avec elle ça ne durerait pas. De toutes les femmes de sa vie, il n'y a que moi qui suis restée. Elles n'ont pu m'avoir à l'usure, et ne le pourront pas.

C'était en 1866. Je m'en souviens parce que c'est l'année où notre cher tsar Alexandre fut sauvé par la main de Dieu. Un miracle ! Il faisait sa promenade quotidienne dans le jardin d'Hiver lorsqu'un jeune homme au cerveau dérangé (d'une famille bien connue, hélas !) lui tira un coup de pistolet. La main d'un moujik sauva le tsar en repoussant vivement l'arme de côté.

Le même soir à Moscou, Liovotchka et moi assistions à une représentation théâtrale, comme souvent à cette époque. Avant que celle-ci ne commence, toute l'assistance se leva pour chanter « Dieu protège le Tsar ! ». Je n'ai jamais vu les gens pleurer ainsi ! Après cela, des semaines durant, j'ai fait donner des messes d'actions de grâces à la chapelle Saint-Nicolas, près du Kremlin. Les Russes avaient besoin de leur tsar à l'époque. Et ils en ont encore besoin maintenant, même si on ne le dirait pas, à écouter mon mari et ses amis. C'est étonnant que la police ne les ait pas fait taire. Si Liovotchka n'était pas aussi puissant que le tsar, c'est sans doute ce qui arriverait.

Naturellement, Liovotchka ne veut pas m'entendre sur ce sujet. Il méprise le tsar, c'est pour lui une question de principe. Mais, du temps de nos jeunes années ensemble, il était monarchiste lui aussi. Il vouait un véritable culte à Alexandre, qui avait rendu la liberté à son cousin, le prince Volkonsky, général de division, l'un des décembristes envoyés en Sibérie par Nicolas Ier. La princesse, sa femme, était partie en exil avec lui, laissant derrière eux un petit enfant.

Ce lointain jour de fête, la lumière de fin d'été tombait obliquement à travers les bouleaux jaunissants. J'avais passé la matinée toute seule, me promenant dans le bois de Zassieka, respirant les riches odeurs de la terre, le parfum des dernières fleurs. Un érable, j'en fus surprise et horrifiée, était déjà devenu pourpre, éclairé, telle une coupole, d'une étrange lumière. Je restai dessous, incapable de retenir mes larmes.

Liovotchka apparut derrière un arbre. En blouse blanche, avec l'air d'un moujik plus que d'un noble, il m'éblouit de son regard. Quelle intensité ! M'avait-il suivie jusque-là ?

– Pourquoi ces pleurs, ma petite Sonia ? Qu'est-ce qui ne va pas ?

Je me mordis la lèvre.

– Rien, dis-je.

– Rien ? dit-il. Sûrement quelque chose.

– C'est cet arbre, dis-je. Regarde ! Ses feuilles sont déjà toutes rouges. Bientôt, c'est le bois tout entier qui aura perdu ses feuilles.

En ce temps-là comme à présent, j'avais toutes les peines du monde à supporter les hivers à Toula. Impossible d'échapper au froid, au vent bleu, à la neige. Les arbres aux branches noires se pressent en foule dans mon esprit, et je deviens incapable de penser.

– Ce n'est pas à cause de cet arbre rouge que tu pleures, dit-il, mais sur Sonia.

Je protestai. N'était-ce pas le jour de ma fête ? N'étais-je pas la femme la plus heureuse de toutes les Russies, d'être mariée à l'écrivain le plus prometteur de sa génération, mère de trois beaux petits enfants et d'avoir une vaste maison à la campagne ?

Mais il avait raison, bien sûr. C'était sur Sonia que je pleurais.

Ce soir-là, de bonne heure, les domestiques mirent la table sur la terrasse aux rayons du soleil de fin d'après-midi et apprêtèrent un élégant dîner. Ma sœur Tania avait apporté de Moscou un délicieux pâté de faisan, qu'elle servit rafraîchi sur un plateau en cipolin – don de Maman. Il y avait du pain noir juste sorti du four, de grosses grappes de raisin mouillées dans des coupes blanches, avec des oranges du Sud dans des coupes rouges. Et du borchtch, et ensuite du confit de canard à la parisienne. Il y avait aussi de l'agneau, et un morceau d'oie. Une corbeille débordante de biscuits au son et au miel. Liovotchka versait le vin, beaucoup plus qu'aucun de nous n'aurait dû en boire !

Une foule de jeunes officiers du régiment de Toula fit son apparition, en élégant uniforme de soirée à boutons d'argent. Liovotchka ne détestait pas les militaires, à cette époque. Ses années passées à l'armée n'étaient pas encore loin en arrière, ni ses souvenirs du Caucase. Assis auprès de moi dans le lit, il me parlait du prince Gortchakov et du siège de Silistra. Ces nuits et ces histoires m'étaient très chères. Et elles me manquent à présent, comme me manquent les jeunes officiers qui mangeaient si souvent à notre table.

Nous nous serrions autour de la longue table aux nappes de lin amidonnées, à la vaisselle de porcelaine anglaise. Les verres de cristal étincelaient au soleil avec un éclat presque douloureux. « C'est aujourd'hui la fête des Martyres », dit Liovotchka en levant son verre à la compagnie rassemblée. « Des *Bienheureuses* Martyres », corrigea-t-il comme s'esclaffaient un ou deux officiers. « Il y a Vera, dont le nom est Foi. Et Nadiejda qui est Espérance, et Lioubov qui veut dire Charité. Leur mère est Sophia, qui signifie Sagesse. À toi, ma Sophia, source de toute sagesse, amour de ma vie… » Les verres tintèrent. Je courbai la tête, déterminée à ne pas pleurer.

Du jardin, bien caché par des arbres et des buissons, s'élevèrent les accents joyeux de mon opéra favori, *La Muette de Portici*. Liovotchka se précipita à côté de moi, m'attirant dans ses bras pour manifester brièvement devant l'assistance son immense affection. Je pouvais sentir sur nous la pression des regards tandis que nous nous embrassions. Mais cela m'était égal. « Rien qu'une danse – avant dîner ? » me demanda Liovotchka. Je regardai timidement à terre mais, à l'époque, je dansais magnifiquement, avant que je n'aie eu les genoux raidis par trop de matinées humides à la campagne.

Par-dessus l'épaule de Liovotchka, je vis que Maria Ivanovna fixait des yeux son assiette vide. À cette occasion, je crois, c'en fut fini de sa légère obsession à l'égard de mon mari. Il avait lui-même planté cette lance dans sa poitrine !

La danse commença pour de bon après dîner. Seuls les vieilles tantes et leurs amis ratatinés refusèrent de se joindre à nos tourbillons sur la terrasse pavée, où nous valsions pour célébrer la fête des Bienheureuses Martyres.

Liovotchka insista comme toujours pour que l'on dansât la *kamarinskaïa*, une danse aux pas rapides et compliqués. Certains tentèrent d'y échapper en faisant tapisserie, mais pour Liovotchka il n'en était pas question. Il était notre Monsieur Loyal, nous forçant à nous prodiguer – surtout les jeunes officiers – en figures de plus en plus extravagantes.

Bien avant que les autres fussent partis, Liovotchka m'entraîna vers la chambre à coucher. Notre départ soudain était presque embarrassant, mais je n'en avais cure. L'un des jeunes officiers saisit mon regard au passage ; je savais ce qu'il pensait, et j'en fus quelque peu épouvantée.

Avant même que j'aie pu me déshabiller, Liovotchka m'embrassait avec frénésie la nuque et les épaules. Je m'allongeai sur le vaste lit et lui laissai faire ce qu'il avait à faire. Ce n'était pas sans plaisir alors, comme cela le deviendrait plus tard. Il eut tôt fait de baisser son pantalon. Je fermai les yeux lorsque ses grandes mains rouges se glissèrent sous ma robe, pressant très fort de ses paumes plates le bout de mes seins. Et je le laissai me prendre, vite, comme il le voulait. J'aurais souhaité qu'il comprît mieux les choses, mais ne savais comment le lui dire. Je le laissai s'endormir, à demi vêtu, le nez fourré dans le creux de mon épaule.

Quand l'aube se leva sur les bois de Zassieka, il était parti. Retourné, comme d'habitude, à son cabinet de travail. Je l'y retrouvai plus tard, les lèvres pincées, la bougie toujours allumée en plein jour. Sa plume creusait les lettres sur la page ; ses yeux étincelaient d'une énergie farouche que j'adorais. Il ne fit pas attention à moi, même lorsque je posai mes mains sur ses épaules et soufflai doucement sur sa large nuque blanche.

2

BOULGAKOV

« Mais le sexe ? » demanda Tchertkov en se frottant le front avec la paume d'une main défigurée par l'eczéma. Vous n'avez que vingt-quatre ans.

Il se pencha en avant sur le bureau.

– C'est un âge où l'abstinence n'est pas chose facile.

Je contins le sourire qui s'était formé malgré moi sur mes lèvres. Vladimir Grigorievitch Tchertkov n'a pas le sens de l'humour. Son embonpoint et sa maladie de peau mis à part, cette absence d'humour est ce qu'il y a chez lui de plus remarquable.

– Je sais que le comte Tolstoï n'approuve pas les relations sexuelles.

– Il n'a que mépris pour elles, répondit Tchertkov. Et si je puis vous donner un conseil, évitez de l'appeler comte. Il a renoncé à son titre voilà bien des années.

Tchertkov me déconcertait. Cela me gênait de ne pas appeler Tolstoï par son titre. J'avais été élevé dans un milieu bien éduqué, on m'avait enseigné le respect des gens en place. Cela me contrariait que Tchertkov s'imaginât que je n'étais pas au courant de la renonciation de Tolstoï à son titre de noblesse. Je sais pratiquement tout ce que ses écrits peuvent nous apprendre à son sujet, et beaucoup d'autres choses par-dessus le marché. Le nom de Léon Tolstoï est environné d'un épais brouillard de potins, et j'avais respiré ce brouillard dans toutes les occasions possibles.

– Il faut l'appeler Léon Nikolaïevitch comme nous tous, ajouta Tchertkov. C'est ce qu'il préfère.

La peau de caméléon de Tchertkov se gondola mollement sur son crâne chauve en forme de poire. Les lobes frontaux de son cerveau m'étaient presque visibles à travers la paroi osseuse. Il parlait d'une voix sèche en tambourinant sur la table nue de ses doigts boudinés.

– Je suppose que vous avez lu *La Sonate à Kreutzer* ?

Je fis signe que oui, tout en espérant que nous n'aurions pas à discuter de cette œuvre en particulier. *La Sonate à Kreutzer*, à mon avis, est l'unique échec de Tolstoï. Y a-t-il quoi que ce soit de commun entre Pozdnychev, le héros de cette histoire, et Léon Tolstoï ? Je ne puis le croire. C'est l'histoire d'un homme qui tue sa femme. Nombre de lecteurs – je ne vais pas aussi loin pour ma part – considèrent cette œuvre comme un pamphlet contre le mariage, un projectile lancé par haine, un livre abject. Il est si différent d'*Anna Karénine*, où Tolstoï glorifie le mariage de Kitty et de Lévine, le dresse comme une bannière dans le ciel glacial de la Russie. Mais Pozdnychev !

– Je ne veux pas insister outre mesure sur la question de la chasteté, mais, l'an dernier, un domestique que j'avais recommandé a causé la perte de deux jeunes servantes qui étaient depuis plusieurs années au service de la famille Tolstoï. Et Léon Nikolaïevitch en a été très affecté. Je veux qu'il soit bien clair qu'il n'y aura pas de problème de ce côté-là.

Je secouai la tête en signe d'assurance, mais j'étais horrifié au-dedans de me voir assimilé à un domestique. Je crois bien que ma colère devint visible sur mes joues, et je m'efforçai de les couvrir de mes deux mains.

– Désolé d'aborder un tel sujet, dit Tchertkov, mais on n'est jamais assez explicite, c'est ce que je dis toujours.

– Entendu, dis-je. Je comprends.

La place, semblait-il, allait me glisser entre les doigts, et je fus pris de panique. Je voulais plus que tout être le secrétaire particulier de Tolstoï.

Tchertkov fit le tour de la table et se planta devant moi. Il posa une main froide sur mon poignet.

– Je n'ai entendu dire que du bien à votre sujet, par Makovitski et les autres. Et j'ai lu avec soin ce que vous avez écrit sur Léon Nikolaïevitch. Lui aussi. C'est quelque peu… juvénile. Mais tout à fait judicieux.

– Tolstoï a lu mes essais ?

Tchertkov confirma d'un hochement de tête. Je rayonnais. Chose étonnante, tout se mettait en place, semblait-il.

– Je ne voudrais pas vous prévenir contre Sophia Andreïevna, mais il serait peu politique de ma part de ne point faire mention de ses désaccords avec Léon Nikolaïevitch, poursuivit Tchertkov. Ce mariage a été une chose regrettable – pour lui, je veux dire.

Il se mit à tirer sur sa barbe noire et soyeuse. Allongée en pointe sous le menton, elle lui donnait l'air d'un Tartare.

– Franchement, continua-t-il, elle n'est pas des nôtres. J'irais même jusqu'à dire qu'elle nous méprise et ferait tout ce qui est en son pouvoir pour s'assurer que le travail de son mari ne progresse pas.

– Mais cela fait près de cinquante ans qu'ils sont mariés ! Ceci, certainement…

Je n'étais pas très sûr de ce que je voulais dire.

Tchertkov s'appuya au bureau et sourit.

– Vous êtes un honnête garçon, Valentin Fiodorovitch. Je vois pourquoi vous m'étiez si chaudement recommandé. Douchane Makovitski n'est pas excessivement intelligent, mais il sait apprécier un caractère.

– J'ai entendu parler de ces problèmes entre…

– Que cela ne vous inquiète en rien, dit Tchertkov. Mais souvenez-vous qu'elle dit de moi des choses abominables.

Il semblait mal à l'aise en disant cela et changea de position.

– Nous n'avons pas toujours été en mauvais termes, Sophia Andreïevna et moi. Lors de mon premier exil, elle protesta auprès du tsar. Et elle m'écrivit souvent, en Angleterre, pour me donner des nouvelles de Léon Nikolaïevitch. À présent, elle ne veut plus me voir auprès de son mari. Ça l'a rendue furieuse que j'achète la maison de Teliatinki, en dépit du fait que je ne sois pas autorisé à y habiter.

– C'est une honte, dis-je, surpris de ma propre véhémence.

– Je suis ce que vous pourriez appeler une marchandise de contrebande vivante, dit-il en souriant.

C'était la première fois qu'il souriait depuis le début de ma visite. Il tendit à nouveau les bras vers moi et prit mes deux mains dans les siennes.

– Mon cher Valentin Fiodorovitch, c'est un présent inestimable qui vous est offert. Vous allez voir Léon Nikolaïevitch tous les jours. Vous prendrez vos repas avec lui. Vous vous promènerez dans les bois à ses côtés. Et votre âme, jour après jour, se réchauffera à sa flamme. J'espère que vous l'aimerez comme je l'aime. Et que vous apprendrez à son contact.

Il me lâcha les mains et marcha jusqu'à la fenêtre, écartant les rideaux pour regarder tomber la neige.

– Ses paroles résonneront à jamais dans votre tête.

Je ne sais pourquoi mais je me mis, comme il parlait, à penser à mon père. Mon père était mort depuis un an. Il me parlait souvent, m'abreuvant de conseils paternels, de sa voix douce et gutturale. Je n'en prenais pas un au sérieux, mais appréciais ses efforts. Il savait que, depuis ma conversion à la doctrine de Tolstoï, j'avais une soif ardente de Dieu, que j'étais désireux de m'instruire, de discuter des idées, d'élever mon âme. Mon père admirait tout cela, mais disait qu'il fallait être prudent. Fonctionnaire trente années durant, il avait réussi à ne pas penser à quoi que ce fût. Mais moi, je refuse de recevoir sa faillite intellectuelle en héritage. Je veux, comme Tchertkov, devenir un disciple.

Un domestique entra. Il portait un paletot de laine grossière. Ce manquement aux usages vestimentaires est un compromis de Tchertkov avec les valeurs tolstoïennes. Il n'appartient pas de plein gré à la classe dans laquelle il est né, quoiqu'il n'ait pas renoncé à tous ses signes extérieurs. Krechino est une belle demeure, bâtie sur un vaste domaine, avec des dépendances pour les chevaux. J'avais aperçu une demi-douzaine environ de domestiques – et présumais qu'il s'en cachait encore deux fois autant dans les entrailles de la cuisine, ou quelque part à l'extérieur. Le mobilier – en majorité anglais et français – est sans prétention mais solide. Je n'ai pas aimé les lourds rideaux de velours qui assombrissaient les pièces.

– Du thé, Monsieur ? demanda le jeune homme.

J'acceptai un verre de thé de Chine fumant avec un hochement de tête reconnaissant.

– Venez par ici, dit Tchertkov en m'entraînant vers un immense fauteuil de cuir au coin du feu.

Il se laissa tomber sur les genoux et je l'observai qui, armé d'un grand soufflet ancien, ranimait la flamme d'un feu de bûches dans la grille. La cheminée, sembla-t-il, se mit à rugir en avalant les étincelles.

– Il faut que nous devenions amis, dit-il. Nous avons tant de choses à accomplir, et tant d'ennemis !

Ses pommettes devenaient rubicondes lorsqu'il parlait, et il semblait toujours en train de réprimer un rot. Vêtu d'une blouse de mousseline fraîchement repassée, avec une ceinture de cuir luisante, il ressemblait aux autres tolstoïens que j'avais rencontrés. Ses bottes étaient sans style, mais bien faites – un cadeau de Léon Nikolaïevitch, me dit-il.

– Il les fait de ses mains, c'est un métier qu'il a appris il y a quelques années seulement. Il en fait pour tout le monde.

Tchertkov avait une façon presque efféminée de siroter son thé. Certes, je l'admirais beaucoup, mais l'aimer exigerait un acte de volonté.

– Voici une lettre de Léon Nikolaïevitch, dit-il en me tendant une feuille couverte des gribouillis embrouillés de Tolstoï. Il est souffrant. Cela se voit à son écriture qui tremble. C'est en partie la faute de Sophia Andreïevna, je dois vous le dire. Elle lui a rendu tout sommeil impossible, avec ses criailleries continuelles.

La colère s'amplifiait dans sa poitrine.

– C'est une désespérée. Il est impossible de dire ce qu'il aurait pu accomplir s'il avait épousé une personne mieux assortie, qui aurait partagé ses idéaux et ses convictions.

– J'ai entendu dire qu'elle était insupportable.

Il hocha la tête d'un air grave, méditant ce que je venais de dire.

– Vous allez prendre beaucoup de repas à Iasnaïa Poliana, mais Sophia Andreïevna fait peu de concessions à son mari et aux amis de son mari.

– Elle n'est pas végétarienne ?

Il secoua la tête avec dégoût.

– Ses fils non plus. Il n'y a que Sacha en qui on puisse avoir confiance – je veux dire, parmi les enfants. N'ayez confiance qu'en elle ou en Douchane Makovitski, l'ami de votre mère. C'est un brave homme.

– Le Dr Makovitski dit que Sacha assure une large part du secrétariat de son père.

– Elle tape tout pour lui. Il y a une petite pièce au bout du couloir de son bureau qu'ils appellent « la Remingtonnière ». Vous serez appelé à y passer sans doute beaucoup de temps. Sacha a besoin d'aide. Le volume du courrier de Léon Nikolaïevitch augmente, semble-t-il, de mois en mois, avec tous ces gens acharnés à lui soutirer des conseils. Il répond en personne à la plupart.

Tchertkov sourit à nouveau, révélant des dents burinées séparées par des intervalles noirs.

– À propos, Léon Nikolaïevitch adore sa fille. Et cela rend folle Sophia Andreïevna.

– La comtesse tape à la machine ?

– Non, mais jadis elle recopiait tout son travail à la main. Elle était en cela si possessive – et touche-à-tout.

Je me sentais maintenant mal à l'aise. On n'aime pas avoir à intervenir entre des gens mariés, quelles que soient les circonstances.

– Vous aurez naturellement à assurer une partie du secrétariat – principalement à classer le courrier et y répondre. Le point important, c'est que Léon Nikolaïevitch a besoin, à ses côtés, d'un homme doué intellectuellement, comme vous. De quelqu'un qui, comme vous, ait lu et compris son œuvre. Goussiev, sous ce rapport, était inestimable.

J'avais beaucoup entendu parler de Nikolaï Goussiev, qui fut quelques années durant le secrétaire de Tolstoï. Le gouvernement de Toula l'expulsa de la province, comme il l'avait fait pour Tchertkov, en raison de ses « activités subversives », sentence qui pourrait fort bien un de ces jours s'abattre sur ma tête. Je n'en ai cure. L'exil est une des grandes institutions de la Russie. C'est en Sibérie que l'âme russe a été trempée, comme l'acier bleuté.

– Veuillez porter ces lettres à Léon Nikolaïevitch, dit Tchertkov en me tendant un petit paquet hermétiquement scellé. On n'est jamais sûr, je le crains, de ce qui parvient jusqu'à lui.

Il se mordit les lèvres.

– Sophia Andreïevna ne respecte pas sa vie privée.

– Elle irait jusqu'à intercepter son courrier !

Il hocha la tête, réprimant un sourire.

– J'ai une autre petite tâche pour vous. Une tâche secrète, devrais-je dire.

Il se pencha en avant sur son fauteuil.

– J'ai donné pour instructions à Serguieïenko, mon secrétaire à Teliatinki, de vous remettre un jeu de carnets anglais fabriqués dans ce but particulier.

J'avais envie de détourner mon regard, mais n'osai le faire.

– Serguieïenko vous montrera comment vous en servir. Il s'agit, en bref, de tenir pour moi un journal intime. Écrivez avec un crayon indélébile et servez-vous de papier à décalquer. Les feuilles intercalaires se détachent très facilement. Apportez-les chaque semaine à Serguieïenko, qui me les fera parvenir. Je veux savoir exactement ce qui se passe à Iasnaïa Poliana.

Ses yeux s'emplirent d'une étrange clarté jaunâtre.

– Dites-moi qui rend visite à Léon Nikolaïevitch. Dites-moi ce qu'il lit, et prenez note du courrier à l'arrivée et au départ. Et tenez-moi au courant de ce que dit Sophia Andreïevna.

Suivit une longue pause pendant laquelle je m'abstins de tout commentaire.

– Naturellement, poursuivit-il, j'aimerais savoir ce qu'écrit Léon Nikolaïevitch. On lui a fait perdre beaucoup trop de temps, je le crains, avec cette anthologie de ses propres textes. Vous lui seriez d'un grand secours en prenant sur vous certaines de ces tâches éditoriales. Faites-en plus qu'il ne vous demande. Encouragez-le à revenir à son œuvre philosophique.

– Il écrit un autre roman ?

Tchertkov eut un renvoi qu'il étouffa dans un mouchoir de soie.

– Les romans sont faits pour les femmes, pour les bourgeoises chouchoutées qui n'ont rien de mieux à faire de leur temps.

– Mais *Anna Karénine*...

– Comme exemple ça peut aller, n'empêche, c'est tout à fait idiot.

– Vladimir Grigorievitch, j'ai...

Il me dévisagea de ses petits yeux qui n'avaient rien d'humain. Des yeux de belette.

– J'ai aimé *Anna Karénine*.

– Vous êtes un jeune homme, Valentin Fiodorovitch ! Les jeunes hommes aiment les romans. Je les ai aimés aussi, il y a des années et des années. Ma mère, en effet, était une amie de Tourgueniev. La fiction est bonne pour les gens qui n'ont pas encore vraiment entrepris leur quête de Dieu. Ces romanciers, quels sujets les intriguent ? Je vais vous le dire. Les plaisirs de la chair et l'adultère.

Sa lèvre supérieure se releva, montrant ses dents, telles des racines d'aulnes dans un marécage.

Je baissai la tête en marmonnant.

Tchertkov étira obliquement ses lèvres en un sourire de requin.

– Vous me plaisez beaucoup, mon garçon. Je suis sûr que Léon Nikolaïevitch vous saura gré de toute l'aide que vous pourrez lui apporter.

Tout en parlant, il tirait sur ses gants de fine peau noire pour cacher une plaque d'eczéma sur sa main, particulièrement à vif. Je me sentais sûr, enfin, d'avoir obtenu cet emploi.

– J'espère que je pourrai l'aider.

– Sans aucun doute. Cela se voit.

J'eus un sourire idiot, et Tchertkov, comme si je l'importunais, se leva et dit :

– Et maintenant au revoir. J'ai hâte de recevoir les feuillets de votre journal. Et rappelez-vous ceci : veillez à ce que personne ne les découvre. Pas même Léon Nikolaïevitch. Ça lui ferait de la peine.

Nous nous serrâmes la main, échangeâmes quelques mots au sujet de mes préparatifs de voyage : je devais me rendre à Toula par le train la semaine suivante. Il m'accompagna dans le sombre vestibule d'entrée. Le bruit de nos pas se répercutait sur le plafond élevé et sur le sol d'ardoise. Un domestique me tendit mon manteau et mon chapeau.

– Je ne vous confierais pas cet emploi si je n'étais convaincu que vous êtes des nôtres, dit Tchertkov, ses deux mains gantées de noir posées sur mes épaules. Je me fais beaucoup de souci, vous savez. Léon Nikolaïevitch est fragile et nerveux, même s'il est vrai que vous ne l'entendrez jamais se plaindre. Cela me peine d'avoir à vivre séparé de lui alors que la fin de ses jours approche.

Je hochai la tête, mais ses paroles ne semblaient pas avoir besoin de confirmation.

– Je vous suis très reconnaissant, Vladimir Grigorievitch, dis-je.

Il balaya mes remerciements d'un revers de main.

– Bonne chance, dit-il en poussant la porte qui s'ouvrit non sans effort dans un tourbillon de neige. Et rappelez-vous ce que j'ai dit : notez bien tout !

Il m'embrassa sur les deux joues et me poussa dans le vent furieux de janvier. Un traîneau noir m'attendait dans l'allée, avec un cocher à ce point emmitouflé dans ses fourrures qu'il avait perdu tout aspect humain.

Nous franchîmes une rangée d'ormes dépouillés et partîmes au trot par une route sinueuse. Pelotonné dans mon cafetan, avec la neige légère qui me picotait le front, je me sentais plein d'exaltation et de terreur – tel Elie emporté au ciel dans un tourbillon embrasé.

3

L. N.

Lettre à Piotr Melnikov, ouvrier à Bakou

Iasnaïa Poliana, le 22 janvier 1910

Deux problèmes vous préoccupent, me semble-t-il : Dieu – qu'est-ce que Dieu ? – et la nature de l'âme humaine. Vous vous interrogez aussi sur la relation de Dieu au genre humain, et au sujet de la vie après la mort.

Considérons la première question. Qu'est-ce que Dieu, et quelle est sa relation au genre humain ? La Bible nous dit un tas de choses sur la façon dont Dieu a créé l'univers et sur sa relation à son peuple, à qui il distribue châtiments et récompenses. Billevesées. Oubliez tout cela. Chassez-le de votre esprit. Dieu est le commencement de toutes choses, la condition essentielle de notre être, et un peu de ce que nous tenons pour la vie en nous et qui nous est révélé par l'Amour (d'où il vient que nous disons « Dieu est Amour »). Mais, encore une fois, oubliez, je vous prie, toutes ces histoires de création du monde et de l'homme par Dieu et de châtiment de ceux qui lui désobéissent. Il faut effacer cela de votre esprit afin de jeter sur votre propre vie un regard neuf.

Ce que je viens de dire est tout ce que nous savons de Dieu, ou pouvons savoir.

Quant à l'âme, nous pouvons seulement dire que ce que nous désignons comme vie n'est rien d'autre que le principe divin. Rien n'existerait sans lui. Il n'a rien de physique, rien de temporel. Il ne peut donc mourir quand le corps cesse d'exister.

Vous voulez vous aussi savoir – comme nous tous – ce qu'il en est de la vie après la mort.

Afin de me comprendre, faites bien attention à ce que je vais vous dire.

Pour l'homme mortel (j'entends, pour le corps seul) le temps existe : c'est-à-dire que les heures passent, les jours, les mois et les années. Pour le corps seul, le monde physique existe aussi – ce qu'on peut voir, toucher avec les mains. Ce qui est grand ou petit, dur ou mou, durable ou fragile. Mais l'âme est hors du temps : elle réside simplement dans le corps humain. Le moi dont je parlais il y a soixante-dix ans est le même que celui auquel je me réfère en ce moment. Et l'âme n'a rien de physique. Partout où je me trouve, quoi qu'il arrive, mon âme, le moi auquel je me réfère, reste toujours la même et n'a jamais rien de physique. Ainsi, le temps n'existe que pour le corps. Pour l'âme, le temps, le lieu, le monde physique n'ont aucune réalité. Nous ne pouvons donc réellement demander ce qu'il adviendra de l'âme après la mort, ni où elle se rendra, car advien*dra*, se ren*dra* est une indication de temps et le mot *où* une indication de lieu. Ni le temps ni le lieu n'ont de sens pour l'âme, une fois que le corps physique a cessé d'être.

Il devrait être clair, à présent, que toute spéculation sur la vie et la mort ou le ciel et l'enfer ne peut être que superficielle et erronée. Si l'âme allait vivre quelque part après la mort, c'est qu'elle aurait été quelque part avant la naissance. Mais c'est une chose que personne ne semble remarquer.

J'ai le sentiment que l'âme qui est en nous ne meurt pas lorsque meurt le corps, mais que nous ne pouvons savoir ce qu'il adviendra d'elle ni où elle ira – même s'il est vrai que nous savons qu'elle ne mourra pas. Quant aux châtiments et aux récompenses, je crois que notre vie ici-bas n'a de sens que lorsque nous vivons en accord avec le commandement qui nous enjoint de nous aimer les uns les autres. La vie devient pénible, agitée – mauvaise – lorsque nous passons outre à ce commandement. Il semblerait, quels que soient les récompenses et les châtiments que nous promettent nos actes, que ce soit en cette vie que nous les recevrons, puisque nous n'en pouvons connaître d'autre.

4

SOPHIA ANDREÏEVNA

À PRÉSENT J'EN SUIS SÛRE. Ils feront tout pour s'interposer entre mon mari et moi. Dieu sait que ce serait déjà assez dur, sans eux qui nous harcèlent comme des Furies. Le pire, c'est qu'ils croient que je ne suis pas au courant de leur dessein de nous faire, moi et mes enfants – les enfants et petits-enfants de Léon Tolstoï ! – rayer de son testament. Je sais toujours ce qui se passe dans mon dos. Je peux le dire à leurs airs, leurs murmures et leurs clins d'œil, même à leur déférence. Ils s'imaginent, d'une manière ou d'une autre, que je ne remarque pas les messages secrets qui s'échangent quand j'ai le dos tourné. Hier encore, un domestique a apporté à Liovotchka, sous mon nez, une lettre de Serguieïenko. Mais, bien sûr, j'ai tout de suite reconnu sa grande écriture pleine de fioritures ! Est-ce qu'ils me croient née d'hier ?

Ils répandent des rumeurs dans la presse à mon sujet. Un article est paru à Moscou la semaine dernière, prétendant que « la comtesse Tolstoï est brouillée avec son mari. Ils s'adressent à peine la parole. Ils ne partagent pas la moindre opinion politique ou religieuse. » Quelle sottise ! Et tout cela a été colporté par Tchertkov et ses amis, qui ont réussi à se glisser entre Liovotchka et moi en dépit de nos quarante-huit ans de mariage. C'est moi pourtant, c'est notre amour qui triomphera à la fin.

On me traite ici comme une étrangère. Mais n'est-ce pas moi en personne qui ai donné à Léon Tolstoï ses treize enfants – pas mal, pour un homme qui prêche la chasteté ! –, moi qui veille à ce que ses vêtements soient lavés et reprisés, ses repas végétariens préparés à son goût ? N'est-ce pas moi qui lui prends le pouls chaque soir avant qu'il s'endorme, qui lui donne un lavement quand ses intestins sont bloqués, qui lui apporte du thé avec une grosse tranche de citron lorsqu'il ne peut pas dormir ?

Je suis une esclave. Une paria dans ma propre demeure. Dire que j'étais la fille d'un médecin célèbre de Moscou ! Mon père admirait Léon Nikolaïevitch, en raison de sa position élevée dans l'aristocratie, certes, mais aussi pour sa réussite littéraire. Qui ne l'eût admiré ? Même à l'époque, il ne faisait aucun doute qu'il deviendrait un écrivain important. Tout le monde parlait de lui, à Moscou comme à Saint-Pétersbourg. Ma mère me disait, je m'en souviens : « Un jour, tu verras, on parlera du comte Tolstoï dans l'Encyclopédie. »

Lorsque mes sœurs et moi étions encore adolescentes, mon père allumait des bougies aux fenêtres une fois par semaine, pour signaler que nous recevions. Nous attendions, Lisa, Tania et moi. Nous aimions toutes les trois désespérément le comte Tolstoï, en dépit du fait que Papa et Maman estimaient que c'était Lisa, en tant qu'aînée, qui serait pour lui la compagne tout indiquée. J'étais celle du milieu, mince aux yeux sombres, à la voix flûtée et aux dents ivoirines. J'excitais l'envie de Lisa – qui, véritable chatte, parcourait furtivement la maison en miaulant, toutes griffes dehors. Elle avait quelque chose dans la tête, certes. C'était une « intellectuelle ». Mais pontifiante et, j'ose le dire, habile à se faire passer pour ce qu'elle n'était pas.

Tania aurait pu être plus dangereuse. Malice et tapage, c'était tout elle, les yeux noirs comme du charbon, la frange coupée droite sur le front comme une prostituée orientale. Lorsqu'elle traversait une pièce, il n'était un muscle de son corps qui ne fît signe au monde entier. Je la détestais, alors. Qui pouvait supporter sa façon aguichante de danser et de chanter, ses projets grandioses de réussite théâtrale ? Comme si Papa eût été disposé à laisser une de ses filles faire la roue sur la scène moscovite ! Pauvre Papa.

Je ne crois pas avoir été aussi difficile que mes sœurs. Et cela n'aurait dû être une surprise pour personne que le comte Tolstoï m'ait préférée à elles. Je ne manquais pas de talents, même si je n'en tirais nulle vanité. Je savais jouer du piano – pas aussi bien qu'aujourd'hui mais pas si mal que ça non plus. Mes aquarelles n'étaient pas mauvaises, et je savais danser aussi bien que la plupart des jeunes filles de mon rang et de ma situation. Et je pouvais écrire comme le vent – nouvelles et poèmes, journaux et lettres. En ce temps-là comme à présent, Liovotchka avait l'instinct de conservation. Il a toujours su se procurer ce dont il avait besoin.

J'avais dix ans la première fois que je rencontrai le comte. Il était venu rendre visite à Papa au Kremlin, où nous avions un appartement, sa moustache brune pendante, son uniforme repassé à la perfection, ses bottes si bien cirées que l'on pouvait y voir ses genoux se refléter au bout de ses pieds. Une épée de cérémonie était suspendue à son ceinturon. Il s'apprêtait à rejoindre son régiment sur le Danube, avait-il dit en affectant un calme et une assurance légèrement mélancoliques. Je restai humblement dans mon coin tandis qu'il bavardait avec Papa.

Ils étaient assis dans le salon de devant, juste en face l'un de l'autre. Papa ne pouvait pas me voir, mais moi je voyais le comte, ses grandes mains jointes, rouges comme des crabes, posées gauchement sur ses genoux serrés. L'attention qu'il portait aux paroles de Papa semblait faire étinceler ses yeux. Son regard, en ce temps-là comme à présent, exerçait une contrainte irrésistible. Il était courbé en avant sur le fauteuil bas tapissé de soie rouge cerise. Les épaulettes dorées et la double rangée de boutons en laiton de son uniforme étaient à la limite de ce que je pouvais supporter !

Ils discutèrent pendant deux heures d'une voix étouffée, comme s'ils avaient conspiré pour renverser la monarchie. Pourquoi tant de mystère ? Étaient-ils en train de décider laquelle des trois sœurs serait la future comtesse Tolstoï ? Je ne crois pas que j'aurais pu me poser pareille question. Je n'avais que dix ans, après tout. Mais j'étais de tout cœur avec Léon Tolstoï. Je résolus sur-le-champ d'être sa femme un jour. Lorsqu'il fut parti, je retournai au salon en cachette et nouai un ruban rose à l'un des pieds de derrière du fauteuil où il s'était assis.

Papa, après cela, parla souvent du jeune comte, pour qui il éprouvait une affection particulière. Il me permit un jour d'emprunter son roman *Enfance*. Je le lus à la lueur d'une chandelle, toute une longue nuit, tandis que mes sœurs dormaient. Chaque phrase du livre flambait comme le bout d'une allumette. Les images, des semaines durant, me tourbillonnèrent dans la tête. Rien d'étonnant à ce que le Tout-Moscou fût en émoi.

Mais il s'en fallait encore de bien des années avant qu'aucune de nous fût d'âge à se marier. Et tout à coup, nous fûmes prêtes. Lisa l'était, en tout cas. Et Maman en avait plein le dos. Tous ces messieurs qui venaient faire leur cour, ces thés, cette tension interminable n'avaient que trop duré. Elle voulait se débarrasser de Lisa le plus tôt possible.

En juillet, elle fut prise d'une idée géniale : elle rendrait visite à son père à Ivitsi, dans la province de Toula, non loin de la propriété familiale des Tolstoï à Iasnaïa Poliana. Et, comme par hasard, les trois filles (ainsi que le petit Volodia, naturellement) seraient du voyage.

Maman disait que Lisa serait une compagne idéale pour ce comte excentrique et intellectuel à l'excès. Et, à Moscou, elle veillait toujours à ce que celle-ci fût assise à côté de lui sur le sofa. Lisa dissertait sans retenue au sujet des ouvrages philosophiques les plus récents, à peine sortis des presses allemandes. « Je me dis souvent, entonnait Lisa de sa petite voix d'oiseau pleine de trilles, que la grande critique allemande a fait mauvais usage de la dialectique de Hegel. N'êtes-vous pas de cet avis, cher Comte ? » Le visage de Liovotchka perdait aussitôt tout éclat.

À dire vrai, ce que le jeune comte avait en tête, c'était d'aller chasser dans le Caucase, même si, à l'occasion, dans l'éblouissement (ou dans l'effroi ?), il nous entretenait d'Emmanuel Kant et de ses merveilles. Parfois, saisissant mon regard, il me faisait un clin d'œil et une fois, dans le corridor, il serra ma main quand personne ne regardait.

Bien que j'aie peu de goût pour l'autoglorification, il faut avouer que j'étais jolie à cette époque, avec une taille très fine qu'un homme pouvait avec bonheur entourer de ses mains puissantes ! Par ce chaud matin de juillet, lorsque la servante vint nous dire que la voiture était prête à nous conduire à la propriété du comte Tolstoï, je compris que bientôt il serait mon mari.

Papa agita son mouchoir du haut des marches du petit manoir de Grand-Père, tandis que, grinçant et branlant, le vieux carrosse descendait la route poussiéreuse. À des verstes de là, nous atteignîmes les molles ondulations des champs de céréales typiques de la région de Toula. Nous laissâmes derrière nous ces champs, froment et seigle, les longues files symétriques de moujiks, puis la forêt de Zassieka et ses profonds bois verts aux odeurs de pin et de vase. Nous arrivâmes au village de Iasnaïa Poliana, qui ne me fit pas grande impression – un misérable ramassis de chaumières, d'isbas branlantes et de granges aux murs de pierre. La pompe du village, avec un seau de ferblanc suspendu par l'anse, crachait une eau boueuse. Le portail de bois de l'église était grand ouvert, une veuve entre deux âges voilée de noir se tenait devant, bavardant avec une vieille nonne édentée qui avait la forme et la taille d'un moignon d'arbre. La veuve s'inclina gravement au passage de notre voiture, feignant le respect – avec l'hypocrisie caractéristique des basses classes de Russie.

Léon Tolstoï vivait dans sa vaste demeure ancestrale qui, nous dit Maman, portait le même nom que le village. Comme toute bonne institutrice, elle avait l'art de s'enthousiasmer pour des choses évidentes.

– Le comte, poursuivit-elle, comme la plupart des jeunes gens de son âge, s'était adonné au jeu. – Votre père, naturellement, était une exception, dit-elle entre parenthèses. – En jouant aux cartes avec un voisin sans scrupules, il dut parier la partie centrale de sa maison pour rester dans le jeu. Il perdit, et le voisin inflexible fit bel et bien enlever le corps de bâtiment principal de Iasnaïa Poliana, ne laissant debout que les deux ailes, détachées et ridicules.

– Il a cessé de jouer, je crois, dit Lisa, et ne boit guère. Pratiquement, il s'abstient de toute boisson alcoolique. Et il est très pieux.

Elle serra les lèvres – un bouton de rose – avec une effronterie qui me donna envie de la gifler. Mais je me retins, sachant ce que je savais au sujet des véritables intentions du comte.

– Je parierais qu'il est pire que jamais, dit Tania. Tous les jeunes gens boivent et jouent, et Dieu sait ce qu'ils font avec les femmes.

– Continue à parler ainsi, et tu te retrouveras au couvent, dit Maman, tout en s'affairant à remettre en ordre sa coiffure.

Nous passâmes entre les deux tours blanchies à la chaux qui marquent l'entrée du domaine. La grande maison de pierre de Iasnaïa Poliana, qu'on avait reconstruite entre les deux ailes abandonnées, se trouvait au bout d'une longue allée sinueuse, avec deux rangées parallèles de bouleaux argentés qui la bordaient comme une garde d'honneur. Les prairies au-delà semblaient riches et soyeuses, constellées de boutons d'or. Et de papillons aussi ! La maison rivalisait admirablement avec la nature pour accaparer notre attention. C'était un long bâtiment à deux étages, d'une blancheur d'albâtre, avec un fronton grec couronnant une véranda au-dessus de l'entrée. Belle maison, murmurai-je pour moi seule, bien décidée à en devenir la maîtresse.

Nous fûmes accueillis par Toinette, la tante de Liovotchka, créature toute ratatinée en robe campagnarde.

– *Bienvenue ! Comme c'est bon !* ne cessait-elle de gazouiller.

Cela semblait incongru, cette femme d'allure franchement paysanne – véritable *krestionka* – qui parlait le français de Paris presque sans accent.

Maman répondit à ses paroles de bienvenue dans un français incompréhensible qui, à mon oreille, sonnait plutôt comme du chinois.

– *Merci beaucoup !* s'écria-t-elle. *C'est une belle maison ! Une belle maison ! Mais oui !*

Liovotchka, le visage cramoisi, hors d'haleine, franchit la porte en trombe et se répandit en excuses, disant qu'il n'escomptait pas vraiment notre venue, mais sans nous donner pour autant mauvaise conscience. Il nous baisa la main chacune à notre tour, à la façon d'un courtisan français, s'attardant un tant soit peu sur la mienne. J'en fus illuminée intérieurement, tout embrasée d'amour. Je ne savais où poser les yeux ni que dire.

– Laissez-moi vous montrer le verger, dit-il. Il nous parut étrange, à Maman surtout, qu'il voulût nous faire voir le verger avant que nous eussions fait le tour de la maison elle-même, mais Maman n'allait pas s'y opposer.

– Le verger ! Mais nous adorons les vergers, dit-elle. N'est-ce pas, mes chéries ?

– Je n'y ai pas beaucoup réfléchi, dit Lisa.

Ce qu'elle pouvait être ennuyeuse !

Nous fîmes halte près d'un fourré d'arbustes garnis de fruits rouges bien mûrs.

– Des framboises ! s'écria Tania comme si elle n'en avait jamais vu de sa vie.

Liovotchka distribua des seaux à la ronde, et nous enjoignit de commencer la cueillette, *hic et nunc* – à toutes, même à Maman, qui s'accommoda du mieux qu'elle put de ce qu'elle considérait comme une situation fâcheuse.

– Quelles magnifiques framboises ! dit-elle. Ça tombe à merveille, nous en raffolons !

Je disparus avec mon seau derrière l'un de ces gros buissons et, heureuse, je cueillais des baies sans penser à rien depuis quelques minutes lorsque Liovotchka bondit comme un ours de derrière un bouquet de feuillage.

– Vous m'avez fait peur ! dis-je.

Il m'ôta le seau des mains et prit celles-ci dans les siennes.

– Je suis désolé, dit-il. Oui, désolé.

– Il y a de quoi.

Il ne lâchait pas mes mains.

– Ce sont des mains de citadine, dit-il.

Les tenant toujours, il me regarda longuement. Je lui demandai :

– Voulez-vous une framboise ?

Tel un gamin rebelle, il saisit une baie dans mon seau et la fourra entre ses grosses lèvres. J'entrevis son épaisse langue rouge et détournai les yeux.

– Il faut que je parte, dit-il.

Et disparut.

Je savais à présent que mon instinct ne me trompait pas. Étrange que l'on puisse tout savoir d'un seul coup de l'avenir – pas les détails, mais le dessin dans son ensemble. Je savais que ma vie se passerait ici, dans ce domaine, avec Léon Tolstoï. Je savais aussi que je serais son critique le plus sévère et sa meilleure amie. J'avais devant moi cette douleur, encore vague, mais cruelle.

Je portais en moi ce secret, miraculeux savoir, que je conservai précieusement, comme une amulette. Tout risquait d'être détruit si la chose était découverte avant le moment propice.

Tania, Lisa et moi partagions la chambre voûtée du rez-de-chaussée, celle-là même où s'entassent aujourd'hui ces disciples puants et grossiers : aristocrates cinglés, mendiants fiers de leur décrépitude, nonnes édentées, étudiants idéalistes, révolutionnaires, criminels, végétariens, étrangers. Il y a là Nikolaïev, l'économiste fou, qui prêche la théorie de l'impôt unique d'Henry George. Il avale sa soupe à grand bruit en éclaboussant ses voisins. Il y a aussi Drankov, le cinéaste. Cela m'est égal, bien qu'il soit sans cesse en train de nous filmer.

Je croyais que Liovotchka m'adresserait sa demande en mariage après le dîner, mais il n'en fit rien. Lorsque nous repartîmes, deux jours plus tard, il ne s'était rien passé. Pis, il se conduisait comme si nous n'avions jamais eu ensemble une seconde d'intimité. Je commençai à mettre en doute ma perspicacité. Peut-être m'étais-je trompée depuis le commencement ? Peut-être s'était-il comporté de la même façon avec Lisa ? Ou même avec Tania ? J'avais peine, en partant, à chasser mon désespoir, même si je gardais un air joyeux. Je me consolai en constatant que Lisa était plus malheureuse que moi. Elle pleurait ouvertement tandis que nous galopions, entraînées par une troïka, et Maman la gronda :

– Il te fera sa demande quand ça lui chantera, dit-elle d'une voix figée par la contrariété.

Deux jours plus tard, chez Grand-Père, Tania me réveilla.

– C'est le comte !

– Tu dis ça pour me taquiner.

– Non, c'est la vérité ! Il est venu sur un cheval blanc.

Mon Liovotchka, comme d'habitude, s'y entend pour épater la galerie. Pour ça, on peut compter sur lui. « Le cheval, m'a-t-il dit un jour, est le symbole de l'âme du cavalier. »

Grand-père l'accueillit chaleureusement, avec des sourires et des courbettes. Il avait l'air si bizarre, avec son crâne rasé de près et sa calotte noire, son nez tranchant comme un rasoir. Ses doigts velus comme les pattes d'une tarentule semblaient toujours en mouvement. Ses yeux, dans sa tête étroite, étaient indépendants l'un de l'autre, comme ceux des poissons, et regardaient dans des directions opposées.

Liovotchka était couvert de poussière blanche et de sueur. Il eut un sourire emprunté, tel un garçon timide, pour s'excuser de son allure.

Grand-père lui dit de ne pas se faire de souci à ce sujet. C'était un honneur de le recevoir.

– Il vous a fallu combien de temps, Léon Nikolaïevitch ? C'est un long trajet pour un homme à cheval.

– Trois heures. Peut-être un peu plus. Je n'étais pas pressé. C'est une belle journée, n'est-ce pas ?

– Puis-je vous offrir quelque chose à boire ?

– Merci, ce serait très gentil à vous.

Nous restions toutes les trois blotties dans la pénombre du corridor, à écouter leur conversation. Je portais ce jour-là une robe d'été de mousseline blanche, avec une rosette couleur lilas sur l'épaule droite. Je laissais pendre à l'un de mes bras un long ruban, de ceux que nous appelions *Suivez-moi, jeune homme*.

– C'est pour toi qu'il est venu, Lisa, dit ma mère, presque incapable de contenir sa fierté, dans le vertige qui s'emparait d'elle. Aujourd'hui c'est ton jour.

– Ça ne me dirait rien de dormir avec un homme aussi poussiéreux, dit Tania à Lisa.

Lisa affecta un air méprisant. Il était malséant, pour une future comtesse, de prêter le flanc aux railleries de sa sœur.

La journée estivale s'écoula en une succession de repas joyeux – qui n'avaient rien de vraiment extraordinaire –, entrecoupés de jeux de société et de farces stupides. On attendait que le comte frappât le grand coup, et la tension était quasi insupportable pour le pauvre Grand-père. Maman ne s'en tirait guère mieux. Et sa conversation sombra dans des inepties que le comte, fort heureusement, ne remarqua pas.

La chose se produisit après dîner. Tout le monde avait quitté la salle à manger, sauf le comte qui, de toute évidence, prolongeait à outrance la conversation, et moi. Il se tourna de mon côté et dit :

– Pourriez-vous attendre un moment, Sophia Andreïevna ? On est si bien ici.

– Cette pièce est agréable, en effet, dis-je, mentant effrontément.

– Et comme on mange bien chez vous.

– Grand-père adore la bonne cuisine.

Nous dansions d'un pied sur l'autre. Décide-toi, pensai-je.

– Venez vous asseoir à côté de moi sur le sofa, dit-il. Cela ne vous ennuie pas, n'est-ce pas ?

Je souris et le suivis vers le petit sofa qui s'appuyait à l'un des murs latéraux. Il s'assit le premier, ce qui en soi n'était pas poli mais me permit de choisir ma position. Je laissai, par pudeur, un intervalle de quelques dizaines de centimètres entre nous.

Il tira une table recouverte d'un tapis vert et prit dans la poche de sa veste un morceau de craie. Je ne le quittais pas des yeux tandis qu'il se penchait sur la table et se mettait à écrire sur le tissu du tapis.

Il traça : « V.j.e.v.d.d.b.m.r.c.m.â.e.r.p.m.l.b.i. »

Je fixai avec des yeux ronds cette inscription bizarre.

– Pouvez-vous déchiffrer ceci ?

– C'est une suite de lettres, Léon Nikolaïevitch.

S'agissait-il d'une sorte de jeu auquel on jouait après dîner dans l'aristocratie ? Je sentis mon estomac se crisper.

– Je puis vous aider, dit-il. Les deux premières lettres représentent les mots *Votre jeunesse*.

– Votre jeunesse et votre désir de bonheur me rappellent cruellement mon âge et rendent pour moi le bonheur impossible, m'écriai-je, ayant deviné toute la phrase.

Quel miracle !

J'eus un frisson lorsque le sens se fit jour dans ma tête. Tout était clair.

Liovotchka, pendant ce temps-là, effaçait ce qu'il avait écrit et recommençait son petit jeu.

Cette fois, il écrivit : « V. f. s. t. a. s. d. m. s. e. L. A. m. à. c. c. s. »

Je sus exactement ce qu'il voulait dire dès l'instant que j'eus compris que L. désignait Lisa. « Votre famille se trompe au sujet de mes sentiments envers Lisa. Aidez-moi à clarifier cette situation. »

Il ne s'ensuivit pas de véritable demande en mariage avant plusieurs semaines. Mais je savais que c'en était fini de cette pauvre Lisa. C'était moi seule qu'il aimait.

Quand Liovotchka nous rendit visite à Moscou, en septembre, je lui donnai à lire un récit que j'avais écrit. Il s'agissait d'une tendre jeune fille qui avait un soupirant nommé Dublitsky – un vieil aristocrate plutôt laid. Il souhaitait plus que tout au monde l'épouser, mais elle n'était pas sûre de vouloir vraiment de lui. Je ne sais pourquoi j'avais écrit une telle histoire. Pour moi, Liovotchka n'était pas vraiment vieux ni laid, bien qu'un peu des deux. Je la lui avais fait lire sans me rendre compte qu'elle pourrait lui causer de la peine. Sa réponse arriva par la poste quelques jours plus tard :

Naturellement, lorsque j'ai lu votre récit, ma chère enfant, j'ai vu que j'étais Dublitsky. Qu'aurais-je pu penser d'autre ? Je me suis rendu compte que je suis ce que je suis : l'Oncle Léon, un vieux bonhomme singulièrement dépourvu de beauté – voire laid – qui devrait s'intéresser à l'œuvre divine et à rien d'autre. Faire œuvre dans ce sens et le faire bien, voilà qui devrait me suffire. Mais je me sens malheureux dès que je pense à vous et me rappelle que je suis Dublitsky. Cela me fait souvenir et de mon âge et de l'impossible bonheur. En ce qui me concerne, en tout cas. Oui, je suis Dublitsky. Mais me marier uniquement parce que j'ai besoin d'une épouse est une chose qui va au-delà de mes capacités. Ce que je voudrais demander à ma future femme est quelque chose de terrible, d'impossible : je tiens à être aimé comme j'aime. Oubliez-moi. Je ne vous importunerai pas davantage.

Je me serais donné mille coups de poignard dans le cœur si cela avait pu y changer quelque chose. Je me maudissais de lui avoir donné ce récit à lire. À quoi avais-je donc pensé ? Plusieurs jours durant, j'en fus inconsolable.

Une semaine plus tard, assise au piano, j'essayais de me réconforter en jouant un morceau de musique légère, une valse italienne intitulée « Il Bacio », le baiser. On frappa à la porte. C'était Liovotchka, les yeux enfoncés comme dans une grotte sous ses sourcils broussailleux. Je puis me tromper dans mes souvenirs, mais il sentait la lavande.

Il s'assit au piano à côté de moi et dit :

– Cela fait plusieurs jours que je traîne cette lettre dans ma poche, Sonia. La lirez-vous ? Elle est pour vous.

J'emportai tranquillement la lettre dans ma chambre, où je m'enfermai à clef pour la lire. Mes mains tremblaient, j'avais du mal à déchiffrer son écriture à travers mes larmes, et je lus : « Serait-il possible que vous consentiez à devenir ma femme ? »

– Ouvre cette porte, hurla Lisa qui savait exactement ce qui se passait. Sonia ! Ouvre cette porte.

Je montrai mon nez.

– Qu'est-ce qu'il t'a écrit ? Dis-le-moi franchement.

– Il m'offre sa main en mariage.

Son visage se crispa. On l'eût dit prête à éclater, telle une tomate trop mûre.

– Refuse, Sonia ! Dis-lui non !

Elle se mit à s'arracher les cheveux.

– Je vais mourir si tu ne le fais pas. C'est intolérable !

Vous parlez d'une scène ! Je m'en suis régalée de la première à la dernière minute, naturellement, mais en conservant tout mon calme. Il y avait du moins dans cette maison une personne digne de porter le titre de Comtesse Tolstoï.

Maman, traînant les pieds, arriva par le corridor en entendant ce vacarme. Elle attrapa Lisa, qui lançait des coups de pied en poussant des cris de goret, et la ramena dans sa chambre.

– Qu'est-ce que le comte doit penser ! s'écria-t-elle.

– Toi, retourne au salon et rends-lui ta réponse, il le faut ! me dit-elle sèchement.

La scène qu'elle avait vécue si longtemps à l'avance s'était vidée pour elle de tout plaisir.

Je trouvai Liovotchka debout contre le mur, le visage blanc comme un linge. Il se tordait les mains.

– Eh bien ? demanda-t-il.

J'entendis une note de résignation dans sa question, et me sentis de tout cœur avec lui, le pauvre cher homme !

– Oui, lui dis-je, oui, je serai votre femme, Léon Nikolaïevitch.

Une avalanche s'abattit bientôt sur nos têtes, avec les domestiques qui se précipitaient en tous sens, Lisa pleurant à côté de moi, Tania criant à sa façon vulgaire, Maman proposant des boissons. Tout le monde était là sauf Papa, qui faisait semblant d'être malade. À dire vrai, il était fâché de ce que le comte eût manqué si fort aux convenances. C'était à lui qu'il aurait dû adresser en premier sa demande. En fait, ce qu'il aurait dû lui demander, c'était la main de Lisa. Il fallut plusieurs jours et pas mal de câlineries de la part de Maman pour le gagner à notre cause, mais il acquiesça. Comme toujours.

La vie, hélas ! ne tarda pas à redevenir triste. Dans un accès de sincérité, Liovotchka me confia ses journaux intimes. J'en fus tout d'abord honorée et transportée. Lire les secrètes pensées de son futur mari ! Voilà qui me paraissait merveilleusement romanesque.

Une phrase plane dans mon souvenir comme la noire silhouette d'un corbeau : « Je considère la compagnie des femmes comme un mal nécessaire et l'évite autant que possible. Les femmes sont la source de toute la frivolité, de toute la sensualité et de l'indolence, de tous les vices auxquels les hommes sont sujets. » Il poursuivait par le récit exhaustif et répugnant d'interminables nuits de bamboche à Moscou et Saint-Pétersbourg, à Toula même et à Sébastopol ! Des prostituées et des paysannes de tout acabit avaient partagé sa couche !

Je poursuivais ma lecture sans y croire. J'appris ainsi qu'il avait perdu son pucelage à quatorze ans, dans un bordel de Kazan où l'avait entraîné son frère aîné Sergueï, depuis toujours spécialisé dans la débauche. Après avoir commis l'acte répugnant, il était resté debout en larmes auprès du lit de la courtisane. Comme s'il avait vu à l'avance tout ce qui l'attendait.

Et il y avait plus. C'est ainsi que j'appris l'existence d'Axinia, la paysanne qui avait satisfait ses vils besoins durant les trois années qui avaient précédé notre mariage. Ce que j'aurais pu supporter, n'eût été leur fils Timothée, qui nous hante encore aujourd'hui. Le hideux, le stupide Timothée, avec son rire grossier et ses grognements de porc, qui rôde dans la maison comme un esprit démoniaque venu de l'enfer. Pire, il ressemble exactement à Liovotchka : même stature, mêmes épaules légèrement voûtées, ces sourcils qu'on ne peut manquer de reconnaître et cette fine barbe d'écume ! Il a aussi le profil de Liovotchka, avec son nez charnu et son menton saillant. Odieuse parodie de mon époux, il erre en titubant dans Iasnaïa Poliana, portant du bois, faisant des commissions, se faufilant dans l'ombre.

J'ai supplié mon mari de nous débarrasser de Timothée, ou du moins de l'envoyer à Moscou, où nous ne sommes jamais. Mais le Maître veut voir ses péchés rassemblés autour de lui. Il veut souffrir à tout bout de champ, à la vue de ce reflet grotesque de lui-même.

J'ai épousé Léon Tolstoï, le grand écrivain, le 23 septembre 1862, à huit heures du matin, dans l'église de la Nativité de la Vierge, à l'ombre même, longue et impériale, du Kremlin.

– Comment vivre sans ta compagnie ? m'a dit ma sœur Tania comme je sortais de l'église.

– Essaye, ma chère. Essaye.

J'étais heureuse de dépouiller la vieille vie comme un serpent sa mue. Lasse de tout devoir à Papa, accablée par mes doutes au sujet de mon avenir. Ma vie était réglée une fois pour toutes.

Pour ça oui, elle était réglée.

5

Dr Makovitski

Ils se moquent de moi. Ils gloussent et ricanent dans mon dos. Même des domestiques sont atteints par leur petit jeu. Pas plus tard qu'avant-hier, j'ai entendu dire aux servantes : « Quel petit avorton que ce docteur – et quel âne ! » Je les soupçonne de répéter ce qui sort de la bouche de Sophia Andreïevna. Elle me déteste. Mais à quoi peut-on s'attendre de la part d'une femme comme elle, qui gaspille ses journées à renifler comme un chien sur les traces de Léon Nikolaïevitch, en quête de quelque os de discorde à déterrer. Elle soupçonne Tchertkov d'avoir convaincu son mari de rédiger un nouveau testament par lequel il lègue les droits sur ses écrits au monde entier après sa mort. Il a toujours dit qu'il voulait le faire, et c'est ce qu'il devrait faire, de toute évidence. Mais Sophia Andreïevna veut empocher les droits d'auteur. Autrement, comment ferait-elle pour entretenir cette grande maison, avec tous ces domestiques, ce déferlement d'invités et ces excursions, ces voyages à Moscou et ces robes de Saint-Pétersbourg ? Son avarice est aussi légendaire que son incapacité à comprendre les principes de son époux. Comme celui-ci le lui dit souvent, on ne devrait pas compter tirer profit de livres écrits pour l'amour de l'humanité. Cela le blesse que quiconque, les pauvres en particulier, ait à payer pour lire ce qu'il a écrit.

Mais Sophia Andreïevna me fait pitié. Non que ce soit une mauvaise femme. Elle ne comprend pas, tout simplement, ce qui a été accompli par son mari. Elle n'a pas l'âme assez vaste pour y accueillir les rêves qu'il poursuit en vue d'améliorer le genre humain. Lesquels, d'ailleurs, n'exigent pas un immense effort de compréhension. Les pauvres hériteront de la terre. Les premiers seront les derniers, et les derniers seront les premiers. Et ainsi de suite. Tout ce que dit Léon Nikolaïevitch a été dit avant lui. Dans le domaine de la religion et de l'éthique, on n'invente pas la vérité, on la découvre et la proclame.

Léon Nikolaïevitch est le grand proclamateur.

Je ne suis pourtant pas assez fou pour croire qu'il soit le Christ. Le Christ est le Christ. Mais Léon Nikolaïevitch est sûrement l'un de ses prophètes. Quelle chance pour moi que de le connaître aussi bien ! Je suis plus que son médecin personnel. Je suis son ami.

J'ai commencé à lire Tolstoï quand j'étais étudiant à Prague. Baguenaudant parmi les pierres ambrées de cette cité, ou assis dans la cathédrale tandis que l'organiste répétait l'office du dimanche matin, je méditais sur son message. Plus tard, en Hongrie, je me suis consacré à ses écrits. Je ne tardai pas à lui écrire pour lui demander conseil, en l'informant que j'avais été choisi par les tolstoïens du pays pour diriger leur groupe.

Il me répondit : « C'est une faute énorme et une erreur grossière que de parler de tolstoïsme et de solliciter mes conseils à ce propos ou encore mon jugement sur tels problèmes. Il n'y a pas, il n'y a jamais eu de tolstoïsme ni aucun enseignement de ma part. Il n'y a qu'un enseignement général et universel de la vérité, qui est pour moi, pour nous, très clairement exprimé dans les Évangiles. »

C'était une chose que je comprenais, certes. Mais je savais aussi que Dieu parlait avec une clarté particulière à travers Léon Tolstoï. La lumière divine brillait à travers sa prose. Et je m'efforçais de vivre dans cette lumière tandis que je faisais mes visites quotidiennes dans le village. La profession médicale est parfaitement appropriée à une vie consacrée au service d'autrui, et chaque soir je regagnais ma chambrette exiguë à la pension, épuisé mais comblé, heureux au-dedans de moi. Je lisais ses livres à la flamme d'une bougie. Sa *Confession* m'émut profondément, comme aussi « Ce que je crois », où – avec une étonnante simplicité – il dit ce qu'il pense.

Qui est le Christ ? Cette question préoccupe Tolstoï depuis des dizaines et des dizaines d'années. « Il est celui qui dit, répond-il, qu'il est le Fils de Dieu, le Fils de l'Homme, la vérité et la vie. » Mais il n'est pas Dieu. C'est là l'erreur essentielle faite par nos théologiens d'Église. Ce que le Christ nous a donné était une façon de comprendre notre vie dans une perspective qui ne puisse être détruite par la mort. C'est la peur de la mort qui plane comme un oiseau de proie au-dessus de nos têtes, un tourment perpétuel. Comme l'a dit Léon Nikolaïevitch, on devrait faire fuir cette peur d'un coup de chasse-mouches. Ou lui dire : « Va-t'en, vilain oiseau ! » Et dès lors vient la liberté.

En témoignage de ma foi, j'ai renoncé aux femmes. Je ne suis pas bel homme, il est vrai. Mais mes mains sont des mains de docteur : fines et délicates. Je taille et recouds. Je panse et soulage. Je suis médecin. Quoique je ne sois pas encore vraiment un vieillard, n'ayant pas dépassé la cinquantaine, je suis tout à fait chauve, ce qui semble déplaire à bien des femmes. Ma barbe, que je taille chaque matin, me paraît de plus en plus blanche de mois en mois. Mais je ne manque pas de flamme. Il y a du feu dans ma tête, dans mon cœur. Je suis amoureux de Dieu. Je sens le feu divin dans mon âme. Je fais partie de Dieu, je *suis* Dieu, comme le sont tous ceux qui reconnaissent le Dieu qui est en eux.

Je puis même reconnaître la parcelle divine qui réside en ce juif de Goldenweiser, cet imposteur, ce saltimbanque, ce pianiste. Ce qui passe mon entendement, c'est pourquoi Léon Nikolaïevitch lui permet de s'incruster dans cette maison, de jouer sur son piano, de manger à sa table et de se promener avec lui dans le verger. La supériorité de la race slave sur les israélites est connue depuis toujours. En tant qu'homme de science, je ne puis manquer de remarquer la gigantesque kyrielle de défaites que les juifs ont subies. Où qu'ils aillent, ils sont suspects. Ils croissent et se multiplient dans toute espèce de sol ou presque. Léon Nikolaïevitch ne comprend rien aux juifs.

Mais tout homme a ses points aveugles. Léon Nikolaïevitch n'est pas Dieu. Quoi qu'il en soit, je l'aime. Je l'aime intégralement. Je n'en crois pas ma chance, d'avoir passé auprès de lui chaque jour de ma vie depuis mon arrivée ici il y a six ans, en 1904. J'ai eu ainsi le privilège d'écouter ses paroles. Je les note toutes, grâce à une sorte de sténographie où je suis passé maître, si bien que je manque rarement quelque chose d'important.

Cela peut être toutefois gênant durant les repas. Sophia Andreïevna me taquine parce que j'écris sous la table toutes les fois que Léon Nikolaïevitch ouvre la bouche. Elle s'écrie : « Fi donc, Douchane Petrovitch, encore en train de gribouiller ! Hou ! le vilain ! »

J'ai cependant une excellente mémoire – un don de Dieu. Chaque nuit, avant de dormir, je m'installe à ma petite table de bois blanc et me remémore ses paroles, je travaille à partir des notes recueillies dans la journée. Je prends garde à ne pas embellir ce qu'il a dit. Les paroles de Léon Nikolaïevitch n'en ont pas besoin ! Chaque pause, chaque geste, chaque aparté – tout est parfait. Et tout est là, dans mon journal. Mot pour mot – enregistré à jamais. J'en fais don à l'humanité.

Ma vie ici, hormis la présence fâcheuse de Sophia Andreïevna, a été une agréable routine. Je passe la matinée au village pendant que Léon Nikolaïevitch écrit. Une isba a été transformée en cabinet à mon usage, et j'y reçois chaque jour environ une douzaine de patients. Coqueluches, maux de gorge, embarras gastriques, fièvres, rougeole, phtisie, maladies vénériennes. Quelques cas d'hystérie. Poux. Je vois de tout. Mais j'aime nos paysans russes. Ils sont l'âme de la résistance. Simples, ils aiment Dieu et le craignent. C'est pourquoi Léon Nikolaïevitch les aime, pourquoi je les aime aussi, encore qu'ils soient pour la plupart superstitieux à en pleurer ! Ils ne comprennent pas que ce que je représente, c'est la science médicale. Que ce que je pratique, ce n'est pas de la magie. Pour ce qui est de la magie, je les renvoie au monastère proche de Toula. Que les moines vous guérissent, leur dis-je, si vous ne croyez pas à mes méthodes. Mais aucun d'eux ne m'a encore pris au mot.

Aujourd'hui a été une journée particulière. Contre la volonté de Sophia Andreïevna (ce qui rendait la perspective encore plus séduisante), je suis passé prendre Léon Nikolaïevitch à son bureau à neuf heures trente. Il était déjà, chose chez lui inhabituelle, depuis deux heures à sa table de travail. Normalement, il commence à neuf heures. Mais il avait projeté notre balade à Toula pour cette journée, aussi s'était-il levé et mis au travail avant que le reste de la maisonnée ne soit réveillé, appréciant, sans aucun doute, cette clarté d'esprit dont l'âme bénéficie de grand matin.

Nous sommes allés à Toula en troïka – trajet relativement court et n'exigeant aucun effort, sauf en hiver, quand d'épaisses congères peuvent barrer la route. Il faisait aujourd'hui une chaleur inhabituelle et les routes étaient dégagées, bien qu'il eût neigé légèrement toute la nuit. Les champs s'étendaient tout autour de nous dans leur blancheur. Comme c'était beau ! Léon Nikolaïevitch fit remarquer à plusieurs reprises combien la journée était pure et tranquille. Sa santé, dernièrement, n'avait pas été bonne – quelques refroidissements, des accès de toux –, aussi avais-je veillé à ce qu'il fût emmitouflé dans plusieurs manteaux et coiffé d'une toque fourrée, et j'avais placé sur ses jambes une couverture pour couper le vent. Il perdait un peu de salive, et bientôt une mince couche de glace se forma sur sa barbe, sans qu'il y prît garde, sembla-t-il.

Notre petite excursion, projetée depuis des semaines, agitait vivement Léon Nikolaïevitch. La Molva, le journal de Toula, ne parlait pas d'autre chose. Des moujiks appartenant au domaine Denizov avaient été accusés d'un vol de courrier au préjudice du service des postes. Leur procès devait être suivi d'une affaire plus importante, plus chère au cœur de Léon Nikolaïevitch que cette histoire de vol postal. I. I. Athanasiev, qu'il avait rencontré plusieurs fois à Teliatinki, avait été accusé de diffuser des brochures prônant le socialisme et la révolution.

– Il est toujours affligeant de voir un homme accusé de rien de plus que d'exprimer des opinions sur l'existence plus sensées que celles du jour, dit Léon Nikolaïevitch, plus pour lui-même que pour moi, comme la troïka pénétrait à grand fracas dans Toula par le pont de bois.

Il prit cet air pesant et solennel qui l'accable parfois au point de le défigurer.

Quand nous arrivâmes au tribunal, la rue était noire de monde. Un peu comme à Moscou, il y a quelque temps, ce même mois, à la gare de Koursk, où Léon Nikolaïevitch s'était trouvé noyé au milieu d'une foule d'admirateurs, des milliers d'inconnus qui clamaient son nom de toute la force de leurs poumons. Aujourd'hui, le bruit avait couru que Tolstoï comparaîtrait comme témoin de la défense dans les deux affaires, et les gens affluaient de tous côtés dans l'espoir d'entrevoir «le Comte», comme ils persistent à l'appeler – toutes sortes de gens, des mendiants surtout, qui s'imaginaient que cet homme pourrait accomplir pour eux un miracle. Nombre d'entre eux tendaient la main uniquement pour toucher son manteau en passant.

– Laissez le passage à Léon Nikolaïevitch ! criai-je, et quatre jeunes soldats en capote vert sombre se précipitèrent pour nous aider.

Nous formâmes un coin à nous cinq, comme des oies volant vers le sud, avec Léon Nikolaïevitch dans le sillage du V. Il gardait la tête baissée, faisant comme s'il n'entendait pas les cris de «Dieu vous bénisse, Léon Nikolaïevitch !» J'avais grand-peur qu'il ne trébuche ou s'effondre, comme il lui arrive parfois, mais il marcha d'un pas ferme et résolu. En un sens, l'attention qu'on lui témoignait le soutenait.

La salle du tribunal était trop froide pour un homme de quatre-vingt-deux ans comme Léon Nikolaïevitch. On avait eu beau faire du feu dans toutes les cheminées, les plafonds élevés et les corridors nus concouraient à rendre impossible tout confort. Et Léon Nikolaïevitch eut tôt fait de succomber au froid ambiant. Ses lèvres se mirent à trembler, elles bleuirent comme des ongles ; je craignis qu'il ne fût à nouveau frappé d'une de ces petites attaques qui l'ont tourmenté dernièrement. Elles le laissent momentanément sans voix et sans souvenir précis.

– Il faut garder votre manteau, Léon Nikolaïevitch, lui dis-je. Même le soleil est froid, aujourd'hui.

Il sourit, de son sourire édenté, en étirant les lèvres.

– Vous êtes mon médecin, n'est-il pas vrai ?

– Précisément. Alors, écoutez, pour une fois.

Je ne cesse de faire mon possible pour l'inciter à sc conduire raisonnablement pour son âge.

Un huissier nous conduisit dans un petit box où nous nous assîmes sur un banc de bois avec d'autres témoins et observateurs officiels. La tribune était bondée, et le juge – un aristocrate du nom de Bozoriev, membre de la milice locale – s'inclina légèrement en entrant vers Léon Nikolaïevitch et prit place derrière une table.

La première session concernait les moujiks qui avaient dérobé le courrier. Léon Nikolaïevitch était convaincu que ces paysans avaient été victimes d'un coup monté, et je fis part de cette information au juge. Léon Nikolaïevitch tapotait ses genoux de ses longs doigts, comme s'il avait battu la mesure d'une mélodie intérieure. Il me sembla perdu dans ses pensées durant la majeure partie de l'audience. Mais il s'anima de nouveau avec l'audition des témoins à charge contre Athanasiev, qui appartenait à un groupe marginal de socialistes révolutionnaires. Un procureur bovin en uniforme militaire accusa Athanasiev de diffuser du matériel destiné à créer du mécontentement chez les moujiks. Athanasiev n'était pas accusé directement de conspirer en vue de renverser le gouvernement du tsar, mais les conséquences possibles étaient graves. Ceux qui souhaitaient parler en sa faveur, tels que Léon Nikolaïevitch, étaient inscrits pour la séance de l'après-midi.

Nous déjeunâmes dans une petite salle nue proche des tribunaux, d'une tranche de pain noir grossier et d'un morceau de fromage de chèvre arrosés de thé brûlant, achetés à un marchand ambulant. Comme nous parlions du procès, Léon Nikolaïevitch s'anima. Il croyait aux principes élémentaires de la liberté de parole, dit-il, principes tout à fait étrangers au gouvernement impérial de Russie. Il admirait Athanasiev, qui est jeune et idéaliste. En vérité, il sympathisait avec les buts du jeune homme, bien qu'il doutât que les révolutions violentes pussent amener l'établissement d'une société juste.

– Les gens semblent oublier que nous devons tous mourir, dit-il en déchirant d'une main tremblante un petit morceau de pain pour le mastiquer lentement entre ses gencives. Nous devrions dépenser notre énergie, non pas en conflits inutiles, mais à faire ce qui, clairement, est bel et bon. Si une révolution n'est pas quelque chose d'authentiquement neuf – tel que l'abolition de toute forme de gouvernement –, elle ne sera sûrement rien de plus qu'une imitation de ce que nous avons déjà vu, quelque chose de pire que ce qu'elle remplacera.

L'argument ne me paraissait pas entièrement valable.

– Mais le tsar est malfaisant, dis-je dans un murmure, bien que nous fussions seuls, apparemment. N'importe quel gouvernement serait meilleur que celui-ci. Assurément, il ne saurait y en avoir de pire.

Léon Nikolaïevitch parlait calmement, sans peur d'être entendu. Il est parmi les rares hommes de ce pays qu'on peut dire à l'abri de toute persécution de la part du tsar.

– Il ne peut y avoir d'amélioration de la condition du peuple russe, ni d'aucun peuple, dit-il, par le moyen d'une révolution qui ne repose pas sur des bases morales. Ce qui présuppose qu'il ne sera pas fait usage de la force.

Je me hâtai de noter tout cela sur mon calepin. C'était bon. Très bon. Mais j'objectai que ce qu'il soutenait était impraticable. Je croyais, moi aussi, qu'il fallait obéir en toute chose à la volonté de Dieu, et qu'une révolution sans bases morales ne pouvait être que préjudiciable au peuple russe. Mais je ne voyais pas pourquoi il n'entrerait pas dans la volonté de Dieu qu'un gouvernement tyrannique fût remplacé de force par une forme de gouvernement plus raisonnable. J'exprimai ces réserves, mais Léon Nikolaïevitch semblait inébranlable. Peut-être se mettait-il ainsi dans une disposition d'esprit appropriée à la séance de l'après-midi.

Nous regagnâmes la salle d'audience avant les autres ; il faisait encore plus froid, maintenant. Léon Nikolaïevitch, penché en avant, remuait la bouche comme s'il avait encore les joues bourrées de morceaux de pain à mastiquer. Il suffoqua à deux ou trois reprises, et je me hâtai de lui prendre le pouls. Il battait à tout rompre, et j'insistai pour qu'il repartît aussitôt à Iasnaïa Poliana.

– Je ne prendrai pas la parole, dit-il. Mais vous devrez le faire à ma place. Vous direz que je suis en complet désaccord avec ce qui a été dit contre Athanasiev. Que je le considère comme un jeune homme de bonne volonté, aux idéaux élevés, et qu'il ne devrait pas être puni.

Lorsque le juge revint, je me levai pour excuser Léon Nikolaïevitch. Je dis que son état de santé ne lui permettait pas de parler en public, mais j'exposai brièvement sa position à l'égard d'Athanasiev, et le juge nous remercia chaleureusement. Léon Nikolaïevitch se leva alors, s'inclina devant le juge et l'assemblée, et quitta le tribunal en s'appuyant lourdement à mon bras.

Pas un bruit tandis que nous sortions, jusqu'à ce qu'une voix s'élevât, solitaire comme une bouffée de fumée à l'horizon :

– Dieu protège Léon Nikolaïevitch !

Je me retournai. C'était Athanasiev.

Nous nous arrêtâmes pour boire encore un verre de thé à la sortie, car Léon Nikolaïevitch frissonnait de froid. Nous n'étions pas assis depuis très longtemps lorsqu'un jeune homme apparut, porteur d'un message pour le Comte, dit-il en me souriant, comme s'il y avait eu entre nous une quelconque intimité.

– On m'a demandé de vous faire savoir que l'affaire contre les moujiks s'est terminée par un non-lieu. Ils sont libres de rentrer chez eux.

Il fit une pause pour nous laisser le temps de nous imprégner de cette importante nouvelle, puis ajouta :

– Athanasiev a été condamné à la peine minimale : trois ans d'internement en forteresse.

– Mais c'est affreux !

– Douchane Petrovitch, dit Léon Nikolaïevitch, nous devrions nous réjouir de ce qu'il n'ait pas été condamné à mort, compte tenu de l'agitation qui règne dans tout le pays. Le gouvernement n'a que trop envie de faire des exemples avec des hommes comme Athanasiev. Trois ans de forteresse, voilà qui n'est pas si mauvais pour un jeune homme. Il aura le temps de lire et d'écrire. Je lui enverrai des livres.

Léon Nikolaïevitch fut rayonnant toute la soirée, bienveillant envers tout le monde, attentif aux paroles de Sophia Andreïevna. Il versa même une goutte de vin dans son gobelet d'eau – signe qu'il se sentait en veine de réjouissances.

Boulanger était là, qui jouait (insupportablement) les bons petits disciples, tout comme Najivine, un jeune écrivain, qui avait insisté pour être assis à côté du « Maître », comme il l'appelait – au grand dépit de tous les autres. Il roucoulait comme un pigeon quand Léon Nikolaïevitch parlait, avec des gloussements de gorge. Je le détestai de toutes mes forces, surtout lorsqu'il se mit à philosopher, répétant, *verbatim*, les propos de Léon Nikolaïevitch, comme s'il venait juste d'y songer. Léon Nikolaïevitch resta poli avec lui, je me demande bien pourquoi. Il alla même jusqu'à hocher vigoureusement la tête quand Najivine, en bon perroquet, reprit à son compte une de ses phrases les plus célèbres. C'était affreusement embarrassant.

Sophia Andreïevna entraîna tout le monde dans le salon de devant, et nous nous assîmes tandis qu'elle jouait au piano la sonate « Pastorale » de Beethoven. De grosses larmes mouillèrent les paupières de Léon Nikolaïevitch, et il les essuya avec sa manche. Il pleure souvent quand on lui joue de la musique, au gramophone comme au piano – habituellement, c'est Sophia Andreïevna. Elle se prend pour une pianiste de classe internationale que les circonstances ont contrainte à mettre son talent sous le boisseau. La musique, pour ma part, me laisse absolument froid.

C'est Goldenweiser, cet imbécile de juif, qui m'en a dégoûté à jamais. Soir après soir, sans lâcher le clavier, il joue pour la famille Tolstoï, et tout le monde est trop bon pour le remettre à sa place. Pauvre Léon Nikolaïevitch ! On lui marche sur les pieds, et il dit oui à tout, soucieux de maintenir le calme à tout prix. Mais ce prix est exorbitant.

Il comprendra un jour pourquoi je suis hostile à Goldenweiser. Il comprendra aussi que Sophia Andreïevna doit aller vivre ailleurs.

6

BOULGAKOV

La plupart des jours se ressemblent. Ils tombent en rangs serrés, fauchés par le temps. On n'en regrette pas tellement la perte. Mais quelques rares jours de gloire se détachent dans le souvenir, des jours dont chaque instant brille individuellement, tels des galets sur un rivage. On meurt d'envie d'en reprendre possession, on pleure leur éloignement. Telle fut ma première journée comme secrétaire de Léon Nikolaïevitch.

C'était à la mi-janvier, par un matin de brouillard extrêmement chaud pour la saison. Je m'éveillai de bon matin dans la chambrette, juste au-dessus de la cuisine. C'était mon deuxième jour à Teliatinki, et je devais rencontrer Tolstoï après le petit déjeuner. Macha, qui avait rejoint depuis peu la bande de tolstoïens fervents qui vivent et travaillent chez Tchertkov, m'apporta un verre de thé au lit. C'est une grande fille, finnoise d'allure, aux pommettes saillantes et aux cheveux blonds coupés court qui retombent raides de chaque côté de la figure. Ses yeux verts en amande regardèrent à terre lorsqu'elle entra dans ma chambre, après avoir frappé si légèrement que je n'eus pas conscience de sa présence avant qu'elle n'ouvrît la porte.

– Entrez, dis-je en me raclant la gorge.

Je m'assis sur mon lit. Elle déposa le plateau sur la table de chevet.

– C'est très gentil à vous de m'apporter du thé. Vous n'auriez pas dû faire cela.

– Demain, vous ferez votre thé vous-même, dit-elle. Mais aujourd'hui, disons que vous avez de la chance.

Sa timidité semblait se dissiper tandis qu'elle coupait une tranche de citron et la mettait dans le verre.

– J'aime bien qu'on s'occupe de moi.

– Nous n'accordons pas de privilèges spéciaux dans cette maison. On est tous égaux à Teliatinki.

– Une véritable démocratie !

– Vous dites cela pour me taquiner.

– Désolé. Cela m'est interdit ?

– Comme vous voudrez, dit-elle.

Elle repoussa la couverture jusqu'à mes genoux et s'assit. Aucune femme ne s'était jamais assise à côté de moi lorsque j'étais au lit, sauf ma mère. Tout, dans ses façons de faire, démontrait que Macha était une jeune fille franche et directe, progressiste et douée de sens pratique. Une vraie tolstoïenne, nom d'un chien !

– Avez-vous déjà rencontré tout le monde ? Serguieïenko, je dois vous prévenir, n'a pas le sens de l'humour, dit-elle. Il est, toutefois, extrêmement gentil.

Cette gentillesse m'avait échappé. Serguieïenko, le secrétaire de Tchertkov, est le fils d'un ami intime de Tolstoï. Il dirigeait l'établissement de Teliatinki en l'absence de Tchertkov. Hélas ! je l'avais pris en grippe quasiment dès mon arrivée, le jour d'avant. C'est un homme encore jeune, grassouillet, proche de la quarantaine ; il porte, comme Tchertkov, une mince barbe noire. Il y a du dandy chez lui, à ceci près qu'il ne prend presque jamais de bain ; il dégage une odeur surette, une odeur de laine croupie. Il avait abordé d'emblée la question de mon travail.

– Vladimir Grigorievitch souhaiterait que vous commenciez sans retard vos rapports sur Iasnaïa Poliana, dit-il après m'avoir introduit dans son bureau, une petite pièce nue qui donne sur le hall d'entrée.

Il tira d'un solide bureau de chêne les mystérieux carnets interfoliés.

– Vous devez savoir que, pour des raisons de sécurité, nous devons garder secrète l'existence de ces carnets – de vos carnets.

Je promis de me conformer à ses désirs, mais sentis comme un vide au-dedans. Ces cachotteries ne me semblaient guère en harmonie avec l'essence même du tolstoïsme. Ce n'était pas une façon de commencer une relation avec l'homme que j'admire le plus au monde.

– Vous n'avez pas aimé Serguieïenko ? me demanda alors Macha, interrompant ma rêverie.

– Il a l'air sincère, dis-je.

Ses seins, petits mais adorables, soulevaient juste un peu sa blouse de mousseline. Ses longs bras, ses poignets déliés, ses doigts délicats me séduisaient. Je m'emplissais paisiblement de sa présence, respirant à pleins poumons la douce atmosphère qui flottait autour d'elle.

En bavardant, j'appris qu'elle avait enseigné à Saint-Pétersbourg. Tâche peu agréable – dans une école d'élite pour les enfants gâtés de la bureaucratie.

– Encore toute jeune fille, je voulais être religieuse.

Je ne pus contenir un léger sourire.

– Cela vous amuse ?

– Excusez-moi, dis-je, mais je ne puis vous imaginer en bonne sœur.

– Pourquoi ?

Elle ne semblait nullement en colère, simplement curieuse.

Qu'est-ce que je pouvais dire ? Que ç'aurait été dommage, parce qu'elle était trop belle pour porter le voile ?

– Vous n'avez rien d'une religieuse, dis-je, dans un effort désespéré pour lancer une passerelle par-dessus ce point périlleux de la conversation. Je veux dire, les religieuses sont vieilles… et ridées.

Elle comprit que je bluffais et sauta du lit.

– Je ferais mieux de retourner à la cuisine. C'est moi qui suis de service cette semaine. Votre tour viendra bien assez vite.

– La démocratie en action.

Elle n'aima guère la pointe de cynisme que j'avais mise dans ces paroles, et me tourna le dos.

Je voulais lui demander de me parler de son intérêt pour Tolstoï, mais elle ne semblait pas d'humeur à s'attarder sur elle-même. Elle restait là, lissant les plis de sa jupe, encore mal à l'aise devant moi.

Je la remerciai à nouveau avec effusion, un peu trop peut-être, de m'avoir apporté le verre de thé.

– Un jour peut-être, ce sera votre tour, dit-elle en refermant la porte derrière elle.

Il me vint à l'esprit qu'il ne serait peut-être pas facile de rester chaste à Teliatinki.

Je fus conduit à Iasnaïa Poliana par un jeune régisseur nommé Andreï. Mince, la peau olivâtre, la tête couverte de boucles épaisses, il avait les pommettes saillantes et les yeux légèrement bridés d'un Mongol. Il avait joué merveilleusement de la balalaïka le soir de mon arrivée, et Serguieïenko en avait été quelque peu consterné. (Serguieïenko pense que la musique est chose frivole, et que la lecture des philosophes ou des Saintes Écritures constitue un passe-temps approprié pour les soirées.)

– Le comte est un homme simple, dit Andreï, tenant les rênes. Il ne vous fait pas peur, ce n'est pas comme Tchertkov.

– Est-ce que Tchertkov fait peur aux gens ?

Andreï se déroba.

– Il n'est pas méchant.

– Je comprends ce que vous voulez dire à son sujet, dis-je, m'efforçant de le rassurer.

Nous cahotions sur la boue gelée. Le brouillard était toujours épais, s'accrochant aux arbres comme du coton à un peigne. Il tournait lentement sur lui-même, formant des flaques dans la vallée, s'enroulant en boucles autour des isbas blanchies à la chaux, se léchant la queue au coin du bois de Zassieka. L'air avait une légère saveur cuivrée.

J'avais le ventre serré et dur comme un ballon de football, une vague nausée. C'était pire que d'aller en classe pour la première fois.

– Vous connaissez personnellement Tolstoï ? demandai-je.

– Je le vois passer à cheval les après-midi, toujours seul. Mais il ne vient guère à Teliatinki. La comtesse ne le permet pas. Elle est jalouse de ses amis, vous savez. Une vraie garce.

– La comtesse Tolstoï est une garce ?

– Je ne devrais pas le dire comme ça, sans y mettre de gants.

– Il faut toujours dire ce qu'on pense.

Je me sentis un tantinet hypocrite à déclarer ce genre de chose, mais – en tant que personne d'un rang supérieur – il me sembla de mon devoir d'indiquer ce qui, de toute évidence, était la juste position morale.

– Je ne voudrais pas vous dresser contre la comtesse. Vous entendrez dire suffisamment de mal à son sujet. Attendez seulement.

De prime abord, en compagnie des tolstoïens, je n'avais pas entendu un seul mot de sympathie à l'égard de la comtesse Tolstoï. Elle semblait être comme ma grand-mère, Alexandra Ilinicha, qui jamais ne fichait la paix à mon pauvre grand-père, Sergueï Fiodorovitch. Celui-ci menait, à Saint-Pétersbourg, la vie du parfait rentier traditionnel et mourut l'an dernier d'apoplexie à l'âge de soixante-dix-neuf ans. Il avait passé les cinquante dernières années de sa vie comme si ma grand-mère n'existait pas, se promenant dans les jardins publics ou se cachant dans son cabinet, où il lisait les tout derniers romans français ou anglais. Coiffé en été d'un panama, avec un gilet de piqué parsemé de breloques, il était le genre d'homme que Tolstoï aurait méprisé. Et, cependant, j'aimais Grand-père. Il était d'un naturel doux et généreux, et très cultivé. Il avait dirigé mes premières lectures. En fait, c'est lui qui m'avait conduit à Tolstoï, que personnellement il n'approuvait pas. « Il a trahi sa classe », telle était la principale critique de Grand-père, qu'il ne pouvait réellement m'expliquer, ni s'expliquer lui-même. Quoi qu'il en soit, il se réjouissait de ma passion pour les livres, quels qu'ils fussent.

– C'est un homme simple, dans son genre, dit à nouveau Andreï.

– Qui ?

– Tolstoï ! Jamais un mot plus haut que l'autre, avec personne.

Une image de Tolstoï se formait dans ma tête, celle d'un mari dominé par sa femme, austère, douce et silencieuse figure de père éludant le monde comme le faisait mon grand-père, de façon un tantinet stupide.

Il était neuf heures du matin quand nous franchîmes les portes de Iasnaïa Poliana. Comme dans un roman, le brouillard commençait à se lever, révélant, à faible distance, la façade d'une blancheur crayeuse du manoir. La lumière devenait de plus en plus dure, détachant les lignes du paysage d'hiver avec une précision de graveur : le grand orme gelé devant la maison, les bouleaux d'un seul côté de la route, les toits de chaume des diverses fermes du domaine. Des herbes dressaient leurs tiges dans les champs à travers le récent saupoudrage de neige, et le domaine semblait maintenant abandonné, dépouillé, mais majestueux et serein.

Andreï me déposa devant la porte d'entrée et repartit, me laissant à moi-même et à mon inquiétude. J'ôtai mon chapeau et mes gants et frappai à la lourde porte. Elle fut ouverte par un homme entre deux âges, en redingote sombre et gants blancs.

– Vous êtes le nouveau secrétaire ?

– Valentin Fiodorovitch Boulgakov.

Il hocha la tête, s'inclinant légèrement. Il ne se présenta pas à moi, et je ne lui demandai pas son nom. Il me mena à un vestiaire où je pus laisser mon manteau et mon chapeau. J'avais mis dans la poche de ma veste la lettre d'introduction de Tchertkov et m'assurai qu'elle s'y trouvait toujours.

– Le comte est parti en promenade, m'apprit l'homme. Il aimerait que vous l'attendiez dans son bureau.

On me conduisit dans les appartements privés de Tolstoï, à travers une maison vide, baignée de lumière – maison assez typique d'une famille aristocratique russe, bien que meublée plus chichement que l'on eût pu l'attendre. Les parquets de bois brillaient, couleur de miel.

– Voulez-vous du thé ?

– Non, merci, dis-je, et je fus conduit vers le sofa de cuir rayé placé contre le mur du fond. Je m'assis et croisai les jambes. Je ne me sentais pas à ma place – comme quelqu'un qui entre par hasard dans une église, un jour de semaine. L'homme parti, je me relevai. J'étais agité, mais curieux. La pièce était plus petite que je ne l'avais imaginé, avec des murs pâles et crasseux. Elle dégageait une faible odeur de chanvre et de suif, une odeur de vieillard. Une table à écrire ornée de volutes, aux pieds trapus, occupait le milieu de la pièce, un véritable autel. Je la touchai avec précaution, laissant courir ma main sur sa surface lisse, puis je m'assis dans le fauteuil de Tolstoï. J'eus l'impression d'avoir enfourché un puissant coursier prêt à foncer tout seul sans tenir compte de mes injonctions.

Des lettres dont toutes les enveloppes avaient été ouvertes, mais qui probablement attendaient une réponse, étaient entassées çà et là sur le bureau. Un vase de pierre plein de crayons et de stylos était posé à côté du sous-main ; un pot d'encre de Chine, au couvercle desserré, à côté d'un registre. Il y avait un carnet de notes ouvert. L'écriture était grosse mais peu lisible, à ce que je pus voir sans m'approcher. J'aurais aimé y jeter un coup d'œil, mais n'osai pas, et m'éloignai de la table.

Une double rangée de livres occupait une étagère sur le mur. Celle du bas contenait des textes variés : philosophes, penseurs religieux, études bibliques, romans français, anglais, allemands. Quelques romanciers et poètes russes. Je pris sur ce rayon un volume à l'aspect étrange, à couverture chamois, et me mis à le feuilleter. C'était une pièce de George Bernard Shaw, intitulée *Man and Superman*, dont je n'avais pas entendu parler. Une copie de lettre s'échappa d'entre les pages et glissa sur le plancher. Je la ramassai. C'était une réponse de Tolstoï à l'auteur de la pièce, écrite en anglais. Il y en avait toute une tartine, et mon regard tomba, vers la fin, sur ce passage :

> *En vérité, mon cher Shaw, la vie est une grande affaire, une affaire sérieuse, et chacun d'entre nous doit s'arranger, dans le court espace de temps qui lui est imparti, pour découvrir quelle est sa tâche et accomplir cette tâche aussi sérieusement que possible. Ceci s'applique à tous les hommes et*

toutes les femmes, mais surtout à quelqu'un tel que vous, à un homme qui peut, grâce au don de la pensée originale, atteindre au cœur des questions sérieuses. C'est ainsi qu'espérant ne pas vous offenser, je vais vous dire ce qui, dans votre livre, me semble ne pas aller.

Le premier défaut, c'est que vous manquez de sérieux. On ne devrait jamais plaisanter avec ce qui fait le but de la vie humaine, les raisons de sa perversion, ou le mal qui de jour en jour consume l'humanité…

Entendant des pas, je m'arrêtai de lire, glissai de nouveau en hâte la lettre dans le volume et le volume sur le rayon. Je tremblais à présent. C'était un grand homme, en vérité, qui pouvait écrire avec une telle simplicité à ce Mr Shaw d'Angleterre. Il n'est pas difficile de louer les gens. Leur signaler leurs fautes est une autre histoire.

Les pas s'éloignèrent, et leur bruit disparut au fond du corridor. Je regardai alors la rangée de livres du dessus – l'admirable encyclopédie Brockhaus Efron, avec ses nervures bleues et ses lettres d'or, qui s'étendait sur la moitié de la pièce. Venait ensuite une rangée de romans de Tolstoï, reliés en bougran. Je soulevai l'un des volumes de l'étagère : *Enfance* – son premier livre publié. Je tournai les pages, lisant quelques phrases, puis tirai *Anna Karénine* de la série. Je jetai un coup d'œil rapide aux *Quatre Évangiles harmonisés et traduits.* Dans cet ouvrage monumental, Tolstoï parvient à discerner le véritable Évangile de Jésus – l'histoire d'un homme qui a renoncé au monde pour Dieu, pour l'homme ; et ce faisant, Jésus est devenu divin – ; sa vie exemplaire, dégagée de générations de fatras mystique, est ainsi découverte dans ce livre – « harmonisée et restaurée » – quoique peu de lecteurs aient trouvé le commentaire de Tolstoï facile à suivre. Il faudra encore des décennies pour clarifier et interpréter dans le détail le travail commencé par Tolstoï.

J'aimais à penser que ces volumes étaient les exemplaires personnels de Tolstoï. Je me serrai les mains derrière le dos pour m'interdire d'y toucher davantage. Des portraits accrochés aux murs sollicitèrent mon attention. Il y avait Dickens dans tout l'éclat de la jeunesse, son regard vif étincelant, et les poètes Fet et Pouchkine. Je m'assis à nouveau sur le sofa de cuir, les yeux fixés sur la petite table sculptée posée à côté, un meuble ancien, avec une sonnette dessus (pour me convoquer, peut-être ?) et un vase en verre bleu rempli d'épis séchés.

La porte s'ouvrit avant même que j'eusse entendu les pas. C'était Tolstoï. Il entra dans la pièce, doux comme un vieux grand-père aux pommettes rouges et rayonnant, ses bottes sibériennes doublées de fourrure laissant derrière elles une traînée de neige. Il portait un pantalon ample et flottant et une blouse de lin bleu nouée à la taille. Il frotta l'une contre l'autre ses mains rougies.

– Je suis si heureux que vous soyez là ! dit-il. Je suis si heureux !

Son accueil était quasiment excessif, mais je ne mis pas en doute sa sincérité. Il n'y avait pas place pour cela. Je lui tendis la lettre de Tchertkov, mais il posa l'enveloppe sur le bureau sans la regarder.

– Vladimir Grigorievitch m'a déjà écrit abondamment à votre sujet. J'ai vraiment grand besoin de votre aide. Mon nouveau recueil de textes est un très gros travail – il me coûte un effort énorme, et je suis si vieux ! Trop vieux. Mais parlons de vous. Comment votre propre travail avance-t-il ?

Je le remerciai de son intérêt, mais il ne voulut pas entendre parler de gratitude, disant que ce que j'écrivais avait retenu son attention, comme celle de Tchertkov. Je lui en fus reconnaissant.

Nous parlâmes du travail que je pourrais faire sur *Pour tous les jours*, que Tolstoï avait songé un jour à intituler *Cycle de lectures*, pour indiquer qu'il faudrait lire et relire continuellement les préceptes qu'il contenait, de façon circulaire et ininterrompue. (Tchertkov préférait l'autre titre, aussi le livre fut-il intitulé *Pour tous les jours*.) Mon travail consistera donc à compiler une anthologie de maximes de sagesse à l'usage du Russe moyen pour l'exercice quotidien de la contemplation. Sorte d'alternative aux Écritures, ou à lire parallèlement à elles. Je dois l'aider à glaner et sélectionner les citations, et c'est lui, Tolstoï, qui relira et donnera son approbation ou non au choix que j'aurai fait.

Nous étions assis tous les deux sur le sofa, comme des enfants, tandis qu'il me parlait. Léon Nikolaïevitch (comme il me demanda aussitôt de l'appeler) reçoit chaque jour trente à quarante lettres d'admirateurs inconnus, de gens en état de crise spirituelle, de lecteurs en colère, de révolutionnaires et de fous. Il les passe en revue lui-même, inscrivant à la craie sur les enveloppes : N.P.R. (ne pas répondre), A. (appel à l'aide) et S. (stupide). Certaines de ces dernières, et celles qui demandent du secours, seront placées chaque matin sur un plateau, et je serai chargé de leur concocter une réponse. Léon Nikolaïevitch se réserve celles qui l'intéressent le plus. Une fois rédigées au brouillon, toutes les lettres seront portées à la Remingtonnière pour y être dactylographiées par sa fille Sacha.

– Sacha vous plaira, me dit-il. C'est une fille pleine de vie et d'attention.

À partir de là, la journée se déroulera de façon routinière. Il m'a expliqué qu'à moins de me sonner il préfère travailler sans être dérangé jusqu'à deux heures, heure à laquelle la maisonnée entière prend son déjeuner dans la salle à manger, tout en discutant de quelque sujet courant sous la houlette de

Léon Nikolaïevitch. Après manger, il aime à se promener sur ses terres ou, s'il se sent suffisamment bien, à monter Délire et à se rendre au village ou à suivre une allée forestière. Il revient à son bureau à cinq heures et prend une tasse de thé, puis travaille jusqu'à ce qu'on l'appelle pour dîner à sept heures, ce qui vient assez vite. J'ai carte blanche pour rester chaque fois que j'en ai envie. Après dîner, on fait de la musique, ou on joue aux échecs. Il se retire de bonne heure, la plupart du temps, dans l'espoir de lire, bien qu'il lise moins à présent, à ce qu'il a dit.

– Vous n'avez pas très bonne mine, Valentin Fiodorovitch, m'a-t-il dit. Est-ce que vous allez bien ?

– J'ai plutôt mal dormi la nuit dernière. Il faut parfois plusieurs jours pour s'habituer à un nouveau lit.

Il posa sa main frêle sur mon front et me demanda de m'étendre sur le sofa. Je protestai, bien entendu, mais il insista.

– Allongez-vous ici. Faites un petit somme. Je me suis rendu compte qu'un petit somme peut faire énormément de bien quand on ne se sent pas en forme.

Il m'enveloppa les genoux dans une couverture. Ma situation avait quelque chose d'irréel et de touchante absurdité qui n'était pas pour me déplaire. Pour moi, son nouveau secrétaire, de près de soixante ans son cadet, le plus grand écrivain occidental allait chercher du thé ! Allongé sur le dos, les yeux fixés sur le plâtre fissuré du plafond, je me disais que c'était un homme que je pourrais aimer facilement. À dire vrai, je l'aimais déjà.

7

J. P.

Promenade de fin d'hiver dans le bois de Zassieka

Les bois en hiver s'emplissent d'oiseaux :
vacarme de moineaux, de choucas et de geais
qui sautillent parmi les rameaux hérissés.

Je vais sans mal à travers les broussailles,
leur frêle gaze de brindilles effeuillées
qui peut d'un coup de griffe à l'œil faire saigner.

Dans le vent au-dessus des pins rouges de Norvège
une corneille ébouriffée attend là-haut,
paresseuse, fixant le bleu glacé du ciel

d'un œil dur et froid comme le diamant.
L'été dernier j'ai vu dans un champ près d'ici
cette corneille, son bec tranchant qui dépeçait

un chien mort depuis peu. Je les ai regardés
s'élever, virer vers ces bois en vue de quelque
sombre festin, la corneille noire et le chien.

Qu'est-ce donc qui moisit sous la croûte de neige?
J'ai collé l'oreille au sol près de la rivière
pour entendre l'eau sous terre, son gargouillis

de syllabes perdues, de contes oubliés
encore vivants sous la glace. En nous au chaud
tout ce que nous pouvons aimer demeure, même

quand nous perdons le nom de vie et que s'allongent
sur notre dos les ombres charbonneuses, quand
les oiseaux au-dessus de nous sont le seul chant

que nous puissions entendre encore. Je traverse
le couvercle figé de l'eau, là où il ploie
sans céder. En ce monde encor je suis chez moi,

bien que j'aie devant moi un nombre de jours moindre
qu'au temps où je rêvais que je pouvais voler,
j'ai grimpé sur un arbre et sauté dans le vent

les manches gonflées d'air. Ah, tombant dans la neige
molle, tombant d'une hauteur que je savais
sans importance, à moins d'un roc ou d'une souche…

J'appuie mes lèvres sur une racine glacée
où court la sève alors que le printemps est loin.
Il fait chaud en hiver, comme s'emplit ma bouche

de neige sèche et d'écorce douce et poisseuse.
Je courbe la tête et prie: Laissez-moi, Seigneur,
vous connaître ainsi que je connais ces bois,

le battement chaud, hivernal de Zassieka,
ailes noires et bleues, la saveur et l'insipidité
des sèves dans la neige, et ces humeurs changeantes.

8

SACHA

MAMAN EST ENTRÉE ce matin, un châle à la main, dans la Remingtonnière où j'étais en train de taper – un châle bleu au tissage de mousseline laineuse, qu'elle voulait à tout prix me mettre sur les jambes.

– Tu n'as jamais été en bonne santé, dit-elle en enroulant les extrémités du châle autour de mes genoux.

Je lui rappelai que c'était Macha, pas moi, qui avait toujours été malade. Tout ce qu'elle voulait, c'était un prétexte pour fouiner.

– C'est quoi, ce que tu es en train de taper ? demanda-t-elle en passant. Des lettres ? Une nouvelle histoire ?

Elle manquait vraiment d'élégance.

– Qui partout met le nez tombe tôt sur un bec, dis-je.

– Alexandra Lvovna !

Chaque fois qu'elle veut feindre la désapprobation, elle m'appelle par mon prénom et mon patronyme. Ici, même les domestiques m'appellent Sacha. Je ne suis pas prétentieuse.

– Il travaille avec Boulgakov à *Pour tous les jours*, dis-je. Pas besoin de t'inquiéter. Il n'a rien dit d'imprimé sur ton compte.

Nous savons, elle et moi, que Papa écrit la vérité sur elle dans son journal. C'est pourquoi elle a tout le temps envie de le lire, et pourquoi Papa s'efforce de le tenir hors de sa vue. C'est devenu un stupide jeu de cache-tampon.

– Tu es bien insolente à présent, dit Maman. Ta conduite est indigne d'une jeune fille bien élevée. Je ne sais pourquoi Papa te fait faire tout son sale travail, ajouta-t-elle avec un geste en direction de la machine à écrire.

– Le travail que je fais pour mon père n'a rien de sale.

Je tournai le dos et me remis à taper.

– Boulgakov te plaît ?

– Assez, dis-je. Il est poli. Un rien naïf, peut-être. Mais il est jeune.

En fait, je trouve qu'il n'est pas très sincère, et même sournois. Mais ce n'est pas le genre de chose que je dirais à ma mère. Elle est toujours en quête d'alliés potentiels, et Boulgakov me fait l'effet d'un caméléon, toujours prêt à prendre la couleur de ce qui l'entoure.

Maman est devenue impossible cette année, absolument malade de jalousie et de rancœur bourgeoise. Elle pleure sans cesse, se pomponne devant le miroir, rôde toute la nuit dans la maison comme une bête affolée ! Papa ne mérite pas cela. Je ne comprends pas pourquoi Dieu a laissé tomber un tel fardeau sur les épaules du plus grand écrivain de toutes les Russies.

Macha, ma sœur, était jusqu'à sa mort la préférée de Papa. Elle semblait toujours comprendre ses idées, bien que je doute qu'il en fût ainsi ; mais à quoi bon critiquer une morte ! Depuis qu'elle n'est plus, je me suis rendue indispensable à mon père, et il m'en est reconnaissant. Il m'aime, à présent, tout comme je l'aime moi-même. Macha aussi l'aimait, mais elle était faible. Elle avait les joues pâles comme le plâtre, les lèvres toujours bleues, tremblantes même quand elle ne disait rien. Elle faisait profession des valeurs tolstoïennes, chasteté comprise, mais quand je pense à la façon dont elle est tombée dans les bras d'Obolensky, cet imbécile, avec ses bonnes manières de pacotille mais pas un kopeck à l'appui ! Papa pleurait à son mariage, mais ce n'étaient pas des larmes de joie. Moi, au contraire, j'ai décidé de me consacrer à lui. J'ai lu ses livres et, à l'inverse de ceux qui l'entourent, je les ai *compris.*

Et je ne me marierai jamais. Pourquoi la fille de Léon Tolstoï souhaiterait-elle se mettre au service d'un autre homme ?

Maman a toutes les peines du monde à supporter que Papa me donne son travail à taper. C'était elle autrefois qui recopiait ses manuscrits de son écriture appliquée. Elle aime à rappeler l'époque où Papa composait *Anna* et où, jour après jour, elle s'éveillait en train de rêver de Vronsky, Lévine, Kitty, se demandant ce qui allait leur arriver ensuite.

Je l'envie parfois d'avoir connu cette époque ancienne où Papa, jeune encore, écrivait des romans et des nouvelles. Mais ce qu'il fait maintenant a plus d'importance. Le roman est un divertissement bourgeois, à moins que l'auteur n'adopte un ton nettement moral. Voilà pourquoi Papa déteste William Shakespeare.

– On ne peut jamais dire, dit Papa, quelle position Shakespeare adopte. Il est invisible. Un auteur a le devoir de se présenter au public. De dire clairement *ceci est bien, cela est mal.*

Papa adore la copie au propre que je lui apporte chaque matin, bien qu'il ait tôt fait de la gâcher, rayant des mots d'un trait de plume, ajoutant de nouvelles phrases, des phrases entières et des paragraphes, dans les marges ou entre les lignes. Il aime à remplir de grosses bulles avec des corrections que je suis censée comprendre et incorporer dans les ébauches successives. Je déteste avoir à me glisser dans son bureau pour demander des éclaircissements. Il est d'une patience infinie, bien sûr, et me remercie chaque fois, comme si ce n'était pas un bonheur que de faire tout cela pour Léon Tolstoï.

Je travaille tard ce soir, m'efforçant d'achever les projets de la journée, tandis que la lampe brûle avec un chuintement près de la machine à écrire. Quelle journée ! Le père de Serguieïenko est venu, l'un des plus vieux amis de Papa. Père tourne sans cesse autour de lui, comme un petit garçon, il blague et le taquine, j'adore ça ! Serguieïenko nous a offert un gramophone, avec en plus un enregistrement de la voix de Papa fait à Moscou il y a quelques mois. Maman a posé le disque sur cette horrible machine, avec son pavillon de cuivre et ses boutons terrifiants. On l'avait mise dans la salle à manger, sur la table face à la porte, où tout le monde, bouche bée, la dévorait des yeux. Nos domestiques – valets de pied, cuisinier, voire quelques garçons d'écurie – s'étaient entassés dans le vestibule pour écouter. Il y en a qui regardaient à travers la balustrade de la salle à manger tandis que la voix de Papa, étrangement déformée, résonnait à travers la maison. C'était Papa, certes. Et, pourtant, ce n'était *pas* lui. Le vase de cristal sur la cheminée vibrait au point de voler en éclats.

La machine a plu à tout le monde sauf à Papa. Je comprenais exactement pourquoi il se pelotonnait ainsi sur le fauteuil Voltaire, rentrant en lui-même comme une tortue pour se cacher sous sa coquille.

Mon frère Andreï arriva de Moscou, l'air fringant, agaçant comme toujours Papa avec son bavardage sur la comtesse Machinski ou le colonel Chosov. Il n'a aucune espèce de considération pour les sentiments de son père et ne sait presque rien de ses idées.

– C'est épatant, hein ? ne cessait de répéter Andreï en manipulant les commandes du gramophone pour le faire parler de plus en plus fort.

– Cette machine, dit Papa, deviendra bien vite ennuyeuse, comme toutes les inventions de cette soi-disant civilisation !

Il quitta la pièce.

La remarque peina d'abord Serguieïenko, dont le père avait apporté le gramophone et l'enregistrement. Mais il connaît Papa et ses façons de faire.

– Ton père, je le crains, est comme les partisans de Ludd, il n'aime pas les machines, dit-il en se grattant la barbe.

Maman, Dieu merci, se hâta d'ôter l'enregistrement de Papa du gramophone et mit à la place un duo de Glinka – don, également, de Serguieïenko –, ce qui ramena mon père dans la pièce, tout souriant. Il se rassit dans son fauteuil, les mains sur les genoux et les yeux clos. Le duo achevé, Maman mit un des autres enregistrements qu'on nous avait donnés, la sérénade de *Don Giovanni* chantée par Ballinstine. Papa étala un large sourire, qui laissa voir ses gencives roses et humides.

– C'est absolument charmant, dit-il en tapant des deux mains sur ses genoux, absolument charmant.

Serguieïenko rayonnait.

Une heure plus tard, nous étions réunis pour le thé. Maman avait invité Boulgakov à rester. Il semblait regarder tout le monde d'un air ébahi et ne cessait de se moucher dans un mouchoir malpropre. J'ai beaucoup de mal à le supporter, et ne puis imaginer ce que Tchertkov a bien pu lui trouver. Goussiev, le précédent secrétaire, était tellement mieux. C'était un homme sincère, qui comprenait les idées de Papa mieux que Papa lui-même. Jusqu'à Tchertkov qui le disait.

Andreï, qui, comme Maman, aime semer la discorde, se mit à pérorer sur le patriotisme. Il en vint vite à la supériorité de l'Europe occidentale sur la Russie, et à mettre en question la justesse des relations entre propriétaires fonciers et moujiks. Soukhotine, le mari de Tania, prit feu et flamme et se mit à nous faire un véritable cours sur le prix des terrains. Lorsqu'il en eut fini de sa harangue, Serguieïenko ajouta que la colère du paysan russe contre les propriétaires n'avait fait que grandir depuis dix ans, et à bon droit.

– Ces gens-là méritent d'être mieux traités, dit-il, levant le doigt en l'air pour ponctuer ses paroles.

– J'ai vu de mes propres yeux un village entier de moujiks fouettés par une petite bande de soldats, dit Andreï en parcourant la pièce des yeux pour s'assurer de l'effet de sa déclaration. Il y avait bien là cinq cents familles, mais pas une personne pour protester. Des moutons, ces moujiks. Rien que des moutons !

Les yeux de Papa devinrent deux mares d'eau sombre. Son front se plissa, on eût dit qu'il allait parler mais il se contint, sachant que, quoi qu'il dît, ce serait mal interprété. Cela m'a fait beaucoup de peine à voir.

– Les moujiks boivent trop, dit Maman, versant ainsi du sel sur la blessure ouverte dans le cœur de Papa. L'armée ne vaut que par la quantité d'alcool que le gouvernement est disposé à leur payer. Toutes les statistiques le prouvent, je l'ai lu.

Elle but à petites gorgées son verre de thé et prit sur le plateau d'argent un gâteau rebondi.

– Ce n'est sûrement pas par manque de terre que le paysan russe vit dans la pauvreté, ajouta-t-elle. Cette pauvreté est d'ordre spirituel. Ils n'ont aucune volonté.

Papa serra autour de ses épaules sa veste de laine jaune tricotée, comme si un vent glacial venu des steppes du Nord avait soufflé à travers la maison. Je vis à un frémissement de ses sourcils qu'il ne pourrait se maintenir plus longtemps dans un silence hautain.

Il se pencha en avant, tout en se caressant la barbe d'une main.

– Si les paysans avaient de l'argent, ils ne s'entoureraient pas comme nous de domestiques à dix roubles par mois. Nous nous conduisons comme des imbéciles.

– Non, mon cher, ils dépenseraient tout en alcool et en filles, dit Maman.

Papa la regarda d'un air lugubre.

– Tu sais, poursuivit-elle, dans notre pays, le propriétaire terrien se trouve dans une situation abominable. Est-ce que tu crois que des propriétaires appauvris peuvent s'offrir tous ces machins modernes, comme ce phonographe par exemple ? Bien sûr que non ! Ce sont les riches marchands de la ville qui les achètent, les capitalistes et tous ceux qui nous pillent !

Marc Antoine n'eût pas harangué ses troupes plus hardiment.

– Qu'entends-tu insinuer par là, ma chère ? demanda Papa. Que nous sommes en quelque sorte moins haïssables que ces gens-là, du fait que ce phonographe nous a été offert en cadeau ?

Il rit, et tout le monde rit avec lui, d'un rire peut-être un peu nerveux.

Entre-temps, le docteur Makovitski prenait note de tout ce que Papa disait, sur le petit bloc qu'il tient caché sous la table. On peut dire quand il écrit parce que sa bouche se tortille et que sa lèvre inférieure dépasse d'étrange façon. J'ai remarqué que Valentin Boulgakov était tout à fait inquiet de ce qu'il voyait. Je ne crois pas qu'il ait jamais entendu mes parents se chamailler de la sorte en public auparavant, et cela peut être terriblement bouleversant quand on n'y est pas habitué.

– Douchane Petrovitch ! dit Papa, arrachant brusquement le docteur à son extase sténographique. Apportez-moi la lettre de ce révolutionnaire. Celle que je vous ai fait voir il y a quelques jours. Je crois qu'elle est encore sur mon bureau.

Papa la lut pour tout le monde à haute voix. C'était une chose étrange à faire, étant donné la lettre. J'ai en tête un de ses passages, et il m'obsède.

Non, Léon Nikolaïevitch, je ne puis être d'accord avec vous quand vous dites que l'amour seul peut améliorer les relations humaines. Seuls peuvent parler ainsi et s'en tirer ceux qui ont reçu une éducation et qui ont le ventre plein. Que dirons-nous à un homme affamé, père de famille, un homme qui avance dans la vie en chancelant sous le joug des tyrans ? Il lui faut se battre contre eux, se libérer lui-même du servage. Alors, je vous le dis avant que vous ne nous quittiez, Léon Nikolaïevitch, le monde est assoiffé de sang, les hommes continueront à se battre et à tuer non seulement leurs maîtres mais tout le monde, même leurs enfants, pour ne pas avoir à penser à l'avance au mal qui les attend également. Je regrette que vous n'ayez pas assez longtemps à vivre pour le voir de vos propres yeux et être convaincu de votre erreur. Je vous souhaite néanmoins une fin heureuse.

Andreï, réduit au silence, courba la tête sur son verre. Maman dit que, du fait que la lettre venait de Sibérie, l'homme était probablement un criminel en exil et qu'il ne fallait pas tenir compte de son opinion.

– Il est certainement en exil, dit Papa, mais je ne vois pas de raison pour qu'on le traite de criminel.

– Pour quelle autre raison l'aurait-on envoyé en Sibérie ?

Papa secoua la tête. Il se leva avec effort, salua d'une courbette et prit congé de la compagnie. Il a l'habitude de se retirer dans son cabinet de travail après le thé, en général pour lire ou pour corriger des épreuves.

Moi aussi je quittai la pièce, sans me sentir pour autant obligée de m'excuser. La politesse a des limites.

Peu après, comme je tapais à la machine, on frappa timidement à la porte.

– Entrez, dis-je.

– Vous travaillez tard ce soir, Sacha, dit Boulgakov. Sa veste était boutonnée jusqu'au cou, et sa barbe avait un éclat brillant. Je me rendis compte, à la lumière jaune de la lampe, qu'il ne manquait pas de séduction. Ses joues enflammées avaient le teint rose de la jeunesse. J'ai plaisir à constater qu'il a la barbe fine ; et, j'imagine, très peu de poils sur la poitrine. En vérité, il a quelque chose de féminin, quelque chose de tendre et de pas entièrement formé.

– J'ai quatre lettres à finir avant dîner, lui dis-je sans me lever de ma chaise.

Je me demandais pourquoi il était venu me voir.

– Puis-je entrer ?

– Certainement, Valentin Fiodorovitch. Asseyez-vous.

Il prit une chaise cannée et vint s'installer près de moi, si près que j'en étais mal à l'aise, et regarda par-dessus mon épaule. Je pouvais sentir son haleine sur ma chemise.

– Est-ce que vos parents se parlent souvent d'une façon aussi… avec si peu d'égards ?

– Ce n'est un secret pour personne que mes parents ont des divergences d'idées sur des questions essentielles, dis-je, m'efforçant de parler judicieusement.

On ne sait jamais ce qui sera répété, et à qui.

– Maman ne comprend pas les buts de mon père. C'est une créature spirituelle, tandis que ma mère n'a d'intérêt que pour les choses matérielles.

– Mais j'aime bien votre mère.

– Elle ne songe pas à mal, bien sûr.

Je ne me sentais pas sincère, mais que devais-je dire ? Que Maman est un être irrationnel, perfide et cupide, égocentrique et impossible en général ?

– Votre père est le plus grand auteur russe d'aujourd'hui, dit Boulgakov.

– Absolument.

– C'est un privilège pour moi que d'être ici, Sacha. Un honneur dont je n'avais jamais rêvé.

Je hochai simplement la tête. J'avais plaisir à entendre parler de mon père en ces termes, si platement que ce fût. La famille prend trop souvent son génie comme une chose qui va de soi.

Boulgakov se mit à parler de sa famille, de ses ambitions. Il avait été converti aux idées de Papa grâce à ses accointances avec un petit groupe moscovite de tolstoïens, et espère maintenant se consacrer à Dieu. L'injustice de la société russe le bouleverse, dit-il. Il était sérieux et sincère. À ma grande surprise, il m'a vraiment plu. Contrairement à bien des gens qui nous entourent, il a lu attentivement les livres de Papa et il sait exprimer à sa façon un bon nombre d'idées identiques.

Maman est entrée soudain dans la pièce en criant :

– Valentin Fiodorovitch ! Venez en bas avec moi. Il faut que je vous montre la lettre que j'ai reçue, il n'y a pas une semaine, d'une femme de Géorgie.

Elle l'entraîna de façon peu élégante hors de la pièce. Il était gêné, mais n'eut pas le bon sens – ou les moyens – de lui résister.

Cette femme ne peut tout simplement pas supporter que quelqu'un soit seul avec moi. Qu'elle lise donc sa lettre ridicule au jeune Boulgakov. Il ne représente rien pour moi. J'ai mon travail à faire, et cela me suffit.

9

SOPHIA ANDREÏEVNA

QUAND JE SUIS dans de bonnes dispositions d'esprit, j'aime vraiment ces journées d'hiver au ciel bouché où l'on vit dans un cocon blanc. Ciel blanc parcouru de nuages rapides, avec la neige accrochée aux branches, la neige propre et blanche comme des tranches de meringue. La neige poudreuse est douce sur le sol, et les pieds, en marchant le long des allées durcies par le gel, font un bruit léger, assourdi. J'aime aussi les merles et les moineaux, si tenaces, si endurants. Rien ne leur fait peur, ils restent. Quand je vois les merles sur la clôture du verger, mon cœur ne fait qu'un avec eux.

Il se passe quelque chose derrière mon dos en ce qui concerne le testament. Hier, j'ai demandé franchement à Liovotchka :

– Quelqu'un a-t-il abordé avec toi la question de ton testament ? Est-ce que quelque chose a changé ? Tu me le dirais, n'est-ce pas, s'il arrivait quoi que ce soit ?

Il croit pouvoir faire don de tout ce que nous possédons : maison, terres, droits d'auteur sur toutes ses œuvres. N'a-t-il aucun sens de ses responsabilités ?

– Tu n'as pas à te faire de souci, Sonia, m'a-t-il dit. Il ne s'est rien passé.

Mais je m'en fais.

Est-ce tant demander, que les enfants de mon mari héritent de ses biens, y compris du droit de rééditer son œuvre après sa mort s'ils jugent bon de le faire ? Il faut bien qu'ils vivent, eux aussi. Il y a quelques années, nous sommes convenus que je garderais le contrôle de tout ce qu'il a écrit avant 1881. Je laisserai volontiers le monde s'emparer du reste si je puis garder *Anna Karénine*, *Guerre et Paix* et tous les romans du début – les seuls d'ailleurs qui continuent à se vendre. Comment mon mari peut-il croire que ses livres récents aient une importance quelconque au-delà d'un petit cercle de fanatiques religieux ? C'en est presque comique ! Qui peut avoir envie de lire des livres de spéculation théologique, des livres qui vous disent que vous avez tout fait de travers durant toute votre vie ?

Je suis au lit avec la migraine, regardant la neige tomber, buvant du thé. Je ne peux pas lire. Mon crâne tendu résonne comme un tambour, et le phonographe n'est pas dans ma chambre à coucher.

La musique a été ma seule évasion, une île dans cette mer qui se balance autour de moi. Si ma vie avait suivi un cours meilleur, j'aurais été pianiste professionnelle. Tanaïev, mon professeur, m'assurait que j'avais suffisamment de talent. Mais, même cela, Liovotchka me l'a refusé.

Il était impossible au sujet de Tanaïev, d'une mesquinerie, d'une jalousie stupide de collégien. Mon intérêt pour ce doux, ce cher petit homme, était purement professionnel – ou presque. Il n'a rien d'attirant, au fond – rien de ce qu'il est convenu d'appeler ainsi. Il est petit et porcin, avec des cheveux roux dégarnis sur le dessus ; il refuse de tailler cette barbe auburn si broussailleuse. Mais quel style il a ! Quel style !

Tanaïev comprend comment une femme doit être traitée en société. Cela fait un bon bout de temps, hélas ! que je n'ai vu autour de moi des gens qui comprennent cela, des gens comme les amis qui rendaient visite à Papa – gens de la Cour et généraux, hommes de haut rang social. Pas étonnant que je me sente solitaire ici, dans ce pays de sauvages, au milieu de tous ces Goths !

Je me souviens d'avoir vu pour la première fois Tanaïev sur scène à Kiev, à ce concert où nous étions allées par hasard, Tania et moi. Nous avions tout de suite compris que nous étions en présence d'un génie. Nous avons pleuré à la folie en l'entendant jouer l'*Appassionata*. Après le concert, comme il attendait sa voiture, le malheureux était environné de femmes qui criaient comme des forcenées. Pelagia Vassilievna, qui avait été sa nourrice et qui l'accompagnait maintenant comme une grand-mère en adoration, essayait de les repousser. Mais c'était inutile, telle était leur frénésie. Une de ces folles lui arracha son foulard de soie rouge et le mit en lambeaux. Je ne pus supporter la vue d'une telle mascarade et demandai à notre valet de pied de faire quelque chose.

Il s'avança bravement à travers la foule en criant :

– Place à la comtesse Tolstoï !

Je le suivis, bien que gênée par l'attention dont j'étais l'objet. Il se fit dans la foule un grand silence et le passage s'ouvrit pour moi, quasi miraculeusement, jusqu'aux pieds de Sergueï Ivanovitch. Je me sentais comme la Reine du Bal.

– C'est un immense honneur, dit Tanaïev en me baisant la main.

– Vous avez joué merveilleusement ce soir, lui dis-je. Surtout l'*Appassionata*. C'est ma sonate préférée.

– Je vous remercie, Comtesse. Tout le monde n'apprécie pas Beethoven.

Je l'invitai à monter dans ma voiture, la sienne n'étant visible nulle part, et il accepta sans se faire prier.

C'est en le conduisant à son hôtel que je mentionnai en passant que moi aussi je jouais du piano.

– À côté de vous, naturellement, je ne suis qu'un horrible amateur, lui dis-je.

– Vous êtes injuste envers vous-même, j'en suis sûr, dit-il.

– J'aimerais que ce fût vrai.

– Je pourrais peut-être vous donner quelques leçons. Cela vous intéresserait-il, Comtesse ?

– Moi ? Vous seriez mon professeur ?

Rendez-vous compte ! C'était inimaginablement gentil de sa part de se charger d'une débutante comme moi. Cette nuit-là, je restai éveillée, frissonnante, dans mon lit. J'allais avoir pour professeur l'homme qui avait été découvert à l'âge de dix ans par Nicolas Rubinstein ! L'homme qui était devenu le protégé et l'ami de Tchaïkovski ! Le professeur de Scriabine ! La chance, semblait-il, se mettait de mon côté.

C'était peu après la mort de mon cher petit Vanietchka, mon petit garçon chéri, le meilleur, le plus doux, si gentil, si affectueux. J'ai peine à prononcer son nom ou à penser à lui. Le soir de sa mort, je suis allée à son chevet, j'ai pris sa petite main fiévreuse.

– Je suis désolé de vous avoir réveillée, Maman, a-t-il dit.

– Mon doux enfant, me suis-je écriée, mon doux enfant chéri !

Liovotchka n'a jamais compris mon chagrin. Ni vu que Tanaïev agissait comme un baume sur ma douleur. Le cher Sergueï Ivanovitch m'a fait passer des ténèbres à la lumière. Mais mon mari, comme il est devenu amer, dévoré de jalousie et de haine, mesquin, méchant ! Ses soi-disant disciples viennent à présent ici, jour après jour, et l'adorent comme Jésus-Christ en personne, et Liovotchka laisse faire. Il est si avide de publicité, si assoiffé de louanges. Si ces gens-là savaient seulement ce que je sais…

Sergueï Ivanovitch est venu souvent à Iasnaïa Poliana, mais toujours contre la volonté de mon mari. Le grand auteur russe, l'héritier de Pouchkine, l'égal de Dickens et Hugo, s'enfermait à clé dans son cabinet de travail, fuyant la table, boudant comme un enfant à qui sa mère a refusé un bonbon. Sergueï Ivanovitch, bien sûr, s'est comporté de façon magnifique.

Nos meilleurs moments ensemble, nous les avons eus à Moscou. Sergueï Ivanovitch jouait pendant des heures sur le piano à queue du grand salon. Comme il jouait la polonaise ! Après, nous prenions le thé, nous bavardions ou partions faire quelques achats rue des Chasseurs. Sergueï Ivanovitch est un gourmet, peut-être même à l'excès, mais j'étais prête à satisfaire ses caprices. Nous nous glissions jusqu'à la pâtisserie Trembles, où nous achetions des douzaines de petits pâtés, des bonbons et des truffes au chocolat, dont nous nous bourrions au retour tout le long du chemin, en riant comme des petits fous à l'arrière du traîneau, tandis qu'Emelianitch, notre vieux cocher, faisait la grimace. Bienheureuses journées !

Je croyais que le bonheur était enfin venu à moi. C'est alors que Liovotchka m'écrivit une de ces lettres stupides dont il a le secret :

Je trouve infiniment triste et humiliant qu'un étranger sans charme et qui ne vaut pas cher règne à présent sur notre vie et empoisonne nos dernières années ensemble ; triste et humiliant d'avoir à demander quand il s'en va, quand il va venir, quand il va répéter sa musique stupide, et quelle musique il va jouer. C'est terrible, terrible, vil et humiliant ! Et que cela doive se produire à la fin de notre vie, qui a été jusqu'ici honnête et propre – à une époque aussi où il semblait que nous devenions de plus en plus proches en dépit des nombreuses choses qui nous séparent…

Comme il y allait ! Mon Liovotchka n'aime rien tant que se flageller, porter la haire et mortifier sa chair. Mais pourquoi faut-il toujours qu'il me l'inflige à moi aussi ? Cette histoire de Tanaïev le rendait fou. Ça me flattait, bien sûr, qu'à son âge il fût devenu jaloux des attentions qu'on me témoignait. Mais, jusqu'à l'arrivée de Sergueï Ivanovitch, il ne s'était jamais soucié de qui s'asseyait à côté de moi sur le sofa, m'écrivait de petits billets ou m'invitait à prendre le thé. Je ne me serais jamais attendue à cela de la part de Liovotchka, vu que la jalousie est du domaine de ceux qui n'ont rien d'autre à faire. Seulement voilà, Sergueï Ivanovitch l'énerve, de la façon la plus irrationnelle qui soit !

À bien y songer, je crois que la chose avait à voir avec ce que Tanaïev peut avoir d'efféminé. Sergueï Ivanovitch n'a rien de la brute, de ce type masculin que Liovotchka admire malgré lui. Il n'est pas de ceux que l'on pourrait surprendre en train de chevaucher à mort à travers bois ou, dans sa jeunesse, à tirer sur des animaux. Il aime à prendre des bains de bulles, à se parfumer, à porter des couleurs voyantes – le genre de comportement qui irrite Liovotchka au-delà de tout ce qu'on peut imaginer.

Ah, les lettres que nous échangions ! Liovotchka détestait mes voyages à Moscou. Il était sûr que j'allais dans notre maison de la rue Dolgo-Khamovnitcheski dans le seul but d'y retrouver Tanaïev. Pour une fois, il avait raison. Je l'y rencontrais, en effet, et j'aimais ces rencontres ! Mais il ne se passait rien de honteux entre nous. C'était un plaisir tout simple, pur et innocent ! Il n'est pas nécessaire de devenir l'amante d'un homme pour l'aimer. Je sais cela. Mais Sergueï Ivanovitch n'est pas homme, tout simplement, à prendre une maîtresse, pas au sens habituel du terme, en tout cas. Il n'a nul besoin de ce genre de satisfactions inférieures – ce que le vieux bouc n'a jamais pu comprendre.

Une fois, une seule fois, il m'a embrassée.

Mais ceci est de l'histoire ancienne. Nous ne nous voyons plus à présent. Nous ne communiquons pas. Liovotchka y a mis fin, par une lettre écrite de chez son frère, à la ferme de Pirogovo : « Cela me dégoûte de vous voir une fois de plus vous lier avec Tanaïev de cette manière. Franchement, je ne puis continuer à vivre avec vous en de telles circonstances… Si vous ne pouvez y mettre fin, séparons-nous. »

Séparons-nous ! J'ai ri jaune, puis j'ai pleuré. Mais la lettre poursuivait, esquissant quatre « solutions » à notre « problème » :

> 1. *La meilleure chose à faire est que tu rompes immédiatement toute relation avec Tanaïev, sans jamais tenir compte de ce qu'il pourrait penser. Cela nous libérera instantanément du cauchemar qui nous tourmente tous les deux depuis plus d'un an. Pas de rencontres, pas de correspondance, pas d'échange de portraits, pas de petites parties de chasse aux champignons dans les bois.*
> 2. *Je pourrais partir pour l'étranger, après m'être séparé entièrement de toi. Nous pourrions alors mener chacun notre propre vie.*
> 3. *Nous pourrions partir tous les deux pour l'étranger, ce qui faciliterait ta rupture avec Tanaïev. Nous resterions partis aussi longtemps que tu n'en aurais pas fini avec cet engouement.*
> 4. *La quatrième solution est de toutes la plus terrible et j'en tremble rien qu'à l'envisager. Nous pourrions essayer de nous persuader que le problème va se régler de lui-même et ne rien faire.*

Pourquoi se tourmenter à couper aussi follement les cheveux en quatre ? Je ne savais quoi lui répondre, trouvant la question tout entière stupide et sans fondement.

J'avais vécu à Moscou la plus grande partie de l'automne, étudiant le piano avec Tanaïev, assistant presque chaque soir aux concerts du Conservatoire. À l'approche de l'hiver, Liovotchka débarqua à l'improviste rue Dolgo-Khamovnitcheski, les yeux rouges comme des plaies béantes, les cheveux et la barbe voltigeant en tout sens. Il avait l'esprit dérangé, j'en fus très fortement frappée.

Il ne dit pas un mot de la journée au sujet de Tanaïev, mais il allait et venait dans la maison comme une bête fauve et je savais exactement ce qui se cachait là-dessous. Liovotchka, avant tout, ne peut rien me cacher. Comme nous étions couchés ce soir-là, entourés de ce qu'il appelle de façon si charmante «notre luxe éhonté», je lui ai parlé ouvertement du problème. J'y avais réfléchi soigneusement, estimant qu'il ne valait pas la peine de poursuivre sous leur forme actuelle mes relations avec Tanaïev.

– Liovotchka, dis-je, m'asseyant dans le lit. Je vais mettre fin à mes leçons avec Sergueï Ivanovitch. Plus de cours de piano. Ni non plus de longs séjours seule à Moscou si cela te contrarie autant. Mais je te demande une faveur : qu'il puisse me rendre visite une fois par mois – voire tous les deux mois, par exemple. Je veux qu'il se sente libre de venir à l'occasion, de s'asseoir au piano avec moi un après-midi, tout comme pourrait le faire n'importe quel ami.

Liovotchka se redressa à son tour et s'assit, regardant fixement devant lui, comme un cadavre embaumé. Il tremblait, comme glacé jusqu'aux os.

– Est-ce trop demander ? dis-je. Une simple *amitié* avec Sergueï Ivanovitch ?

– Ce que tu viens de dire prouve que tes relations avec Tanaïev ont déjà dépassé les limites de la simple amitié, répondit-il, la voix haut perchée et chevrotante. De quelle autre personne la visite mensuelle t'apporterait-elle autant de joie ? Si tel est le cas, pourquoi ne pas le voir chaque semaine, et même tous les jours ? Tu pourrais vivre dans la joie tous les instants de ta vie.

La conversation alla de mal en pis. Il me traita de « vieux pilier de concert » et fut pris d'une rage telle que je crus, tant il souffrait le martyre, qu'il allait s'étouffer lui-même ! Mais je lui rendis la monnaie de sa pièce. Peut-être même serait-il mieux de dire que je me vengeai. Je n'accepterais pas d'être enrôlée, cooptée, cernée et bordée. Je ferais une guerre du peuple, une guerre au nom de mes besoins les plus profonds. Et, pour finir, je gagnerais.

– Eh bien vas-y ! dis-je. Tue-moi ! Tranche-moi la gorge d'une oreille à l'autre !

Je me renversai sur le dos en travers de l'édredon, laissant à découvert l'espace tendre au-dessous du menton.

Il fulmina en silence pendant plusieurs minutes, puis eut recours à son arme principale : le sexe. Tel un jeune lion, il me sauta dessus, me baisant à la gorge, puis au front, me frottant les seins de ses grosses mains rouges. Je compris qu'il n'y avait rien, plus rien à faire. Je ne pouvais lutter contre Léon Tolstoï – pas maintenant. Mais je résolus tranquillement de continuer à résister.

Par politesse, j'invitai quelques mois plus tard Sergueï Ivanovitch pour une courte visite à Iasnaïa Poliana. Il vint. Et Liovotchka se montra aimable. Mais nous savions tous que c'était fini.

Mon unique espoir, à présent, rayon de lumière pénétrant faiblement mais sûrement à travers les nuages de ma vie en ce lieu, c'est Boulgakov. Je m'aperçus peu après qu'il eut franchi le seuil de notre porte que c'était un jeune homme sensé ; pas, comme l'affreux Goussiev, encore un des stupides larbins de Tchertkov. Pourquoi lui font-ils des courbettes comme à un prince oriental ? Cet homme à face de tonneau, au teint cireux, plein de venin ! Si je pouvais lui arracher le cœur de mes doigts nus, je le ferais. J'accepterais d'être pendue jusqu'à ce que mort s'ensuive rien que pour le plaisir de le tuer. Du moins, le voilà banni de Toula. Le gouverneur est un homme de bon sens : Tchertkov est un dangereux révolutionnaire. Mais un imbécile également. Boulgakov, qu'il ne connaît sans aucun doute que superficiellement, ne mettra jamais en œuvre ses sales petites machinations. Tchertkov a fait en l'occurrence une jolie petite erreur !

Hier, j'attendais devant la porte de la pièce où travaille Boulgakov.

– Excusez-moi, Valentin Fiodorovitch, lui dis-je quand il passa la porte. Voulez-vous venir prendre un verre de thé dans ma salle de couture et bavarder avec moi ?

– Merci, Comtesse, dit-il, j'en serais très honoré.

– Je vous en prie, mon ami ! dis-je en posant une main sur son bras. Appelez-moi Sophia Andreïevna. Nous ne faisons pas tant de façons ici, comme vous avez pu le remarquer.

Son bras était de fer, droit et fort. Si terriblement mince qu'il soit, il n'a pas l'air faible. Ses yeux ont un éclat, une fermeté, et quand il parle il vous regarde droit dans les vôtres. Ce que ne fait aucun des autres tolstoïens. Les belettes ! Ils tournent autour de moi avec des mines de coupables. Mais pas Boulgakov. Il est doux et gentil, de nature. Il ne se donne pas des airs supérieurs parce qu'il a lu Platon ou je ne sais quel Allemand obscur, ni ne croit, comme Tchertkov ou Serguieïenko, que le fait de ne pas manger de viande l'absout de tous ses autres péchés !

– Vous êtes un beau jeune homme, lui dis-je en me balançant dans mon fauteuil. Vous avez les yeux très clairs et des traits agréables.

On avait allumé du feu pour moi, et le thé fut servi dans des verres de cristal.

– Merci, Sophia Andreïevna, dit-il. Je suis heureux que mon apparence vous plaise, bien qu'il soit douteux que j'en puisse avoir quelque crédit. J'y suis pour très peu de chose à l'origine.

– Oui, mais vous avez su la conserver. J'ai vu bien des jeunes gens ruiner leur beauté par excès de boisson et de nourriture, ou par le commerce des femmes de mœurs légères. Vous êtes resté pur – en véritable tolstoïen, je peux le dire !

Je me suis fait violence pour ne rien laisser paraître. S'il avait senti dans ma voix une pointe de dérision, cela aurait pu tout détruire entre nous. Comme la plupart des jeunes gens, Boulgakov est d'une sensibilité exagérée. Il n'a pas encore fréquenté beaucoup d'adultes, surtout de notre sexe.

– J'éprouve pour Léon Nikolaïevitch une immense admiration.

– Bien. Ça lui fera plaisir. Il n'en est jamais repu.

Boulgakov était mal à l'aise, aussi pris-je une autre direction.

– Il vous est profondément reconnaissant de l'aide que vous lui avez apportée. Vous lui avez suggéré un grand nombre de passages utiles. Il me l'a dit lui-même. Je crois qu'il est surpris de voir qu'un si jeune homme puisse être cultivé. À votre âge, il courait la gueuse dans le Caucase.

Le cher enfant, adroitement, fit comme s'il n'avait pas remarqué le ton moqueur de mes réflexions sur Liovotchka – c'est bon signe. Le tact est l'une des formes d'hypocrisie les plus utiles en société. Liovotchka, bien entendu, n'a jamais eu à se soucier de ne pas offenser les gens. Quand on est Léon Tolstoï, on ne fait que révéler la Vérité.

– *Pour tous les jours* est un noble projet, dit-il. C'est un ouvrage qui aidera les gens à vivre une vie plus contemplative.

– Une vie plus contemplative ! dis-je. Vous savez dire de jolies choses, Valentin Fiodorovitch. Vous avez le don de l'expression !

Il regardait fixement sans me voir, par la fenêtre, la neige qui tombait.

– L'hiver nous a été clément, dis-je. Même avec la neige. Pas plus qu'on n'en peut supporter. Autrefois, je craignais l'hiver à la campagne. Mais Léon Nikolaïevitch adore cet endroit. C'est à peine si je puis le convaincre d'aller à Moscou pour quelques brèves visites. Les foules l'indisposent. Et il les attire, à présent – comme un empereur. C'est presque dangereux pour lui de voyager.

– J'ai entendu parler de ce qui s'est passé à la gare de Koursk.

– Ils étaient des milliers qui criaient et qui l'acclamaient en se bousculant autour de nous ! Des milliers ! Le tsar lui-même n'attire pas autant l'attention.

Il aimait à m'entendre faire la louange de Liovotchka, surtout de ses livres. À la différence de Goussiev, qui était d'une ignorance crasse, Boulgakov a lu tout ce qu'a écrit mon mari. Il a dit que *Guerre et Paix* était « un monument » et m'a interrogée sur ses origines. Alors, je lui ai parlé des cinq ans qu'il avait fallu pour l'achever – au milieu des années soixante. Si longtemps déjà, est-ce possible ? Nous ne voyions pratiquement personne, pendant ce temps-là. Liovotchka écrivait avec acharnement, sans faire aucun cas des choses de ce monde, sans se tracasser pour des disciples, sans ces Tchertkov et ces Serguieïenko en train de tourner autour de lui, prêts à lui arracher chaque page de dessous la main sans même laisser à l'encre le temps de sécher ! Et moi, sa jeune femme, qui travaillais au fur et à mesure à ses côtés.

– Penchée sur ses manuscrits, je m'efforçais, à l'aide d'une loupe, de débrouiller ces corrections qui n'en finissaient pas, jusqu'à ce que j'aie la tête prête à éclater de douleur, lui dis-je. Mais c'était une douleur supportable. Je me réveillais chaque jour en train de rêver de Pierre et Natacha, du prince André et de son père, même du vieux Koutouzov.

Boulgakov écoutait intensément. Il est en adoration devant Liovotchka. Je pouvais le voir dans ses yeux.

– À présent, ma vie est difficile, dis-je. Vous savez que nous sommes en désaccord, Léon Nikolaïevitch et moi.

– J'en suis navré.

– On ne peut pas ne pas voir ce qui est évident.

– Je sais qu'il y a beaucoup de choses qui ne vont pas bien entre vous.

– Il me croit son ennemie, pas son amie. Mais Léon Nikolaïevitch, mon Liovotchka, est vieux et souffrant. Nous avons failli le perdre il y a quelques mois, vous savez. Il est resté inconscient une journée entière. Son pouls était presque arrêté.

Boulgakov hocha la tête. Des rides de sympathie se creusèrent sur son front. Son regard était innocent comme l'eau d'une source.

– Il faut que vous m'aidiez, Valentin Fiodorovitch. Je veux seulement ce qu'il y a de meilleur pour Léon Nikolaïevitch et sa famille. Ils veulent nous séparer. Vous l'avez remarqué, j'en suis sûre. Je pourrais tolérer cette situation si elle ne concernait que moi – elle ne me plairait pas, mais je la supporterais. Ce qui n'est pas raisonnable, c'est que je reste là à ne rien faire pendant qu'on dépouille ses enfants de leur héritage.

– Ils ne feraient jamais une chose pareille.

Je m'efforçai de ne pas rire.

– Ils feront tout ce qui est nécessaire pour parvenir à leurs fins.

Mon jeune visiteur commençait à se sentir gêné. Je décidai de ne pas lui demander son aide. Pas tout de suite. Il fallait d'abord m'assurer de son amitié, même si je pouvais voir qu'un lien existait déjà entre nous.

– Je vais vous faire un cadeau, dis-je en tirant de ma coiffeuse un petit carnet que j'avais acheté à Moscou plusieurs mois auparavant.

Il avait une couverture joliment décorée en relief et était en papier d'Amalfi fait à la main.

– Vous êtes beaucoup trop généreuse, Sophia Andreïevna. Je crains de…

– Je vous en prie ! Il est à vous, Valentin Fiodorovitch. Pour y tenir un journal. Il faut toujours tenir un journal.

– C'est une activité en vogue dans la province de Toula.

– Vous dites cela pour me taquiner. Qu'importe, j'attends de vous chaque jour que vous passiez votre conscience au crible et que vous notiez la vérité.

– La vérité peut être difficile à découvrir.

– Vous avez écouté vos amis à Teliatinki. Il y a suffisamment de vérité à la ronde pour nous tous. Écrivez ce que vous voyez. C'est toujours par là qu'il faut commencer. Fiez-vous à vos yeux !

Il m'embrassa sur les deux joues et s'inclina. Sa politesse était réconfortante, elle raviva ma nostalgie de Moscou. La grossièreté de la vie dans ces parages est intolérable. Je n'ai pas été élevée pour vivre comme une bête.

Je restai seule, assise un bon moment, après le départ de Boulgakov, songeant à lui. Ce que j'ai fait plus encore toute la matinée, tandis que la neige continuait à tomber, une neige sèche et poudreuse qui tourbillonne sur l'appui de la fenêtre, rafraîchit les champs blancs, les lointains plus blancs encore.

J'entends des clochettes de traîneau aller et venir. Il y a quelque chose dans l'air, mais j'ai peur de demander ce qui se passe. J'ai la certitude que, si la roue ne tourne pas bien vite en ma faveur, je suis perdue. Je mourrai, après quoi mes enfants et mes petits-enfants resteront sans le sou. Je prie pour que Valentin Fiodorovitch me vienne en aide.

10

L. N.

Page de journal

5 janvier 1910

JE SUIS TRISTE. Les gens qui vivent autour de moi me paraissent terriblement étrangers. Je me suis efforcé de penser à la façon dont je pourrais me comporter en réaction aux gens irréligieux de ce monde. Peut-être la meilleure approche est-elle de les traiter comme des animaux : les aimer, les prendre en pitié, mais ne faire aucune tentative pour établir avec eux des relations d'ordre spirituel. Essayer d'établir des liens de cette sorte ne pourrait que provoquer des sentiments de malveillance. Ces gens ne comprennent pas ma réalité, et par leur manque de compréhension et leur assurance, par l'emploi d'arguments rationnels pour obscurcir la vérité, en réfutant vérité et bonté, ils me poussent à la méchanceté. Je m'exprime très mal, mais je sens qu'il faut cultiver en soi une attitude spéciale à l'égard de ces gens-là, de manière à ne pas diminuer notre faculté de les aimer.

11

Dr MAKOVITSKI

« J'ai fait un rêve, Douchane, m'a dit ce matin Léon Nikolaïevitch. Si je vous le racontais ? »

Il ne semblait pas aller bien. La barbe jaune et en broussaille. Je lui ai pris le pouls et la température. Ils étaient normaux, mais les yeux paraissaient plus brillants que d'habitude. Je lui demandai comment allait sa vue, et il me dit :

– Vous ne cessez de vous faire du souci à propos de ma santé, Douchane.

– Je suis votre médecin, Léon Nikolaïevitch !

– Je me fiche de ce que vous êtes. Je suis un vieillard. Les vieillards diffèrent des jeunes gens sous ce rapport, qui est d'importance : ils ne sont pas en bonne santé. Je vais bientôt mourir. Alors, tracassons-nous au sujet de quelque chose de plus important.

Je suis tout à fait heureux, parfois, de m'appesantir sur des sujets triviaux. Mais je rangeai mes instruments de médecine, désireux de ne pas l'irriter. L'irritation fait monter le pouls.

– Savez-vous ce que disait Pascal à propos des rêves ?

Je secouai la tête. Je ne suis pas très cultivé.

– Il disait que c'était une bonne chose que nos rêves fussent décousus. Sans quoi nous ne pourrions jamais distinguer le rêve de la réalité.

– Je ne rêve pas souvent, dis-je.

– Sottises ! Nous rêvons tous. Mais nous enfouissons très profond le souvenir de nos rêves. Ils sont trop douloureux. Ils nous disent trop de choses sur nous-mêmes.

Je songeai qu'il n'est rien d'aussi ennuyeux que d'écouter les rêves des autres. Par contre, les rêves de Léon Nikolaïevitch m'intéressent énormément, dans la mesure où ils indiquent comment fonctionne son esprit, et comme témoignages de son génie.

Je sortis mon carnet de notes. Cela n'a pas l'air de l'importuner lorsque je transcris ses pensées, même s'il me taquine parfois à ce sujet.

– La nuit dernière, j'ai rêvé que j'étais à Moscou, à un bal de cérémonie, très semblable à ceux auxquels j'assistais quand j'étais jeune officier. Quand l'orchestre attaqua un certain air de danse, je me suis rendu compte que je connaissais parfaitement la musique, mais que les pas avaient changé. Je ne comprenais rien à ce que faisaient les autres, et ils se mirent à se moquer de moi, à me montrer du doigt en riant.

– Vous n'avez jamais marché au pas avec votre temps, dis-je, mais Léon Nikolaïevitch ne répondit rien.

Je baissai la tête et continuai d'écrire.

– Comment faites-vous pour écrire quand je ne parle pas ? demanda-t-il. Est-ce que vous inventez des choses, Douchane Petrovitch ?

– Je ne me permettrais pas d'inventer quoi que ce soit. Vous savez quelle valeur j'attache à tout ce que vous dites.

– Je sais, je sais.

Il se leva alors et se mit à marcher de long en large dans son bureau.

– J'ai eu cet hiver trop de rêves agités, dit-il. Certains d'entre eux de nature sexuelle. J'ai été souvent torturé par des fantasmes.

– C'est tout naturel.

– Vraiment, Douchane ? Avez-vous eu des rêves sexuels ces temps derniers ?

– Je ne rêve pas.

Il ne tint aucun compte de ma remarque.

– Voici l'un des rêves que je fais sans arrêt. Il concerne une jeune Tartare aux yeux noirs que j'ai connue à Sébastopol pendant la guerre. Elle vivait en fait à Eski-Simferopol – un petit village non loin du front. C'est là que j'étais cantonné. Absolument irréel, ce village – un havre pour les exilés de la société pétersbourgeoise – des parasites, tous autant qu'ils étaient. Ils jouaient aux cartes, mettaient la table pour dîner et organisaient des bals. On n'aurait jamais cru qu'il y avait, à quelques verstes de là seulement, des milliers de jeunes soldats russes qui mouraient et qu'on amoncelait en tas puants.

– Vous aimiez cette jeune Tartare ?

– Je ne l'ai jamais aimée, Douchane. Vous romancez tout. J'ai fait de son corps un usage ignoble, pour satisfaire mes propres appétits.

Il eut un faible sourire.

– Vous avez eu avec elle des rapports sexuels.

– Bien sûr ! Deux fois par jour, à l'occasion.

Je ne pus retenir un frisson d'horreur. Je ne pouvais imaginer Léon Nikolaïevitch en train de commettre cet acte.

– Je vous choque, Douchane Petrovitch. Vous êtes un homme plein de délicatesse. Je devrais faire plus attention à ce que je dis devant vous.

– Je suis désolé, je…

– Vous êtes vierge, je sais.

– Léon Nikolaïevitch, je…

Il agita la main pour me faire taire. J'en fus soulagé.

– Elle s'appelait Katia. Je ne l'ai jamais oubliée. Si elle était ici, je la supplierais de me pardonner. Mais – si je puis me permettre de parler aussi franchement – je continue de rêver de son corps. Je me rappelle trop bien les moments que nous passions ensemble, la position exacte de nos corps, sa saveur, tout, quoi ! Même certaines des plaisanteries que…

Ses yeux maintenant s'emplissaient de larmes. Il me sembla que nous nous comprenions.

– Léon Nikolaïevitch, dis-je enfin. Vous vous torturez avec ces souvenirs. Tout cela est arrivé il y a bien des années.

– Plus d'un demi-siècle. Katia sera une vieille femme à présent, toute ridée, les cheveux blancs et secs, les seins ratatinés. Elle doit à peine se souvenir de mon nom, j'imagine. Peut-être bien qu'elle est morte.

– Vous êtes l'écrivain le plus célèbre d'Europe, dis-je. Elle aura entendu parler de vous, même si elle n'a pas lu vos livres.

– Elle ne savait pas lire, Douchane. Comment aurait-elle su ?

Je songeai avec une légère horreur que, pour la plus grande part, la Russie était analphabète. Et, pourtant, il me semblait vrai aussi que tout le monde – même une *krestionka* illettrée de Crimée – devait avoir entendu prononcer le nom de Léon Tolstoï, je ne sais trop où ni comment. Les journaux ont toujours été remplis d'histoires à son sujet.

– J'ai fait un autre rêve, la nuit dernière. M'avez-vous entendu crier ? Je rêvais que j'étais un gros taureau noir. Je suis entré dans une prairie où paissaient des centaines de vaches, de belles vaches blanches, et je faisais mon chemin parmi elles, les prenant l'une après l'autre par-derrière. Brusquement, les nuages envahirent ce qui avait été un beau ciel bleu. Des éclairs jaillissaient d'un nuage à l'autre et les coups de tonnerre faisaient trembler la terre. Une fosse s'ouvrit, et le vent me poussa de côté, me renversant. Je fus jeté dans cette fosse par le vent, puis frappé par un éclair. Ma peau éclata en flammes.

– Je vous ai entendu crier, dis-je. J'ai failli venir dans votre appartement. Mais, apparemment, vous avez vite repris votre sommeil normal.

– Veille, sommeil, cela ne fait pas grande différence, pour moi, à présent. J'imagine qu'on peut en dire autant de la mort. Elle sera assez semblable à la vie que je mène ces temps-ci.

– Vous êtes très pessimiste, dis-je.

– Quel homme adorable vous faites, dit-il en me posant la main sur l'épaule. Je ne crois pas que je pourrais vivre un jour de plus ici sans vous.

– J'ai la ferme intention de rester.

– Merci, Douchane. Merci.

Il m'embrassa sur les deux joues, et je fis de même. Il avait les joues mouillées de larmes, ce qui m'émut profondément. L'année qui vient de s'écouler a été dure pour lui, et sa santé a été sérieusement ébranlée. Il a les nerfs en boule et les oreilles qui tintent, les yeux rouges, la peau d'un blanc laiteux, les mains et les lèvres qui tremblent. Je crains qu'il ne meure bientôt, et que ses querelles avec Sophia Andreïevna ne hâtent sa fin.

J'observe cette femme. Elle ferme les yeux là-dessus, feint d'avoir des crises, ne cesse de simuler toute la journée. C'est un rapace. Le genre de luxe auquel elle aspire est une offense à son mari dont le seul désir est de vivre en toute simplicité. Ce qu'elle raconte à table est frivole et intéressé, comme la conversation d'une matrone pétersbourgeoise. J'ai beau tenir ma langue, je n'en suis pas moins écœuré. Mais à quoi bon faire un esclandre ? Après tout, je ne suis ici qu'en invité.

Le soir, après dîner, je suis assis la plupart du temps seul dans ma chambre, et je lis. Je m'endors sans difficulté. Le train-train quotidien ici est agréable, mais la pression qui s'exerce sur nos émotions m'épuise.

Léon Nikolaïevitch présume que je suis vierge. Ce qui est vrai, je suppose, techniquement parlant. J'aimerais qu'il en fût ainsi. Les relations sexuelles m'ont toujours bouleversé quand j'y pense. Je n'ai jamais été bel homme. J'en ai souffert quand j'étais jeune. Combien de nuits suis-je resté éveillé, accablé de fantasmes et horrifié par ma propre laideur ?

Un jour, en Hongrie, quand j'étais étudiant en médecine, le désir s'est emparé de moi de façon irrésistible. J'avais bu, et j'ai payé une femme pour qu'elle m'accompagne chez moi. Elle ne m'avait pas demandé cher, mais elle valait encore moins que je ne lui avais donné. Ses dents avaient perdu leur émail et étaient affreusement clairsemées ; elle avait sur les jambes des marques repoussantes que j'attribuai à une mauvaise circulation sanguine. Ses seins pendaient.

Elle se déshabilla dès qu'elle fut entrée dans mon appartement. Tandis que je l'observais, mon cœur se débattait jusque dans ma gorge, comme une guêpe en hiver. Elle dansait autour de moi et me taquinait en lançant de petites plaisanteries sur les choses du sexe. Je dus fermer les yeux.

Elle s'assit sur le lit à côté de moi et me frotta les tempes, lentement. Je lui demandai de me frictionner les épaules, et elle me proposa d'ôter mes vêtements. Je n'avais jamais été nu devant une femme, et je ne me déshabillai pas complètement, gardant mes sous-vêtements. Elle eut un léger ricanement, comme on pouvait s'y attendre de la part d'une prostituée.

– Comment t'appelles-tu ? me demanda-t-elle d'une voix douce que j'entends encore.

– Anton, lui dis-je.

– Tu as quelque chose à cacher, Anton ? demanda-t-elle.

– Faites ce que vous êtes payée pour faire, lui dis-je.

Elle eut un rire perçant, et je dus me retenir pour ne pas la frapper. Se sentir prêt à le faire, de rage, c'est si désagréable ! Mais je me maîtrisai et me tournai sur le lit à plat ventre, la laissant me pétrir les épaules. Elle me massa lentement, avec art, de ses mains fortes, jusqu'au bas de l'épine dorsale. Je pouvais sentir la peau de ses doigts, rugueuse comme de la pierre ponce.

Quand elle insista pour que je me remette sur le dos, j'hésitai. Impossible de cacher mon érection. Mais je me retournai, et elle y mit la main, doucement, puis la bouche.

Je ne comprendrai jamais pourquoi je l'ai laissée accomplir jusqu'au bout cet acte grotesque, contre nature. J'aurais été sûrement moins condamnable, aux yeux du Seigneur, si j'avais eu pour de bon un rapport sexuel avec elle. Mais je me sentais absolument incapable de résister, voire de parler ou de bouger, faible comme une mouche. Je la laissai poursuivre son manège jusqu'à son effroyable terme.

Quand ce fut fini, elle me dit :

– Alors, ça t'a plu, mon petit Anton ? Pas mauvais, hein ? Tu veux que je revienne demain soir ?

– Il y a de l'argent pour vous dans cette enveloppe, sur la table de toilette. Prenez-la, je vous prie, et laissez-moi tranquille. Je ne veux pas vous revoir.

– Mais tu as vraiment aimé ça, n'est-ce pas ?

– Laissez-moi tranquille à présent, je vous en prie.

Elle avait l'air découragée en me quittant. C'était tout à fait inattendu. Et je me rendais compte maintenant combien elle était vieille, quarante ou cinquante ans peut-être. À ma grande surprise, j'éprouvais de la pitié pour elle. N'était-elle pas une créature de Dieu comme les autres ? Ce qu'elle faisait pour vivre était un fardeau, son fardeau. Elle avait peut-être été princesse dans une autre vie ? Ou bien quelque animal ?

– Tout est sacré, m'a dit récemment Léon Nikolaïevitch. Tout ce qui vit participe de Dieu.

J'en convins avec lui et lui parlai de ma fascination pour la religion hindoue et la réincarnation. Il écarta cette idée d'un revers de main en disant :

– C'est intéressant mais peu plausible.

Je n'en suis pas aussi convaincu. Je m'inquiète parfois d'accepter tout ce qu'il dit sans soulever d'objections. Léon Nikolaïevitch est par instants si peu conventionnel, prêt à défier n'importe quelle doctrine de notre christianisme orthodoxe. À d'autres moments, à prendre l'Écriture au pied de la lettre, il paraît si étrangement dogmatique ! Mais je discute rarement avec lui. Ce n'est pas dans ma nature.

Ce que je sais, c'est que j'aime Dieu, que mon devoir est d'être au service de l'homme, et qu'en servant l'homme je sers Dieu. Je sers aussi le mystère et l'esprit qui habitent le corps de Léon Tolstoï. J'ai le privilège d'habiter sous son toit, de pouvoir l'approcher chaque jour. J'ai été distingué par Dieu pour cette mission, si difficile parfois que puisse sembler la tâche.

12

BOULGAKOV

Je regagnai Teliatinki sur un cheval emprunté aux écuries de Tchertkov, une jument blanche au dos puissant, légèrement concave, avec des crins noirs à la croupe. Un orage se préparait à l'ouest. Je voyais, en chevauchant, les nuages s'épaissir dans les angles et devenir opaques, avec de gros ventres violets. Un front orageux chassa, comme un banc de maquereaux, de fines volutes vers l'est en train de s'assombrir. Il est rare de voir en hiver quelque chose d'aussi théâtral. Maintenant, la lisière rose du bois de Zassieka virait au pourpre. Le soleil dardait sur les champs des regards sinistres, allongeant les ombres portées de chaque arbre, chaque monticule. Un vent chaud et humide soufflait du sud par bourrasques. Je ne cessais de penser à Macha.

Elle est devenue mon amie la plus intime à Teliatinki, bien qu'il nous faille être prudents et ne pas passer trop de temps en la compagnie l'un de l'autre. Serguieïenko est terriblement puritain au sujet de ce genre de chose et, bien qu'il n'interdise pas absolument les relations sexuelles, il s'assure que chacun comprend les idées de Léon Nikolaïevitch sur la question. « Plutôt se marier que brûler », telle est, paulinienne en diable, la philosophie de Serguieïenko. Il lit souvent à haute voix les *Confessions* de saint Augustin d'Hipponc, avec lequel il partage la même aversion pour le sexe (encore que le puritanisme de ce dernier lui soit venu sur le tard, après une vie de libertinage). Il est également partisan de ces écritures bouddhistes qui prêchent l'insignifiance du monde physique. L'esprit, dit-il, est tout ce qui compte.

– Nous sommes des éphémères. Des épaves de l'esprit universel.

Ce n'est pas que je sois véritablement en désaccord avec Serguieïenko – ou saint Augustin, en la matière. Il me paraît vain de laisser le désir physique diriger notre vie ou se mettre en travers du progrès de notre âme. L'objet des rapports sexuels est la reproduction, nécessairement. On s'unit charnellement en vue de la propagation de l'espèce. Prise ainsi, la copulation s'ajuste parfaitement dans le schéma général de l'activité humaine. Mais les besoins de l'esprit réduisent à fort peu de chose les exigences de la chair – ou, du moins, ils le devraient. Il n'y a aucun intérêt à vivre comme un animal, ignorant du but de l'existence, qui est l'union avec Dieu. L'homme est homme parce que Dieu lui a accordé le pouvoir de réflexion, qui lui permet de comprendre quelle est sa place dans la création divine.

L'esprit est le don le plus grand, le feu prométhéen offert aux hommes par les dieux. Voilà pourquoi Léon Nikolaïevitch attache tant d'importance à l'étude, à la contemplation. Ma grand-mère me disait toujours de prier sans y penser. Mais penser est le seul moyen de donner un sens à la vie, d'apprendre à vivre face à la mort, à notre disparition possible.

Dans mon adolescence, je me suis trouvé attiré par des images et des pensées indécentes. Je me rends compte à présent que la décence ne mène à rien, qu'elle n'est qu'un faux-semblant. Est-il décent pour le tsar de forcer de jeunes Russes à tuer des jeunes gens d'autres pays de la façon la plus brutale? Est-il décent pour la société de permettre aux gens de mourir de faim dans la rue, de mourir solitaires dans de misérables petites isbas, de vivre comme des rats dans les égouts de Moscou? L'esclavage de tout ordre – économique, militaire, social – est indécent. Mais l'activité sexuelle, la manière dont les hommes et les femmes décident de combiner leurs parties physiques, est en soi tout à fait neutre. C'est seulement l'énergie qu'on y consacre – le temps qui est enlevé ainsi au vrai travail de l'intellect et de l'esprit – qui avilit la chose.

J'ai vu Macha au loin, qui coupait du bois avec une hache à double tranchant. Ce qui n'est pas précisément un travail de femme, dans l'esprit de la plupart des Russes. J'ai arrêté mon cheval, observant l'éclat du soleil reflété par le tranchant d'acier. Son épais bonnet de fourrure lui cachait presque entièrement les yeux.

– Comment peux-tu voir ce que tu fais? lui demandai-je en m'approchant, sans descendre de cheval.

Elle continuait à donner des coups de hache.

– Vous avez fini pour aujourd'hui?

– Léon Nikolaïevitch jouait aux échecs avec Soukhotine. Il n'avait pas besoin de moi cet après-midi. On m'a prié de rester à dîner, mais j'ai décidé de rentrer chez moi.

– Pourquoi?

Elle fit une pause, s'étira le dos. Le vent souleva ses longs cheveux et fit claquer sa robe. Elle avait les chevilles fines, protégées par des leggins de toile.

– Parce que j'en avais envie.

Je laissai ces mots faire leur effet, puis ajoutai:

– De toute façon, il va y avoir de l'orage.

– J'ai fait une marmite de soupe, Valia. Nous pourrons manger tous les deux à la cuisine quand j'aurai fini de couper ce bois.

Une femme qui coupe du bois à la hache, c'est une idée que je n'aime pas. Mais dans les milieux tolstoïens, les femmes s'opposent à la séparation des tâches. Macha est intraitable sur ce point.

– Ce sera toi le prochain tsar, Macha, dit Serguieïenko pour la taquiner.

Léon Nikolaïevitch a, vis-à-vis des femmes, des opinions un tantinet réactionnaires, même s'il se prend pour un libéral. Il ne permettrait jamais à Sacha de couper du bois.

– J'ai faim, dis-je.

– Tu as toujours faim, Valia.

Elle a choisi ce diminutif de Valentin, dont elle prétend que c'est un nom qui pour moi fait trop sérieux.

Tandis qu'elle achevait de couper son bois, j'ai mené la jument à son box, l'ai dessellée, bouchonnée, étrillée. Sa robe blanche, bien fournie, fumait dans la fraîcheur de l'écurie. Deux garçons, des moujiks du pays, faisaient descendre du foin à la fourche du fenil dans les box de bois. Je me sentais tout chaud à l'intérieur, heureux. Les odeurs mêlées de foin et de crottin emplissaient la pénombre bien close de l'écurie. Des échardes de soleil se glissaient par les interstices du toit.

Comme je me dirigeais vers la grande maison, il se mit à tomber de la neige fondue, une neige oblique qui piquetait la boue de petits trous, blanchissait l'herbe brunie, s'écrasait en faisant floc ! sur les marches de bois et les larges planches de pin de la véranda. Teliatinki est une bâtisse sans élégance, pleine de coins et de recoins, construite, plutôt sommairement, de rondins écorcés, avec une simplicité à l'intérieur qui rappelle une école de campagne. Les planchers sont cirés, puis polis comme des miroirs. C'est un travail que nous faisons chacun à notre tour, suivant une rotation bihebdomadaire établie par Serguieïenko, qui a la passion des listes et des emplois du temps.

Macha m'a rejoint dans la cuisine. Elle a versé un bouillon épais et salé, mêlé de carottes et de betteraves rouges, dans les bols d'argile que nous avions façonnés nous-mêmes la semaine précédente et mis à durcir au four. Nous avons mangé seuls, avec de grosses cuillères de bois. Il y avait du pain noir en quantité, que les femmes cuisent tous les dimanches après-midi, et du beurre blanc fraîchement battu. Nous nous sommes tus un moment.

– Comment se sent Léon Nikolaïevitch ? demanda-t-elle, rompant le silence. Tout le monde ici est inquiet.

– Il a une mauvaise toux.

– Il devrait faire attention. Un homme de son âge peut disparaître en un rien de temps. Mon grand-père était en parfaite santé un jour, et mort le lendemain.

– Il dit qu'il ne tiendra pas plus de quelques mois, un an peut-être. Et il sait ce qu'il dit.

– Je me demande s'il parle sérieusement. Sinon, il prendrait plus de précautions.

– Tout ce que je sais, c'est que je lui ai demandé hier si je devais oui ou non rayer mon nom du registre de l'université, auquel cas je serais confronté immédiatement à la question du service militaire. Et il a répondu que, puisqu'il ne lui restait que peu de temps à vivre, ce n'était pas à lui qu'il fallait le demander.

– Tu devrais quitter l'université, vraiment, Valia. C'est malhonnête de faire semblant d'être étudiant quand on ne suit pas les cours. Il est de ton devoir de résister au mal, n'est-ce pas ?

Son franc-parler m'embarrassait.

– Je n'ai sans doute pas envie de moisir en prison. Peut-être ai-je un travail plus important à faire ?

– Peut-être que tu es un lâche.

Je prenais la chose plus au sérieux qu'elle ne le faisait. Elle mangeait tandis que nous parlions.

– Encore un peu de soupe?

Elle releva enfin les yeux.

– Oui, s'il te plaît.

J'avais failli dire non, rien que pour la faire bisquer. Mais je mourais de faim. On ne mange pas très bien à Iasnaïa Poliana.

– « À leurs actes vous les reconnaîtrez», dit-elle.

En cela, et en *cela* seulement, Macha me rappelle ma mère, qui cite les Saintes Écritures dans les circonstances les plus invraisemblables, puisant toujours dans la même demi-douzaine de versets qu'elle connaît par cœur. Je me suis mis, depuis quelques années, à lui envoyer en retour, pour la déconcerter, des passages peu familiers de l'Écriture, prouvant exactement le contraire de ceux qu'elle m'avait cités. Ça la rend folle.

– « Quoi que le cœur ordonne, c'est cela qu'il faut faire», dis-je.

Macha me regarda, intriguée.

– *Jonas?*

– Boulgakov.

Elle n'aime pas que les taquineries viennent de moi. Elle se versa un autre bol de soupe et cessa de me regarder.

– Tu as une très haute opinion de toi-même.

Je fis signe que oui.

– Espérons seulement que Dieu partage ton opinion.

Je versai le thé du samovar dans deux verres, avec beaucoup de sucre. Elle accepta le verre fumant que je lui tendais, portant le bord brûlant à ses lèvres, s'arrêtant pour souffler, puis buvant à petites gorgées.

On entendit un bruit de pas et des voix dans le corridor.

– Serguieïenko, dis-je.

– Allons dans ma chambre, proposa Macha. Nous y serons tranquilles pour bavarder. Je n'ai pas envie de diriger un séminaire.

Sa franchise me surprend toujours. Je me sens, en comparaison, creux et sournois, un maître trompeur. Avec une étrange sensation à l'aine, je la suivis dans le corridor.

Il y avait, devant la coiffeuse, une chaise bancale au siège à claire-voie, occupée par une haute pile de journaux; je n'eus d'autre choix que de m'asseoir à côté de Macha sur le couvre-lit de mousseline. La photographie jaunie d'une vieille femme, sa mère, je présume, était posée debout sur la table.

– Tolstoï a reçu hier une lettre d'un étudiant de Kiev, dis-je, sans avoir l'air de rien.

Macha éprouve un besoin maladif de petites nouvelles et de commérages, et je sens que mon aptitude à le satisfaire me donne quelque pouvoir sur elle. Sinon, avec sa beauté et son extrême confiance en soi, elle aurait la mainmise sur tout.

Macha me regarda intensément.

– Ne te mets pas en colère, lui dis-je.

– Je ne suis pas en colère. Tu joues un jeu avec moi. Je n'aime pas cela.

– Ce n'est pas un jeu.

– Je ne veux pas me disputer avec toi.

Je ris d'un air un peu trop piteux.

– Tu dis ça, mais tu te disputes quand même. C'est ce que nous sommes en train de faire, pas vrai?

– Valentin, mon ami, soupira-t-elle. Parle-moi de la lettre.

– C'était une lettre étrange, vraiment... présomptueuse.

– De quelle façon?

– Ce type disait que Léon Nikolaïevitch devait accomplir un dernier acte symbolique. Il lui fallait distribuer ses biens entre ses parents et les pauvres, puis quitter la maison sans un kopeck, et cheminer de ville en ville comme un mendiant.

Macha était épouvantée. Elle releva le visage vers moi, son nez mince tranchant la lumière comme un rasoir, la lumière qui tombait d'une petite fenêtre au nord. Tel un magicien, prêt à l'éblouir, j'exhibai une copie de la réponse de Léon Nikolaïevitch :

> *Votre lettre m'a profondément ému. Ce que vous suggérez est ce que j'ai toujours rêvé de faire, mais à quoi je n'ai jamais été capable de me résoudre. On pourrait trouver à cela bien des raisons, mais pas une en rapport avec le souci de m'épargner. Et je ne dois pas m'inquiéter de l'influence que mes actes pourront avoir sur autrui. Cela n'est pas en notre pouvoir, de toute façon, et ne devrait pas guider notre conduite. Pour être entreprise, une telle action doit être nécessaire, non pour quelque raison hypothétique et extérieure, mais seulement pour répondre aux exigences de l'âme et lorsqu'il est devenu aussi impossible de demeurer dans notre ancien état que de ne pas tousser quand on a trop de mal à respirer. Je ne suis pas loin d'en être là à présent, et je m'en rapproche chaque jour.*
>
> *Ce que vous me conseillez de faire – renoncer à ma position dans la société et redistribuer mes biens entre ceux qui y auront droit après ma mort – je l'ai fait il y a vingt-cinq ans. Mais le fait que je continue à vivre en famille, avec ma femme et ma fille, dans de terribles conditions de luxe qui me font honte par rapport à la pauvreté environnante, me tourmente de plus en plus. Pas un jour ne s'écoule sans que je songe à votre conseil.*
>
> *Je tiens à vous remercier pour votre lettre. La mienne que voici ne sera vue que d'une seule autre personne. Je vous demanderai de ne pas la faire voir à qui que ce soit.*

J'avais oublié cette dernière ligne.

– Tu n'aurais pas dû me la montrer, dit Macha.

J'aurais aimé qu'elle fût moins explicite.

– Mais comme il est sincère ! poursuivit-elle.

– C'est remarquable.

J'étais content qu'elle eût passé rapidement sur le fait que je lui avais fait voir cette lettre.

– Il dit la vérité, dis-je, même quand elle est douloureuse pour lui.

Elle acquiesça. Je remis la lettre dans ma poche, regrettant toujours mon imprévoyance. Je n'avais cherché qu'à me faire valoir. On dirait que je n'ai pas de sens moral.

– Il t'admire, dit Macha.

– Moi ?

– C'est Serguieïenko qui me l'a dit. Il en est malheureux, car, d'après lui, ce n'est pas juste que quelqu'un comme toi, à peine arrivé, jouisse de relations aussi étroites avec Léon Nikolaïevitch alors que tant de tolstoïens, comme lui, ne le voient presque jamais.

– Léon Nikolaïevitch me traite bien. Mais il est bon envers tout le monde, même avec le mari de Tania, cet idiot de Soukhotine.

– Peut-être, mais il te laisse répondre à ses lettres personnelles. Et il te fait confiance, pour cette anthologie.

– Je suis son secrétaire. Je suis sûr que Goussiev jouissait des mêmes privilèges. S'il en était autrement, je lui serais tout à fait inutile.

– Mais il t'emmène aussi avec lui l'après-midi. Goussiev ne l'a jamais accompagné au bois de Zassieka.

Ce n'est pas faux. Léon Nikolaïevitch emmène très peu de gens avec lui quand il va se promener à cheval ou à pied dans les bois, et cependant il me demande souvent de l'accompagner. À l'occasion, il emmène Sacha ou le Dr Makovitski. Mais presque personne d'autre.

– De quoi parles-tu quand tu es avec lui ?

Je lui dis la vérité.

– Nous parlons de moi.

– Vraiment ?

– C'est stupide, n'est-ce pas ? Nous devrions parler de lui, ou de ses idées. Mais il semble si curieux à mon sujet. Il veut tout savoir sur mes parents, mes relations féminines, mon expérience de Dieu… tout.

– Quelles relations féminines ?

Elle essaya de ne pas sourire, mais ses yeux brillaient comme des cristaux de quartz. Elle éveillait en moi une étrange sensation de chaleur – comme des braises sous la cendre d'un feu qui a brûlé toute une longue nuit.

Spontanément, je portai la main à ses cheveux et les caressai. Ils étaient blonds, frais, de couleur paille, et tombaient parfaitement droit. Ses yeux, d'une couleur émeraude qui rappelait la mer, me tenaient fixement sous leurs rayons. Leur iris vert encerclait la pupille sombre comme des champs en été autour d'une mare. On aurait pu plonger facilement dans ces eaux sombres, et ne jamais remonter.

– Je suppose que tu ne veux pas parler des femmes que tu as aimées, dit-elle.

L'ironie avait disparu, brûlée comme le brouillard matinal.

– Il n'y a quasiment rien à en dire.

– Je ne veux pas être indiscrète. C'est seulement que j'aime tout savoir au sujet de mes amis. Faut que je fourre mon nez partout !

– C'est bien que tu me le demandes, mais je crains de te décevoir. J'ai été souvent amoureux, mais…

Je restai en suspens sur cette conjonction, incapable d'en dire plus.

Je lui aurais tout dit – le peu qu'il y avait à dire – si je n'avais éprouvé de la difficulté à parler de mes anciennes relations. J'aurais eu l'impression de trahir ce moment d'intimité. Je voulais croire, je croyais vraiment qu'il ne restait à cet instant sur la planète personne d'autre que Macha et moi.

– J'avais un amant avant de venir ici, dit-elle. C'était le directeur de l'école où j'enseignais. Il s'appelait Ivan.

– Ivan le Terrible, dis-je.

J'avais la tête qui tournait. Il me semblait que j'allais tomber du lit où nous étions assis.

– Il était marié – et heureux en ménage. Cela nous rendait les choses difficiles, car nous ne pouvions faire l'amour qu'à l'école.

– À l'école ?

– Au gymnase, quand les filles étaient parties. C'était un externat, tu comprends. Il y avait des paillassons par terre. Au gymnase.

– Ah, je vois, dis-je.

Mais je ne voyais rien. Je serrais, desserrais les poings. Les femmes de la classe de Macha, de son rang dans la société, ne se laissent pas utiliser de cette manière. Ce ne sont pas des serfs.

– Il était beaucoup plus âgé que moi, il n'avait pas loin de quarante ans, dit-elle.

J'avais le sentiment, peut-être injuste, qu'elle prenait plaisir à me raconter son histoire, comme si elle jouissait de mon tourment.

– Il n'y avait pas d'avenir là-dedans, cela ne menait à rien. Je suis beaucoup plus heureuse ici.

J'aurais voulu répondre, mais ne le pus. Heureusement, elle n'exigea pas de réponse de moi. Son histoire vivait sa propre vie, qui n'avait rien à voir avec la mienne.

– Mes parents soupçonnaient que nous étions, Ivan et moi, embringués dans une affaire dangereuse. J'avais parlé de lui un peu trop librement. Bien qu'ils détestent Tolstoï, ils ont été contents de me voir quitter Saint-Pétersbourg. Ils pensaient qu'à Teliatinki, du moins, je ne les mettrais pas dans l'embarras.

Tout cela était déconcertant, mais je ne voulais pas paraître ignorant. J'étais encore vierge, pour ma part. Et il me semblait ridicule autant qu'irréel que Macha ne le fût pas. Ce n'est pas ainsi que vont les choses dans les romans sentimentaux.

– Tu as l'air dans tous tes états, Valia, dit-elle. Est-ce que je t'ai contrarié ?

– Non. J'apprécie ta franchise.

– Tu me désapprouves. Je lis cela dans tes yeux.

– Non.

Elle se leva, de plus en plus fâchée à chaque seconde.

– Je regrette d'avoir parlé. Je n'aurais jamais dû t'en dire tant.

– Je suis heureux que tu l'aies fait.

– Tu es un petit saint, n'est-ce pas ? Un puritain comme Serguieïenko. J'aurais dû m'en douter. Pour quelle autre raison t'auraient-ils engagé ? Car, c'est cela, tu es un serviteur à gages !

– Ce que tu dis là est injuste.

– Ça m'est égal, c'est la vérité. Et la vérité est souvent injuste.

– Macha, dis-je en me levant, je m'en vais.

– Comme vous voudrez, Valentin Fiodorovitch.

Elle alla à la fenêtre et regarda au-dehors d'un air maussade. Le soir tombait rapidement, barrant l'horizon de violet.

La pièce était emplie d'une clarté lugubre qui donnait à toute chose un aspect irréel.

– Au revoir, dis-je.

Elle resta là, sans un mot, les yeux détournés. Je fermai doucement la porte derrière moi, bien qu'au-dedans je fusse bouillonnant de rage.

13

SACHA

Une fois de temps en temps, Papa m'emmène avec lui l'après-midi pour une promenade à cheval. Il monte Délire, «la jument de M. le Comte», comme disent les moujiks, ce qui veut dire que personne d'autre n'ose la monter. Nous trottons dans les bois au hasard des sentiers, où des branches nous giflent au visage, où la fougère fait place au fourré ; on ne sait bientôt plus dire où l'on se trouve, mais Papa se contente d'aller résolument de l'avant. Plus difficile est le terrain, plus il lui plaît.

Si un cours d'eau se présente devant nous, Papa talonne Délire et lui donne un coup de cravache sur la croupe en criant « Hop ! » comme un Tartare. Délire saute les ruisseaux d'un bond et traverse les rivières à la nage avec plaisir. Une fois l'eau franchie, elle fonce droit sur la pente et Papa crie à pleine poitrine. Impossible d'aller aussi vite à cette allure.

Un jour, nous passions au galop devant la vieille fonderie, quand Délire fit un faux pas dans du schiste argileux, glissa et perdit l'équilibre. Papa, désarçonné, fut projeté sur le côté, tandis que Délire tombait sur le flanc. Je fus prise de panique mais Papa, sans même lâcher la bride, se dégagea des étriers et atterrit sur ses pieds à côté de la bête qui hennissait.

– Ce n'est rien, ma fille, dit-il en appuyant la tête contre celle de Délire.

Il lui murmura quelque chose à l'oreille, tout en flattant son encolure étroite et longue.

La jument se remit sur ses pieds, Papa lui fit franchir la plaque de schiste et remonta en selle. Je ne pouvais croire qu'un homme de son âge pût être aussi agile.

– Veille à ce que ta mère ne sache rien de cette chute, dit-il.

L'été dernier, près de la Voronka, nous passions à cheval devant la maisonnette qui nous sert souvent de cabine de bain. Nous arrivâmes bientôt à une petite clairière qui, au printemps, est couverte d'un tapis éclatant de myosotis. Ce jour-là, elle était parsemée de *boroviki*, ces gros champignons luisants au pied rosé, au chapeau de velours doublé par en dessous d'un beige chaud et crémeux. Papa fit halte et mit pied à terre.

– Il y a quelque chose qui ne va pas ? demandai-je en arrêtant mon cheval.

– C'est là-bas, dit-il en montrant de sa cravache un endroit couvert d'une herbe drue entre deux chênes majestueux, là-bas exactement que je veux être enterré.

Il me regarda de côté. Je hochai la tête, lentement, sans quitter son regard des yeux.

– D'accord, Papa, lui dis-je.

Il sourit, et un air d'étrange satisfaction passa sur son visage usé. Je souriais aussi, consciente qu'il venait de se passer entre nous quelque chose de très important.

– Rentrons à la maison, dit Papa, rompant le charme. Je prendrais volontiers un verre de thé.

Il n'a, depuis, jamais fait allusion à l'incident de la clairière, mais je n'ai pas oublié sa requête. Jusqu'à cet instant-là, il ne m'était jamais venu à l'idée que Papa pourrait mourir.

Dans la partie la plus épaisse de Zassieka, le coin favori de Papa, il y a un petit sentier qui conduit à une source au fond des bois. Un creux d'eau claire s'est formé là, où nous faisons boire nos chevaux. Nous l'appelons le Puits aux Loups. Tout près, une famille de blaireaux vivent comme des rois dans un tertre poussiéreux. Ils s'y enfouissent dans de profonds terriers reliés par tout un labyrinthe de tunnels. Papa y amène à l'occasion ses deux chiens favoris – Tioulpane et Tsigane – qui raffolent des blaireaux et creusent la terre de leurs pattes dans l'espoir insensé de les faire sortir de leur trou.

Papa dit qu'il en va de même de l'écriture : on ne cesse de creuser la terre dans l'espoir qu'il en sortira peut-être un blaireau. Mais cela se produit rarement.

Au printemps, Papa venait parfois dans ma chambre après déjeuner et disait :

– Sacha, aimerais-tu faire avec moi une petite partie de chasse végétarienne ?

Nous ne chassions pas pour de bon comme il le faisait autrefois dans le Caucase, où il parcourait comme un fou (c'est lui qui le dit) des champs où pullulaient les lièvres, en tuant jusqu'à soixante en l'espace d'une journée. Papa aime à se vanter de sa jeunesse, où il n'en faisait qu'à sa tête, bien que cela ne plaise guère à des gens comme Makovitski et Serguieïenko. Ils ont besoin de croire qu'il a toujours été tel qu'à présent – comme si la morale était un don qu'on reçoit à la naissance, non quelque chose que l'on acquiert par un dur travail spirituel, par la souffrance de toute une vie dans le péché.

Alors, nous enfilions de lourdes bottes imperméables qui sentaient le goudron, et je le suivais à la course à travers le verger dans la Tchapych puis, plus loin, dans les ombres bleutées de Zassieka. Une croûte de neige boueuse s'accrochait encore au côté ombreux des fossés. Les arbres étaient nus, mais leurs bourgeons gonflés donnaient aux bois une teinte pourpre délavée. À la fin, nous nous engagions dans une clairière.

– Chut, tais-toi maintenant, disait Papa, un doigt sur les lèvres. Assis sur un rocher, nous attendions longtemps, essayant de ne pas respirer.

– Deviens les bois, disait-il. Tu fais partie des choses qui nous entourent.

Puis, lorsque nous croyions qu'il n'allait rien arriver ce jour-là, Papa soulevait l'un de ses sourcils broussailleux et disait :

– Sacha, regarde !

Tout près, nous entendions l'étrange bruit de toux d'une bécassine. Elle prenait son envol, tournait au-dessus de nous à grands cercles brisés, puis franchissait la cime des arbres dans un battement d'ailes. Peut-être n'y aurait-il rien d'autre de tout l'après-midi, mais Papa ne semblait guère s'en soucier. Nous restions assis là, sans rien dire, heureux, jusqu'à la tombée de la nuit.

– C'est tout de même étrange, disait Papa. Il fut un temps, tu te rends compte, où je ne songeais qu'à chasser et à tuer. Ça me fascinait.

Il disait toujours la même chose, et moi, je ne répondais rien.

En janvier dernier, Dorik Soukhotine, le beau-fils de Tania, en visite chez nous, avait attrapé la rougeole. On l'a couché dans un petit lit près de la Remingtonnière, timide tentative, en quelque sorte, pour le tenir à l'écart du reste de la famille. Nous étions dans tous nos états et faisions de notre mieux pour lui apporter quelque soulagement. Les médecins allaient et venaient, pontifiant et jacassant, tandis que j'apportais à l'enfant douceurs et boissons fraîches pour apaiser sa fièvre. Je lui faisais chaque soir la lecture d'une encyclopédie pour la jeunesse. Dorik guérit, Dieu merci, mais au bout de peu de temps, j'avais moi-même sur le ventre une éruption qui s'étendit à mon dos et à mes bras. Bientôt, je me mis à cracher le sang.

Papa se fit du souci pour moi, se rappelant avec quelle rapidité ma pauvre sœur Macha nous avait été enlevée par la maladie. Il m'apportait chaque soir de l'eau à boire, de sa main ridée qui tremblait, dans une grande tasse en étain. L'eau ressortait par les coins de ma bouche et me coulait sur le menton, mais je couvrais de baisers sa chère, sa douce main. Et il prenait la mienne, la pressait contre sa barbe et sanglotait.

Varvara Mikhaïlovna ne quittait presque jamais mon chevet. Ses boucles brunes et son doux visage arrondi m'étaient d'un grand réconfort. Lorsque Papa quittait la chambre, elle montait sur le lit à côté de moi et me prenait dans ses bras, frottant étroitement sa joue contre la mienne, sans crainte d'attraper ma maladie.

Nous étions devenues de grandes amies. Bien que nous nous fussions rencontrées à Moscou plusieurs années auparavant, nous ne nous étions pas vues beaucoup, mais notre correspondance devint de plus en plus longue et intime, et je finis par persuader ma mère de lui permettre de venir habiter avec nous. On a toujours besoin de l'aide d'une secrétaire à Iasnaïa Poliana, et Varvara sait dactylographier et prendre des lettres sous la dictée.

Elle est ici depuis plusieurs mois, et nous avons fini par nous aimer dans le pur amour du Christ. Nous partageons toutes nos craintes, tous nos espoirs. Nous nous touchons, main dans la main, menton contre menton. Nous répondons alternativement à l'appel l'une de l'autre, prenant plaisir à l'échange continuel de notre réelle affection.

Mars est venu, l'air est maintenant tout chatoyant d'espoir. Le soleil sur la neige devant la maison, dès le milieu de la matinée, est d'un éclat presque insupportable. Il pose une lumière cuivrée sur les fenêtres et emplit la maison de ses lourds rayons. La glace qui recouvre le chemin de terre devant notre porte a commencé à fondre sur les côtés.

Je me sens mieux, aussi, bien que je crache encore du sang le matin. La rougeole a disparu, mais le docteur Makovitski agite le spectre de la phtisie. Cela inquiète Papa – le terrifie, en fait. Mais Maman ne fait pas confiance au docteur Makovitski, pure malveillance de sa part ; elle insiste pour faire venir ces médecins de Moscou, qui prétendent que je dois rester en Crimée au moins deux mois pour mes poumons. J'ai parlé hier soir de cette possibilité à Varvara Mikhaïlovna tandis qu'elle me tamponnait le front avec un linge humide.

– Si je pars, lui expliquai-je, Papa restera seul et Maman va le dévorer. Il sera malheureux sans moi. Qui le protégera ?

– Il y a le docteur Makovitski.

– Il ne fait pas peur à Maman. Elle le traite comme un bambin. Elle voudrait régner librement sur la maison. Impossible de dire quels dégâts elle ferait si…

– Ton père peut prendre soin de lui-même, Sacha. Il a ici beaucoup plus de pouvoir que tu ne l'imagines. S'il y a quelqu'un qui n'a aucune chance de s'imposer, c'est bien ta mère.

C'était absurde, mais je n'en dis pas plus et me tournai sur le ventre pour permettre à Varvara de me masser la nuque et les épaules.

– J'ai peur, Varvara, dis-je.

– Peur de quoi ?

– Si je m'en vais, je ne reverrai peut-être pas mon père. Il est si fragile.

– Léon Nikolaïevitch est fragile depuis des années. Mais c'est un vieux dur à cuire !

Varvara, tout en se penchant vers moi, murmura quelque chose au sujet de ma stupidité, et posa son menton dans le creux de mon cou. Je sentais sur ma peau son souffle chaud, le rythme de sa respiration. Nous faisons cela maintenant presque tous les soirs, goûtant ces calmes instants ensemble. À l'occasion, nous lisons un passage de la Bible ou un texte bouddhiste. Boulgakov nous a procuré, à ma demande, un exemplaire de sa liste de citations des plus grands penseurs et poètes européens, et nous les lisons à haute voix. Je m'endors en pensant à Leconte de Lisle et à Sully Prudhomme, rêvant d'une terrasse tiède et ensoleillée sur la mer Noire, où Varvara et moi serions assises des heures durant, à lire des romans, à manger des oranges et boire du thé.

Mais je ne puis supporter l'idée d'abandonner Papa au moment où il semble avoir terriblement besoin de mon aide. Il a besoin de sentir que je suis là, je suis le bouclier qui le protège de Maman.

Papa est vieux, certes, mais travaille bien et à tant de projets. Il y a *Khodynka*, une nouvelle, et son introduction à *La Voie de la vie*. Et, en plus, il écrit des lettres sans fin. Je ne vois pas pourquoi il prend cette peine. Dieu merci, il y a Boulgakov et Varvara, qui l'aident chaque jour en tapant jusqu'au petit matin.

Papa est entré ce matin dans ma chambre, vêtu de blanc. Tel un prêtre.

– Ma chérie, je viens de parler avec ta mère, et nous avons décidé que tu devais partir pour la Crimée aussitôt que possible. Tu pourras emmener avec toi Varvara Mikhaïlovna pour te tenir compagnie.

– Tu veux vraiment que je parte ?

Il a passé son bras maigre autour de mes épaules et dit qu'il donnerait n'importe quoi pour ne pas me perdre, mais qu'il fallait que je parte, pour ma santé. Il m'a dit aussi de ne pas me faire de souci à son sujet, et que de toute façon je ne serais partie que peu de temps.

– L'été sera là avant même que tu t'en aperçoives, dit-il. Et nous irons tous nous baigner dans la Voronka, comme toujours.

Il me promit une partie de chasse végétarienne dès mon retour. Il fit un clin d'œil et sourit, mais ses yeux s'étaient remplis de larmes. Je me demandai si, dans trois mois, Papa existerait encore pour moi autrement que sous la forme d'un sentiment de tristesse poignante, d'une image photographique sur ma table de chevet, d'une rangée de livres et d'une pièce vide.

14

SOPHIA ANDREÏEVNA

Ce n'est pas que je me déplaise ici, à Iasnaïa Poliana. Y aurais-je passé près d'un demi-siècle si j'avais voulu m'en aller ? Iasnaïa Poliana a eu son heure de gloire – à l'époque du vieux comte Volkonsky, le grand-père de Liovotchka. Cette maison-*là* m'aurait parfaitement convenu. Mais Liovotchka l'a perdue au jeu. Une aile est devenue maison d'école pour enfants de paysans – essai de mise en pratique des théories stupides de Rousseau en matière d'éducation. Le cœur est naturellement mauvais, ce sont les Écritures qui le disent. L'autre aile, c'est là qu'on m'a demandé de vivre. Nue, avec des parquets de chêne ciré, d'autres en pin ridé, et pas un tapis. Il n'y avait pas de rideaux aux fenêtres pour tamiser la lumière dure des champs qui entrait à flots dans les pièces. Hormis le bizarre portrait d'un ancêtre illustre, les murs blancs étaient dépourvus de tout ornement. Nous étions à peine mariés depuis quelques jours que mon mari m'introduisit dans une chambre à coucher qui faisait davantage penser à une caserne, sans garde-robes ni commodes. Notre lit dur n'était qu'un misérable grabat de paille tressée très serré, et Liovotchka insista pour que nous utilisions comme oreiller un coussin de cuir rouge qui avait appartenu à son grand-père. J'étais censée dormir avec des pantoufles de feutre pour me tenir les pieds au chaud, ou une paire de bottes de tille comme en portent les paysannes!

J'avais vécu la semaine la plus éprouvante de ma vie. Liovotchka était arrivé à l'église du Kremlin avec une heure de retard pour la cérémonie du mariage, disant qu'il n'avait pu trouver une chemise propre!

Après le service religieux, durant lequel je pleurai comme une madeleine, nous dîmes au revoir à tout le monde et mîmes le cap sur l'avenir. Nous partîmes en voiture pour un petit village proche de Moscou du nom de Biroulievo, où nous descendîmes dans une auberge. Liovotchka se comporta comme une bête enragée, mais je m'y attendais, après avoir lu son journal. Pourquoi me l'avait-il donné à lire? Il m'aura fallu des années pour le comprendre. C'était une lectrice qu'il voulait, pas une femme. Quelqu'un qui se consacre à son langage, à sa vision. Et, à présent, ce qu'il veut, ce sont d'autres lecteurs: Tchertkov, Sacha, Boulgakov, Douchane Makovitski. Je ne lui suis plus d'aucune utilité.

Je me sens aussi malheureuse qu'à l'époque, il y a quarante-huit ans, où nous avons franchi les portes de Iasnaïa Poliana dans la chaleur et la poussière, un jour de fin septembre. J'étais en nage, trop vêtue pour la circonstance, en robe de soie bleue. La tante Toinette, ratatinée, avec son air sceptique, se tenait sur la véranda de devant, une icône dans les mains. Il y avait dans ses yeux un regard froid qui démentait ses paroles de bienvenue.

– Elle s'apprête à souffrir, me chuchota Liovotchka à l'oreille.

Je m'agenouillai devant l'icône, la baisai, et saluai poliment tout le monde. Sergueï Nikolaïevitch fit passer à la ronde, dans une corbeille, le sel et du pain rassis. J'avais hâte d'entrer dans la maison, où il faisait frais. Nous nous assîmes face à face dans le hall d'entrée, où l'on servit du thé puisé à l'antique samovar. Il était tiède et avait un goût de métal brûlé.

– Nous sommes enchantés de vous accueillir ici, dit Sergueï.

Il avait le souffle court et semblait très mal à son aise en présence de la jeune épouse de son frère cadet – même s'il n'allait pas tarder à tomber amoureux de ma sœur Tania. La tante Toinette, qui paraissait avoir cent ans, hochait lourdement la tête. Je fus présentée successivement à chacune des trois servantes qui vivaient dans l'arrière-cuisine. Trois servantes seulement pour une maison de cette dimension !

Cette nuit-là, après une autre bordée de sexualité bestiale, Liovotchka plongea dans un sommeil ponctué de ronflements sonores, mais moi je restai éveillée, les nerfs à vif, me demandant ce que j'avais fait. Liovotchka s'éveilla au beau milieu de la nuit et se mit à crier « Pas elle ! Pas elle ! »

– Chéri, dis-je en le secouant. Ma parole, mais qu'est-ce qu'il t'arrive ?

– J'ai dû rêver.

– À mon sujet ?

– Non.

– De quoi, alors ?

– Est-ce que je dois toujours dire de quoi je rêve ? C'est ce que ça signifie pour toi, être mariés ?

Je m'excusai et le laissai se rendormir entre mes bras. Mais je sais maintenant, oui, je sais vraiment ce que c'est que le mariage. Ou ce que ça devrait être.

Durant ces premiers mois de solitude, je n'ai cessé de penser à Maman, me demandant ce qu'avaient été les premiers mois de sa vie de femme. Son mariage n'avait pas été une réussite. Papa était plutôt coureur, ce qui ne rendait pas la vie facile. Elle avait ses propres défauts, naturellement ! J'ai appris depuis lors, par Liovotchka, son flirt avec Tourgueniev. Ils ont été amants. Décidément, quelle famille littéraire nous faisons !

Maman avait quinze ans lorsqu'elle fit la connaissance de Papa. Elle avait été malade plusieurs semaines, pendant un séjour à Toula, dans la maison de campagne de ses parents. Une fièvre mystérieuse la consumait, ce qui ne pronostiquait rien de bon. En désespoir de cause, son père s'était adressé à un jeune médecin renommé de Moscou, le docteur Andreï Behrs, qui, à l'âge de trente-trois ans, se taillait à la Cour une solide réputation ! Ce beau et jeune docteur était ami de Tourgueniev, lequel avait, dans le district voisin d'Orel, un domaine où il séjournait en été.

Le cœur de Papa fut prisonnier dès l'instant qu'il posa les yeux sur Lioubov Alexandrovna. Son teint pâle et ses yeux sombres, ses cheveux noirs qui avaient l'éclat de la propreté, son large front, tout cela l'obsédait. Il demeura un mois à son chevet, la veillant toute la nuit quand la fièvre montait. Ses manières courtoises impressionnèrent Alexandre Isleniev mon grand-père, qui néanmoins eut un hoquet lorsque sa fille lui annonça, à la fin de la visite soi-disant médicale du docteur, qu'elle désirait épouser son médecin.

– Mais, ma chérie, il a dix-huit ans de plus que toi !

– Je l'aime, dit-elle tout net.

– Pas question ! s'écria sa mère. Tu as failli perdre la vie, et tu n'es pas en mesure de prendre une telle décision.

Elle avait pour sa fille des projets plus grandioses. Un médecin, après tout, n'était pas un gentilhomme.

La plus scandalisée de tous était mon arrière-grand-mère, qui disait :

– Je préférerais lui voir épouser un musicien – ou qu'elle meure !

Ma peu délicate grand-mère fit également remarquer que le docteur Behrs n'était pas russe du tout, mais allemand.

– Peut-être même juif, murmura-t-elle à l'oreille de sa petite-fille.

Maman, c'était tout à fait elle, ne bougea pas. Sa famille savait qu'une fois qu'elle avait décidé d'agir de telle ou telle façon, la discussion était close.

Je ne sais exactement pourquoi les choses se gâtèrent en ce qui concerne le mariage de Maman, ni pourquoi elle s'éprit d'Ivan Tourgueniev, qui lui brisa le cœur.

– Tourgueniev était un gredin et un dandy.

C'est ce que Liovotchka ne dit que trop souvent.

– Ses romans me rasent. Ce sont des romans français écrits en russe.

À un écrivain, la réussite ne suffit pas. Il lui faut encore l'échec de ses amis.

Aujourd'hui, je parle sans peine du mariage de mes parents, mais cela m'a été douloureux de découvrir l'étendue de leur malheur. Du moins, pendant mes premiers mois de solitude à Iasnaïa Poliana, ai-je eu le mythe de leur bonheur pour me soutenir et me redonner courage. J'avais l'histoire de leur vie commune, que je me racontais sans cesse.

À présent, cette histoire, je ne l'ai même plus.

15

L. N.

Lettre à I. I. Perper

10 mars 1910

Voici un livre traduit de l'allemand sous le titre *Horreurs de la civilisation chrétienne*. Il a été compilé par un lama tibétain qui a étudié plusieurs années dans des universités allemandes. Le titre du livre s'explique de lui-même. Qu'il ait été écrit par un authentique bouddhiste ou par quelqu'un qui a utilisé cette formule par convention, comme Montesquieu dans ses fameuses *Lettres persanes*, je ne puis le dire. Le livre est, en tout cas, fascinant et plein d'enseignements.

Le bouddhisme, dernièrement, s'est de plus en plus dégagé des adjonctions qui ont pesé sur lui dans le passé, tout comme le monde chrétien a commencé à comprendre sa véritable essence. On voit aussi de plus en plus de chrétiens se convertir au bouddhisme, tant en Europe qu'en Amérique.

Mise à part la profondeur philosophique de son enseignement, si bien expliquée par Schopenhauer, sa base morale me frappe comme particulièrement attirante. Je tirerais, pour ma part, du bouddhisme cinq commandements essentiels :

1. Ne tue intentionnellement aucune créature vivante.
2. Ne vole pas le bien d'autrui.
3. Ne cède pas aux désirs sexuels.
4. Dis la vérité.
5. Évite de te droguer au moyen de l'alcool et du tabac.

On peut difficilement s'empêcher de penser à l'immense changement qui se produirait dans le monde si les gens connaissaient ces commandements et les tenaient pour obligatoires au moins autant que la nécessité d'accomplir certains rites à usage externe.

Lettre à V. G. Korolenko

26-27 mars 1910

Je viens d'entendre quelqu'un lire votre essai sur la peine de mort. J'ai eu beau faire effort pour me retenir, je n'ai pu m'empêcher, en l'écoutant, non seulement de verser une larme, mais de sangloter littéralement. C'est tout juste si je puis vous exprimer mes remerciements et mon affection pour avoir écrit cet article, qui est magnifique d'expression, de pensée et, singulièrement, de sensibilité.

Il devrait être réimprimé et distribué à des millions d'exemplaires. Pas un discours à la Douma, pas un tract, pas une pièce ni un roman ne pourraient avoir ne serait-ce que le millième de son impact.

Il pourrait avoir une telle influence parce qu'il suscite un sentiment puissant de compassion pour les souffrances vécues par ces victimes de la folie humaine ; quels qu'aient pu être leurs crimes, on ne peut s'empêcher de les leur pardonner, et (si fort que l'on puisse le désirer) on ne peut pardonner à ceux-là qui sont responsables de leurs souffrances. De plus, votre article nous laisse bouche bée d'incrédulité devant l'ignorance et la suffisance de ceux qui commettent ces actes horribles, comme devant l'inutilité de tout cela, puisqu'il est évident que la peine capitale, comme vous le montrez, a l'effet inverse de celui attendu. À part cela, votre article suscitera un autre sentiment, que j'ai éprouvé à un très haut degré – un sentiment de pitié, non seulement à l'égard des meurtriers, mais aussi des gens simples dupés, manipulés – gardes, geôliers, exécuteurs des hautes œuvres et soldats, qui commettent de tels actes sans avoir conscience de ce qu'ils ont fait.

Une chose me réjouit le cœur, c'est qu'un article tel que le vôtre réunit les nombreux lecteurs qui ne sont ni trompés ni pervertis. Ils sont unis par un même idéal de bonté et de vérité, et celui-ci s'embrase avec encore plus d'éclat – quoi que ses ennemis puissent faire pour tenter de l'occulter.

16

BOULGAKOV

J'ai été réveillé en sursaut, de bonne heure, par ce qui ressemblait au bruit de quelqu'un traînant les pieds dans le corridor près de ma chambre. Serguieïenko est soupçonneux de nature, et je le tiens pour tout à fait capable de s'attarder sournoisement devant ma porte. Il sait maintenant que Macha et moi sommes devenus amis intimes. Aux repas, nous nous asseyons ensemble à l'étroite table de pin, dans la salle à manger de Teliatinki, et cela suffit à faire naître des soupçons. Rien n'est réellement interdit à Teliatinki, mais il y a des règles tacites dont on ne peut pas ne pas tenir compte.

– Chaque homme est seul devant sa conscience et son Dieu, a dit Serguieïenko un matin au petit déjeuner.

Il n'a pas eu le courage, en parlant, de regarder dans ma direction.

Un beau jour où le soleil d'avril étincelait sur l'herbe mouillée et où le ciel était d'un bleu de glacier, je dis à Serguieïenko :

– Quelle belle journée, Léon Patrovitch !

– En effet, dit-il. Mais nous la paierons.

De même, je lui avais dit un soir avant de nous retirer :

– Je vous verrai demain matin, Léon Patrovitch.

Il me regarda avec circonspection.

– Si Dieu nous prête vie, dit-il.

L'atmosphère rabat-joie qui règne en général à Teliatinki est devenue l'objet de plaisanteries secrètes entre Macha et moi. Nous taquinons Serguieïenko devant les autres, en lui posant solennellement des questions sur le sens de la vie, en le priant de commenter pour nous une citation du Bouddha ou de La Rochefoucauld. Mais nos taquineries se retournent parfois contre nous : les sermons impromptus de Serguieïenko peuvent durer des heures.

Cela me sidère de voir à quel point les gens égocentriques peuvent être inconscients d'eux-mêmes. Ils présument que tout ce qu'ils disent doit avoir, pour les autres, le même intérêt que pour eux. Unique parmi les grands hommes, Léon Nikolaïevitch a, je crois, le sens de son auditoire. Il dit ce qu'il pense, mais sans se répandre inutilement en détails et en digressions. Et, contrairement à tant de vieillards, il ne se répète pas et ne parle pas du passé à tout bout de champ.

Il donne franchement son avis quand on le lui demande. Pas plus tard que la semaine dernière, je lui ai entendu dire à un jeune homme, venu à Iasnaïa Poliana lui demander conseil au sujet de sa carrière littéraire, que sa nouvelle n'avait aucun mérite. Il conseilla au jeune homme d'apprendre un métier comme la menuiserie. Le pauvre type était atterré, mais le remercia de sa franchise.

Macha et moi nous sommes ligués contre l'ennemi commun : Serguieïenko. Mais je me suis aperçu qu'il y avait encore un obstacle entre nous lorsque j'ai essayé de lui mettre dans la bouche une cuillerée de *kacha*, comme nous nous trouvions près du poêle. C'était mon tour de faire la vaisselle, et Macha m'aidait.

– Je t'en prie, ne fais pas cela ! dit-elle.

– Qu'y a-t-il de mal ?

– Je ne veux pas de ce genre de relations entre nous. Je veux être ton… amie.

Mon amie. Je suis son ami, bien sûr. Qu'est-ce que cela voulait dire ? Je n'étais pas venu à Toula pour une idylle, pas précisément. Je suis ici pour travailler, pour aider Léon Nikolaïevitch. Ou, du moins, c'est ce que je me dis.

– Seras-tu parti toute la journée ? demanda-t-elle.

– Je ne sais pas. Quel est le sens de cette question ?

– Elle signifie que je me demande si tu seras absent toute la journée. Pourquoi faut-il que tout ait un sens ?

– Je ne resterai probablement pas pour le thé aujourd'hui. À moins que Léon Nikolaïevitch n'ait besoin de moi pour une raison ou pour une autre.

Il travaille généralement une heure ou deux avant dîner, après sa promenade à pied ou à cheval. Je ne suis donc pas vraiment obligé de rester, mais j'aime me trouver là au cas où il aurait besoin de parler avec moi. Mais, depuis près d'une semaine, je reviens de bonne heure. Je suis impatient de rentrer aussitôt que possible à Teliatinki, bien que j'aie refusé jusqu'à maintenant de m'avouer que c'était à cause de Macha.

Elle s'écarta de moi et s'assit à la table de la cuisine avec un livre. Impossible de sonder ses sentiments.

Je partis à cheval sans dire au revoir et me rendis compte, en approchant de Iasnaïa Poliana, que j'étais furieux. Mais pourquoi ? Je n'avais aucune raison de l'être. Aucune espèce de raison.

Quand j'arrivai à Iasnaïa Poliana, Léon Nikolaïevitch était debout sur la terrasse à côté de la maison, où il posait pour les célèbres photographes Sherin et Nabgolts, que Sophia Andreïevna avait ramenés de Moscou. Elle préparait la douzième édition des *Œuvres complètes* de Tolstoï et voulait un nouveau portrait de lui, pour le frontispice. Je la regardai faire. Elle lançait aux photographes des instructions d'une voix forte, les déplaçait de-ci, de-là d'un geste de la main. Léon Nikolaïevitch subissait ces indignités tel un écolier dont on recoud le pantalon.

Plus tard, il entra dans la Remingtonnière où j'avais relevé Sacha.

– Vous avez l'air fatigué, Léon Nikolaïevitch, lui dis-je.

Il avait les yeux profondément enfoncés dans leurs orbites, et la peau jaunâtre comme du parchemin. Ses lèvres, telles deux minces lignes bleues, tremblaient légèrement lorsqu'il se pencha près de moi.

– Je n'ai pas bien dormi, dit-il. Et poser pour les photographes me dégoûte. Il y a assez de photographies de ce vieil épouvantail pour alimenter la presse.

– Sophia Andreïevna est contente de s'occuper de la nouvelle édition.

Ses traits se tendirent.

– J'aurais voulu être plus strict avec elle. Elle me harcèle pour inclure ce chapitre sur la chasse dans *Enfance*. C'est un texte déshonorant.

– Elle pense qu'il bénéficiera d'une grande popularité.

– À mon âge, la popularité est hors de propos. Je me dois de fournir un exemple aux autres écrivains de Russie. Du fait que je désapprouve la chasse, les scènes de chasse devraient être retranchées de mon œuvre. À tout le moins, je suis encore en vie, et peux le faire. Mais Dieu sait ce qui arrivera après ma mort.

Léon Nikolaïevitch semblait d'humeur à causer, aussi abandonnai-je la machine à écrire.

– Vous savez, mon cher enfant, dit-il, une révolution, si l'on peut dire, a eu lieu dans l'esprit du public. C'est un phénomène tout à fait récent. Les Russes sont en train de devenir plus libéraux, j'en ai le sentiment. Il y a quelques années, personne ne concevait la chasse autrement que comme une activité virile et digne d'admiration. Aujourd'hui, on la considère communément comme réactionnaire. La même chose est vraie des attitudes envers le vol. Il ne serait jamais venu à l'esprit de personne, dans le passé, que les paysans étaient les victimes des classes aisées, qui volaient en effet les moins fortunés qu'eux.

– La propriété, c'est le vol, dis-je, citant Proudhon.

Il savait que c'était par taquinerie, et cela lui plut.

– Valentin Fiodorovitch, vous êtes une mine de citations !

Il avait encore en tête le jeune auteur venu lui demander son avis et me demanda s'il n'avait pas été trop dur. Je l'assurai que non.

– Je n'ai jamais rien dit contre l'art, vous savez, dit-il.

Depuis la publication de *Qu'est-ce que l'art ?*, on disait qu'il en était ennemi.

– La vérité, c'est tout le contraire, en fait. Je considère que l'art est la condition nécessaire de la vie rationnelle. Mais je crois qu'il devrait contribuer à la compréhension entre les hommes.

Je n'étais pas sûr de comprendre pourquoi il poursuivait ainsi. Je suis d'accord avec lui, et il le sait. Le vide et la frivolité de tant d'écrivains français et anglais – russes aussi, hélas ! – nous inquiètent tous deux. Peut-être, comme bien des vieilles gens, Léon Nikolaïevitch prend-il plaisir à réaffirmer ses positions, acquises au bout de longues années de contemplation.

– Vous voyez, me dit-il en arpentant la pièce, il y a aujourd'hui tant d'écrivains. Tout le monde veut être écrivain.

Regardez le courrier de ce matin, par exemple. Trois ou quatre lettres d'auteurs en herbe. Ils veulent tous être publiés. Mais, en littérature comme dans la vie, il faut observer une certaine chasteté. Un écrivain devrait s'attaquer uniquement à ce qui n'a pas été fait avant lui. N'importe qui ou presque peut écrire. « Le soleil brillait, l'herbe étincelait de lumière », etc.

Sa voix s'estompa.

– Quand j'écrivais *Enfance*, j'étais convaincu que personne avant moi n'avait décrit la poésie de l'enfance de cette façon particulière. Mais je vais le redire : en littérature comme dans la vie, on ne doit pas être prodigue de ses dons. Vous ne croyez pas ?

Je fis signe que oui. Que pouvais-je dire ?

– En quoi peut-il profiter à un homme de gagner le monde entier et de perdre son âme ? demanda Léon Nikolaïevitch.

Je n'ai pas l'intention de perdre mon âme, pensai-je. Pour rien au monde.

Il fit brusquement demi-tour et partit vers son bureau. Je me consolai en pensant qu'il était perdu dans sa méditation. Je ne signifie pas grand-chose dans le contexte général de sa vie. Il me connaît à peine. Sa vie, j'y suis entré quand elle s'achevait.

Il me laissait avec une lettre émouvante à taper de sa part, sa réponse à un paysan qui avait confié au comte ses inquiétudes au sujet de la vie qu'il menait. Léon Nikolaïevitch lui disait :

Vous demandez si j'aime la vie que je mène. Non, je ne l'aime pas. Absolument pas. Je la déteste, parce que je vis avec ma famille dans un luxe ridicule, tandis que règnent autour de moi la pauvreté et la misère, et que je suis incapable, semble-t-il, de m'extirper de ce luxe et de répondre aux besoins des gens. J'ai cela en haine. Mais ce que j'appré-

cie, en ce qui concerne ma vie, c'est que je tâche de faire ce qu'il est en mon pouvoir, dans toute la mesure de mon pouvoir, de faire poursuivre le précepte du Christ et d'aimer Dieu et mon prochain. Aimer Dieu, c'est aimer ce qui est bon et s'en approcher. Aimer son prochain signifie aimer également tous les hommes comme ses frères et sœurs. C'est à cela, et à cela seulement, que j'aspire. Et comme peu à peu j'approche de cet idéal, quoique imparfaitement, je refuse de désespérer. En vérité, je m'en réjouis.

Lorsque j'eus fini de taper la lettre, j'allai à son cabinet de travail pour la lui faire signer. Je frappai et, n'obtenant pas de réponse, entrai pour le trouver endormi la tête sur le bureau. Il était midi juste. Je posai une main sur son épaule et plaçai la lettre de telle sorte qu'il la vît en se réveillant.

Il releva la tête à l'improviste et dit :

– Je crains fort que mes capacités de travail ne soient à l'inverse de mon désir de travailler. Dans le passé, je manquais souvent de goût au travail. Mais à présent, vers la fin de mes jours, je me rends compte qu'il faut que je me retienne de travailler.

Cet après-midi-là, il semblait avoir plus d'entrain. Goldenweiser, le pianiste, arriva avec sa souillon d'épouse. Il égaya la compagnie de ses plaisanteries grasses et de ses manières affables. Douchane Makovitski se retira immédiatement. Son antisémitisme est d'une véhémence tout à fait spectaculaire, encore que totalement irrationnel – comme le lui a dit Léon Nikolaïevitch.

Sophia Andreïevna a supplié Goldenweiser de jouer, bien que ce ne fût qu'une simple formalité. Il aurait été ulcéré si elle n'en avait rien fait. L'homme adore les attentions, et il joue vraiment bien – mieux que Sophia Andreïevna, assurément.

J'espérais pouvoir m'échapper avant le début du petit concert, mais Léon Nikolaïevitch m'introduisit dans le salon, une main sur mon épaule.

– Venez donc l'entendre, me dit-il. Vous aimez la musique, n'est-ce pas ?

Sans aucun doute. À Moscou, j'avais été terriblement intéressé par l'opéra. J'ai pris des leçons de chant pendant toute mon enfance et ma jeunesse, au point d'envisager une carrière musicale. La seule chose qui me fit défaut, semblait-il, c'était le talent.

Goldenweiser oscillait au-dessus du clavier dans une espèce de transe, le menton au plafond. J'étais très ému par son interprétation et observais l'effet de la musique sur le visage ravagé de Léon Nikolaïevitch, sur son front qui se détendait, ses joues qui tantôt se creusaient et tantôt se gonflaient, ses sourcils agités de mouvements convulsifs. Ses yeux s'assombrissaient, on eût dit des trous percés dans la surface visible du monde, ouverts sur l'éternité. Ses joues étaient mouillées de larmes.

Quand Goldenweiser eut achevé l'*Étude opus 10* en mi majeur de Chopin, Léon Nikolaïevitch soupira.

– Quand un beau morceau de musique vous plaît, on s'imagine l'avoir écrit soi-même, dit-il.

– Chopin considérait cette étude comme une de ses meilleures compositions, dit Goldenweiser. Je suis content que vous l'aimiez, Léon Nikolaïevitch.

– Si un homme descendu de la planète Mars déclarait cette étude sans valeur, je m'en prendrais à lui. Mais il y a une chose qui me tracasse. Cette musique serait incompréhensible à la plupart des gens du commun.

Cependant, poursuivit-il, il aimait la musique plus que tous les autres arts, bien qu'elle n'eût aucune valeur sociale ni contenu intellectuel.

Tandis que je rentrais au logis dans la vive lumière de l'après-midi, les chaumes étaient jaunes et mouillés dans les champs, les saules couverts d'une abondance de feuilles nouvelles. Je me surpris à penser à Léon Nikolaïevitch. Je l'aime, et j'ai de la peine à supporter l'idée qu'il a quatre-vingt-deux ans et doit nécessairement mourir bientôt. Mais il détesterait savoir qu'une telle chose me bouleverse. Et je n'ai, bien sûr, aucune raison d'être bouleversé à ce point. Je ne suis pas son fils, pas même son neveu, ni, quant à cela, un ami de longue date. Et pourtant, je sens que Dieu a établi entre nous un lien mystérieux, nous a réunis pour des raisons inconnues de Tolstoï comme de moi, peut-être.

Macha n'était pas à Teliatinki quand je suis arrivé, et son absence me causa un malaise. La perspective de passer l'après-midi avec Serguieïenko et sa joyeuse bande ne m'emballait guère, et j'allai droit à ma chambre dans l'espoir d'avancer mon travail. Mais j'eus bien du mal à me concentrer, songeant d'abord à Macha, puis à Léon Nikolaïevitch et à sa grande fatigue. La vie me paraissait terriblement fragile, tel un mirage miroitant.

Je dirigeai à nouveau mon attention sur les premiers chapitres de l'œuvre de Tchouang-tseu, que Léon Nikolaïevitch m'avait demandé d'examiner. Je suis tombé sur ce passage :

> *Dans l'Antiquité, l'homme véritable ne rêvait point pendant son sommeil; il ne se faisait pas de souci à son réveil; il ne prenait pas de repas savoureux. Il respirait très profondément: sa respiration provenait de ses talons; alors que la respiration des hommes ordinaires ne provient que de la gorge. Quiconque est l'esclave de ses passions éructe ses paroles comme s'il vomissait. Quiconque sombre dans la profondeur de l'appétit et de la concupiscence n'a que des dons superficiels.*

Dans l'Antiquité, l'homme véritable ne connaissait ni amour de la vie, ni horreur de la mort; il ne se réjouissait point de son apparition et ne redoutait point sa disparition; il s'en allait tout naturellement comme il était venu, sans plus. Il n'oubliait pas son commencement et ne se souciait point de sa fin; il se contentait de ce qui lui était donné et considérait toute perte comme un simple retour.

Je ne suis pas un de ces hommes véritables, mais je comprends ce qu'il faut faire – ou ne pas faire – pour leur ressembler davantage. Il me faut renoncer au désir et à la répugnance. Je dois me réjouir de ce qui arrive, de tout ce qui est donné. Je devrais éviter de lutter ou d'exercer mon misérable petit vouloir.

Je m'agenouillai à côté du lit et fis cette prière: puissé-je ne rien devenir, accepter la vie et la mort, ne pas les aimer à l'excès ni l'une ni l'autre, et m'abandonner aux courants de vie éternelle qui me traversent. En me relevant, je me sentis purifié et guéri. Un esprit nouveau brûlait dans mon cœur, comme si Dieu, invisiblement, m'avait touché. La chambre baignait dans une lumière crépusculaire, avec, sur les murs nus, une lueur rougeâtre – presque de couleur pêche; je m'assis dans mon fauteuil de rotin, contemplant cette lueur, cette simple couleur de soleil couchant qui tremblait sur l'enduit blanchi à la chaux.

L'image du visage de Macha vint flotter dans ma tête; vu qu'il était presque l'heure de dîner, je décidai d'aller à sa recherche.

La porte de sa chambre était entrebâillée, et je frappai un coup léger. Elle ne répondit pas. Je poussai la porte.

– Macha! murmurai-je.

Elle n'était pas là. J'aurais dû ressortir, mais j'aperçus un agenda sur sa table de chevet. Il était à quelques pas de moi.

Je sentais mon cœur battre à coups sourds contre les muscles de mon cou. Je fermai la porte. La boule rouge du soleil, reflétée dans la fenêtre, éclairait les pages grossièrement coupées du petit calepin. Celui-ci s'ouvrit sur mon nom. C'était un journal intime.

> *Valentin Fiodorovitch. Sa barbe douce. Le parfum de sa chemise la nuit : odeur de feu de bois, de pétrole. C'est un être simple, je crois, au cœur honnête. Il ne se connaît pas lui-même. Sans doute pas un vrai tolstoïen, bien qu'il croie l'être. Comme je crois l'être moi-même. On vit d'espoir.*

J'avais peine à présent à tenir le carnet, tournant les pages avec des doigts tremblants. La sueur me coulait sous les bras le long des manches, me glaçant, quand une ligne me sauta aux yeux : « Il est possible que je l'aime, en effet. Lui ne m'aime pas. »

Mais si, Macha ! Mais si ! Cette déclaration retentit dans mes oreilles, dans l'os de mon front. Comment lui faire comprendre que je l'aime ?

Je remis le carnet où je l'avais trouvé. On peut être conduit, par la passion, à la limite de l'immoralité. Voilà pourquoi Tchouang-tseu recommande de l'éviter.

Et tant pis pour le détachement.

– Valia !

C'était Macha. Je venais juste de remettre son journal à sa place, et pourtant je rougis comme si elle m'avait surpris avec le carnet ouvert sur les genoux.

– Je t'attendais. La porte de ta chambre était… ouverte.

Heureusement, elle ne semblait pas s'inquiéter de ma présence. Elle s'avança, frôlant ma barbe en passant, et jeta un paquet sur le lit.

– Je vais te faire une chemise neuve, Valia, dit-elle. J'ai acheté en ville une jolie mousseline bleue.

Elle déballa l'étoffe, et je m'assis à côté d'elle sur le lit. Nous passions les doigts sur le tissu rêche comme si c'eût été de la soie.

Elle était d'excellente humeur, parlant des choses qu'elle avait vues en ville, de ses lectures, de sa conversation de l'après-midi avec Serguieïenko au sujet d'Henry George, le socialiste américain, et du système d'impôt unique qu'il préconise – sujet de discussion favori de Serguieïenko depuis qu'il a découvert que Léon Nikolaïevitch admirait George et correspondait avec lui.

– Je n'ai jamais lu Henry George, dis-je.

– Alors, c'est que tu es vraiment vierge ! dit-elle.

Je rougis une fois de plus. Macha s'arrange toujours pour me taquiner à propos de ma virginité. Je n'en ai pourtant jamais fait une question de principe. J'ai commis l'acte en pensée pas mal de fois. Mon espoir, à présent, réside dans la pureté du cœur, de l'esprit, de la conscience.

Ce soir-là, pendant le dîner, et durant toute la discussion qui suivit dans le salon comme à l'ordinaire, j'avais peine à me concentrer.

– Est-ce que vous allez bien, Valentin Fiodorovitch ? demanda Serguieïenko, me posant la main sur le front au moment où je m'apprêtais à aller au lit.

– J'ai un léger mal de tête, Léon Patrovitch. Rien de grave.

– Prenez soin de vous, mon garçon. Vous faites un excellent travail avec Léon Nikolaïevitch. C'est ce qu'il a fait savoir à Tchertkov, qui m'a prié de vous le dire.

– Dites à Vladimir Grigorievitch que j'en suis honoré.

– Je n'y manquerai pas. Mais il m'a également pressé de vous dire que vos journaux ne sont pas aussi détaillés qu'il l'eût souhaité. Vous devez vous rappeler combien c'est difficile pour lui, isolé comme il l'est. Il a soif de détails.

– Je tâcherai de faire mieux, dis-je, tout en sachant que je n'étais pas sincère. Espionner Léon Nikolaïevitch et sa famille est une activité déplaisante, et je m'étais vite mis à inventer des histoires ou à remplir les calepins fournis par Tchertkov de longs passages rasants où je méditais sur certains aspects de la pensée du maître.

J'allai au lit avec une tasse de tilleul parfumé et y passai des heures à veiller, en chemise de nuit, la lampe à huile allumée sur ma table de chevet. Je poursuivis l'étude des chapitres de Tchouang-tseu, marquant les passages au crayon rouge. J'avais dû m'endormir, je ne sais quand, et il était plus de minuit lorsque je m'aperçus que je n'étais pas seul. Est-ce que je rêvais ?

– Macha !

Elle posa le doigt sur ses lèvres. Je n'avais pas éteint la lampe, et son front tremblait dans la lumière jaune. Ses cheveux courts, partagés par le milieu, lui tombaient droit de chaque côté de la tête, clairs comme de la barbe de maïs. Elle avait le visage d'un bel ovale. À genoux sur le lit au-dessus de moi, elle me regardait sans ciller. J'avais de la peine à respirer.

– Macha.

Elle s'assit sur mes cuisses, ses genoux s'enfoncèrent de chaque côté dans le matelas. Elle se pencha lentement vers moi. Elle semblait presque en extase. Comme une somnambule. Ou dans un rêve.

J'avais peur d'elle. Que se passait-il ? Je posai les mains sur ses épaules étroites, les coiffai de mes paumes. On eût dit qu'un feu les brûlait tandis que je la tenais là, la repoussant presque, et pourtant ne le voulant pas. Je ne pouvais souhaiter plus que ce qui m'arrivait en ce moment. C'était un rêve, mais un rêve dont j'aurais voulu ne jamais m'éveiller.

Elle était si décidée, bougeant sur moi avec une certitude étrange et convulsive. Une ombre, mais palpable. Soudain, son visage fut près du mien, ses lèvres touchant mes lèvres. Nos bouches s'ouvrirent l'une à l'autre, nos langues en liberté se cherchèrent. Nos dents se touchèrent et tintèrent comme des glaçons.

Je l'aspirai en moi, c'était l'odeur que j'étais venu savourer. Je traçai des ronds sur son dos, son cou et ses épaules, du bout de mes doigts moites. Elle semblait à présent si terriblement légère, un fantasme, un succube.

Cela n'aurait pas dû me prendre par surprise, mais c'est ce qui se passa lorsque, sans gêne, elle se redressa et releva sa chemise, montrant son ventre nu, ses cuisses. Elle releva la mienne aussi, me serrant étroitement dans sa main recourbée. Je tournai la tête de côté. Le plaisir était si intense qu'il frisait la douleur.

– Ça va bien, Valia ?

Elle me regardait, suspendue au-dessus de moi, avec une franchise étrange, immobile et belle comme une statue venue du monde antique.

Je hochai la tête, et elle avança lentement, fermement, me faisant pénétrer en elle avec aisance, si chaude, si mouillée, entre ses douces cuisses blanches.

Avec une assurance étonnante, elle oscilla en avant, puis en arrière. Un rythme lent, régulier, d'attraction et de répulsion. Quand le plaisir vint, trop vite, je sentis que mon corps tout entier avait été aspiré à l'intérieur d'un espace sacré, qu'un esprit vif, que je pouvais comprendre, m'avait empli comme je l'emplissais. Valia et Macha, si brièvement que ce fût, formaient à présent quelque chose de plus que la somme de leurs parties. J'étais parvenu à l'union, à quelque chose qui ressemblait au fabuleux état de félicité dont parlent Plotin et Porphyre.

Macha pesait maintenant sur moi de tout son poids, respirant lentement, profondément. Puis elle se pelotonna auprès de moi. Le lit est petit, mais nous n'avions pas besoin de plus de place.

Quand je m'éveillai, elle dormait encore, ses cheveux blonds sur la blancheur de l'oreiller, le soleil perçant les rideaux. J'entendis les oiseaux dans l'orme près de la fenêtre, récemment arrivés de Crimée, peut-être. Ou d'Afrique, ou du Siam. Ils jacassaient dans l'arbre, et je me mis à rire.

– Qu'est-ce qui te fait rire, Valia ?

– Les oiseaux, dis-je.

– Les oiseaux te font toujours rire ?

– Seulement quand tu es près de moi, Macha. Et nous venons de faire l'amour.

Je me nichai contre elle aussi étroitement que je pus, mes cuisses nues contre les siennes et mon ventre touchant le sien, et je compris que jamais plus ma vie ne serait à nouveau la même.

17

L. N.

Lettre à George Bernard Shaw

Iasnaïa Poliana, le 9 mai 1910

Mon cher monsieur Bernard Shaw,

J'ai bien reçu votre pièce, *The Shewing-up of Blanco Posnet*, ainsi que votre lettre pleine d'esprit. J'approuve pleinement le sujet dont elle traite.

Vous remarquez à juste titre que les sermons sur la vertu ont en général peu d'influence et que les jeunes gens considèrent comme louable ce qui est contraire à la vertu. Il n'en découle pas, toutefois, que de tels sermons ne soient pas nécessaires. La raison de l'échec réside dans le fait que ceux qui prêchent ne mettent pas en pratique ce qu'ils prêchent, c'est-à-dire dans l'hypocrisie.

Je ne puis non plus être d'accord avec ce que vous appelez votre théologie. Vous entrez en polémique avec ce qu'aucune personne réfléchie de notre temps ne croit ou ne peut croire : avec un Dieu-créateur. Et pourtant, vous semblez reconnaître un Dieu ayant des buts déterminés que vous puissiez comprendre.

« À mon avis, écrivez-vous, à moins de concevoir Dieu comme engagé dans un combat perpétuel pour se surpasser lui-même en s'efforçant de créer à chaque naissance un homme meilleur que le précédent, nous ne concevons rien de mieux qu'un snob omnipotent. »

En ce qui concerne les autres choses que vous dites au sujet de Dieu et du mal, je répéterai les mots que j'ai dits, comme vous l'écrivez, à propos de votre *Man and Superman*, à savoir que le problème de Dieu et du mal est trop important pour en parler sur le ton de la plaisanterie. Et c'est pourquoi je vous dirai franchement que les mots par lesquels vous concluez votre lettre m'ont causé une très pénible impression : « À supposer que le monde ne soit que l'une des plaisanteries de Dieu, travailleriez-vous moins pour autant à en faire une bonne plaisanterie plutôt qu'une mauvaise ? »

18

Dr MAKOVITSKI

Le vingtième siècle a fait hier son apparition à Toula. Je fais allusion à la course d'automobiles Moscou-Orel, qui a détruit la tranquillité à laquelle on serait en droit de s'attendre quand on vit en province. Les horribles machines – ces choses noires et laides, toussantes et crachantes, qui vomissent par l'arrière des masses de fumée – sont passées près de nous à toute allure, dans le brillant soleil matinal, durant notre promenade sur la route de Kiev.

Les conducteurs – il ne pouvait en être autrement – ont reconnu Tolstoï appuyé sur sa canne, avec sa barbe blanche et nuageuse et ses sourcils en broussaille. C'est là un problème à régler lorsque la Renommée s'accroche comme un parasite et se nourrit de vous, épuisant vos fluides vitaux – effrayante perspective à laquelle, pour ma part, fort heureusement, je n'aurai pas à faire face.

Les jeunes hommes, d'allure italienne, l'air joyeux, le visage étroit barré d'une moustache sombre, lui crièrent quelque chose en agitant leur casquette, et l'une des mécaniques fit halte près de nous à grand fracas, effrayant Léon Nikolaïevitch qui secoua la tête en signe de désapprobation. Pour se faire pardonner, le conducteur nous invita à jeter un coup d'œil au moteur. Léon Nikolaïevitch est curieux de tout, beaucoup trop, je pense. Tout en examinant le mécanisme, il appuya de son gros doigt sur un levier, dans ce fouillis d'entrailles, de tubes noirs, de pistons luisants, de courroies ronflantes et de ventilateurs. La sombre machine eut un hoquet et crachota.

– Je vous souhaite bonne chance pour cette course, dit Léon Nikolaïevitch en s'inclinant vers le conducteur, qui eut un sourire stupide et s'inclina plus bas encore.

– C'est un honneur pour nous que de rencontrer Votre Excellence, dit-il. J'ai lu ce qu'on disait de vous dans les journaux.

Léon Nikolaïevitch soupira.

Boulgakov était avec nous, stupéfait comme à l'ordinaire. Léon Nikolaïevitch semble l'aimer, aussi je ne m'en mêle pas. Pour ma part, j'évite ce jeune homme chaque fois que je le peux. Sophia Andreïevna le courtise comme un prince, ce qui ne peut être bon signe.

Dieu merci, je n'ai jamais été jeune, si ce n'est par le nombre d'années. J'avais compris, dès l'enfance, que seules comptent les choses éternelles. Et je ne suis jamais revenu sur mon engagement.

– Voilà que le siècle de la machine nous tombe dessus, dit Léon Nikolaïevitch.

– C'est répugnant, n'est-ce pas ? répondis-je.

– Je suppose que je ne vivrai pas assez longtemps pour voir des aéroplanes. Mais eux, dit-il en désignant un petit groupe d'enfants rassemblés autour de nous, ils en verront sûrement. J'aimerais mieux les voir labourer la terre.

Ce soir-là, il me regarda droit dans les yeux :

– Des automobiles, en Russie ! Il y a des gens qui n'ont pas de chaussures, et voilà des automobiles qui coûtent douze mille roubles ! C'est répugnant.

J'approuvai, ajoutant que cela conduirait à la révolution, et Léon Nikolaïevitch hocha la tête. Il croit que les révolutions violentes ne peuvent aboutir qu'au chaos, et à une situation pire encore pour les pauvres. C'est exact, mais pas de nature à plaire à tous ces révolutionnaires qui se bousculent chaque matin sur son seuil. Pas étonnant que la police rôde autour de la propriété.

La situation à Iasnaïa Poliana est désespérée. Grâce à Dieu, nous partons demain en visite chez les Soukhotine à Kotchety. Léon Nikolaïevitch adore sa fille Tania, bien qu'elle ait épousé ce type rasoir, toujours en train de se plaindre, et tourné le dos aux préceptes de son père. Il tient absolument à partir vite, avant que Sophia Andreïevna ne soit revenue de Moscou, où elle vient de s'offrir un séjour de plusieurs semaines. Des semaines merveilleuses pour nous, en tout cas ! Nous sommes tous beaucoup plus heureux ici quand elle est loin de Toula. Elle s'en doute, hélas, et ne part pas souvent. Dommage.

Ce matin à sept heures et demie, on nous a conduits à la gare en troïka. Je me suis rarement senti d'humeur aussi joyeuse, et Léon Nikolaïevitch semblait en bonne santé et plein d'allant. Je lui ai pris plusieurs fois le pouls, et il était normal.

Boulgakov nous a rejoints à la gare de Zassieka avec un petit groupe de tolstoïens – la jeune Macha, Boulanger, Serguieïenko et plusieurs autres. Un photographe tournait autour de nous, faisant clic ! clic ! avec son truc. Léon Nikolaïevitch n'avait pas l'air de le remarquer. Heureusement, nous n'eûmes qu'un quart d'heure à attendre avant que le train vienne à quai, sifflant et crachant de la vapeur de toutes parts, tel un cheval à bout de forces.

Un groupe d'écoliers sortit d'un wagon de troisième classe en criant : « Le comte Tolstoï ! Le comte Tolstoï ! » Nous nous frayâmes difficilement un chemin à travers eux. Léon Nikolaïevitch insiste toujours pour voyager en troisième classe, mais cette fois c'était complet. Le chef de train nous conduisit à une voiture de seconde, ce qui contraria visiblement Léon Nikolaïevitch, qui ne peut tolérer aucun changement dans ses projets. Nous nous installâmes sur d'agréables banquettes rembourrées de coussins bleus, mais Léon Nikolaïevitch soutint mordicus que c'était nous, ou le chef de train, qui avions comploté pour le faire asseoir dans un wagon plus confortable. Ce qui était absolument faux.

Au quatrième arrêt, il y eut à nouveau de la place en troisième classe et tout le monde fut soulagé. Il n'y a pas de sièges en troisième classe. Nous poussâmes donc une malle d'osier près d'une fenêtre et Léon Nikolaïevitch s'y assit pour regarder le paysage. Il en fut si heureux qu'il fredonna presque tout le long du chemin.

Nous avions emporté plusieurs journaux, et l'un d'eux, *Novaïa Rossia*, avait publié un extrait de *Pour tous les jours*, ce qui transporta de joie le jeune Boulgakov, qui insista pour le lire à haute voix. « Souffrance et tourment, lut-il d'une voix de stentor pour couvrir le fracas des rails, sont seulement le lot de ceux qui se sont séparés de la vie du monde et qui, aveugles à leurs propres péchés qui ont causé de la souffrance dans le monde, se considèrent comme innocents ; en conséquence de quoi ils se rebellent contre la souffrance qu'ils subissent en raison des péchés du monde et de leur bien-être spirituel. »

Franchement, je n'en ai pas compris un traître mot. La philosophie n'a jamais été mon fort. Je suis un homme de sens pratique.

– C'est ce que je ressens si fort en ce qui me concerne, dit Léon Nikolaïevitch, et c'est d'autant plus vrai lorsqu'on vit, comme moi, une vie plutôt longue.

Quelques instants après, il ajouta :

– Trop longue, en fait ! C'est un grand malheur que de survivre même à l'intérêt que l'on se porte.

À chaque arrêt nous descendions faire quelques pas dans la gare. Un vieil homme s'engourdit beaucoup entre les arrêts, ce qui fait que Léon Nikolaïevitch a besoin de ces déambulations. Il lui fallait aussi soulager sa vessie. Je m'inquiète quand il n'urine pas assez souvent ni en suffisance. Une infection dans ce domaine peut être fatale pour un homme de son âge.

À une gare, Léon Nikolaïevitch montra du doigt un policier et me murmura à l'oreille :

– Regardez ! Un visage typique de policier !

– Comment cela ?

– Regardez-le, cela suffit.

Je passai en flânant devant le bonhomme, en faisant semblant de n'être occupé que de mes affaires. Il ressemblait à la plupart des policiers : un visage grassouillet, à la mâchoire lourde, mais apparemment d'un bon naturel. C'était un peu embarrassant, mais Léon Nikolaïevitch ne cessait pas de me dévisager comme pour dire : « Alors, est-ce que je n'ai pas raison ? » Je fis signe que oui, et il éclata d'un rire convulsif.

Il y a des fois où je n'arrive pas à le comprendre.

Le chef du convoi manqua de discrétion, faisant savoir à chaque gare que Tolstoï était dans le train. En conséquence, des voyeurs venaient coller leur nez à la vitre pour reluquer à l'intérieur. Quelques-uns criaient même : « Comment allez-vous, Léon Nikolaïevitch ? » et il ôtait son chapeau en guise de réponse.

À une gare, un homme se précipita vers lui en disant :

– Tolstoï !

– Pas vraiment, répondit-il.

Le démon de l'espièglerie dansait dans le regard gris de ses vieux yeux.

– Pas vraiment ? dit l'homme.

– Non, pas vraiment, répéta Léon Nikolaïevitch.

L'homme lui demanda pardon et se retira, l'air perplexe.

On avait envoyé un télégramme à Tchertkov, lui demandant de solliciter du gouvernement l'autorisation de rendre visite à Léon Nikolaïevitch à Kotchety. À l'occasion de notre précédent séjour, Tchertkov était resté à quatre verstes de là, à Souvorovo, qui n'est pas dans la province de Toula mais dans celle d'Orel. Léon Nikolaïevitch adorait l'ironie de la situation, qui lui rappelait celle de Voltaire en exil : celui-ci s'était fait construire un château à Ferney de telle manière que son salon se trouvait en France et sa chambre à coucher en Suisse. Pour ma part, je trouve déplaisant ce genre de connivence. On devrait obéir – ou désobéir sciemment – à l'esprit autant qu'à la lettre de la loi.

Nous changeâmes de train à Orel, où il y avait une heure d'attente. On transporta nos bagages dans une petite pièce attenante au buffet de la première classe, où je réchauffai un peu de bouillie d'avoine pour Léon Nikolaïevitch, qui n'avait rien mangé de toute la journée à l'exception d'un morceau de pain rassis qui traînait dans sa poche. C'était la saison des asperges, et je les adore. Rien de tel, en outre, pour éclaircir les urines d'un vieillard. Je demandai donc que l'on nous en fît cuire un plat de pointes fraîches à la vapeur. Quand celui-ci arriva, il était presque l'heure du départ. Je m'en plaignis au chef de gare, qui dit que je pouvais l'emporter.

Boulgakov conduisit Léon Nikolaïevitch à notre wagon, à l'autre bout du quai interminable, suivi d'une bonne trentaine de badauds. Tolstoï s'assit une fois encore à la fenêtre du compartiment de troisième classe, grignotant les asperges mal cuites. Un jeune garçon colla le nez à la vitre, regardant ces dernières plutôt que Léon Nikolaïevitch, qui insista pour que j'en donne quelques-unes au gamin par la fenêtre.

Celui-ci s'en saisit et fila bien vite les manger à l'écart comme un chien.

J'entendis un homme dire au chef de train, avec une pointe de mépris dans la voix:

– Alors, monsieur le Comte mange des asperges!

Il reprit:

– Des asperges, voyez-vous ça!

J'eus envie de lancer un défi à l'insolent, mais décidai de ne pas attirer l'attention sur cette affaire. Ç'aurait été trop pénible pour Léon Nikolaïevitch, qui préfère ignorer les affronts et les insultes.

Vers la fin de la journée, nous arrivâmes à la gare de Blagodatnoïe, où Tania attendait sur le quai, agitant son ombrelle telle une silhouette féminine sur une toile impressionniste française. Elle était magnifiquement vêtue, une vraie comtesse. Son père se mit à revivre de tout son être en la voyant. Ils s'embrassèrent comme des enfants, les joues mouillées de larmes.

Tania nous emmena à Kotchety, à quelque quinze verstes de la gare, dans un somptueux drojki à quatre chevaux noirs. Le soleil rouge, au contour net, était juste au-dessus de l'horizon. Nous dûmes nous abriter les yeux.

Bien qu'il fût souvent venu en visite ici, Léon Nikolaïevitch paraissait s'enchanter de tout ce qu'il voyait, faisant des remarques sur les champs de verdure fraîche de chaque côté de la route, sur les fermes bien tenues, les robes colorées des villageoises de la contrée. Comme c'était dimanche, les gens s'étaient mis sur leur trente et un. Léon Nikolaïevitch ne cessait quasiment pas de rire, montrant ses gencives d'un rose vif.

Quand nous arrivâmes chez les Soukhotine – une magnifique maison sise au milieu d'un vaste parc –, Léon Nikolaïevitch déclara qu'il s'apprêtait à y faire un très long séjour.

– J'en goûterai chaque instant : pas de passants mendiant une pièce de cinq kopecks, pas de fuyards devant la loi cherchant conseil, pas de mères en guerre avec leur fille...

Je n'aime guère, il est vrai, les hordes de révolutionnaires de quatre sous, de fanatiques et de coureurs de dot qui se pressent chaque jour sur le seuil de Iasnaïa Poliana, réclamant une entrevue avec « le Comte ». Qu'il n'ordonne pas qu'on les chasse est tout à son crédit, mais je ne suis pas aussi large d'esprit.

Nous nous reposâmes avant le dîner, qui ne déçut pas notre attente. Que de plats délicieux, servis dans de la porcelaine anglaise ! Léon Nikolaïevitch était animé, parlant plus qu'il ne mangeait. J'entrevis ce qu'avait dû être le jeune comte insouciant dont l'esprit et le savoir, obtenus grâce à sa seule force de caractère, avaient ébloui la société parisienne des années cinquante. Tel était l'homme auquel un Ivan Tourgueniev lui-même ne pouvait résister.

Lors de notre précédente visite à Kotchety, une femme minaudière, à la voix traînante, avait manqué singulièrement de déférence envers le plus grand écrivain de Russie en lui disant :

– Essayez de vous montrer gentil avec mon fils, car il ne peut pas vous souffrir. Parlez chevaux – ou quoi que ce soit qui puisse l'intéresser. Peut-être alors vous pardonnera-t-il vos excentricités.

Léon Nikolaïevitch avait souri et acquiescé d'un signe de tête. Plus tard, il avait prétendu avoir beaucoup aimé cette femme.

– Un tel degré de simplicité est une chose rare. Elle a une sorte de pureté que j'admire.

Je n'avais pas vu, pour ma part, la pureté en question.

Avant de nous retirer, Léon Nikolaïevitch voulut se promener seul dans le parc, afin, dit-il « de rassembler ses esprits avant de dormir ».

– Je vais avec toi, Papa, dit Tania en le prenant par le bras.

– Laisse-moi aller seul, dit-il.

Tania accepta d'un air inquiet.

– De quoi as-tu peur ? demanda-t-il. Des loups ?

– Tu pourrais trébucher.

– Et le ciel me tomber sur la tête !

Elle prit un air légèrement boudeur.

– Ma chérie, tu te fais trop de souci au sujet de ton pauvre vieux père. J'ai déjà vécu bien longtemps. Tu n'as pas à t'inquiéter.

Il s'éloigna, appuyé sur une canne, dans la fraîcheur du soir.

Je m'assis confortablement au salon, un verre de thé à la main, tandis que Soukhotine s'épanchait en propos grincheux sur les droits des propriétaire terriens et les taxes prélevées par le gouvernement.

Plus d'une heure s'était écoulée sans un signe de Léon Nikolaïevitch, et il faisait maintenant nuit noire.

– Je crains qu'il ne soit arrivé quelque chose, dit Tania, interrompant notre conversation au moment qui convenait.

Elle joignit les mains sur la poitrine, telle une jeune infirmière en chef.

– Te fais pas de bile, dit Soukhotine, les joues prises d'une vive rougeur – due au cognac bien plus qu'à la panique. Je vais envoyer des domestiques dans le parc. Ils le retrouveront.

Il gagna le vestibule en titubant, fit tinter la cloche qui appelait le personnel de la maison. Il débita des ordres à toute allure comme un vieil officier.

– Il n'est sorti que depuis une heure, dis-je.

– Il pourrait être mort ! dit Tania. Il est peut-être tombé dans l'étang.

Elle se mit à sangloter dans un mouchoir de soie rouge.

– Il a probablement eu un petit évanouissement, trancha Soukhotine avec l'assurance d'un oisif. Ils vont le retrouver, j'en suis sûr.

– Il est probablement assis sur un banc, dis-je. À Iasnaïa, il se promène à toute heure. Cela n'a rien d'exceptionnel.

Mais ils ne pouvaient pas m'entendre.

Des clochettes retentirent dans le lointain, on souffla dans un cor de chasse. Les domestiques s'égaillèrent dans le parc et se mirent à crier « Comte Tolstoï ! » en un chœur discordant dont se mêlaient confusément les échos.

Il s'écoula un bon moment sans résultat. Puis je craignis que mon cynisme ne devînt trop apparent. M'enveloppant d'un manteau pour me protéger de la fraîcheur nocturne, je me dirigeai par le sentier le moins évident vers l'endroit le plus désirable. Je savais qu'il avait vraisemblablement choisi pour but de sa promenade la grande prairie qui s'étend derrière le bosquet de pins : Léon Nikolaïevitch aime à déboucher d'une zone de forêt dense dans une clairière.

En moins d'une demi-heure, je l'avais retrouvé. Il était assis sur une souche, fredonnant un air populaire familier où il est question d'une vieille corneille qui s'envole toute seule dans un bois sombre pour ne plus revenir.

– Vous avez mis toute la maison sens dessus dessous, Léon Nikolaïevitch.

– Moi ?

– Tania vous a cru mort.

– Je n'ai pas eu cette chance !

Je m'assis à côté de lui sur la large souche vermoulue. Ça n'était pas très confortable.

– Pourquoi êtes-vous venu à ma recherche ?

– Ils se tracassaient à votre sujet. J'ai eu peur.

– Vous vous faites trop de souci, Douchane. Il faut vivre comme si votre propre vie n'avait aucune importance.

– Mais c'est *votre* vie qui importe, dis-je.

– C'est stupide. Elle n'a pas la moindre importance. Ce qui compte, c'est l'air délicieux que nous respirons. Sentez cela, Douchane.

J'aspirai une bouffée d'air. Était-ce une odeur de lilas ?

– Je m'amuse beaucoup ce soir, dit-il.

– Vous donnez du souci à tout le monde.

– Oui, et j'y prends toujours plaisir, pas vrai ? Signe de vanité. Il va falloir que je prie à ce sujet.

– Nous ferions mieux d'aller retrouver Tania, dis-je en le prenant par le bras.

Une fois rentrés, Tania gronda son père.

– Il ne faut pas sortir seul, Papa. Pas dans le noir.

Il me fit un clin d'œil.

– D'accord, d'accord. Et je tâcherai de marcher avec mes jambes, pas sur la tête.

– Je ne trouve pas ça drôle, Papa.

Un autre jour, nous étions assis dans le parc vert et mouillé. Léon Nikolaïevitch m'emmena voir un châtaignier en fleur qui avait, pour quelque mystérieuse raison, attiré son attention.

– Extraordinaire ! dit-il en me serrant le bras. Cet arbre me paraît tout nouveau, comme si je le voyais pour la première fois. Et les oiseaux. Avez-vous jamais entendu un chant aussi merveilleux ?

Il parlait vite, plus pour lui-même que pour moi.

– Et il n'y a qu'un instant, j'ai vu deux aigles bien au-dessus des nuages, et deux milans !

C'est la situation géographique de Kotchety qui a pour lui le plus d'attraits.

– Si Napoléon avait combattu dans le district de Novosil, il se serait sûrement établi à Kolchety. C'est le point le plus élevé, on y a vue de toutes parts.

Une fois, comme je marchais avec lui dans les bois, Léon Nikolaïevitch me parla de l'époque où il était allé visiter le champ de bataille de Borodino avec son beau-frère Stéphane Behrs. Il faisait des recherches préparatoires aux grandes scènes de bataille qui ont fait de *Guerre et Paix* une partie de la conscience de la Russie.

Il avait arpenté des jours et des jours ces champs verts, vides, qui ondulaient à l'infini, pique-niquant dans les petits bosquets, prenant des bains de soleil à la crête des collines, et pendant tout ce temps-là songeant aux morts. Combien d'ossements avaient été retournés par la charrue ? Quel sang avait coloré cette terre ?

La lecture du récit que fait Tolstoï de cette bataille avait été pour moi, il y a des années, une expérience primordiale. Je résolus alors de lutter contre la violence, particulièrement contre cette folie qu'est la violence d'*État*. Je ne crois pas qu'il soit jamais impératif que des jeunes gens meurent à la guerre. Il doit toujours y avoir une autre solution.

C'était en Hongrie. Malade du typhus, allongé sur le dos, je lisais le chef-d'œuvre de Tolstoï. Bien que ma propre vie fût en danger, je ne m'en souciais pas. Je ne m'en apercevais même pas ! Je vivais avec Pierre qui, trébuchant de canon en canon, voyait s'épuiser le courage des Russes, presque vaincus. Je fus blessé sur ces champs avec le prince André. L'angoisse du vieux général Koutouzov, sur les épaules duquel pèserait la responsabilité de si nombreuses victimes, était la mienne. Ces vignettes, aux particularités infinies, restent vivantes. Elles le resteront longtemps après que Léon Tolstoï sera redevenu poussière.

Nous passâmes l'après-midi au frais dans la bibliothèque de Soukhotine, faite à l'imitation de celle d'un gentilhomme britannique, sans oublier le divan de cuir importé de Londres, un bureau d'une très belle ébénisterie ayant jadis « appartenu à un homme de loi d'Edimbourg », et une paire de lampes à globe de style George III. Les étagères sont surchargées de tout ce qu'on peut s'attendre à y trouver en fait de livres anglais, français, allemands, italiens et russes – encore que j'aie le sentiment qu'ils n'ont jamais été ouverts. Léon Nikolaïevitch a feuilleté nombre d'éditions parisiennes des classiques français. Puis il s'est décidé pour Rousseau, son auteur favori, et a plongé jusqu'à l'heure du thé dans la lecture d'*Émile*.

– Il est passionnant d'essayer de deviner ce que liront nos petits-enfants, dit-il plus tard, comme nous prenions un thé indien parfumé dans le salon bleu, avec Boulgakov et Tania.

– De mon temps, il y avait un choix de classiques bien défini, et l'on savait exactement ce que cela signifiait que d'être un homme cultivé. À présent, il y a tant de livres que l'on s'y perd, naturellement.

Je dis que le seul auteur, assurément, qu'on lirait dans l'avenir était Léon Tolstoï, mais il secoua simplement la tête en souriant.

Le sixième jour de mai, arriva un télégramme de Tchertkov disant qu'il avait reçu l'autorisation de se rendre à Kotchety. Léon Nikolaïevitch en fut transporté de joie, bien qu'il fût tout à fait capable de résister à l'envie de jubiler. Je trouve assommant qu'un homme – même s'il s'agit de Léon Tolstoï – ne sache contenir son bonheur.

Tchertkov arriva au milieu de la matinée, alors que Léon Nikolaïevitch travaillait dans sa chambre. On prend bien soin, en temps normal, de ne pas le déranger quand il travaille, mais, ce jour-là, je n'eus aucune hésitation. Il leva des yeux pleins d'une gratitude enfantine, puis se précipita dans les escaliers pour saluer cet homme dont il parle comme d'une « personne chère » et d'un « ami précieux ».

Ils se rejoignirent sur le perron et s'embrassèrent affectueusement sur les deux joues. Vladimir Grigorievitch paya le cocher tandis que Léon Nikolaïevitch rentrait dans le hall et se mouchait. Je vis que son visage était baigné de larmes. Il semblait tout à fait secoué par l'événement, et j'en fus désolé pour lui. C'est un homme si facilement submergé par ses émotions. C'est une chose que je comprends, bien que pour ma part j'éprouve rarement rien de pareil.

Les deux amis montèrent dans la chambre réservée à Vladimir Grigorievitch, où ils restèrent jusqu'à ce que sonnât la cloche du déjeuner.

Mais hélas, l'euphorie de Léon Nikolaïevitch fut de courte durée. J'entendis crisser au-dehors les roues d'une voiture, les chiens qui jappaient aux moyeux, suivis des cris et des exclamations des domestiques. En descendirent Sophia Andreïevna et son fils, l'obéissant et ennuyeux Andreï. Cette femme sait d'instinct quand son mari est sur le point de passer un bon moment.

19

TCHERTKOV

Je pensais ce matin à l'Angleterre. De très bonne heure, la clarté douce et grise avait une saveur mouillée, acide. J'étais à la fenêtre en chemise de nuit, regardant à travers la brume, quand soudain apparut un loriot d'un jaune éclatant. Aujourd'hui, j'allais voir Léon Nikolaïevitch. Et Dieu avait envoyé ce loriot comme messager de joie.

Je m'assis sur le lit en tremblant. Les années passées en Angleterre ont fait beaucoup pour fortifier mon âme. J'ai lu et réfléchi profondément. J'ai donné des conférences sans fin au nom de Léon Nikolaïevitch. J'ai reçu partout un accueil chaleureux, de Southampton à Birmingham et Newcastle. Je suis même allé une fois jusqu'en Écosse pour parler à un groupe de constructeurs de navires qui avaient créé un « cercle d'études tolstoïennes ». Très impressionnant. On ne peut imaginer que ce genre de chose puisse se produire en Russie. La seule chose qui me déplaisait en Angleterre, à part la nature essentiellement frivole de la mentalité anglaise, c'était cette séparation forcée d'avec le Maître.

Les gens se trompent lorsqu'ils disent que j'aime cet homme. Ce que j'aime, c'est la fermeté tolstoïenne, son appel à la vérité et à la justice. Les linéaments enchevêtrés de sa prose incarnent et rendent visible la substance insaisissable de ces vertus.

Nous nous sommes rencontrés à une époque où mon âme venait juste de s'éveiller. Je considérais avec mépris le luxe de ma vie de privilégié, voyant que j'avais contribué à l'injustice du monde. J'avais ajouté à sa misère en demeurant dans l'ignorance de ce qui est cruel et injuste.

Ce fut mon affectation à un hôpital militaire qui éveilla mon attention sur la vérité. Je trouvai l'hôpital surpeuplé, non seulement de malades mais de prisonniers politiques de tous bords : pacifistes, mystiques, révolutionnaires, chrétiens refusant d'accepter la violence d'État, braves gens qui jugeaient intolérable, et osaient le dire, la politique barbare du tsar.

Je démissionnai du régiment et allai vivre seul dans une propriété que ma mère possédait à Voronej. C'était une modeste maison de campagne, avec une ferme attenante. Je m'y tenais dans une merveilleuse solitude, mais ne parvenais pas à retrouver mon équilibre. Le monde semblait si fragile, mince comme du papier à cigarette, qu'à tout moment la « réalité » – qui avait maintenant les apparences d'une illusion tragique – pouvait tomber en miettes.

La désolation m'accablait. Je me réveillais chaque nuit le souffle court, la sueur perlant sur mon visage. Je sentais battre mon pouls en des points éloignés de mon corps, résonnant dans le vide de l'univers comme un roulement de tambour implacable. Je suffoquais, mais je m'accrochais à la vie comme un homme qui se noie à une pièce de bois flottant à la dérive.

La vie comme la mort semblaient insupportables et terrifiantes. Tremblant tel un vieillard, je m'agenouillais à côté de mon lit, priant un Dieu en qui je n'avais pas confiance.

Ce n'est pas chose facile que de modifier le cours de sa propre vie. Les gens forment pour vous des espérances et l'on en vient à y croire soi-même. Lorsque je commençai à vivre ma vie selon de nouveaux principes, ma famille et mes amis ne voulurent pas en entendre parler, mettant cela au compte de la folie juvénile. Parents et amis se retournèrent contre moi lorsque je persistai. Ils dirent que je finirais comme les décabristes, que je m'efforçais d'égaler – en Sibérie ou sur l'échafaud.

J'ai pris le thé un jour, à Moscou, avec ma mère dans un restaurant chic. Le luxe de l'établissement me choqua profondément, elle le savait, c'est pourquoi elle avait insisté pour que nous nous retrouvions dans cet endroit.

– Ton père, dit-elle, aurait été ulcéré.

– Par le fait que j'ai choisi de vivre selon un ensemble de principes, au lieu de gaspiller mon temps et mon argent ?

– Tu sais parfaitement ce que je veux dire.

– Père est mort.

– Dieu merci, car il aurait jugé cela trop affreux.

– Je suis pour vous une gêne. Heureusement, ce que vous pouvez penser de moi – ou de quoi que ce soit – importe peu.

Elle fit mine de pleurer. C'était suprêmement ennuyeux, mais difficile à ne pas voir.

– Le fait est que vous trouvez déplaisant mon refus de devenir un joli cœur et un panier percé.

– Vous êtes un jeune homme, Vladimir. Un jour, vous regretterez la façon dont vous me parlez en ce moment.

– Vous avez sans doute raison, comme d'habitude, dis-je en essayant de me retenir de ricaner.

– Faites comme vous voulez, Vladimir. C'est ce que vous ferez, de toute façon. Mais rappelez-vous. Vous êtes un Tchertkov.

Nous nous parlâmes à peine durant des mois. Mais je suis son fils, après tout, et nous sommes parvenus depuis quelques années à une trêve. Elle met mon intérêt pour Tolstoï sur le compte de mon « excentricité », ce qui lui procure un moyen de parler de moi à ses amis. Je la laisse se bercer de cette douce illusion.

Petit à petit, Dieu a réduit le nombre de mes ennemis à une seule personne : Sophia Andreïevna. Elle n'a jamais compris ni même essayé de comprendre. Ce qui fait que Léon Nikolaïevitch est obligé de vivre dans une perpétuelle situation de compromis, prêchant pauvreté et obéissance à la volonté de Dieu tout en étant environné par le luxe et les mondanités. Il n'est pas étonnant que ses disciples, quand ils voient pour la première fois Iasnaïa Poliana, repartent souvent désenchantés.

Léon Nikolaïevitch a parlé de quitter sa femme. De fait, il a été maintes fois fortement tenté de renoncer à la vie qu'il mène à Iasnaïa Poliana, une vie qui lui est de plus en plus pénible à mesure que ses contradictions deviennent plus évidentes.

Il y aura deux ans à la Saint-Jean, il est tombé gravement malade. Sa maladie semblait une combinaison de crise spirituelle et d'affection physique. En feuilletant son journal de cette période (que je garde enfermé dans un coffre à Teliatinki), je m'aperçois au ton de sa voix qu'il n'y a pas à s'y tromper.

2 juillet 1908

Si j'avais entendu parler de moi comme d'un étranger – d'un homme qui vivrait dans le luxe, extorquant tout ce qu'il pourrait aux paysans, les faisant jeter en prison, et qui prêcherait l'Évangile, professerait le christianisme et lâcherait quelques kopecks en guise de charité, camouflé derrière sa chère épouse pour perpétrer toutes ces actions répugnantes – je n'hésiterais pas à le traiter de gredin ! et c'est précisément ce dont j'ai besoin pour pouvoir me libérer de la louange des hommes et vivre pour le salut de mon âme…

2 juillet 1908, un peu plus tard

Un doute s'est glissé dans mon esprit : ai-je raison de garder le silence, et même, ne ferais-je pas mieux de m'en aller, de disparaître ? Si je m'en abstiens, c'est principalement parce que ce serait *pour moi-même*, afin d'échapper à une vie empoisonnée de toutes parts.

3 juillet 1908

Je souffre encore mille morts. La vie à Iasnaïa Poliana est complètement empoisonnée. Où que je me tourne, ce n'est que honte et tourment…

6 juillet 1908

Aide-moi, ô Seigneur ! De nouveau j'ai grande envie de m'en aller, et ne puis m'y résoudre, incapable pourtant d'en abandonner l'idée. La grande question est celle-ci : savoir, si je partais, si ce serait pour mon propre compte. Qu'en restant je ne le fasse pas pour moi, cela je le sais avec certitude…

9 juillet 1908

Une chose qui devient de plus en plus insupportable : l'injustice du luxe insensé au milieu duquel je vis, entouré d'une pauvreté et d'une misère imméritées. Je me sens de plus en plus mal, de plus en plus malheureux. Je ne puis oublier. Je ne puis m'empêcher de voir ce que je vois.

C'était sans aucun doute la volonté de Dieu qu'il vécût. Peu après, nous allâmes nous promener dans les bois de Zassieka. Il avançait très lentement, comme quand il est perdu dans ses pensées. Il faisait, cet été-là, une chaleur oppressante, l'air collait à la peau comme de la cire d'abeille. Je lui dis :

– Mon cher ami, je puis sentir que vous souffrez.

Il tourna vers moi son visage qui brillait, ses yeux étincelants comme du cristal.

– J'ai beaucoup réfléchi ces temps derniers, réfléchi très profondément. Et il est devenu clair à mes yeux que, lorsqu'on se trouve à la croisée des chemins et qu'on ne sait quel parti prendre, il faut certainement donner la préférence à la décision qui implique le plus grand sacrifice de soi.

Je compris à cette remarque qu'il avait choisi de rester avec Sophia Andreïevna. Rien, assurément, ne pouvait lui être plus pénible. Mais j'évitai tout commentaire. J'ai essayé maintes et maintes fois de me rappeler que, pendant près d'un demi-siècle, Léon Nikolaïevitch s'était consacré à Sophia Andreïevna ; qu'il avait supporté son bavardage, son humeur violente, les outrages qu'elle lui infligeait jour après jour. Je remercie Dieu de ce qu'Anna Konstantinovna n'ait jamais flanché dans son attachement à la vertu. Elle a travaillé dur à mes côtés, sans jamais remettre en question la juste valeur de mes activités. Elle comprend que le rôle d'une femme est d'encourager et de soutenir son mari dans la tâche intellectuelle et morale qu'il a entreprise.

Comme la troïka m'emportait vers Kotchety à travers la campagne brumeuse, je me rappelai un matin semblable de 1883 où je m'étais trouvé par hasard, de Moscou à Saint-Pétersbourg, dans le même train que Léon Nikolaïevitch. J'avais, de fait, avant cette rencontre, entendu parler de Léon Tolstoï et de ses écrits. Je l'avais même entrevu un jour à Moscou dans une salle pleine de monde : ses traits étaient restés nettements gravés dans ma tête – le bulbe rougeaud de son nez, sa barbe cotonneuse, qui n'avait pas encore blanchi.

Il était seul dans le train, et lisait. Bien qu'on m'eût assigné une autre place, je décidai de prendre le risque d'une infraction et de m'asseoir en face de lui. Ayant lu tout dernièrement l'un de ses livres, je me sentais assuré de pouvoir engager la conversation avec lui.

Il posa son livre en me voyant. Nos yeux se fixèrent intensément.

– Vous êtes le comte Tolstoï ?

Il leva les sourcils.

Je lui rappelai la réception, qu'il semblait avoir oubliée.

– Je suis un de vos grands admirateurs, poursuivis-je. Même si je conteste certaines des choses que vous avez écrites sur les Cosaques.

Je lui dis que, selon moi, c'était trop romancé. À mon grand étonnement, il se rangea vite à cette idée. J'ai appris depuis que Léon Nikolaïevitch n'aime rien mieux que le lecteur sérieux qui se donne la peine de le contredire.

Nous devînmes vite amis, partageant mainte idée ou préoccupation, maint idéal ou projet d'avenir. Sans Sophia Andreïevna, à cause de laquelle il nous fut difficile de poursuivre nos relations, Dieu sait tout ce que nous aurions pu accomplir.

D'un point de vue strictement personnel, j'ai tiré un gain énorme de mon contact avec Léon Nikolaïevitch. Je garde précieusement les lettres qu'il m'a écrites au cours des années, particulièrement celle en date du 7 novembre 1884. « J'aimerais beaucoup vivre avec vous », écrivait-il.

> *Je me demande si vous êtes toujours aussi anxieux que quand nous sommes ensemble. Vous ne pouvez être ainsi chez vous (quoique – si vos lettres reflètent bien la vérité – vous soyez constamment à court de temps). Comme vous le savez, j'ai écrit jadis un roman inachevé sur Pierre I*er*, et il y avait une chose de bonne dans ce que j'y disais – mon explication de son caractère et de ses mauvaises actions par le fait qu'il était simplement trop occupé à construire des*

navires, à travailler au tour, à voyager, faire des proclamations, etc. C'est un truisme que de dire de l'oisiveté qu'elle est la servante du mécontentement de soi et, en particulier, des autres. Mais je souhaiterais pour vous plus de calme, plus d'oisiveté. Un calme et une oisiveté plus bon enfant, chaleureux, avec plus de gentillesse et d'indulgence envers vous-même. J'aimerais vivre avec vous et, si nous sommes encore en vie, je vivrai avec vous. Aimez-moi toujours comme je vous aime.

La franchise du personnage, toujours prêt à exprimer ses émotions, ses pensées, avec clarté et hardiesse, n'a jamais cessé de me bouleverser. Je l'ai, en effet, aimé aussi fort que l'on peut aimer un autre homme.

La question de son testament continue de nous tourmenter tous. Les grands romans, ses journaux et sa correspondance restent entre les mains de Sophia Andreïevna. Loin de veiller à ce que son œuvre fasse l'objet de la plus large diffusion parmi le peuple, elle tient à s'assurer qu'elle soit publiée dans les éditions les plus coûteuses et, pour elle, les plus profitables. Hélas, elle tient Léon Nikolaïevitch au pied du mur, et il ne voit aucun moyen de la contourner.

Je proposerai toutefois qu'il fasse de moi son exécuteur testamentaire. Je suis en mesure de publier son œuvre à bon marché et de la distribuer aux moujiks. Ce sera là l'un des cadeaux les plus princiers qu'on puisse faire au peuple russe. *Ad majorem Dei gloriam*, comme disent les Jésuites.

Je me sentais prêt à défaillir d'appréhension tandis que la troïka me ballottait dangereusement sur la route boueuse, jusqu'à la porte de Kotchety. Nous étions à peine arrêtés que Léon Nikolaïevitch se précipita pour m'accueillir avec un visage rayonnant d'espérance et d'amour. Je fus comme toujours accablé par cette démonstration d'affection sans réserve, si puérile quand il m'embrassa, le visage baigné de larmes. Mon cocher même, embarrassé, avait détourné la tête.

Les années que j'ai passées en Angleterre en sont peut-être la cause, mais je dois avouer que ces démonstrations publiques de sentiments me mettent mal à l'aise. J'eus beau m'efforcer de répondre pareillement à l'affection de Léon Nikolaïevitch, j'avais reculé malgré moi.

Nous allâmes aussitôt dans ma chambre pour parler de divers projets de publications. Léon Nikolaïevitch m'exprima sa satisfaction à l'égard du jeune Boulgakov, en qui je n'ai plus entièrement confiance. Les rapports qu'il me fait parvenir de Iasnaïa Poliana sont des plus stupides et inutiles. Il est assez vaniteux pour s'imaginer que je ne saurais me passer de ses commentaires détaillés des grands textes tolstoïens !

Bien que j'aie essayé d'amener délicatement la conversation sur le problème de son testament, Léon Nikolaïevitch a perçu la dérive de mon discours et mis l'accent sur son engagement à l'égard de Sophia Andreïevna.

– Je ne pourrais pas faire ça, dit-il d'une voix entrecoupée.

Je posai la main sur son épaule.

– Je ne vous demanderai jamais de faire quoi que ce soit qui aille à l'encontre de ce que vous jugez le meilleur. Il faut me faire confiance.

Il se leva, me prit dans ses bras et m'embrassa sur les deux joues.

– Mon ami, j'ai entièrement confiance en vous, me dit-il. Toujours.

Je lui dis qu'ayant hérité d'un oncle éloigné, j'avais fait récemment l'acquisition d'une nouvelle maison près de Moscou, à Mechtcherskoïe – une jolie petite propriété sise dans un endroit retiré. Je lui dis qu'il fallait qu'il vienne la voir bientôt, car j'y ai réuni un groupe de tolstoïens – des jeunes gens pour la plupart, venus de l'université – qui vont vivre avec moi et m'aider dans les tâches qui se présenteront. À ma grande surprise, il a aussitôt accepté.

– Je viendrai bientôt. Dans quelques semaines ! dit-il. Et Sacha viendra peut-être avec nous. Elle est si capable, vous savez. Elle se repose en Crimée. Son médecin nous a écrit une lettre très encourageante.

Le pauvre cher homme ! Je le serrai contre moi, et nous nous embrassâmes une fois de plus sur les deux joues. Pendant un long moment, il y eut entre nous une rencontre d'une grande intimité. Puis nous entendîmes crisser les roues d'une voiture, les chiens aboyer, et les cris de nombreux domestiques. Bientôt, la voix aiguë de Sophia Andreïevna s'éleva au-dessus de ce tintamarre : pleine de défi, suffisante, impérieuse.

– Sonia ! dit Léon Nikolaïevitch en aspirant sa lèvre inférieure. Elle nous a trouvés, j'en ai peur. Je m'attendais un peu à la voir.

Je lui touchai le poignet.

– Vous devez venir seul chez moi, à Mechtcherskoïe, dis-je. Interdisez-lui de venir. Comprenez-vous ?

– Cela n'est pas possible.

– Mais si ! insistai-je. Ce serait bon pour elle. Elle ne s'en rend pas compte, mais cela serait bénéfique pour votre couple. Un mari et une femme, pour survivre en tant que couple, doivent savoir quelquefois mettre entre eux un peu de temps aussi bien que d'espace.

Il me regarda de ses grands yeux tristes et ne dit rien. Il faudra que je le lui fasse comprendre.

20

SOPHIA ANDREÏEVNA

Il m'a de nouveau trahie. Je suis revenue de Moscou avec Andreï pour découvrir qu'il avait filé à Kotchety. J'ai couru tout droit vers l'étang. Je voulais mettre fin à mes jours, lui faire regretter tout ce qu'il m'a fait. Il était midi, mais le monde semblait vide. Personne. Pas un moujik dans les champs. Pas un oiseau sur une branche noire. L'air était vide.

Allongée sur la rive, là où la mousse est serrée comme du tissu de suède, je me frottai le visage contre une touffe d'herbe. L'eau bouillonnait, montant à travers les racines noueuses des aulnes, les saules, les herbes noires. Je tendis l'oreille, espérant apprendre quelque chose en restant immobile. Me demandant : Devrais-je mourir ? Faut-il mourir ?

Cette impression que je dois mourir, c'est toujours au printemps qu'elle m'assaille le plus durement. Pire qu'en hiver, où elle est déjà bien assez forte. La neige, par bonheur, crée un espace vide et sans histoire. Elle ne me poignarde pas comme la rose sang, la boule-de-neige, l'aubépine.

J'ai les nerfs malades, à présent. La semaine dernière, à Moscou, j'ai même fondu en larmes lorsqu'un invité, espérant me faire plaisir, s'est présenté dans le hall d'entrée avec des fleurs fraîches à la main.

– Pour vous, Comtesse, dit-il.

– Remportez-les ! ai-je crié à cet homme. Je ne veux pas de vos fleurs !

Je voudrais être invisible comme le vent et circuler sans corps, sans but précis.

Liovotchka croit que je n'aime pas Dieu. Que Dieu ne signifie rien pour moi. Mais j'ai prié, au bord de l'étang, le visage enfoui dans la mousse, dans une touffe d'herbe à côté de la mousse : « Seigneur, mon Dieu… Pourquoi m'as-tu abandonnée ? »

Je me retournai sur le dos, laissant le soleil palper mon corps. Je lui offris mes jambes, à ce soleil divin, à son couteau, à sa lame de lumière. Comme il était chaud sur mes cuisses ! Je pleurais et riais à la fois.

Je ne mourrais pas aujourd'hui. Non, je ne mourrais pas. J'irais à Kotchety, et tout de suite. Je ramènerais mon Liovotchka.

Je fis venir les servantes et un cocher. Andreï dit qu'il roulerait toute la nuit s'il le fallait. Je ne laisserais pas le temps à Liovotchka de refaire son testament.

– Papa n'est pas dans son état normal, ces temps-ci, dit Andreï. Je ne crois pas qu'il soit capable de se défendre contre ces voleurs qu'il appelle ses disciples.

J'embrassai Andreï sur les deux joues, courbai la tête vers lui. C'est un fils si gentil. J'aurais aimé que tous mes enfants devinssent comme lui. Il ne joue ni les faux modestes ni les faux dévots, et il ne fait pas semblant d'être chaste.

J'allai dans ma chambre me préparer pour le voyage. Mais, avant de faire quoi que ce soit, j'ai tenu à écrire la vérité sur tout cela dans mon journal. Sinon, on lira ceux de Liovotchka et de Tchertkov, et on croira ce qu'ils diront. Pour autant que je sache, même les femmes de chambre tiennent un journal. Elles m'observent sournoisement lorsque je passe et échangent des sourires dans mon dos.

Nous sommes partis pour Kotchety après dîner. J'ai eu des palpitations tout le long du chemin, et mon pouls battait parfois à un rythme tel que j'ai craint pour ma vie. J'éclatais en sanglots par intervalles, mais Andreï se montra patient. Il me comprend si bien. Il sait qu'il n'y a aucune raison d'ordre moral pour suivre Liovotchka dans son projet de donner nos biens au peuple, qui de toute façon ne saurait qu'en faire. Toutes les idées de Tchertkov n'ont pour but que de m'éliminer. Moi et notre famille. Il n'y a rien de plus pitoyable que ces aristocrates déchus.

Nous sommes arrivés le lendemain juste avant le déjeuner, après avoir dormi dans le train dans des couchettes inconfortables (le service des première classe, parlons-en !). Il en était comme je le soupçonnais. Vladimir Grigorievitch était là, qui se tordait les mains de désespoir, ses mains bouffies. Il se tenait sur le perron à côté de mon mari, couvant des yeux avec satisfaction son cher trésor.

– Quelle agréable surprise ! dit-il en me prenant la main.

– C'est toujours un plaisir pour moi que de vous faire plaisir, dis-je.

Nous nous foudroyâmes mutuellement du regard, en prenant bien soin de ne pas perdre notre sourire de commande.

J'avais à peine pénétré dans la maison que Liovotchka et Tchertkov se mirent à chuchoter en ricanant, comme des écolières. Comme des amants…

Est-il normal, pour un homme de l'âge de mon mari, de glousser et de roucouler avec un de ses abominables disciples ? Chaque fois que j'y fais allusion, Liovotchka se fâche, perd la raison, frise l'hystérie. Et chaque fois que j'agis sous la pression de sentiments authentiques et puissants, il me traite de « folle ». Quand c'est lui qui en fait autant, on crie au génie.

Le déjeuner chez Tania fut cérémonieux, avec des serveurs en veste blanche sans cesse dans notre dos. Soukhotine présidait tel un potentat oriental.

– Comme vous avez bonne mine ! ne cessait-il de répéter, ce qui me fit penser au contraire que je devais avoir une mine effroyable.

Andreï parlait avec animation des ressources foncières et des toutes récentes mesures prises par le gouvernement pour extorquer de l'argent aux propriétaires terriens, qui finissent par payer pour tout, comme d'habitude. Rien de surprenant à ce que j'aie si peu d'argent. M. le Comte fait le généreux et distribue tout ce qu'il gagne, tandis que nos domaines rapportent de moins en moins chaque année, en partie parce qu'ils sont mal gérés et que les domestiques volent tout ce qui peut tomber entre leurs mains avides. Est-il si étonnant que je devienne folle à l'idée qu'il fasse cadeau au peuple de ses droits d'auteur ?

J'ai parlé moi aussi de ces taxes injustes, espérant que mon mari m'approuverait, du moins, gentiment d'un signe de tête, mais au lieu de ça il a pris un air maussade, levant de temps en temps les yeux vers Vladimir Grigorievitch, comme pour dire : « Vous avez tout à fait raison. Cette femme est insupportable. Comme vous l'avez dit, une vraie garce. »

Je ne sais pourquoi tout le monde tolère cet homme, avec sa petite barbe en pointe et ses yeux de reptile qui regardent chacun pour soi. Il se caresse la panse d'une main qui n'arrête pas de remuer, comme s'il s'agissait d'un trésor.

Après déjeuner, mon mari a passé l'après-midi à cheval dans les bois avec son amant, là où l'on ne pouvait pas les voir – dans le parc du prince Golitsyne, à sept verstes de Kotchety. Je pouvais les imaginer, tels des satyres en train de gambader dans les fourrés obscurs. J'essayai de chasser loin de moi ces images en me disant qu'elles n'avaient rien de rationnel, mais elles ne voulurent pas s'en aller. Je sentais mon cœur battre à toute allure et la pulsation à mes tempes, comme la gorge d'une grenouille.

Il s'est mis à pleuvoir peu de temps après leur départ. Un courant d'air humide et glacé a couru à travers la maison, où il s'est mis à faire terriblement sombre. J'ai dit à Tania :

– Tu sais, un homme de l'âge de ton père peut facilement mourir de froid.

J'avais en tête une douzaine de cas de ce genre.

– Maman, tu te fais trop de mauvais sang, dit-elle froidement. Vladimir Grigorievitch est avec lui. Ils s'abriteront sûrement dans une isba, si la pluie continue.

– Plus personne ne m'écoute, dis-je.

Tania refusa de m'entendre et fit comme si je n'avais rien dit du tout. C'était une bénédiction, je m'en rendais compte, qu'elle ne vécût plus avec nous. Ses prétentions à garder son sang-froid sont plus que je n'en puis supporter. Et cette petite bouche accusatrice qui se plisse quand elle n'arrive pas à ses fins. Qui pourrait croire qu'elle est ma propre fille ?

Liovotchka revint à la maison sain et sauf, et je m'en réjouis, bien que j'eusse à subir le ton suffisant de Tania.

Cette nuit-là, il entra dans ma chambre vers les minuit. Je lisais la Bible, le Livre de Ruth, avec plusieurs bougies allumées sur une table à côté de mon lit.

– Bonsoir, mon chéri, lui dis-je. Tu n'arrives pas à t'endormir ?

Il se pencha tout près de moi et m'embrassa. Ce n'était pas un baiser sincère, du moins m'avait-il embrassée. Je me demandais à moitié s'il n'allait pas me demander une faveur d'ordre sexuel. On pourrait croire qu'à son âge il est au-dessus de ce genre de sollicitation. Mais avec lui on ne sait jamais. Vieux ou non, un bouc est un bouc.

– Assieds-toi sur le lit, dis-je. Ici.

Je m'écartai pour lui faire de la place.

Je savais que quelque chose le tracassait. Il avait cette expression de dureté dont il est affligé toutes les fois qu'il s'apprête à me faire un aveu ou une scène. Cela me donne des palpitations d'estomac.

– Notre vie ensemble est devenue intolérable, dit-il, parlant au mur.

Il ne me regarde jamais en face quand il fait des remarques blessantes.

– Tout cela est pure folie, dis-je, ça ne veut rien dire. Nous avons eu quelques désaccords, mais rien de plus que ce qui peut arriver à un couple marié. Je t'aime.

J'aurais probablement dû ne rien dire. Le mieux, parfois, est de ne pas prêter attention à ses bouffonneries.

– Nous ne sommes, toi et moi, plus d'accord sur rien depuis longtemps : ni sur le problème foncier ni sur la question religieuse.

– Nous ne sommes pas les chefs de deux États rivaux, lui dis-je. Nous sommes mari et femme. Devons-nous être d'accord sur ce genre de questions ?

– La vie que je mène nous embarrasse, moi et mes amis. Je suis un hypocrite.

– Tu ne penses pas un mot de tout cela, Liovotchka. C'est Tchertkov qui parle par ta bouche. Tu n'es pas toi-même ce soir.

– Je ne vois pas comment je pourrais continuer.

Ses lèvres tremblaient en parlant. Je savais que c'était vrai.

– Est-ce que tu m'aimes ?

J'allongeai le bras et pris sa main ridée. Elle était froide comme le marbre, et aussi veinée.

– Jamais je ne t'ai « pas aimée ».

– Voyons, Liovotchka, dis-je. Tu te remplis la tête de sottises. Fais ton devoir. Dieu ne te demande rien de plus. Et ton devoir, c'est d'abord de respecter ta famille. Il y a des obligations qui passent avant les caprices égoïstes. Tu ne peux songer à rien d'autre qu'à toi-même. Le savais-tu ?

Il se couvrit le visage de ses mains et pleura, les épaules secouées de sanglots. Il avait soudain l'air d'un jeune enfant, d'un enfant désarmé, incapable de se maîtriser. C'était pitoyable. Je me trouvai moi-même en larmes, à ma grande stupéfaction. Nous pleurâmes sur l'épaule l'un de l'autre.

– Eh bien, tu vois, lui dis-je, ça ne va pas si mal, n'est-ce pas ?

Il me regarda de ses yeux creusés, rouges comme des braises. Il secoua la tête.

– Ça ne marchera jamais, dit-il. Je ne peux pas continuer.

Il reprit lentement son calme et quitta la chambre. Je ne dis rien.

Je ne comprends plus ma vie. Je veux mourir.

21

SACHA

JE CROIS que j'aurais pu facilement rester en Crimée, vivre auprès de Varvara Mikhaïlovna. J'ai fait un rêve, là-bas. Sa tête était posée sur mes genoux, très enfoncée, comme nous étions étendues au bord de l'eau, une mer d'un vert salé, avec des vagues qui se brisaient sur des rochers affleurant à la surface. Un soir, passé minuit, je marchais avec elle dans les champs, un vent chaud nous emplissait la tête et les poumons. Les étoiles tombaient comme des flocons de neige dans l'herbe haute. Je lui parlai de mon rêve, elle me serra dans ses bras et nous pleurâmes. Nous nous allongeâmes dans l'herbe, un châle autour des épaules, et dormîmes. Quand vint l'aurore, l'horizon était rose, couleur de chair, une légère brise agitait le champ, telle de l'écume. J'étais heureuse.

Au fil des semaines, nous avions bronzé au soleil. Les cheveux coupés court comme des garçons, nous courions dans les bois sablonneux près de la grande maison que le comte Minsky nous a prêtée. Elle était pleine de domestiques, et le samovar jamais vide ni refroidi. Nous buvions aussi du vin, un bordeaux léger conservé dans la cave du comte. La tête nous tournait, et nous avions des pensées libertines.

Ma fièvre s'apaisait, je reprenais des forces. Ma voix s'éclaircissait, et je ne souffrais plus de ces élancements dans la tête. Je me sentais de nouveau en bonne santé, surtout auprès de Varvara, et libérée d'un enfermement invisible mais terrible.

À Iasnaïa Poliana, Varvara ne se serait jamais sentie libre de dormir avec moi, mais là-bas, cela semblait parfaitement naturel. On l'avait envoyée s'occuper de moi, n'est-ce pas ? Les jeunes filles – les enfants, à coup sûr – dorment souvent ensemble. Sans doute était-ce puéril de notre part. Mais cette niaiserie n'allait pas sans plaisir. Je ne sais ce qu'en pensaient les domestiques du comte Minsky, je ne le leur ai pas demandé.

Quand je souffrais encore de la fièvre, Varvara me frottait le dos à l'alcool, chaque soir avant que je m'endorme. Nous eûmes tôt fait de nous apercevoir que ce massage du dos, même sans fièvre, était une activité non dénuée de plaisir. Je me déshabillais lentement devant le feu qui crépitait dans la grille de fonte noire et lançait des lueurs vacillantes sur les murs blancs, tandis que Varvara m'observait, hochant la tête et souriant à l'occasion. Elle chantonnait tranquillement, ou même parfois chantait une chanson populaire bulgare qu'elle aime et où il est question de deux jeunes filles dans un pré.

Nue, je me dirigeais vers le lit et m'allongeais sur la couette matelassée dont la fraîcheur me faisait frissonner, mais les mains de Varvara étaient chaudes et douces comme de la soie. Elle a une façon agréable de vous pétrir la chair, de trouver les muscles à droite et à gauche de l'épine dorsale, de mettre le doigt sur un creux invisible entre deux vertèbres. Elle massait la chair molle de mes fesses, me prenait une cuisse puis l'autre dans ses grandes mains. Et ses doigts appuyaient avec tant de force qu'ils me semblaient entrer dans les os de mes chevilles, pénétrer mes voûtes plantaires.

Après un long massage, elle s'effondrait à côté de moi et tirait par-dessus nos têtes la courtepointe de patchwork rouge et vert. Nous nous endormions en un rien de temps – d'un sommeil sans rêves, sans paroles, dans un lit si vaste qu'il aurait pu être une banquise polaire (s'il n'y avait eu ce feu entre nous).

Je serais restée plus longtemps si je n'avais été inquiète au sujet de Papa. Il me manquait terriblement, plus que je ne l'aurais supposé. Et il ne s'en tire pas facilement avec Maman, qui ne s'est pas arrangée au fil des années. Nous sommes donc rentrées à Iasnaïa Poliana sans enthousiasme, vers la fin mai.

Papa était revenu la semaine d'avant de Kotchety, où il avait rencontré Tchertkov. Il est toujours plein d'entrain quand il l'a vu ou qu'il est sur le point de le voir. Il aime Vladimir Grigorievitch comme j'aime Varvara Mikhaïlovna. C'est une chose que je ne lui reprocherai jamais.

Mon retour avait quelque chose de stimulant, malgré Maman. Papa a pleuré lorsque j'ai franchi la porte, et m'a embrassée très longuement. Il n'a jamais eu l'habitude de pleurer aussi facilement. Cela me fait peur pour lui.

Il ne pouvait penser qu'à une chose : sa visite chez Tchertkov, à Mechtcherskoïe, dans deux semaines. Tchertkov insiste pour qu'il continue de sortir à cheval, mais Maman essaie invariablement de l'en empêcher. Il a besoin de réfléchir, dit-il.

– De réfléchir à quoi ? demande-t-elle. Tu ne peux pas réfléchir à la maison, comme tout le monde ?

Nous avons tous ri, sauf Maman.

Je tapais des lettres pour Papa, il y a quelques jours, quand Maman a fait irruption dans la pièce, sans frapper.

– Un paria dans ma propre maison, dit-elle, voilà ce que je suis.

Je refusai de répondre.

– Personne ne semble se soucier de ce que j'aie soixante-six ans, poursuivit-elle. Une femme de soixante-six ans ne peut pas s'occuper du domaine. Tu m'entends ? Je suis éreintée. Je n'ai plus une minute à moi !

Sa voix geignarde atteignit une hauteur des plus désagréables.

– Je n'y arrive plus ! Tu ne le vois donc pas ? Il n'y a personne pour entendre ce que j'essaie de dire ?

Une voix s'éleva dans le corridor :

– Mais qui te demande de le faire ?

C'était Papa, bougonnant, hors de lui. Ses yeux lançaient des étincelles, comme des braises remuées à l'aide d'un tisonnier.

– Tu me détestes, n'est-ce pas ? dit-elle. Dis la vérité, devant ta fille, à la face de Dieu, dis-nous exactement ce qui est vrai !

La lumière s'éteignit dans les yeux de Papa, et il s'affaissa de tout son être.

– Va-t'en d'ici, Sonia. Si tu ne pars pas, ce sont tes nerfs qui vont lâcher. Douchane pense que tu as besoin d'une période de repos.

Il se tourna vers moi.

– Dis-lui, Sacha, explique-lui comme la Crimée t'a fait du bien.

J'essayai de faire écho à ses sentiments. Mais Maman m'interrompit.

– Rien ne te ferait plus plaisir que de me chasser. Tu veux te débarrasser de moi. Tu n'as pas d'autre idée en tête.

Papa avait l'air désolé.

– Tu penses toujours le plus grand mal de moi, n'est-ce pas ?

– Je sais exactement ce que je dois penser de toi. Je pense ce qui est vrai. Je ne suis pas une imbécile, même si tes amis et toi ne s'en sont pas vraiment rendu compte.

– Tu es folle, dit-il en s'en allant, furieux.

Le lendemain eut lieu un nouvel incident, qui illustre bien le conflit qui oppose mes parents. L'année dernière, Maman a embauché un jeune garde circassien, Akhmet, pour assurer la protection de notre propriété. Tout le monde sait que Léon Tolstoï habite ici, qu'il est riche et généreux. Mendiants, révolutionnaires, étudiants, moines et visionnaires, aigrefins – tous ces gens-là nous tombent dessus, et nous avons besoin de protection. Mais Papa ne supporte pas la vue d'Akhmet, qui prend son travail trop au sérieux et se pavane à travers le domaine en tunique noire d'uniforme avec une épée au côté. Il tient absolument à se coiffer d'un pompeux bonnet d'astrakan, qu'il porte penché sur le côté, comme pour nous narguer. Il refuse de laisser les étrangers « se balader sur la propriété du Maître », comme il dit. On n'ose même plus cueillir une fleur sauvage dans le bois de Zassieka.

Cet homme est bestial. J'ai appris en effet par Serguieïenko qu'il avait, au village, commis de véritables attentats à la pudeur envers des femmes mariées.

Les ennuis commencèrent quand Akhmet mit la main au collet d'un moujik du coin, Vlassov, qui avait « volé » un jeune arbre dans le bois. Akhmet le ligota sans ménagement à l'aide d'un bout de corde de chanvre et le traîna à travers le domaine, jusqu'à la maison où Maman semonça durement le paysan et lui dit que, si on l'y reprenait, il serait chassé de la propriété du Maître.

Papa entra à l'improviste dans la cuisine, attiré par l'altercation.

– Vous espérez que je vais rester tranquillement dans mon bureau pendant que vous maltraitez un de mes bons amis ? demanda-t-il à Maman.

– C'est un moujik, mon cher, dit Maman. Tu n'as jamais rien compris à la hiérarchie sociale.

– C'est un être humain, et nous nous connaissons depuis de nombreuses années.

Maman objecta que Vlassov avait été surpris en train de voler, et que si tout le monde croyait possible de mettre la main sur ce qu'il désirait, on n'en finirait pas de voler à Iasnaïa Poliana.

– C'est bien de toi, dit-elle. Tu veux donner tout ce que tu possèdes. Si tes petits-enfants finissent dans l'indigence, ça ne voudra rien dire pour toi. Parce que toi, bien sûr, tu n'as jamais manqué de rien. Tu as été choyé et protégé ta vie entière, et tu ne t'en rends même pas compte.

– Vlassov est libre de se servir de ce dont il a besoin, dit Papa, se dominant à peine.

Il tendit vers Akhmet un doigt tremblant.

– Et j'insiste pour que tu renvoies sur-le-champ cet imbécile de garde.

J'ai cru qu'il allait s'évanouir.

Plus tard, je retrouvai Papa dans son bureau, la tête enfouie dans les mains. Il était comme un univers d'où la lumière s'est enfuie.

– Ça fait très mal, dit-il en me prenant la main. Ta mère a tout à fait raison à mon sujet. J'ai vécu ma vie dans une serre, entièrement protégé, dorloté. Je ne sais rien du monde tel qu'il est.

– Ne dis pas de sottises, Papa, lui dis-je. Il ne faut pas faire attention à elle.

Je l'embrassai sur la tête et lui frottai le cou.

Ce jour-là, il ne descendit pas déjeuner.

Maman me regarda et dit :

– Il se torture et me torture aussi. Pourquoi ne peut-il se conduire normalement ? Tout avec lui tourne à la crise de nerfs.

Dans les jours qui suivirent, Papa déclina rapidement. Il restait des heures d'affilée assis dans son bureau, sans rien écrire. Son journal se perdait peu à peu dans des radotages incohérents. Un jour, il rentra le visage livide d'une balade dans le bois de Zassieka, la sueur perlant à son front.

Je le mis au lit et fis venir Douchane Makovitski, qui lui prit le pouls.

– Il est bien faible, j'en ai peur, dit-il avec dans la voix la tristesse qu'on pouvait attendre de cet homme.

Papa était tombé dans un profond sommeil, la mâchoire ouverte. Il respirait bruyamment par la bouche, et une fine membrane, une bulle, luisait sur ses lèvres. Sa langue pointait de temps à autre entre ses gencives.

Maman, derrière nous, se mit à pleurer doucement dans son foulard.

– Arrête, lui dis-je. Tu vas le réveiller.

Nous veillâmes à son chevet tandis qu'il dormait. Lorsqu'il se réveilla, une heure plus tard, il dit :

– Je veux parler à Vladimir Grigorievitch. Demande-lui de m'attendre dans mon bureau.

Je serrai sa main à présent molle et moite.

– Il n'est pas ici, Papa, murmurai-je. Il est à Mechtcherskoïe. Tu le verras là-bas la semaine prochaine.

Ce qui amena la guérison de Papa fut, je suppose, la perspective de ce voyage à Mechtcherskoïe. Il lui fallait absolument revoir Tchertkov. Et Maman, à ma grande stupéfaction, annonça qu'elle n'irait pas avec nous. Elle savait que Papa avait besoin de quelques jours de tranquillité auprès de son « Tchertkov chéri ».

Je commençai à me faire du souci pour Maman. Elle semble si fragile et repliée sur elle-même. Et Papa aussi se tracassait. Cela ne nous ressemblait pas du tout.

– Nous ne pouvons vraiment pas la laisser ici toute seule, dit-il. Je préférerais y aller sans elle, bien sûr. Mais cela n'est pas possible.

– Laisse-moi demander à Varvara de lui tenir compagnie. Elle nous avertira s'il y a quoi que ce soit. Je t'en prie, Papa.

J'eus quelque peine à le convaincre mais il tomba d'accord quand il vit que Varvara ne semblait pas mécontente de rester. Elle ne trouve pas, quant à elle, la compagnie de Tchertkov amusante.

– C'est un raseur, dit-elle. Et il déteste les femmes.

La visite à Mechtcherskoïe aurait été, pour moi, bien différente si j'y étais allée avec Varvara. Il m'est pénible de me séparer d'elle, même pour peu de temps. Mais je promis de lui écrire chaque jour. D'une façon ou d'une autre, l'idée de pouvoir lui envoyer des lettres affectueuses rendait la séparation supportable, voire attrayante.

La nuit d'avant notre départ, je me glissai dans la chambre où dormait Varvara et posai la tête sur son épaule ; je me nichai à côté d'elle une bonne heure durant, l'écoutant respirer, observant le rythme de sa poitrine soulevée comme des vagues qui dressent leur crête à l'approche du littoral, retombent sur les galets puis se reforment, soulevant à nouveau leur crête. Sa main pliait et repliait une boucle de mes cheveux. C'était encore plus merveilleux que de dormir avec elle.

Le lendemain matin, nous partîmes à cheval pour la gare de Toula. Notre petite troupe de cavaliers ressemblait à une bande de voleurs. Nous étions quatre en plus de Papa : Douchane Makovitski, Boulgakov et moi, ainsi qu'un domestique, Ilya Vassilievitch. Papa chargeait en tête comme un Cosaque à la bataille.

Il remit son cheval au pas devant la prison de Toula, petit bâtiment blanc aux fenêtres tristement étroites obstruées par une grille en fer. Il secoua la tête.

– C'est ici que Goussiev a été emprisonné, dit Douchane Makovitski à Boulgakov, qui veut toujours tout savoir.

Douchane cita d'autres tolstoïens qui avaient passé quelque temps dans cette maison d'oppression, et Papa éclata soudain de rire, désignant cet endroit comme « sa prison toute personnelle ».

Nous voyageâmes toute la journée dans un compartiment de seconde classe bondé, et arrivâmes à Mechtcherskoïe à temps pour le dîner. C'est une maison simple – sans ornement, plutôt laide. Sale aussi. Les disciples de Papa encombrent les couloirs, c'est Tchertkov qui les a recrutés dans les milieux intellectuels de Moscou et de Saint-Pétersbourg, une collection hétéroclite de jeunes rêveurs. Un bon nombre sont des imposteurs. Mais Papa se délecte en leur compagnie, se répandant parmi eux, bavardant librement, répondant aux questions, distribuant critiques et conseils. Il a besoin d'attention comme une plante de soleil. La chaleur de ce rayonnement le fait vivre.

Au dîner, selon la coutume chez Tchertkov, nous étions tous assis en *famille*, domestiques compris. Mais ceux-ci se tenaient d'un air sombre à un bout de la table, sans rien dire. Ilya, ne se voyant pas assis à la même table que « le Comte », s'était tapi, tout seul, dans un coin sombre. Papa lui porta une assiettée de légumes, une tranche de fromage de chèvre et un morceau de pain noir. Tout le monde regardait, comme frappé d'une terreur sacrée.

– C'est comme le Christ lavant les pieds de ses disciples, me dit à l'oreille Douchane Makovitski, dont le talent pour énoncer les évidences est spectaculaire.

Pendant le repas, on demanda à Papa ce qu'il fallait lire.

– Laissez de côté toute la littérature des soixante dernières années ! répondit-il.

– Que leur recommandez-vous, alors ? demanda Vladimir Grigorievitch. Pouchkine, peut-être ?

Il était au comble du bonheur, avec Tolstoï à sa table et ses disciples autour de lui.

– Oui. Et Gogol aussi. Gogol est superbe. Et les écrivains étrangers. Je recommande Rousseau, Hugo et Dickens. Comme d'habitude, la plupart des Russes ne veulent lire que des nouveautés. Les voilà le souffle coupé à la seule mention de M. Tartempion… Grut – Mut – Knut Hamsun ! Ils s'extasient sur Ibsen et Bjørnson, mais ne connaissent Rousseau et Hugo que par ouï-dire, ou grâce à un article de l'encyclopédie !

Normalement, Papa aime beaucoup chercher des choses dans l'encyclopédie. Il a le Brockhaus Efron au complet à côté de sa table de travail, et le consulte presque quotidiennement. Il adore lire ce que l'on dit des pays et des coutumes étranges, et emmagasiner des connaissances pour s'en servir plus tard. Il s'est rendu compte depuis longtemps que pour mener à bien une discussion, rien ne remplace les faits. Avec un bon renseignement, on a tôt fait de réduire au silence un adversaire. On peut aussi captiver l'attention d'un groupe en citant des statistiques ou en recourant à l'érudition. Dans cet ordre d'idées, Papa se mit bientôt à parler de l'île de Formose, à laquelle il s'intéressait depuis peu.

– C'est une île dont les Japonais viennent juste de s'emparer, expliqua-t-il à la compagnie, dont la plupart des membres prenaient frénétiquement des notes, espérant retenir chacune de ses paroles dans leurs gribouillages au crayon. Rendez-vous compte ! L'île est pleine de cannibales ! Pleine de mangeurs de chair humaine !

Les yeux de Papa devinrent grands comme des soucoupes.

– Le cannibalisme est un péché, dit Douchane Makovitski.

Papa sourit.

– Mon ami Troubetskoï dit que le cannibalisme est aussi une forme de civilisation. Les cannibales, savez-vous, soutiennent qu'ils ne mangent que des sauvages. La plupart d'entre nous, je crois, seraient inclus dans leur définition.

Il y eut sur tous les visages une expression mêlée de confusion et d'humiliation, sauf chez Boulgakov, qui se mit à rire tout haut. Trop haut, en vérité. Les mignons de Tchertkov n'osent pas rire en sa présence.

– Léon Nikolaïevitch a vraiment le sens de l'humour, remarqua Tchertkov avec une grimace.

Nous avions l'intention de ne rester qu'une semaine environ, mais Papa ne manifesta pas le moindre intérêt à l'idée de raccourcir sa visite. Il y prenait beaucoup trop de plaisir. Il se mit à écrire des nouvelles chaque matin, en achevant deux en trois jours. Libéré des tensions de Iasnaïa Poliana, il pourrait bien se remettre à écrire des romans.

Il termina aussi une préface à ses *Pensées sur la Vie*, un recueil compilé par Tchertkov, qui ne se lasse jamais de ce genre de choses. Vladimir Grigorievitch relut cette préface, et dit :

– Je l'aime beaucoup, Léon Nikolaïevitch. Mais vous devriez changer une expression. Vous parlez de la nécessité, pour nous, de cultiver un « amour de Dieu et d'autres êtres ». Ce dont vous voulez parler, j'en suis sûr, c'est d'une « conscience de Dieu ».

Tchertkov est présomptueux, cela me déplaît. Il croit comprendre l'œuvre de Papa mieux que Papa. C'est l'une des choses, en ce qui le concerne, qui indispose Maman au-delà de toute expression.

Je suis allée un jour faire une promenade à cheval avec Papa et Tchertkov, et nous nous sommes arrêtés pour visiter un asile. Papa est fasciné par la folie. Il dit que les fous sont plus proches de Dieu que nous.

Il a remarqué :

– Il est clair que les médecins considèrent les fous de façon tout à fait objective, comme des cas pathologiques, non comme des êtres humains auxquels ils doivent témoigner de la pitié. Les fous sont le matériau sur lequel ils travaillent. Je suppose qu'il doit en être ainsi, sinon ils perdraient le moral.

Tout le monde écouta les observations de Papa, hochant la tête avec empressement lorsqu'il eut terminé. La fausseté de leur attitude me gênait un peu.

Papa interrogea les patients sur leurs sentiments religieux. Il demanda à un monsieur d'un certain âge, maigre et édenté, aux cheveux jaunes en broussaille, s'il croyait en Dieu.

– Je suis un atome de Dieu, répondit l'homme.

Mon père acquiesça d'un hochement de tête, puis posa la même question à une femme grasse, à la peau huileuse.

– Je ne crois pas en Dieu, dit-elle. Je crois en la science. Dieu et la science ne peuvent coexister.

Papa fut impressionné par la clarté de sa remarque et demanda à Tchertkov d'en prendre note afin de pouvoir l'inscrire plus tard dans son journal.

Cet après-midi-là, une délégation d'enfants de l'orphelinat local se présenta chez Tchertkov avec des fleurs pour Papa. Il les reçut affectueusement, embrassant les petites filles et caressant du bout des doigts la tête rasée des garçons. Tchertkov sortit de la pièce contiguë portant une boîte de photographies de mon père à cheval. Il les remit aux enfants, qui les reçurent muets de gratitude.

– Est-ce vous ? demanda à mon père l'une des plus petites.

– Hélas oui, je ne peux pas le nier, dit-il.

Il se pencha pour embrasser la fillette sur le front, mais elle eut un mouvement de recul.

– Un vieil homme est une bien vilaine chose, dit-il.

Le lendemain, nous parvint la nouvelle que Tchertkov serait autorisé, provisoirement, à revenir à Teliatinki. Papa frémissait de joie. Il se tordait les mains, toutes deux rougies par un afflux subit de sang, et dansait d'un pied sur l'autre comme un écolier. J'ai plaisir à le voir aussi heureux.

Tchertkov estime, à juste titre, que cette autorisation temporaire sera prolongée indéfiniment s'il s'abstient de publier des pamphlets « incendiaires ». Il trouve désagréable ce genre de restrictions mais comprend, dit-il, la nécessité pratique de rester à proximité de Iasnaïa Poliana, et il se « tiendra comme il convient ».

– C'est comme de demander à un âne de ne pas braire, dit Papa.

Tchertkov eut comme d'habitude un regard d'une froideur polaire. Il a grand-peine à supporter les taquineries de Papa.

Pour finir, il s'est mis à faire un temps lourd, avec des nuages d'orage qui tourbillonnaient dans le ciel. Il pleuvait très fort, une pluie de juin oblique qui transformait en un lac de boue noire le jardin derrière la maison de Mechtcherskoïe. Ce soir-là, après dîner, arriva un télégramme de Varvara qui mit en émoi toute la compagnie : « Sophia Andreïevna à bout de nerfs. Insomnie, crises de larmes. Pouls, 100. Prière télégraphier. »

J'étais désolée pour Varvara. Maman exerçait sur elle une pression exagérée, s'efforçant de l'attirer dans la toile d'araignée envahissante qu'elle tisse pour elle-même dans sa folie.

Deux heures plus tard, tandis que nous prenions un verre de thé au coin du feu, un second télégramme arriva, de Maman cette fois : « Je vous en prie, rentrez vite. Demain. »

J'entraînai Papa dans sa chambre pour lui parler seule à seul.

– Il ne faut pas lui céder.

– Elle est souffrante.

– Elle fait semblant. Comme toujours. C'est une ruse. Elle veut t'obliger à revenir plus tôt que prévu.

– Ça fait longtemps que je suis ici.

– Quelques jours ! En tout cas, Erdenko vient jouer ce soir.

Erdenko est le plus célèbre violoniste de Russie, et Papa ne sait pas résister à un bon récital, même s'il n'approuve guère que l'on prenne trop de plaisir à la musique.

Il rédigea un télégramme :

« Pas commode rentrer demain. Sauf si indispensable. »

– Je vais l'envoyer immédiatement, lui dis-je.

Tout le monde était content que Papa n'eût point cédé. Hélas, quelques heures plus tard seulement, nous parvint une brève réponse de Maman.

« Indispensable », câblait-elle.

– Il ne faut pas te dégonfler, dis-je à Papa. Il n'y aura plus de terme à ses exigences si elle voit qu'elle peut te forcer à obéir à chacun de ses caprices.

Papa insista sur le fait qu'elle n'allait pas bien, non pas physiquement mais mentalement.

– Elle ne peut pas s'en empêcher, dit-il. C'est mon devoir. Je suis content d'avoir une chance de faire mon devoir.

Plus pour lui-même que pour moi, il ajouta :

– Dieu me vienne en aide.

J'allai dans ma chambre et priai, pour la première fois depuis des années. Je priai pour Papa, dont le fardeau s'alourdit de jour en jour. Je sentis qu'il se briserait bientôt sous ce poids. Un homme de son âge ne peut supporter plus qu'une certaine charge sans s'effondrer.

22

J. P.

Sextine pour Sonia

À genoux, toujours en prière, à l'étang noir,
la faucille nue de la lune et les étoiles
mouchetant et brûlant ma peau, priant le Dieu
du tonnerre de me venger, purifier ou tuer
l'ennemi dehors et dedans, faire qu'amour
brûle, vent fulgurant, feu d'herbe violent.

Je l'ai senti monter dans le bois, vent violent
de par le monde. Il met des points sur l'étang noir
et réveille ce que je savais de l'amour,
zodiaque tournoyant d'insensibles étoiles
qui emplissait mes nuits. Plus aisé de tuer
à présent ce qui me fait mal. Cracher sur Dieu.

Qu'ai-je fini par faire, injurier mon Dieu ?
Délivre-moi, Seigneur. Que le vent violent
flambe dans mes cheveux. Pourquoi faut-il tuer
ce que j'aime le mieux ? Flottant sur l'étang noir
ce soir comme éclat de lune, flocons d'étoiles.
Et je vais emplir l'eau, subjuguée par l'amour.

C'est là pour quoi je vis : amour, brillant amour
qui commence, comme toujours, dans l'œil de Dieu
puis jaillit dans le noir, enflamme les étoiles,
les champs et les forêts de son vent violent
et marque en surface mon petit étang noir,
sa peau de feu. Jamais je ne voudrais tuer

ce que j'aime le mieux. Je peux crier tuer
et tuer, tel Caïn, dans mon cœur. Mais l'amour
me retient, me maintient à flot. Tel l'étang noir
qui me porte et m'emplit de ta lumière, ô Dieu,
amour de l'homme, écoutant le vent violent
éparpiller les braises d'un milliard d'étoiles.

Agenouillée, dispersée comme les étoiles,
si donc je ne suis rien, qu'y a-t-il à tuer ?
En miettes, transpercée, jouet du vent violent,
sans rien qui reste à aimer ou ne pas aimer,
atome de clarté dans l'intellect de Dieu,
quasi éteinte ici au bord de l'étang noir.

D'étoiles je suis pleine et peut-être d'amour.
Je tue ce qui en moi se détourne de Dieu,
évite le vent chaud, le cœur, cet étang noir.

23

SOPHIA ANDREÏEVNA

J'AI LA POITRINE SI SERRÉE que je puis à peine respirer. Tout d'abord, je voulais que Liovotchka aille à Mechtcherskoïe. Son pouls faiblissait. Il perdait presque la mémoire. Je pensais que cette visite à son chéri aurait un effet salutaire. C'est bien ce qui s'est produit, hélas ! Il a retrouvé la santé en moins de rien, que c'en était obscène. J'étais presque gênée de le voir foncer à cheval vers la gare de Toula.

Nous n'avions pas prévu une longue absence. J'aurais pu lui accorder, disons, une semaine. Mais la visite s'éternisa, et il ne parlait pas de revenir. Ne se rendait-il pas compte à quel point j'étais malade, avec cette insomnie, cette tachycardie, ces migraines et ces vertiges ?

La triste vérité, c'est que mon mari, le plus grand écrivain russe depuis Pouchkine, est devenu la proie d'une passion sénile, ridicule, pour un flatteur bedonnant et plus tout jeune. Dans son adolescence, et même dans sa jeunesse, il avait un faible pour les hommes. Il n'aimait rien tant que ses parties de chasse. Je lui en ai parlé ouvertement, mais cela le remplit d'indignation. Il ne voit pas que c'est une bêtise pour un homme que d'aimer un autre homme. Et pas seulement une bêtise, mais un péché aux yeux de Dieu.

Sacha dit que je me livre à des fantasmes, mais je crois que Liovotchka coucherait avec Tchertkov si sa conscience pouvait en supporter l'idée. Mais elle ne le peut. Elle plane au-dessus de lui comme la Mort brandissant sa faux, exigeant de lui des choses ridicules. Il est poursuivi par les Furies, aussi – par des démons qui le traquent dans tous les recoins de son existence. Ça l'arrange de considérer cette folie comme une religion visionnaire, mais ce n'est rien de plus qu'une maladie mentale.

La religion devrait être un réconfort, pas un aiguillon. Quand je vais à la petite église du village, ce que j'attends de Dieu, c'est qu'il calme mes nerfs. Et c'est ce qu'il fait. Autrement, je n'aurais pu rester mariée à Léon Tolstoï près d'un demi-siècle. Personne ne pourrait supporter pareille pression. C'est comme de vivre avec une tornade.

Le regard amer de Tchertkov et ses bajoues me hantent lorsque j'essaie de m'endormir. Son odeur, sa voix, ses doigts boudinés – tout ce qui le caractérise me poursuit, même quand il n'est pas là. Il ne serait rien sans mon Liovotchka ; avec lui, il s'est élevé au rang d'ami le plus intime de Léon Tolstoï, son conseiller, son éditeur. Il porte tout cela dans ses manches de chemise et ses revers de veston. « Regardez, clame-t-il par tous les pores de sa peau. Je suis l'ami chéri de Léon Tolstoï ! Je suis sa conscience ! Son phare ! »

Après la mort de Liovotchka, qui ne saurait tarder, Tchertkov découvrira ce qu'il est. Rien.

Je considère la jalousie comme un défaut de caractère. Et je suis jalouse, je l'admets, et prie Dieu de me pardonner. Mais qu'est-ce qu'on attend, qu'est-ce que Dieu même attend de moi ? Tchertkov m'a volé la seule chose qui m'ait maintenue en vie pendant quarante-huit ans ! Il me l'a arrachée des bras. Mon cher, mon doux Liovotchka…

J'ai songé à divers moyens de me suicider, mais ce n'est vraiment pas mon genre. Je n'ai pas envie de mourir. Et pourtant, je ne veux pas non plus vivre ainsi, avec le couteau de la jalousie qui plonge dans mon cœur sa lame brûlante. Ce matin, je voulais aller à Stolbovo et me coucher sur les rails pour me faire écraser par le train que Liovotchka aurait pu *opportunément* prendre pour revenir. Quelle ironie si l'auteur d'*Anna Karénine* était rentré chez lui en passant sur le corps palpitant de sa chère femme ! Le beau sujet que voilà pour la presse internationale !

J'ai consulté le livre de médecine de Florinsky pour voir ce que pourraient être les effets d'un empoisonnement par l'opium. Je ne veux pas d'une mort douloureuse, et se faire écraser par un train a quelque chose d'atroce. Et si je n'étais pas tuée sur le coup ? J'ai vu un jour un chien passer sous une lourde charrette, son corps écrasé au milieu de la route. Il se tordait affreusement, essayant de se traîner vers le bord, recourbé comme un fer à cheval. Heureusement, un moujik bienveillant a mis fin à sa misère en lui fracassant le crâne avec une pierre. Non, cela n'est pas pour moi.

L'empoisonnement par l'opium commence par une période d'excitation qui se transforme bientôt en léthargie. C'est un peu comme de mourir gelé dans la neige. Cela ne fait pas vraiment mal, on s'engourdit, c'est tout. Pour finir, le ciel et la terre se rejoignent, votre esprit devient votre corps, et votre corps se fait aérien. Et il n'y a pas d'antidote.

Si je ne parviens pas à me tuer mais ne fais que la moitié du travail, Tchertkov me fera sans doute enfermer dans un asile. Peut-être alors Léon Tolstoï, lui qui admire tant les fous, viendra-t-il me rendre visite. Et j'aurai droit à son respect.

Mais pas maintenant. Je suis trop saine d'esprit. Je dis la vérité, et ça le blesse.

Liovotchka arriva le 24 à dix heures, bien plus tard que je ne le souhaitais. C'était, bien sûr, un acte de défi. Comme un petit garçon qui ne peut dire franchement ce qui l'irrite. Peut-être voulait-il me dire par ce retard, à son insu: « Tu vois, ma chère. Tu n'es pas aussi importante que tu le crois. Je ne crois pas que tu sois malade. Mais je me plierai à ton petit jeu. » J'éprouve parfois de la haine pour lui, une bile noire qui me monte dans les veines, déterrée d'entre les racines de nos mauvaises relations. J'ai parfois envie de le tuer.

Je voulais seulement le détester, alors, mais assis sur le lit à côté de moi, la main appuyée sur mon front, il semblait doux et inquiet, frêle comme un oiseau.

– Chère Sonia ! dit-il. Je me faisais tant de souci à votre égard. Ces télégrammes nous ont mis dans tous nos états.

Dont acte. Mais je n'avais pas confiance en lui. Il a, si souvent dans le passé, feint une grande sollicitude alors que ce qu'il voulait en général, c'était coucher avec moi. À présent, ce qu'il veut, c'est que je lui fiche la paix, que je lui pardonne l'infidélité de sentiments qu'il ne cesse de commettre avec Vladimir Grigorievitch.

– Tu voudrais que je me tue, n'est-ce pas ? demandai-je. Tu préférerais que je sois morte.

Il secoua la tête.

– Tu dis des bêtises, Sonia. Où vas-tu prendre de telles idées ? Je ne te comprends plus.

– C'est une question de logique, pas vrai ? Tu ne vois pas que B découle de A ? Est-ce là ton problème ?

– Tu es en train d'essayer de me faire de la peine.

– Est-ce que tu m'aimes encore, Liovotchka ? demandai-je.

– Oui, murmura-t-il.

J'attendais qu'il continuât, qu'il m'en dît davantage à ce sujet.

Il s'allongea près de moi sur le lit, posant son large front contre mon épaule, et bientôt nous nous endormîmes tous les deux et restâmes dans cette position toute la nuit. C'était absolument étrange, et me fit repenser à la passion de nos jeunes années, quand c'était si terriblement plein de sens pour moi que de le sentir à mes côtés, de savoir que je comptais pour lui comme j'avais compté pour mon père. Celui-ci, quand j'avais treize ans, était allé un jour à Paris pour une conférence internationale de médecine. Il y était resté trois mois, sans jamais m'écrire.

Le lendemain matin, je parlai doucement de Tchertkov à Liovotchka.

– C'est absolument insensé, mon chéri, dis-je en me nichant contre lui. Tout le monde se moque de toi.

– Qui ?

– Andreï, Soukhotine, même les moujiks. Je les ai entendus, un jour, ils pouffaient de rire dans l'écurie, et j'ai écouté à la porte. C'était à propos de toi. Oui, de toi !

– Je me moque bien de ce qu'on peut dire de moi. Qu'ils rigolent, si ça les amuse.

– Moi, ça ne m'amuse pas. Je trouve ça écœurant.

– Tu ne sais pas de quoi tu parles, dit-il en se redressant sur le lit et en repoussant les couvertures.

– Je sais ce qui est normal et ce qui ne l'est pas. Tu es obsédé par cet homme, suspendu à chacune de ses paroles, comme si Dieu parlait par sa bouche !

– C'est un ami très cher et nous avons beaucoup de choses en commun.

Il enfilait ses bottes de cuir.

– En tout cas, je ne trouve pas que ce soit un sujet qui vaille la discussion. C'est un terrain que nous avons déjà exploré, Sonia, et tant de fois…

– Vous n'avez rien de commun, toi et cet homme. C'est un flagorneur et un pervers. Il se sert simplement de toi, et tu n'as pas l'air de t'en apercevoir. Ça t'est peut-être égal, mais moi, je ne laisserai pas une personne de ce genre se payer la tête de mon mari !

Il cracha sur le plancher – je peux me souvenir encore de la dernière fois qu'il l'a fait.

– Fiche-moi la paix, dit-il, pour l'amour de Dieu !

Il claqua la porte derrière lui, sous mes yeux, me laissant seule. Plus seule que je ne l'avais jamais été. J'avais besoin de ma fiole de laudanum.

Je descendis dans la bibliothèque. Je ne sais exactement combien de temps j'attendis là, à genoux comme une femme de ménage, m'efforçant de rassembler mon courage pour avaler la fatale substance. J'aurais dû le faire sur-le-champ.

Ce fut Sacha qui me trouva là.

– Quelle bêtise es-tu en train de faire, Maman ? dit-elle comme si de rien n'était – Maman à genoux, sans plus, un peu de laudanum à la main.

– Une gorgée, je t'en prie ! Rien qu'une ! dis-je en agitant la fiole devant mes lèvres.

Elle essaya de me l'arracher des mains, mais je serrai les poings dessus.

– C'est à moi ! À moi !

Ces mots, je m'entendis les dire comme si quelqu'un d'autre les prononçait.

– Eh bien, bois, dit-elle. À ton aise.

L'ingrate, la garce !

– Tu me dégoûtes, dis-je.

Je tombai sur le plancher, presque incapable de respirer. Le contenu de la fiole se répandit, l'odeur de l'opium se mit à flotter autour de moi. Trois domestiques m'emportèrent dans mon lit. L'un d'eux était Timothée, ce fantôme, dont les yeux frémissent sans arrêt de sa violence de bâtard. Je fus examinée par Douchane Makovitski, qui ne cessait de marmonner comme si je n'étais pas présente. C'est un sale petit malotru.

Mon mari feignit l'inquiétude, comme il le devait. Il est trop lâche pour dire carrément que je le dégoûte. Mais c'est ce qu'il pense. Ma seule vue lui soulève le cœur.

– Est-ce que tu m'aimes, Liovotchka ?

– Oui, dit-il. Il n'y a rien qui puisse m'en empêcher.

– Alors, va me chercher ton journal. Je veux lire ce que tu écris sur moi. Je veux savoir la vérité.

– Qu'est-ce qui te fait dire qu'il y a quoi que ce soit à lire sur toi ?

– Je veux lire ton journal, répétai-je froidement.

On eût dit que le ciel lui était tombé sur les épaules.

– Je n'ai pas de secrets, dit-il. Mes relations avec toi appartiennent au domaine public. Je doute qu'il y ait en Russie un seul moujik qui ne soit au courant de tout à notre sujet.

Il me fit porter son journal par un domestique, Léon Tolstoï n'étant pas homme à le faire lui-même. Mes doigts tremblaient convulsivement en feuilletant l'épais manuscrit. C'était à la limite du supportable. Presque aussitôt, la phrase révélatrice me fit claquer son bec au visage, tel un oiseau préhistorique, affreux et prêt à me dévorer : « Je dois m'efforcer de lutter contre Sonia en pleine conscience, avec bonté et avec amour. »

J'appelai mon mari, répétant la phrase qui sonnait dans ma tête comme un glas funèbre : *Je dois m'efforcer de lutter contre Sonia en pleine conscience, avec bonté et avec amour.*

Il se tenait dans l'encadrement de la porte, humble, presque immatériel.

Je lui lançai un regard furieux.

– Oui, ma chérie ?

– Pourquoi veux-tu te battre contre moi ? Qu'est-ce que j'ai fait pour mériter pareil traitement ?

– Je ne vois rien qui doive te contrarier dans ce que j'ai écrit.

– Fais-moi voir tes autres journaux, tous tes journaux depuis dix ans. Je veux les lire.

– Je crains que ce ne soit impossible.

Il détourna son regard de moi en parlant.

– Où sont-ils, Liovotchka ? Où les as-tu cachés ?

– Je ne les ai pas cachés.

– Est-ce qu'ils sont ici ?

– Non.

– C'est Tchertkov qui les a ?

– Je t'en prie, Sonia. Je… Je…

– Je le savais ! Il lit avidement tout ce que tu as écrit sur moi. C'est ignoble. N'ai-je pas été, toutes ces années, une honnête femme, une femme aimante ? Réponds-moi, Liovotchka !

Il se mit à pleuvoir très fort contre la maison. Le vent soufflait à travers les rideaux. La pièce devint chaude et humide et la clarté du jour tomba.

– Je n'ai pas peur de te dire la vérité, dit-il après un silence pénible. C'est Tchertkov qui les a, c'est certain. Je les lui ai donnés à garder.

– C'est la pire des choses que tu m'aies faites, dis-je.

J'avais mal au cœur à présent, envie de vomir. Je rejetai les couvertures et partis en courant de ma chambre, descendis l'escalier glissant et sortis sous la pluie. Une heure durant j'errai dans le verger, aveuglée par la douleur, mais personne ne vint me chercher. Ils espéraient tous que je mourrais.

C'était précisément ce qu'ils voulaient, mais je n'étais pas prête à leur donner ce genre de satisfaction. Je rentrai à la maison en grelottant, trempée comme une soupe, et me glissai dans mon lit comme une enfant qu'on a battue une fois de trop.

Des voix montant du vestibule s'infiltraient jusque dans ma chambre. Mon mari était en conversation avec Douchane Makovitski, et ses paroles me parvenaient, faiblement mais distinctement.

– Les fous réalisent toujours mieux leurs projets que les gens sains d'esprit, disait-il. Aucune force morale ne les retient. Ils n'ont ni honte ni conscience.

Dès le lendemain, Boulgakov me fit part de l'horrifiante nouvelle qui – en l'essence – signifiait pour moi la fin de mes jours. Tchertkov avait reçu l'autorisation de revenir à Teliatinki auprès de sa mère. Il pourrait y rester aussi longtemps que celle-ci séjournerait dans la province. En réalité, il s'y trouvait déjà, poursuivant intrigues et complots à quelques verstes seulement de Iasnaïa Poliana.

Le matin du 28, alors que tout le monde dormait, Tchertkov se mit en route à travers l'épais brouillard qui couvrait la campagne, la brume dense des matins de fin juin qui s'accroche aux pins de Zassieka et enveloppe les isbas, une brume pareille au sommeil qui tournoie sur les eaux fraîches de la Voronka. Il se glissa dans notre maison comme un voleur et réveilla les servantes de la cuisine en insistant pour qu'on lui servît le thé dans le petit salon.

Liovotchka fut réveillé par Ilya, le jeune domestique, et descendit les escaliers en bondissant comme un marié le jour des noces. Je le sais, bien que je ne l'aie pas vu. Une fois qu'on a vu la lune, on sait à quoi elle ressemble.

Lorsque j'entrai dans le petit salon, Vladimir Grigorievitch me fit la révoltante politesse d'une courbette. Il est resté dandy, malgré le vernis tolstoïen. Ses culottes ont été confectionnées en Angleterre, et ses chaussettes de cachemire rouge n'ont décidément rien de tolstoïen. Il arborait une blouse de lin bleue – du genre de celles que les moujiks portent à l'église.

– Bonjour, Sophia Andreïevna. Je suis enchanté de vous voir.

Il me tendit un billet :

Je crois savoir que vous avez tout récemment parlé de moi comme d'un ennemi. J'ose espérer que ce sentiment peut être attribué à quelque ennui passager, causé par un malentendu qu'une conversation de personne à personne dissipera comme un mauvais rêve. Puisque Léon Nikolaïevitch représente, pour vous comme pour moi, ce que nous considérons comme étant ce qu'il y a dans la vie de plus précieux, un lien substantiel, inévitable, a déjà dû se former entre nous.

Me sentant perdue et stupéfaite, je remontai dans ma chambre et pleurai. Tchertkov avait sans aucun doute montré cette lettre à Liovotchka, qui avait pu se dire : « Tiens ! Vladimir Grigorievitch se met en quatre pour s'en faire une amie en se montrant généreux et sincère. » Il ne voit pas que Tchertkov essaie de nous embobiner tous les deux.

Trois jours plus tard, Tchertkov entra effrontément dans la salle à manger durant le repas de midi. Mon époux se montra d'une sollicitude extravagante, comme si le tsar en personne était arrivé à l'improviste. Il alla chercher une chaise pour lui contre le mur et l'approcha de la table en lui offrant tout ce qui pouvait lui faire plaisir. « Qu'est-ce que vous prendrez, mon très très cher, mon ravissant Vladimir Grigorievitch ? Le cœur de mon épouse sur un plateau ? Ses rognons ? À la croque-au-sel ? Mais comment donc, cher Vladimir Grigorievitch ! Tout ce qui vous plaira ! Vous voudriez peut-être le domaine, c'est cela ? Parfait ! Et mes droits d'auteur jusqu'à la fin de vos jours sur tout ce que j'ai écrit ? Mais certainement ! »

Je m'efforçai, non sans mal, de rester à table jusqu'à la fin du repas, mais ma présence leur était indifférente. Je m'excusai après le premier plat, disant que je sentais venir une migraine (c'était le cas), et quittai la pièce. On était le 1er juillet. Le jour le plus chaud jusque-là. Autrefois, écrire dans mon journal me soulageait. Mais à présent, je ne trouvais rien à dire.

Tchertkov passa chez nous l'après-midi entière et resta dîner. Je fis comme si cela m'était égal. En réalité, je fus aussi polie que possible, m'enquérant de la santé de sa mère, de ses divers projets. Je manifestai de l'intérêt pour sa fichue maison d'édition, celle-là même qui est en train de dépouiller mes enfants de leur héritage. Je m'étonnai de pouvoir rester si calme devant un tel affront.

D'ordinaire, à la fin du repas, la tablée entière passe à la bibliothèque pour prendre le café ou le thé. Ce soir, Sacha entraîna furtivement Tchertkov et son père dans le bureau. Je vis bien qu'ils manigançaient quelque chose, ils ne cessent de le faire. Tout cela me mettait les nerfs à rude épreuve. Je déteste les gens qui n'ont pas le courage de me dire en face les mauvais coups qu'ils préparent dans mon dos…

Je montai jusqu'au bureau sur la pointe des pieds. Ils avaient solidement fermé la porte, ce que Liovotchka ne fait jamais. Elle reste toujours entrebâillée, comme pour dire : « Oui, je travaille, mais vous pouvez frapper et entrer. »

J'écoutai, et mes pires craintes furent confirmées. Ils parlaient à voix basse, mais mon cœur s'arrêta quand j'entendis mon nom dominer leur inaudible murmure.

Mon cœur se figeait entre deux battements. J'allais sûrement m'évanouir, pensais-je, quand Sacha dit clairement :

– Maman nous tuerait, bien sûr, si elle savait.

Et Tchertkov la fit taire. Ils attendirent un long moment, pris de panique, comme s'ils écoutaient des bruits de pas. Mais je ne bougeai pas.

Dès qu'ils se remirent à chuchoter, je redescendis en toute hâte, m'assis au salon avec un verre de vodka, toute brûlante au-dedans. Je résolus de grimper sur le balcon dont la porte, avec son store vénitien, pouvait me permettre d'entendre ce qu'ils étaient en train de comploter. Cela pouvait être crucial pour le bien de ma famille.

Une étroite corniche de pierre court le long du premier étage, où il est possible de se glisser si l'on garde le dos étroitement collé au mur. En me faufilant par une fenêtre, je parvins à me déplacer doucement le long du mur. Mon poids est tel, malheureusement, que mon équilibre était précaire. En plusieurs points j'oscillai vers l'avant, et faillis perdre connaissance. Je me trouvai bientôt devant la fenêtre du bureau de Liovotchka.

J'écoutai, l'oreille au store. Les voix, quoique assourdies, étaient clairement audibles à travers les lames.

– Je ne peux pas faire ça, dit Liovotchka.

– Papa, je crois qu'il a raison. Tu dois l'écouter. Il ne pense qu'à ton intérêt le mieux compris.

– L'intérêt du peuple, ajouta Tchertkov. Lequel, bien sûr, coïncide avec l'intérêt majeur de Léon Nikolaïevitch.

Mes ennemis étaient là, en petit comité, en train de mettre au point leurs misérables intrigues. C'était atroce. Je perdis soudain l'équilibre ; la corniche se déroba, ou sembla se dérober sous mes pieds, et je hurlai.

– Qui est là ? s'écria ma fille.

Sa voix était dure, âpre, impitoyable.

Je fis irruption à travers les volets fermés, lancée comme un boulet de canon sous l'effet de mon propre poids. Mes jupes se relevèrent jusqu'aux épaules. Je me retrouvai la tête en bas, regardant entre mes cuisses la compagnie rassemblée.

– Vous complotez tous contre moi ! criai-je. Et dans ma propre maison, encore !

Mon mari s'affaissa dans son fauteuil, regardant fixement devant lui, d'un air bizarre.

– Tu vas le tuer, Maman, dit Sacha d'un ton suffisant. Mais c'est cela que tu veux, n'est-ce pas ? C'est cela que tu veux, qu'il meure !

Elle me laissa seule là où j'étais, tandis qu'Ilya, le jeune domestique, emmenait Liovotchka avec Tchertkov hors de la pièce.

Quand Tchertkov revint, il avait l'air plus féroce que jamais. La pâte molle de ses joues avait la couleur flamboyante de l'argile passée au feu.

– Vladimir Grigorievitch, lui dis-je, je sais exactement ce que vous essayez de faire. Ne croyez pas que vous puissiez me tromper, même un court instant. Je veux que vous me rendiez les journaux de mon mari. Remettez-les immédiatement à leur place, qui est dans cette maison. Pour l'amour de Dieu !

– De quoi avez-vous peur ?

– Vous êtes le Diable en personne, dis-je.

Il regarda derrière moi le coin opposé de la pièce.

– Si je l'avais voulu, j'aurais pu vous démolir, vous et votre famille. Ça n'aurait été que trop facile, vous savez. La presse est assoiffée de sang.

Dieu ! Comme j'aurais aimé que mon mari pût l'entendre parler à ce moment-là, le vrai Tchertkov !

– Allez-y, dis-je. Dites-leur tout ce que vous voudrez.

– J'ai beaucoup trop de respect envers Léon Nikolaïevitch pour tenter seulement une chose pareille. Vous avez de la chance.

– Je vous déteste, Vladimir Grigorievitch.

Mes lèvres tremblaient. Je pouvais à peine me contenir.

– Si j'avais une femme telle que vous, dit-il en se dirigeant vers la porte, je me serais fait sauter la cervelle depuis longtemps. Ou je serais parti pour l'Amérique.

Cette nuit-là, au lit, j'ai rêvé que mon mari et Vladimir Grigorievitch étaient couchés nus comme des vers sur le sol humide de la forêt de Zassieka, se tordant parmi les feuilles mortes : un vieillard aux cheveux blancs, à la barbe de neige, en train de se livrer à un commerce contre nature avec son mielleux disciple au visage adipeux. Tous deux se tortillaient dans la fange comme des asticots.

Je m'éveillai en sursaut, baignée de sueur. Je m'agenouillai toute tremblante à côté de mon lit et priai tout haut : « Dieu, mon Dieu, ayez pitié de moi, pauvre pécheresse. »

24

BOULGAKOV

Je ne sais combien de temps encore je pourrai permettre à cette double vie de continuer. En présence de Léon Nikolaïevitch, je fais comme si je vivais une vie privée sans reproche. C'est-à-dire que j'évite totalement d'aborder la question. Il présume (ou je présume qu'il présume) que je vis selon ses principes, puisque je les ai soutenus de vive voix et que j'ai également tenu par écrit, à leur sujet, des propos enthousiastes. Mais cette petite tricherie me gêne, ainsi que les contradictions quasi invisibles de ma vie.

Je ne me considère pas comme immoral. Un homme doit vivre selon sa conscience, et tandis que les tolstoïens sont contre les relations sexuelles en dehors du mariage (encore que Léon Nikolaïevitch ait des doutes sérieux quant à la morale sexuelle dans le mariage), je me sens pour ma part plus en accord avec Platon, qui a dit que l'on pouvait progresser de l'amour sexuel à l'amour spirituel.

J'*aime* Macha. Ma vie a changé du tout au tout depuis notre rencontre. Mais il est devenu difficile de continuer à nous aimer à Teliatinki. C'est à peine si Serguieïenko m'adresse la parole, à présent. Il évite totalement Macha, de façon grossière, et cela l'exaspère de plus en plus. Hier, elle parlait de s'en aller à Saint-Pétersbourg où un groupe d'anciennes connaissances a fondé un cercle tolstoïen.

– Je n'ai jamais eu l'intention de rester ici plus de quelques mois. Quand Tchertkov m'a invitée à venir, il a été tout à fait explicite là-dessus, dit-elle.

– Ici, personne ne se préoccupe de ce genre de chose.

– Moi, je m'en préoccupe.

– Serguieïenko devrait être fusillé.

– Tu n'en penses pas un mot, Valia. Il est loin d'être aussi grossier que tu l'imagines. Tu te figures que tout le monde nous évite. Tu te trompes.

Je ne pus la convaincre. Elle est si imperturbable, elle garde les yeux clairs face à l'orage.

Je passerais plus de temps avec elle si je le pouvais, mais c'est devenu impossible. Léon Nikolaïevitch a énormément besoin de moi en ce moment, et il préfère que je passe la nuit à Iasnaïa Poliana. Il veut que je sois là pour lui permettre d'échapper aux tensions familiales, je suppose. Tchertkov est devenu dernièrement on ne peut plus insistant, proposant chaque semaine de nouveaux projets de brochures, fascicules, anthologies, sélections. Je doute de la pureté de ses intentions, contrairement à Léon Nikolaïevitch qui accueille avec empressement tout ce qu'il lui propose.

Sophia Andreïevna n'a été d'aucun secours. Elle découvre des complots là où il n'y en a pas. Elle s'imagine, en effet, que Tchertkov essaie de la faire déshériter ainsi que ses enfants, comme si Léon Nikolaïevitch était capable d'une chose pareille.

Sophia Andreïevna est obsédée par le désir de reprendre possession des journaux de son mari. Léon Nikolaïevitch écrit sans aucun doute la vérité sur les fluctuations de leurs relations, mais c'est le genre d'informations auquel elle ne veut pas que la postérité ait accès.

– Pouvez-vous comprendre pourquoi tout cela m'ennuie tellement ? me demanda-t-elle l'autre soir comme je lui apportais son thé.

– Oui, répondis-je, mais il ne faut pas croire que Léon Nikolaïevitch déformerait sciemment la nature de vos relations conjugales dans son journal. La vérité, pour lui, cela veut tout dire.

– Il se croit honnête, mais ne se connaît pas très bien lui-même. Il ne se rend pas compte, par exemple, qu'il aime Tchertkov et me méprise. Il croit qu'il m'aime. Mais il faudrait que vous voyiez le genre de choses qu'il écrit sur moi. Ça fera les délices de ses futurs biographes. Ils diront : « Ce pauvre Léon Tolstoï… avili par une femme jalouse, sotte, possessive et dépensière, absolument incapable de partager l'élévation de sa vie intellectuelle et morale. »

– Cet Anglais, Aylmer Maude, ne s'est-il pas attelé à sa biographie ? demandai-je tout en connaissant déjà la réponse. On dit que c'est une personne impartiale. Il vous connaît bien, comme il connaît la vérité sur vos relations avec votre mari.

– Il ne vaut pas mieux que les autres.

Je n'étais pas de cet avis, me rappelant une lettre récente de Léon Nikolaïevitch à Maude, dans laquelle il lui reprochait vertement de ne pas apprécier l'importance de Tchertkov, « l'homme qui, depuis bien des années, est mon plus fidèle soutien et mon meilleur ami ». Maude apprécie pleinement ce qu'il y a d'exagéré dans l'estime de Léon Nikolaïevitch pour Tchertkov. Son ouvrage mettra à ce propos les choses au point. Tchertkov a une peur bleue de ce que Maude va écrire.

Hier soir, Sonia a exécuté devant nous, une fois de plus, sa danse rituelle. Elle s'est enfuie de la maison à moitié nue parce que son mari ne voulait pas lui remettre immédiatement ses journaux intimes. Mais plus personne ne fait grande attention à ces folles manifestations. J'étais tenté de dire : qu'elle aille au diable. Si elle se noie dans l'étang, bon débarras. La vie ici sera moins compliquée. Mais je ne puis m'empêcher de la prendre en pitié. Ce qui rend sa vie misérable, ce sont des circonstances qui échappent à sa volonté.

Au bout d'un certain temps, comme elle ne revenait pas, Léon Nikolaïevitch entra dans le salon où j'étais en train de lire et me demanda d'aller à sa recherche. Son fils Léon dit qu'il se joindrait à moi, mais insista pour que son père vînt avec nous.

– As-tu le droit, demanda-t-il, de rester au lit bien au chaud pendant que ta femme erre dans les bois, rendue folle par ton entêtement ?

– Très bien, je vous accompagne, répondit Léon Nikolaïevitch d'un ton las.

Je me séparai d'eux pour passer par le verger pendant qu'ils pataugeraient dans les champs. Ils la trouvèrent près d'un ruisseau, en plein délire, et à force de cajoleries, obtinrent qu'elle revînt à la maison.

Tout cela a sur Léon Nikolaïevitch un effet douloureux, c'est évident. Souvent il n'articule pas ses mots, et se déplace de pièce en pièce avec une canne, en boitillant. Son écriture s'est réduite à quelques griffonnages hésitants avant de s'arrêter complètement. Tchertkov a commencé à s'affoler. On a fait venir Tatiana, et sa présence a ramené le calme dans la maisonnée. Léon Nikolaïevitch l'aime tendrement, et il a repris visiblement de sa vitalité quand je lui ai dit qu'elle allait venir.

– Excellente nouvelle, dit-il. Je suis très content. Merci, merci infiniment !

Étrange qu'il me remerciât, moi.

– Je ne demande pas grand-chose, n'est-il pas vrai ? Tout ce que je veux, c'est que Tchertkov mc rende les journaux, dit Sophia Andreïevna à sa fille Tania, qui avait réuni un conseil de famille dans le bureau de son père dès le lendemain matin de son arrivée. S'il désire les copier, très bien, mais j'insiste pour garder les originaux.

– Y a-t-il quelque chose de mal à cela, Papa ? demanda Tania.

Mais maintenant, toute cette histoire le dégoûtait.

– Fais ce que tu veux. Prends les journaux. Ce que je veux, c'est la paix dans ma maison. C'est tout ce que je veux à présent. La paix…

Satisfaite d'avoir promptement obtenu cette concession, Sophia Andreïevna partit en *drojki* pour Teliatinki où, à sa demande, je l'accompagnai, conscient que Serguieïenko et Tchertkov interpréteraient ma présence comme un acte d'alliance. Mais j'ai, à l'heure qu'il est, abandonné tout espoir d'apaiser qui que ce soit.

Il faisait une chaleur caniculaire, et Sophia Andreïevna avait l'air d'une impératrice, dans le soleil que sa robe blanche réfléchissait de tous ses plis. Tout ce qu'elle fait est calculé en vue de l'effet qu'elle veut produire, et aujourd'hui, elle était résolue à briller. La mère de Tchertkov – la reine de Teliatinki quand elle y est en résidence – nous reçut avec cérémonie, ordonnant à sa propre femme de chambre d'apporter le samovar. Nous fûmes introduits dans le salon vide, qui sentait la cire à parquet et les chandelles éteintes. Sophia Andreïevna regardait d'un air bénin les livres et les manuscrits entassés sur le plancher. Tchertkov fit une entrée agitée dans le salon, avec force courbettes et ronrons. Il comprenait qu'une visite de la comtesse Tolstoï ne pouvait annoncer que des ennuis.

Sophia Andreïevna resta seule avec la mère de Tchertkov, tandis que celui-ci m'introduisait dans le bureau de

Serguieïenko. Vladimir Grigorievitch se tenait raide derrière ce dernier, tel un général regardant par-dessus l'épaule de son officier d'état-major.

– Asseyez-vous, Valentin Fiodorovitch, dit-il en indiquant d'un signe de tête une chaise à dossier droit.

– Enchanté de vous voir tous les deux, dis-je.

Serguieïenko fronça le sourcil.

– Qu'est-ce qui se passe ? demanda-t-il. Pourquoi est-elle ici ?

– Nous ne faisons pas partie de ses favoris, ajouta Tchertkov, sans rire.

– Elle a le sentiment que les journaux de Léon Nikolaïevitch lui appartiennent, et désire qu'ils lui soient rendus. Mais elle dit que vous pouvez les copier, si le cœur vous en dit. Ce sont les originaux qui l'intéressent.

– Vous lui avez dit qu'ils étaient ici ? demanda Tchertkov.

– J'ai supposé que vous les aviez avec vous, dis-je. Me serais-je trompé ?

Le visage de Tchertkov se froissa comme une feuille de papier.

– Vous pouvez retourner auprès des dames, Valentin Fiodorovitch, dit-il.

– J'espère ne pas avoir aggravé les choses, dis-je.

Avant même que la phrase eût franchi mes lèvres, je m'en voulus de l'avoir prononcée. J'avais essayé, durant toute cette épreuve, de me conduire autant que possible avec franchise. Quand on a affaire à des gens soupçonneux de nature, il faut prendre soin de ne dire que l'évidente vérité. Les remarques spéculatives ne peuvent qu'exciter un surcroît d'imagination.

– Passez à côté et prenez le thé, ordonna Tchertkov.

Cette repartie me fit bouillonner de fureur. Je n'ai pas accepté ce poste pour être traité comme un enfant.

Quand Tchertkov et Serguieïenko nous rejoignirent au salon, Sophia Andreïevna fit face hardiment.

– Venons-en au fait, Vladimir Grigorievitch. Je dois insister sur la restitution des journaux intimes de mon mari. Je ne désire pas être votre ennemie. Je suis heureuse que mon mari ait un ami tel que vous – quelqu'un qui comprend et partage ses idées. Tout ce que je veux, c'est cette petite faveur – la restitution des journaux. Si vous voulez bien me l'accorder, je vous assure que nous pouvons être amis. Ce que nous devrions être, comme vous l'avez dit vous-même, puisque nous avons tant d'intérêts communs.

Je m'étonnai de son sang-froid.

– Vous êtes très bonne, Sophia Andreïevna. Et je suis content que vous nous ayez, enfin, honorés de votre visite. Mais je crains de ne pouvoir rien faire pour vous en ce qui concerne les journaux intimes. Je ne puis agir que sur les instructions de votre mari.

Là-dessus, Sophia Andreïevna leur dit au revoir à tous d'une voix dure et fit venir son cocher.

– Venez-vous avec moi, Valentin Fiodorovitch ? demanda-t-elle.

Tchertkov me regarda d'un air impassible.

– Est-ce que Léon Nikolaïevitch aura besoin de moi cet après-midi ?

– Vous le savez mieux que moi.

Ç'avait été une faute que d'hésiter.

– Je reviendrai plus tard, dis-je à Serguieïenko. Après dîner.

– Macha sera ravie, ricana-t-il.

Sophia Andreïevna me regarda d'un air entendu, tandis que Tchertkov se contentait de regarder fixement, ses deux yeux rapprochés comme les becs d'une plume.

Dans le *drojki*, Sophia Andreïevna se tourna vers moi avec une timidité feinte.

– M'auriez-vous caché quelque chose, Valentin Fiodorovitch ? J'espère qu'il n'en est rien. Nous sommes devenus de vrais amis.

– Ce n'est rien, dis-je.

– Une jeune femme dans votre vie, ce n'est rien ?

– Macha est une amie intime.

– Une amante ?

– Une véritable amie.

– Cela semble sérieux.

L'amitié, c'est toujours sérieux, me dis-je, irrité de son indiscrétion.

– Je ne voulais pas vous contrarier, dit-elle.

– Je ne le suis pas.

– Vous oubliez que je sais lire les visages, dit-elle. Et le vôtre, je puis le lire en toutes lettres. L'écriture en est parfaitement claire.

Ai-je rougi, ou simplement imaginé que mon corps tout entier était en feu ?

– Mes relations avec Macha, dis-je, sont assez douloureuses pour le moment. Je n'ai pas vraiment envie d'en parler.

– Vous l'aimez ?

– Oui.

– Ne vous tourmentez pas, mon cher ! Je n'irai sûrement pas le dire au grand homme.

Elle fit une pause.

– Je suppose que vous êtes au courant de son passé. Dans sa jeunesse, c'était un coureur insatiable. Il a presque toujours manqué de maîtrise de soi, dans ce domaine. Pour quelle autre raison protesterait-il si violemment ? Il ne veut pas qu'aucun autre fasse ce qu'il fait depuis soixante ans.

Que pouvais-je dire ? Sophia Andreïevna en sait beaucoup plus long que moi sur la vie sexuelle de Léon Tolstoï, bien que le schéma général de sa vie me soit familier. Il ne s'est jamais donné la peine de cacher les faits relatifs à sa jeunesse.

– J'ai beaucoup péché quand j'étais jeune, me dit-il un jour. Obsédé par le sexe, succombant au désir animal, je ne me suis débarrassé de ces choses-là que par un long combat contre moi-même.

C'est ce qu'il dit, bien que j'aie remarqué comme son regard s'anime chaque fois qu'une jeune servante entre dans la pièce.

Cet après-midi, j'ai passé plusieurs heures à répondre à des lettres, avec Sacha, dans la Remingtonnière. Léon Nikolaïevitch est si bouleversé qu'il ne veut même pas signer, encore moins réviser nos réponses. Je ressens parfois une impression étrange à écrire des lettres en son nom. Comme si j'étais Léon Tolstoï. Ces lettres, je ne sais pourquoi, ne me paraissent pas des contrefaçons. Lorsque j'écris en tant que Tolstoï, je *suis* Tolstoï. Son esprit, comme celui d'autres hommes et d'autres femmes, est une simple délimitation de l'esprit humain, lui-même délimitation de l'esprit plus vaste qu'est le Dieu-esprit ; dans la mort, cette délimitation prend fin. Nous devenons, pour utiliser l'expression d'Emerson, partie de la Surâme. Dans la vie courante, nous touchons également à ce Dieu-esprit pendant nos bienheureux instants d'affection, de pénétration particulière, d'ardente sincérité. L'esprit de Léon Tolstoï est d'une grande capacité et se laisse pénétrer aisément. J'ai quitté Iasnaïa Poliana ce soir en me sentant plus Tolstoï que moi-même.

J'ai retrouvé graduellement l'esprit de Boulgakov en approchant de Teliatinki. Le soleil brûlait sur le foin des prairies, flambait dans les ormeaux, et rendait la terre rouge plus rouge encore sous le galop de mon cheval. Je vis Macha debout dans le jardin de derrière, seule, son ombre étirée dans l'herbe. Avant même de voir son visage je commençai à sentir une douleur et un gonflement à l'aine.

Nous ne nous dîmes rien mais pénétrâmes, main dans la main, dans le bois de sapins baumiers qui s'étend derrière la maison. La forêt était comme une boule de feu, avec le soleil couchant pulvérisé à travers mille aiguilles. De celles qui recouvraient le sol d'un tapis mauve, montait une odeur fraîche, riche mais fraîche.

Debout entre les troncs immenses de deux pins rouges, nous nous regardâmes longtemps sans dire un mot.

Mais il y avait une chose que je voulais lui dire, je ne savais comment. J'avais peur de la dire parce qu'une fois dite, elle ne nous lâcherait pas. Soit elle battrait au vent, agaçante comme un volet que rien n'attache, soit quelque chose de défini et de palpable se produirait.

– Je t'aime, Macha, dis-je.

Les mots flottaient dans l'air comme un ballon, une bulle étincelante, irisée, que je m'attendais à voir éclater et disparaître. Pendant un instant, j'eus l'impression terrible de n'avoir pas dit ces paroles à voix haute, qu'elles s'étaient formées dans ma tête comme un nuage, sans se condenser, sans pouvoir être prononcées.

– J'en suis heureuse, répondit-elle.

Mais il y avait là comme de la réserve. Elle n'était pas heureuse. Pas entièrement.

– Tu l'es vraiment ?

– Si je ne l'étais pas, je ne l'aurais pas dit, n'est-ce pas ?

– C'est simplement… qu'il fallait que tu répondes.

– Il n'y a rien que je sois obligée de faire.

J'eus un accès de panique. Macha a cette froideur tranchante, une lame en acier de Damas qu'elle brandit à l'occasion.

– Valia, dit-elle, je ne sais que dire. Je ne veux pas te blesser. Le sais-tu ?

– Tu me blesses en ne disant rien. Je n'aime pas quand je ne puis dire ce que tu penses. Quand j'ai l'impression de ne pas te trouver.

Pleurait-elle ? Oui, un peu. Ses yeux reflétaient le soleil du soir et en absorbaient la rougeur. Embués, ils scintillaient comme une gemme, de mille facettes. Ses cheveux blonds, eux aussi, rosissaient un peu dans l'étrange beauté de cette lumière. Je voulais les toucher. Je laissai ma paume effleurer leur substance délicate. Je sentais la rondeur de sa tête sous les longues mèches, sa tête solide en forme de calebasse. Je l'embrassai. Je me laissai aller à respirer ce qui se présentait devant moi, la présence presque insondable d'un autre être humain. Cela semblait magiquement impossible. Je posai les mains sur ses petites épaules, et l'attirai tout contre moi.

– Il faut que je retourne à Pétersbourg, dit-elle enfin. Bientôt.

– Pour toujours ?

– Peut-être pas.

– Je ne comprends pas, Macha… maintenant que nous…

– Je sais que tu m'aimes, Valia.

– Je t'aime, oui.

– Il m'est difficile de répondre à ton amour. Nous commençons tout juste à nous connaître.

– C'est vrai, mais…

– Tu me parais jeune.

– Je suis plus vieux que toi !

– Ce qui compte, c'est notre passé. J'ai l'impression d'avoir vécu tant de vies déjà.

– Macha, ça ne veut rien dire. Ta vie ne fait que commencer.

– En d'autres circonstances, je crois que j'aurais été beaucoup plus… chaleureuse. Je perçois ma propre froideur. Et je ne l'aime pas. Je la déteste, en fait. Ce n'est pas cela que je voudrais.

Son honnêteté me confondait. Et la façon précise, fascinante dont elle parlait. Je me sentais muet, stupide, et même idiot devant elle, presque incapable de répondre à cette honnêteté. Non que je ne pusse être honnête avec elle, mais plutôt, je n'avais quasiment rien à propos de quoi exercer cette honnêteté.

– Je t'aime, dis-je. Tu ne peux pas t'en aller.

Elle me sourit.

– Peut-être ne partirai-je que pour peu de temps. Je puis revenir à Teliatinki toutes les fois que je le veux. J'ai parlé à Tchertkov hier soir, il a été compréhensif. Gentil, en fait.

Tchertkov reste un mystère pour moi. Quoi qu'en pense Macha ou Léon Nikolaïevitch, je ne lui ferais jamais confiance.

Macha me toucha les cheveux. C'était le premier geste d'elle que je pusse vraiment prendre pour l'expression d'un amour naturel et sincère.

Elle laissa tomber sa tête contre mon épaule.

– J'ai besoin de toi, dis-je.

– Je le sais, dit-elle. Je le sais.

25

L. N.

Lettre à Sophia Andreïevna

Iasnaïa Poliana, le 14 juin 1910

Ma chère Sonia,

1. Je promets de ne donner à personne le journal que je tiens en ce moment. Je le garderai avec moi.

2. Je demanderai à Tchertkov qu'il me rende mes journaux précédents, et je les garderai, probablement dans une banque.

3. Si tu t'inquiètes à l'idée que des biographes inamicaux pourraient à l'avenir faire usage de ces pages écrites dans le feu de l'action où s'inscrivent nos conflits et nos luttes, je voudrais te rappeler tout d'abord que ces expressions d'émotion passagère, dans ton journal comme dans le mien, ne sauraient prétendre tracer un portrait précis de nos relations. Néanmoins, si cela t'inquiète toujours, je serai heureux de saisir cette occasion pour dire, dans mon journal ou dans cette lettre, à quoi ressemblaient en réalité nos relations et quelle a été ta vie, telle que je l'ai vue.

Mes relations avec toi et ta vie comme je la vois sont comme suit : de même que je t'ai aimée lorsque tu étais jeune, de même je n'ai jamais cessé de t'aimer en dépit des nombreuses causes de désaffection entre nous, et de même continue de t'aimer. Mis à part le problème de nos relations sexuelles, qui ont cessé (et ce fait ne peut qu'ajouter à la sincérité de nos protestations d'amour), ces causes ont été les suivantes : en premier lieu, mon besoin croissant de vivre à l'écart de la société, ce en quoi tu ne voulais ni ne pouvais me suivre, vu que les principes qui m'amenaient à adopter ces convictions étaient fondamentalement opposés aux tiens. Cela me semble, à moi, tout à fait naturel, et je ne saurais le retenir contre toi. De plus, ces dernières années, tu es devenue de plus en plus irritable, voire despotique et indisciplinée, ce qui ne pouvait manquer de mettre un frein à toute manifestation de sentiments de ma part, voire d'annihiler ces sentiments mêmes. C'est là mon second point. Vient en troisième lieu la cause principale et fatale de ce dont nous sommes tous les deux innocents : nos idées totalement opposées sur le sens et le but de la vie. Pour moi, la propriété est un péché, pour toi, une condition nécessaire. Afin de ne pas avoir à me séparer de toi, je me suis contraint à accepter une situation que je trouve pénible. Cependant, tu as considéré cette acceptation comme une concession de ma part à ton point de vue, ce qui n'a fait qu'accroître notre malentendu.

Quant à la façon dont je vois ta vie, la voici :

Débauché par nature, profondément dépravé dans mes appétits sexuels et n'étant déjà plus de première jeunesse, je t'ai épousée, toi, jeune fille de dix-huit ans spirituellement pure, bonne et intelligente. Malgré mon terrible passé, tu es restée avec moi près de cinquante ans, m'aimant, vivant une vie pleine de soucis et d'angoisse, mettant au monde des enfants, les élevant, t'en occupant, et me soignant, sans succomber à aucune des tentations auxquelles est exposée une femme belle, solide et en bonne santé ; en vérité, ta vie a été telle que je n'ai absolument rien à te reprocher. Quant au fait que ton développement moral ne se soit pas fait parallèlement au mien, qui a été exceptionnel, je ne puis le retenir contre toi, étant donné que la vie intérieure de toute personne est un secret entre elle et Dieu et que personne d'autre ne peut en aucune façon lui demander des comptes. Je me suis montré intolérant envers toi. C'était une faute grave et je reconnais mon erreur.

4. Si mes relations avec Tchertkov te contrarient trop à présent, je renoncerai volontiers à lui, bien que je doive dire que cela lui serait plus désagréable qu'à moi, voire plus pénible. Mais si tu exiges cela de moi, je m'y plierai.

5. Si tu n'acceptes pas ces termes en vue d'une vie calme et décente, je reprendrai ma promesse de ne pas te quitter. Je partirai simplement, pas chez Tchertkov, sois-en assurée ! En fait, je voudrais poser comme condition absolue qu'il ne me suive ni ne s'installe près de moi. Quant à partir, je le ferai certainement, pour la simple raison que je ne puis continuer à vivre ainsi. J'aurais bien pu poursuivre ce genre de vie si j'avais pu considérer sans émotion toutes tes souffrances, mais j'en suis incapable.

Cesse, ma colombe, de tourmenter non seulement ceux qui t'entourent mais toi-même, car tu souffres cent fois plus qu'eux. C'est tout.

26

TCHERTKOV

Le docteur Nikitine a fait venir de Moscou l'infâme Rossolimo pour qu'il examine Sophia Andreïevna, dont les tentatives de suicide ont bouleversé toute la maisonnée. Léon Nikolaïevitch insiste pour qu'on suive le conseil de Makovitski, qui fait grand cas de ces médecins du cerveau, et ce Rossolimo est tenu pour le meilleur d'entre eux ; il a exploré l'esprit de tous les grands-ducs et duchesses de Russie. Même l'impératrice douairière, Maria Fiodorovna, une intime de ma mère, l'a consulté au sujet de certains rêves particuliers. Rossolimo est ce qu'il est : un Italien et un charlatan. Je me méfie de tout homme qui arbore des moustaches cirées aux pointes retroussées et s'habille comme un maître d'hôtel de trattoria romaine.

Rossolimo examina deux heures durant Sophia Andreïevna, scrutant ses yeux au moyen d'instruments pareils à des sextants, frappant ses articulations avec un petit maillet de bois, lui posant des questions invraisemblables. Léon Nikolaïevitch le regardait faire, impressionné. Il lui est arrivé de professer ce que je considère comme une foi immodérée en la médecine, mais là, Rossolimo dépassait les bornes. Léon Nikolaïevitch me prit à part :

– Rossolimo, dit-il, est d'une stupidité ahurissante, à la façon de tous les scientifiques.

Je ne perdis pas un mot de ce qu'il disait tandis qu'il arpentait la pièce mais ne fis aucun commentaire. Ces jours-ci, je marche sur des œufs.

– Je ne sais pourquoi Douchane l'a fait venir, ajouta-t-il.

– Ce sont peut-être de vieux amis, dis-je.

Avant le thé, Rossolimo s'entretint avec Léon Nikolaïevitch.

– J'ai pu déterminer les causes de la maladie mentale de la Comtesse, dit-il. Elle souffre d'une double dégénérescence : paranoïaque et hystérique, surtout de la première.

Il s'étendit ensuite sur les origines économiques, culturelles, physiologiques et biologiques de sa maladie, tandis que Léon Nikolaïevitch tambourinait sur son bureau du bout des doigts, tout en bâillant à se décrocher la mâchoire.

– Et le manque de foi, qu'en pensez-vous ? Il a sûrement une influence sur son état.

– Sûrement, dit Rossolimo. Le manque de point d'appui est souvent une cause de déséquilibre.

– Une métaphore, docteur ! s'écria Léon Nikolaïevitch. Voilà qui est à votre crédit.

Rossolimo, ayant reçu les compliments du plus grand auteur de toutes les Russies, semblait à présent pleinement heureux.

– Tout à fait ! Un bateau sans gouvernail, ce n'est pas un bateau, pas vrai ?

– Absolument, dit Léon Nikolaïevitch. Comme un moulin à vent sans vent.

Rossolimo n'était pas sûr d'avoir saisi ce qu'entendait par là Léon Nikolaïevitch. Il admit cependant que le vent était chose essentielle pour tous les moulins de ce type et passa vite aux montgolfières, sujet qui présentait quelque intérêt pour lui, sinon pour aucun d'entre nous. Il quitta Iasnaïa Poliana très content de lui-même, après un bon repas.

Léon Nikolaïevitch se sent coupable depuis qu'il a signé le nouveau testament, du moins a-t-on fini par le convaincre à ce sujet. Ce qui l'irrite, c'est que la comtesse soit toujours en possession des droits pour tout ce qu'il a publié avant 1881. Il ne peut supporter que des œuvres écrites pour l'amour de Dieu servent à entretenir sa femme et ses enfants dans le style de vie dispendieux auquel ils se sont habitués. Il est convaincu que l'avidité de Sophia Andreïevna au nom de la famille ne fera que croître avec les années et qu'elle est capable de mettre la main sur tous ses droits d'auteur après sa mort.

Désormais, à la mort de Léon Tolstoï, ses œuvres complètes passeront dans le domaine public, à ceci près que je publierai et réimprimerai d'abord tout ce qui existe. Pour mettre le testament à l'abri des interventions de Sophia Andreïevna, il a accordé le copyright à Sacha, avec pour instructions impératives de donner au public libre accès à ce matériel. Si Sacha devait mourir – elle est, ces derniers temps, de santé fragile – le copyright irait à Tatiana, avec la même clause restrictive.

Léon Nikolaïevitch est venu en secret à Teliatinki pour réviser le testament de sa propre main mais, chose exaspérante, on a omis l'expression cruciale, indispensable, qui assure la validité du testament devant un tribunal. « Je soussigné, Léon Tolstoï, sain de corps et d'esprit et en pleine possession de ma mémoire. » Notre notaire a insisté pour que ces mots y soient inclus. Nous ne pouvions courir le risque de nous trouver en possession d'un testament entaché d'irrégularité. On a donc rédigé un projet définitif pour que Tolstoï le recopie.

Nous nous sommes rencontrés hier dans les bois, près de Grumond. Léon Nikolaïevitch monte fréquemment Délire l'après-midi, aussi une telle rencontre ne pouvait-elle attirer les soupçons de sa femme. Je n'ai pas parlé de nos projets à Boulgakov. Sans que le pauvre garçon s'en rende compte, Sophia Andreïevna l'a mis dans sa poche. Je préférerais embaucher un nouveau secrétaire mais Léon Nikolaïevitch admire Boulgakov. « Il est impétueux, dit-il, mais il me fait penser à moi quand j'étais jeune. »

Ce qui est certain, c'est que le spectacle de l'« amitié » de Boulgakov et de la jeune Macha m'amuse passablement. Ils ronronnent et font des cabrioles comme deux chatons. Je n'approuve pas, mais à la campagne il faut prendre son plaisir où il se trouve.

– S'ils ont envie de se conduire comme des lapins, qu'ils aillent vivre dans les bois, m'a dit Serguieïenko la semaine dernière en me demandant de nous débarrasser de Macha.

Je l'ai convoquée par écrit. Nous avons parlé de son avenir à Teliatinki, et j'ai – en y mettant les formes – suggéré qu'elle passe quelque temps auprès de notre nouveau groupe de Pétersbourg. Elle pourra revenir chaque fois qu'elle le voudra, bien sûr. Je le lui ai fait entendre clairement. C'est une fille intelligente qui parle et écrit plusieurs langues, et son utilité comme traductrice augmente de jour en jour.

Lors de notre petite excursion à Grumond, j'avais emmené avec moi, comme témoins de la signature du testament, Serguieïenko et son nouveau secrétaire, Anatole Radinsky, ainsi que Goldenweiser. Je me sentais rempli d'allégresse à l'approche de la victoire. Elle aura mis longtemps à venir.

Léon Nikolaïevitch était arrivé avant nous. Coiffé d'un chapeau blanc et la barbe visible de loin, en éventail sur sa blouse de lin bleue, il montait majestueusement Délire. Comme toujours quand je l'aperçois, j'en ai eu le souffle coupé.

Nous nous saluâmes cérémonieusement et mîmes pied à terre. Nous étalâmes devant nous le testament sur une planchette apportée spécialement pour l'occasion. Léon Nikolaïevitch s'assit les jambes croisées et, une fois encore, remuant les lèvres, les mains tremblantes, relut le testament. Il tenait les pages très près de ses yeux, et je redoutais à tout instant qu'il déclarât que c'était un acte de déloyauté à l'égard de Sophia Andreïevna.

– C'est un moment de première importance pour les Russes, dis-je. Ainsi, le peuple aura accès à votre œuvre comme il le mérite.

Il me regarda d'un air perplexe, puis ôta le capuchon de son stylo, un vieux modèle anglais que lui a offert Aylmer Maude, lequel cherche à se faire bien voir par l'envoi d'un flot ininterrompu de souvenirs hétéroclites. Léon Nikolaïevitch n'avait pas oublié d'apporter un flacon d'encre de Chine noire, qu'il renifla avant de s'en servir, prenant le temps de dire combien il aimait cette odeur ! Serguieïenko lui tendit un buvard et du papier. Il se mit à former méticuleusement les lettres, recopiant le tout de sa célèbre écriture illisible.

– Je me fais l'effet d'un conspirateur, dit-il en levant les yeux.

Nous rîmes tous, mais d'un rire qui sonnait faux.

Allons, finissons-en, pensais-je.

Il faisait frais, presque glacial, sous ces arbres. Un vent soufflait des bois, apportant une odeur de marécage. Délire hennit, faisant frissonner sa robe, tandis que des taches de soleil dansaient sur les pages du testament. Nous entendîmes un cri étrange et, levant les yeux, vîmes un martin-pêcheur à tête noire, vif comme l'éclair, s'envoler d'une branche dans un bruissement de plumes bleues et orangées.

– Un signe, dit Léon Nikolaïevitch.

Je repérai une buse sur une branche éloignée, mais n'attirai pas l'attention dessus.

Quand il eut fini de recopier le testament, Léon Nikolaïevitch signa de son nom et soupira en pinçant les lèvres. Il s'essuya le front dans un pan de sa chemise. Puis chacun de nous signa en tant que témoin.

– Quelle épreuve, dit-il. J'espère bien ne pas avoir à refaire une telle chose.

– Elle était à faire, répondis-je.

Nous nous embrassâmes, brièvement ; puis Léon Nikolaïevitch remonta en selle et partit. L'occasion ne se prêtait pas aux bavardages.

– C'est terrible de voir un homme de cette envergure dans une telle impasse, dis-je à Serguieïenko. Mais nous n'avons fait que le nécessaire.

Aujourd'hui, quand je me montrai à Iasnaïa Poliana vers l'heure du thé, j'appris qu'on venait juste de porter à Teliatinki un mot de Léon Nikolaïevitch me priant de ne pas venir, parce que Sophia Andreïevna était extrêmement irritable et soupçonneuse. L'eussé-je reçu, je m'y fusse plié – quoique à mon grand regret. Je m'efforce d'éviter autant que possible toute confrontation directe avec la comtesse. Mais j'étais là et, ne fût-ce qu'un court instant, j'entendais rencontrer Léon Nikolaïevitch.

Ayant esquivé la comtesse en empruntant l'escalier de service, je gagnai sur la pointe des pieds le bureau de Léon Nikolaïevitch. La porte de son balcon était ouverte, et je sortis pour le saluer. Makovitski, à genoux près de lui, était en train de lui bander les jambes, qui le font beaucoup souffrir. Boulgakov, debout derrière Léon Nikolaïevitch, lisait à haute voix un projet qu'il avait préparé pour lui en réponse à la lettre d'un athée qui soutenait que Dieu n'existe pas –

réponse étonnamment convaincante, tout à fait dans le style de Léon Nikolaïevitch. Quand Boulgakov eut terminé, il lui dit :

– Puis-je vous demander de parler de l'amour ? Peut-être pourriez-vous convaincre cet homme.

– Mon ami, je me suis efforcé maintes fois de trouver les mots pour exprimer ma pensée à ce sujet. Essayons encore une fois, dit Léon Nikolaïevitch, presque sans la moindre trace de lassitude.

Je suis constamment stupéfait de voir comme il est patient, comme il est simple. Il m'a dit un jour que les Hindous, chaque fois qu'ils rencontrent un homme ou une femme, joignent les mains dans le geste de la prière et s'inclinent en reconnaissance de la présence divine chez tout être humain. En fait, il traite quiconque pénètre dans une pièce comme s'il s'agissait d'un dieu ou d'une déesse déguisée, ce qui est passablement irritant.

Makovitski acheva de le bander et, sentant venir une occasion mémorable, tira de sa poche son calepin et son crayon.

Léon Nikolaïevitch se racla la gorge et commença :

– L'amour est l'union de deux âmes séparées l'une de l'autre par le corps. C'est l'un des signes de la présence de Dieu dans le monde. En est également un la capacité de se comprendre mutuellement. Il y a, à mon sens, d'innombrables signes divins, mais nous avons tendance à ne pas nous en apercevoir. Cependant, nous appréhendons la présence de Dieu à travers l'amour et la compréhension, même si son essence nous échappe. C'est une chose qui passe l'entendement humain, bien que ce soit à travers l'amour – il me faut insister là-dessus – que nous pressentons la divine présence.

– Mais cet homme est athée, dit Boulgakov. Je crains qu'il refuse d'admettre qu'aucune présence, quelle qu'elle soit, puisse être décelée tant par l'amour que par la compréhension.

– Oui, cela est vrai. Mais même s'il préfère ne pas user du terme Dieu, il n'en reconnaîtra pas moins son essencc. Il se peut qu'il la nomme *buisson*, mais l'essence n'en existe pas moins. On peut nier Dieu, mais on ne peut l'éviter.

Je complimentai Léon Nikolaïevitch pour cette nouvelle formulation d'une doctrine délicate. Comme à l'ordinaire, il exprime en termes simples les questions les plus complexes. C'est un don considérable, qui fait de lui le maître d'école du monde.

Nous nous réunîmes bientôt pour le thé, sur la terrasse. Sophia Andreïevna était dans un état épouvantable – les yeux injectés de sang, les cheveux en désordre. Elle faisait plus vieille que son âge et semblait tout à fait chancelante. J'étais désolé de la peine que je lui avais causée, mais résolu à tenir bon. La morale ne doit pas céder devant le caprice.

– Lève-toi quand tes invités arrivent, cria-t-elle de l'autre bout de la terrasse à son mari, qui s'était affalé dans un fauteuil d'osier.

Il parut gêné et se leva avec difficulté. Makovitski l'aida à se mettre debout, avec un regard mauvais à Sophia Andreïevna, qui le lui rendit. Je devrais du moins lui être reconnaissante d'avoir fait comme si elle ne me voyait pas.

– Elle est folle, murmurai-je à Boulgakov qui se tenait à côté de moi.

Il y avait, au milieu de la terrasse, une table grossière couverte d'une nappe de lin blanc. Le samovar bouillait gaiement, brillant comme la lampe d'Aladin aux rayons du soleil de fin d'après-midi. Une jatte de framboises formait un contraste coloré avec la nappe. Je suis tout à fait capable de prendre du plaisir dans un cadre de ce genre, mais Sophia Andreïevna avait jeté un voile de deuil sur cette journée. Nous nous assîmes en silence.

Ce thé lugubre ne gâcha cependant pas entièrement ma journée. Je revins à Teliatinki plein d'optimisme et de sentiments agréables. Tout a si bien marché, dernièrement. Je vis à nouveau près de Léon Nikolaïevitch, et le testament est signé. Le seul problème est la comtesse, envers laquelle je dois rester neutre, dans toute la mesure du possible. J'espère seulement qu'elle a des intentions similaires à mon égard.

27

BOULGAKOV

Comme j'entrais ce matin dans la salle à manger pour le petit déjeuner, Sophia Andreïevna saisit mon regard. Seule dans la pièce, elle grignotait un morceau de pain noir, un verre de thé fumant à la main. Il y avait du fromage de chèvre sur une assiette au milieu de la table.

– Bonjour, Sophia Andreïevna. Avez-vous bien dormi ?

Je me faisais l'effet d'être sur une scène.

– Vous m'avez abusé, dit-elle, plus calmement que ne pourrait le suggérer la teneur de ses paroles. Vous avez conspiré avec Vladimir Grigorievitch. Vous connaissez la nature exacte de ses intrigues contre ma famille et moi-même, et cependant vous feignez d'être mon ami.

– Non, dis-je, me rendant compte que toute protestation était inutile.

– J'ai parlé avec les domestiques. Ils ont entendu des rumeurs. Et ils vous ont vu dans les bois, en train de cancaner, de comploter, de me ridiculiser en cachette. Ne croyez pas que je n'aie, moi aussi, mes espions.

C'était tellement ridicule que je secouai simplement la tête.

– Le pire, Valentin Fiodorovitch, c'est que je vous ai offert mon amitié et mes conseils, mon affection même, en tout désintéressement, sans rien attendre en retour.

– Je n'ai pas conspiré contre vous, dis-je. Mais je vois que vous ne me croyez pas.

– Je vous déteste, répondit-elle en quittant la pièce, me laissant manger seul.

Je me sentais tout à fait pareil au petit employé Chouvalkine, dans l'histoire célèbre qu'on raconte au sujet de Potemkine, le chancelier de l'impératrice Catherine II. Celle-ci adorait Potemkine, qui était sujet à de terribles accès de mélancolie dépressive. Lorsqu'il en était frappé, sa fureur était telle qu'on le laissait seul chez lui, claquemuré dans ses appartements, tous volets fermés. Quand il était prêt à reprendre sa place dans le monde, il émergeait de chez lui comme si de rien n'était. Et personne ne soufflait mot.

Un de ces accès dura plusieurs mois et créa de graves problèmes pour la Cour. Les documents qui exigeaient la signature du chancelier s'accumulaient, et l'impératrice était dévorée d'inquiétude. Les hauts conseillers étaient assemblés un jour au palais de l'impératrice, en train de discuter de cette affaire, quand Chouvalkine, un modeste employé, entra par hasard dans la salle.

– Excusez-moi, Excellences, dit-il, je me demande ce qui vous afflige à ce point. Je pourrais peut-être vous être utile ?

Chouvalkine était un homme qui désirait que tout le monde fût heureux, particulièrement ses supérieurs.

Un rire se répandit dans la salle. Puis l'un des membres de l'assistance eut pitié de l'ignorance de Chouvalkine et lui expliqua la situation.

Dans un fol élan d'ambition, Chouvalkine leur dit :

– Mais, Excellences, si seulement vous vouliez bien me

confier ces documents, je me ferais fort de régler la situation. Je n'ai jamais eu peur du prince Potemkine.

C'était un mensonge éhonté, mais ils le crurent. On lui remit les pièces à signer et on l'envoya, à la grâce de Dieu, chez Potemkine.

Il arriva au palais, bâtisse impressionnante à la façade de granit légèrement pourprée, et demanda à voir le prince pour raison de service. Le portier regarda Chouvalkine d'un air surpris et lui dit:

– Je ne saurais trop vous recommander de ne pas déranger le prince.

– C'est l'impératrice Catherine qui m'envoie, en mission officielle, dit-il en exagérant un peu.

Le portier, le regard plein d'une frayeur animale, lui indiqua le chemin du bureau de Potemkine.

Par des couloirs feutrés de longs tapis d'Orient, à travers des galeries et des salons de musique, Chouvalkine atteignit le bureau tristement célèbre. La porte était close. Chouvalkine frappa une fois, puis attendit. Pas de réponse. Comme il avait lu quelque part dans un livre que la chance ne frappe pas deux fois, il décida, sans doute imprudemment, de sauter le pas. Il fit tourner lentement le bouton de cuivre. La porte, à son grand étonnement, n'était pas fermée à clé.

Potemkine était assis à son bureau, à l'autre extrémité de la vaste pièce aux volets clos, à l'odeur de moisi, à peine éclairée, assis immobile derrière sa table en chemise de nuit et pas rasé. Pour le petit Chouvalkine, il semblait impossible que le grand prince pour lequel il avait fait tant de commissions pût avoir l'air à ce point souffrant. Conscient que son temps était limité, il poussa sous le nez de Potemkine la pile de documents.

Il prit une plume au bec d'acier sur le bureau, la plongea dans un encrier et la tendit à Potemkine, qui la saisit entre ses doigts épais, apparemment tout à fait inconscient de la présence de Chouvalkine dans la pièce.

– Je prie Votre Excellence de bien vouloir signer ces documents, dont l'impératrice a le plus urgent besoin.

Potemkine regardait seulement droit devant lui, la plume à la main.

– Ces documents sont d'une importance vitale, Excellence. Pour l'amour de l'impératrice…

La cause semblait perdue et Chouvalkine s'apprêtait à prendre la fuite quand le prince, impassible, se mit à signer mécaniquement les documents. Une par une il tournait les pages, signait, séchait sa signature. La pile tout entière fut bientôt achevée.

Chouvalkine était ravi. Sa carrière allait monter en flèche. Il s'imaginait promu administrateur en chef des parcs et jardins de la ville, ou directeur des archives ou, peut-être, conseiller administratif du prince lui-même. Son cœur bondissait, et il lui fallut se retenir pour ne pas embrasser le prince comme il rassemblait dans ses bras les documents.

– Merci, Excellence, dit-il, les genoux tremblants. Je remercie infiniment Votre Excellence.

Sans cesser de faire des courbettes et de marmonner des remerciements, il referma la porte du bureau de Potemkine et partit en courant.

De retour au palais, il pénétra dans l'antichambre où les conseillers étaient encore assemblés. Avec un éclair de triomphe dans les yeux, il tendit la pile de documents.

– Ils ont tous été signés, dit-il. Jusqu'au dernier.

Stupéfait, le conseiller principal prit possession des documents. On les étala sur une vaste table à tréteaux, et les conseillers se rassemblèrent autour. En grande hâte, ils se penchèrent pour les examiner.

Le groupe entier semblait paralysé. Le conseiller en chef regarda Chouvalkine d'un air grave.

– Il y a quelque chose qui ne va pas ? demanda ce dernier en s'avançant vers la table.

Il vit alors que le grand Potemkine avait bel et bien signé les papiers, l'un après l'autre, d'une main ferme, mais de ce nom : Chouvalkine… Chouvalkine… Chouvalkine…

Aujourd'hui, Chouvalkine, c'est moi. Je me suis conduit fidèlement, j'ai parlé sincèrement à Léon Nikolaïevitch, à Vladimir Grigorievitch, à Sophia Andreïevna. Mais chacun d'eux me considère à présent comme un imposteur et voit mon nom sur chacun de ces détestables documents, bien que ce ne soit pas moi qui l'y ai écrit. Cependant, je ne puis blâmer Léon Tolstoï. Ce n'est pas lui, mon Potemkine. Mon Potemkine, c'est Dieu, qui me taquine en jouant à un jeu qui ne peut que projeter sur moi le pire des éclairages aux yeux de ceux d'ici ou de Teliatinki.

J'ai reçu une lettre de Saint-Pétersbourg.

Très cher Valia,

Depuis mon retour j'ai pris contact avec les tolstoïens, qui m'ont fort bien reçue. Tu serais surpris d'apprendre combien de choses ils savent sur nous ! Teliatinki les fascine, et tout ce qu'ils veulent, c'est y aller en visite. Pour eux, Iasnaïa Poliana, c'est La Mecque.

Ils en savent énormément sur toi. Les bruits courent comme le vent ! Ils savent que Léon Nikolaïevitch t'admire beaucoup, et l'on dit que vous passez ensemble de longs après-midi à philosopher dans les bois de Zassieka. Je leur assure que tout cela est très exagéré…

Penses-tu à moi ? (J'en suis sûre.) Je pense à toi. Je suis tout à fait contente, malgré tout, de cette période de pause.

Je ressentais trop douloureusement l'intensité de tes sentiments. Je ne me sentais pas à l'aise, et cela nuisait à ma capacité d'y répondre comme je l'aurais voulu.

Écrivons-nous des lettres, des tas de lettres. Je me sens proche de toi à présent, tandis que je t'écris. Plus proche que ce jour dans le bois de pins où nous pouvions nous toucher. Cela te semble-t-il possible ?

Fais-moi savoir ce que tu penses, ce que tu ressens. Et aussi ce qui se passe à Iasnaïa Poliana. J'ai lu Que devons-nous faire ? *que L. N. a écrit voilà près de trente ans ! L'as-tu lu dernièrement ? Ce livre, une fois de plus, m'encourage à travailler pour que la justice règne en ce monde.*

Les inégalités entre riches et pauvres doivent être atténuées dans toute la mesure du possible. Je sais que tu es sincèrement d'accord avec moi là-dessus.

Je me demande quand et comment nous nous reverrons. Reviendrai-je à Toula ? Peut-être. En attendant, sache que notre amitié m'est précieuse et que j'espère avoir souvent de tes nouvelles.

J'en avais le souffle coupé. Se peut-il que je sois capable de vivre ma vie sans Macha auprès de moi ? J'en arrive à l'aimer plus encore depuis qu'elle est partie, je sens combien elle me manque, je rêve d'elle. Je me vois avec elle dans le lit conjugal, nos enfants endormis dans la chambre voisine. Je nous imagine, tels Kitty et Lévine dans *Anna Karénine*, en train de cultiver les champs, de travailler la terre, trouvant notre plaisir auprès de l'âtre familial.

La possibilité, la peur de devoir vivre de nombreuses années sans elle se présente devant moi, et je me sens isolé et étrangement vide. Dieu et mon travail auprès de Léon Nikolaïevitch devraient suffire à me soutenir. Mais je ne sais pourquoi, sans Macha, la vie me semble dépourvue de valeur. Je suis resté assis des heures durant, seul dans ma chambre, les yeux brouillés de larmes, à lire et relire cette lettre.

Cependant, la bagarre quotidienne entre mari et femme, que j'observe à Iasnaïa Poliana, n'est pas de nature à accroître mon attirance pour l'idée du mariage. Hier soir, tandis que le crépuscule assombrissait l'étang, nous étions tranquillement assis, suivant des yeux les brusques plongées et les virevoltes des hirondelles qui, de leur petit bec, attrapaient des lucioles. Le soir d'août, humide de rosée, était magnifique, avec des traînées rouges à l'horizon, le soleil venant juste de disparaître derrière les bois.

Peu après dîner, Sophia Andreïevna s'avança sur la terrasse où j'étais assis avec Léon Nikolaïevitch et le docteur Makovitski. Elle avait un calepin à la main. Son mari se raidit en la voyant.

– Je suppose que tes amis savent tous que tu préfères les hommes aux femmes, dit-elle, s'efforçant de le provoquer, et plongeant Douchane Makovitski dans un tel embarras que j'ai bien cru qu'il ne tiendrait pas le coup.

– Pour l'amour de Dieu, Sonia, dit Léon Nikolaïevitch.

Il semblait moins irrité que frappé de lassitude.

Mais la paix n'était pas ce qu'elle recherchait.

– J'ai relu tes anciens journaux intimes, dit-elle. Puis-je en lire un passage à tes amis ? Ils sont tous les deux fascinés par tout ce que dit ou écrit le grand Tolstoï – du moins est-ce ce qu'ils prétendent.

Cela m'ennuyait beaucoup d'être le témoin d'un tel entretien, mais où aller ? Le visage habituellement expressif de Léon Nikolaïevitch devint impassible. Il détourna son regard de sa femme.

– Écoutez ça, les amis, poursuivit-elle avec une touche d'insolence dans la voix qui me choqua. Je l'ai relevé dans son journal du 29 novembre 1851. C'est tout à fait révélateur :

« Je n'ai jamais été amoureux d'une femme... Mais je me suis souvent épris d'un homme. »

Elle s'arrêta pour laisser pénétrer dans nos têtes le poids de ce passage.

– Est-ce croyable ? À présent, écoutez ceci : « Pour moi, le signe indicateur principal de l'amour, c'est la crainte d'offenser l'être aimé, de ne pas lui plaire, ou simplement la crainte elle-même... Je suis tombé amoureux d'un homme avant de m'être rendu compte de ce que c'était que la pédérastie ; pourtant, même après l'avoir découvert, la possibilité ne m'en est jamais venue à l'esprit. »

– C'est donc ça ! s'écria le docteur Makovitski. Il s'en est expliqué lui-même. Nous n'avons pas besoin d'en entendre davantage, Sophia Andreïevna.

Il agitait sa tête chauve en parlant et la légère bosse à son front s'empourpra de fureur.

– Je continuerai néanmoins, Douchane Petrovitch, dit-elle. Tout cela est si fascinant. « La beauté a toujours été un facteur important de mon attraction pour les gens... Prenez Diakov, par exemple. Comment pourrais-je oublier jamais la nuit où nous quittâmes ensemble Pirogovo, quand, drapé dans ma couverture, je me sentais capable de le dévorer de baisers en pleurant de joie. L'attrait charnel n'était pas absent, cependant il m'est impossible de dire exactement quel rôle il jouait dans mes sentiments, car à aucun moment je ne fus tenté dans mon esprit par des images de dépravation. »

Léon Nikolaïevitch se leva avec une expression de dégoût et s'excusa. J'en fus soulagé.

– Voyez ce que vous avez fait, Sophia Andreïevna, dit le docteur Makovitski. Il a été chassé de sa propre terrasse.

– Il sait que j'ai mis le doigt sur la vérité. Pour quelle autre raison courrait-il sans cesse comme un écolier après Vladimir Grigorievitch ? Il désire cet homme. Il veut se rouler sur un lit avec lui, l'étouffer de baisers, pleurer sur sa poitrine. Pourquoi ne l'admet-il pas ? Pourquoi ne le *fait*-il pas, tout simplement ?

Je retins à grand-peine un sourire. Elle me regarda d'un air méprisant et sortit bruyamment. Il y a dans son cœur une étrange passion à l'œuvre, mais j'ai bien trop conscience de ne pas savoir grand-chose sur ce qui s'est passé entre Sophia Andreïevna et son mari au cours de ce dernier demi-siècle.

Le docteur Makovitski me demanda de rester avec lui.

– Vous savez, dernièrement, elle l'a suivi dans les bois de Zassieka. Et elle arrêtait tout le monde – même de petits paysans – pour leur demander s'ils n'avaient pas vu son mari avec Tchertkov. Ce n'est pas une façon de se conduire pour une épouse.

Douchane Makovitski avait l'air rabougri et blessé en se recroquevillant dans son fauteuil. Il était comme un muffin qui, pétri avec trop de levure, enfle au-delà de ses limites naturelles avant de s'effondrer sur soi. J'avais pitié de lui et (pour la première fois) je l'aimai. Il est terriblement innocent et plein de bonnes intentions, quoique ridicule. Il y a en tout un chacun quelque chose qu'on peut aimer.

Je voulais demander à Douchane Makovitski ce qu'il pensait des passages qu'avait lus Sophia Andreïevna, mais n'osais pas. Léon Nikolaïevitch couchant avec un autre homme était une idée qui me bouleversait. Je me rendis compte que moi aussi je trouve certains hommes attirants, d'une façon qui pourrait aisément prêter à confusion. J'aime à voir des jeunes gens faner torse nu dans les prés ou se baigner nus dans la Voronka ; à vrai dire, je ne puis m'empêcher de dévorer des yeux le garçon qui panse les chevaux à Teliatinki, avec quelque chose dans mon cœur qui ressemble au désir sexuel. J'ai compris exactement ce que Léon Nikolaïevitch voulait dire dans son journal et – une fois encore – sa franchise et son honnêteté m'ont frappé. Je n'aurais jamais pris le risque d'exprimer des sentiments aussi osés.

Je souhaitai bonne nuit au docteur Makovitski et allai voir s'il y avait quelque chose que je pusse faire pour Léon Nikolaïevitch avant de partir.

– Que faut-il que je fasse ? demanda-t-il. Dans ma situation, l'inertie semble encore le moindre mal. Je ne dois rien faire, rien entreprendre. Je répondrai à toute provocation par le silence qu'elle mérite amplement. Le silence, comme vous l'apprendrez, est une arme puissante.

Après avoir dit cela, il sembla vouloir se reprendre.

– Non, je dois aspirer à l'état où je saurai aimer même ceux qui me haïssent.

– Cette difficulté entre votre femme et vous pourrait être prise comme un défi, peut-être, dis-je. Elle pourrait accroître votre sens spirituel, vous rapprocher de Dieu.

Il secoua la tête affirmativement.

– Oui, dit-il, mais elle va trop loin, beaucoup trop loin.

Je m'offris à aller lui chercher un verre de thé, et il accepta. Quand je revins, il était assis dans son fauteuil et avait enlevé ses bottes. Son visage, toute son expression s'étaient adoucis.

– Il faut comprendre que Sophia Andreïevna ne va pas bien, dit-il. J'aimerais que Vladimir Grigorievitch puisse la voir quand elle s'effondre, quand elle tremble et pleure, comme une enfant qu'on a grondée. On ne peut s'empêcher de la prendre en pitié… Je crains que nous ne la traitions trop sévèrement. Elle suffoque ici… elle ne peut pas respirer…

Sa voix s'éteignit.

Je lui touchai l'épaule et aperçus une grosse larme sur sa joue.

– Je suis vraiment désolé, Léon Nikolaïevitch, je…

– Vous êtes bon de me dire cela, mon cher enfant. C'est un problème qui a mis longtemps à se formuler, comme une vague se forme en mer. Il va bientôt éclater au-dessus de ma tête. Je prie Dieu qu'il me donne la force d'y résister.

Nous nous embrassâmes et nous souhaitâmes bonne nuit.

De retour dans ma chambre, j'ai retrouvé l'exemplaire de *Que devons-nous faire ?* que j'avais emprunté dans le bureau de Léon Nikolaïevitch. Avec un sentiment d'étonnement grandissant, je l'ai lu jusque vers minuit, où je m'endormis sans m'être dévêtu.

28

L. N.

Extrait de *Que devons-nous faire?*

J'avais passé ma vie à la campagne, et quand je vins vivre à Moscou en 1881, le spectacle de la pauvreté urbaine me prit au dépourvu.

J'avais connu la pauvreté à la campagne, mais celle des villes m'était nouvelle et incompréhensible. À Moscou, on ne peut traverser une rue sans rencontrer des mendiants, et des mendiants tout à fait différents de ceux de la campagne. Ils ne portent pas de « besace et ne mendient pas au nom du Christ », comme aiment à le dire les mendiants de la campagne en parlant d'eux-mêmes. Ils vont sans sac et ne demandent pas l'aumône. Quand on les croise, en général, ils s'efforcent seulement d'attirer votre regard; selon votre réaction, ou ils demandent quelque chose, ou ils ne demandent rien. J'en connais un en particulier, originaire de la noblesse. Le vieux bonhomme marche lentement, en se baissant à chaque pas. En arrivant devant vous, il se tient sur une jambe et semble faire la révérence. Si vous ne vous arrêtez pas, il fait comme si c'était là simplement sa façon de marcher et va son chemin. Si vous vous arrêtez, il ôte son tricorne, fait à nouveau la révérence, et mendie.

C'est là le genre de mendiant éduqué que l'on trouve à Moscou.

Au début, je me suis demandé pourquoi ils ne mendiaient pas carrément. Par la suite, j'ai appris à connaître un peu la situation, sans toutefois la comprendre.

On dirait qu'à Moscou, pour tous les mendiants (et l'on en croise plusieurs dans chaque rue, ils font la queue devant chaque église où se déroule un service religieux, surtout lorsqu'il s'agit d'un enterrement), il est, de par la loi, interdit de mendier.

Mais jamais je n'ai pu découvrir pourquoi certains sont arrêtés et détenus tandis que d'autres continuent d'aller à leur guise. Ou bien il y a des mendiants légaux et d'autres illégaux, ou bien il y en a tant qu'on ne peut les arrêter tous ; peut-être, dès que certains sont pris, en surgit-il de nouveaux.

On trouve à Moscou toutes sortes de mendiants. Il y en a qui vivent de mendicité et d'autres, de « vrais » mendiants, venus à la ville pour quelque raison, qui sont réellement sans ressources.

Il y a, parmi ces derniers, de simples moujiks, hommes et femmes pareillement, portant des vêtements de moujiks. Je les rencontre souvent. Certains sont tombés malades ici et ont été renvoyés de l'hôpital ; ils ne peuvent ni subvenir à leurs besoins ni s'en aller de Moscou. Certains ne sont pas malades mais ont perdu tout ce qu'ils possédaient dans un incendie ; ou alors ils sont déjà vieux, ou ce sont des femmes avec des enfants. D'autres sont en bonne santé et capables de travailler. Ceux-ci, lorsqu'ils demandent l'aumône, m'intéressaient particulièrement. Car, depuis mon arrivée à Moscou, j'avais, pour faire de l'exercice, pris l'habitude d'aller scier du bois avec deux moujiks sur la colline aux Moineaux.

Ces deux hommes étaient tout à fait semblables à ceux que j'avais croisés dans les rues. L'un était Peter, un soldat de

Kalouga, l'autre Simon, un moujik de Vladimir. Ils ne possédaient rien d'autre que les vêtements qu'ils avaient sur le dos et leurs deux mains. Avec ces mains, ils gagnaient chaque jour une petite somme d'argent, sur laquelle ils parvenaient à réaliser quelques économies. Peter, pour s'acheter un manteau en peau de mouton, Simon pour payer son retour au village. J'aimais particulièrement causer avec eux.

Pourquoi ces hommes travaillaient-ils tandis que d'autres mendiaient ?

Quand je rencontrais l'un d'entre eux, je commençais en général par lui demander de quelle façon il en était arrivé là. Je vis un jour un moujik en bonne santé dont la barbe commençait à grisonner. Il mendiait. Je lui demandai qui il était. Il me dit qu'il était venu de Kalouga chercher du travail. Au début, il en avait trouvé : de vieux madriers à scier pour en faire du bois à brûler. Son compagnon et lui avaient coupé tout le bois en cet endroit, puis cherché un emploi ailleurs, mais en vain. Son compagnon l'avait quitté, cela faisait maintenant deux semaines qu'il vagabondait, ayant mangé tout ce qu'il avait, sans un sou pour s'acheter une scie ou une hache. Je lui donnai de quoi se procurer une scie et lui dis où trouver du travail. (Le fait est que j'avais auparavant pris des dispositions avec Peter et Simon pour engager un autre travailleur.)

– Alors, mon ami, ne manquez pas d'y aller. Il y a plein de travail pour vous, là-bas.

– J'irai, dit-il. Pourquoi n'irais-je pas ? Vous croyez que ça m'amuse de mendier ? Je peux travailler.

Il me jura qu'il irait, et j'eus le sentiment qu'il parlait sérieusement et avait l'intention de se montrer.

Le lendemain, je retrouvai mes amis Peter et Simon et leur demandai si l'homme s'était présenté. On ne l'avait pas vu. Il y en eut plusieurs autres, en l'occurrence, qui se conduisirent de la même façon. Je fus aussi roulé par des hommes qui disaient n'avoir besoin que d'argent pour acheter leur billet de retour en chemin de fer, mais que je rencontrai une semaine plus tard dans la rue. J'en ai reconnu plusieurs, et ils m'ont reconnu ; mais parfois, m'ayant oublié, ils me racontaient à nouveau la même histoire. D'autres se détournaient en me voyant. Ainsi appris-je que, dans cette classe aussi, il y a nombre de tricheurs. Mais ces tricheurs, je les plaignais immensément : à demi vêtus, maigres, souffreteux, ils formaient un groupe d'indigents, de ceux qui fréquemment meurent de froid ou se pendent, comme on lit bien souvent dans les journaux.

Quand je parlais aux Moscovites de la misère noire qui règne dans leur ville, on me disait en général : « Ce que vous avez vu n'est rien ! Allez donc au marché de Hitrof visiter les asiles de nuit. La "Compagnie Dorée", la vraie, c'est là que vous la verrez. » Un type me dit d'un ton quelque peu sec qu'il ne s'agissait plus d'une « Compagnie » – tant ils étaient nombreux – mais bien d'un « Régiment ». L'homme n'avait pas tort, mais il eût dit plus juste encore en précisant que ces gens n'étaient à présent ni une compagnie ni même un régiment, mais une immense armée aux effectifs, à ce qu'on dit, de cinquante mille. Les Moscovites de longue date, parlant de la pauvreté urbaine, le font toujours avec une sorte de plaisir – comme s'ils étaient fiers d'être au courant. Je me rappelle aussi que, quand j'étais à Londres, les gens là-bas se vantaient du paupérisme de cette ville. « Voyez donc seulement ce qu'il en est ici ! » disaient-ils.

Je voulais voir cette misère, dont on m'avait parlé ; et, à plusieurs reprises, je me dirigeai vers le marché de Hitrof, mais chaque fois avec un sentiment de malaise et de honte. « Pourquoi, disait une voix en moi, aller te repaître la vue des souffrances de gens que tu ne peux secourir ? » Tandis qu'une autre me soufflait : « Si tu habites cette ville et en vois les attraits, pourquoi ne pas aller voir cela aussi ? » C'est ainsi qu'un jour de décembre 1881 balayé par un vent glacé, je me rendis au marché de Hitrof, au cœur même de la misère noire de cette ville. C'était un jour de semaine, vers quatre heures de l'après-midi. Dans la rue Solianka, je m'étais déjà rendu compte qu'il y avait de plus en plus de gens portant des vêtements curieux, pas faits pour eux, avec aux pieds des choses encore plus étranges – des gens au teint bizarrement malsain qui avaient tous un air commun, un air d'indifférence. Je remarquai un homme qui allait seul dans un accoutrement bizarre, incroyable, manifestement insensible à ce que les autres pouvaient penser de son apparence. Ils se dirigeaient tous dans le même sens. Sans demander mon chemin (que je ne connaissais pas), j'arrivai finalement, leur emboîtant le pas, au marché de Hitrof.

Il y avait aussi des femmes du même style, affublées de capes de toutes sortes, de manteaux, vestes, bottes et caoutchoucs, également indifférentes aux apparences en dépit de leur hideux accoutrement. Jeunes et vieilles, elles échangeaient diverses marchandises et tournaient en tous sens, jurant et rouspétant. Il y avait peu de monde au marché. Il était terminé, apparemment, et la plupart des gens remontaient la pente, traversant ou longeant le marché, toujours dans une seule direction. Je les suivis, et plus j'allais, plus il semblait y avoir de gens, tous suivant le même chemin. Longeant le marché et continuant à monter la rue, je rattrapai deux femmes : l'une vieille, l'autre jeune. Toutes deux en haillons de grosse toile bise. Ivres ni l'une ni l'autre. Quelque chose, pourtant, les préoccupait, et les hommes qu'elles croisaient, comme tous ceux qui allaient devant ou derrière elles, ne prêtaient pas la moindre attention à leur façon de parler, qui sonnait bizarrement à mes oreilles. Il était évident qu'ici les gens parlaient toujours de cette façon.

Sur la gauche, il y avait des asiles de nuit privés, et certains y entraient tandis que les autres poursuivaient leur chemin. Ayant gravi la côte, nous arrivâmes près d'une grande maison qui formait le coin de la rue. La plupart de ceux au milieu desquels j'avais marché s'arrêtèrent là. Tout le long du trottoir et dans la rue couverte de neige, se tenaient assis ou debout de telles gens. À droite de la porte d'entrée, se trouvaient les femmes, à gauche, les hommes. Je passai devant les hommes comme devant les femmes (il y en avait des centaines) et m'arrêtai là où la file se terminait. La maison devant laquelle ils faisaient la queue s'appelait « Liapinski, Asile de nuit gratuit » et la foule était composée de pensionnaires en puissance. À cinq heures du soir, les portes s'ouvrent et les gens entrent. Presque tous ceux que j'avais dépassés venaient là.

Quand je m'arrêtai, là où s'achevait la file des hommes, les plus proches commencèrent à me dévisager, m'attirant à eux du regard. Les haillons qui leur couvraient le corps étaient d'une variété extrême, mais tous me regardaient avec les mêmes yeux ronds, comme pour dire : « Pourquoi t'arrêtes-tu parmi nous, toi qui n'es pas du même monde ? Qui es-tu ? Un riche satisfait de lui-même qui vient jouir, pour tuer le temps, du spectacle de notre misère, nous torturer – ou bien cette chose presque incapable d'exister, quelqu'un qui a pitié de nous ? » Ces questions se lisaient sur chaque visage. Ils me regardaient, nos regards se rencontraient, et ils tournaient la tête. J'aurais voulu parler à certains d'entre eux, mais ne pus m'y décider. Néanmoins, pour autant que la vie nous eût séparés, nos regards s'étant croisés, je sentis que nous étions semblables, que nous cessions d'avoir peur les uns des autres.

Près de moi se tenait un type au visage enflé, à la barbe rousse, vêtu d'un pardessus déchiré, les pieds nus dans des caoutchoucs usés. (Et il faisait pas mal de degrés au-dessous de zéro !) Je croisai son regard trois ou quatre fois et me sentis si proche de lui qu'au lieu d'avoir honte de lui adresser la parole j'aurais dû me sentir honteux de ne rien lui dire. Aussi lui demandai-je d'où il venait. Il répondit sans se faire prier et se mit à parler, tandis que d'autres s'approchaient. Il était venu de Smolensk chercher du travail, espérant être en mesure d'acheter du grain et de payer ses impôts. « Il n'y avait pas de travail, dit-il, ce sont les soldats qui ont tout pris. Alors je vadrouille à droite à gauche et, Dieu m'est témoin, je n'ai rien mangé depuis deux jours ! » Il parlait d'une voix timide, s'efforçant de sourire. Il y avait tout près de là un vendeur de boissons chaudes (faites avec du miel et des épices). Je l'appelai, et il lui en versa un verre. L'homme prit la boisson entre ses mains qu'il arrondit autour du verre pour essayer d'en retenir la chaleur. En même temps, il me raconta ses aventures (les aventures ou les histoires que racontaient ces gens étaient quasiment toutes les mêmes). Il avait eu un peu de travail, mais cela n'avait pas duré, et puis on lui avait volé la bourse avec son passeport et le peu d'argent qui lui restait, ici même, dans l'Asile de nuit Liapinski. À présent, il ne pouvait plus quitter Moscou. Il dit que, pendant la journée, il se réchauffait dans les débits de boissons et se nourrissait des restes de pain qu'on lui donnait parfois ; mais que souvent on le jetait dehors. La nuit, il logeait gratuitement ici. Il n'attendait plus à présent qu'une chose : que la police l'arrête pour défaut de passeport et le mette en prison ou le renvoie chez lui à pied sous escorte. « Il paraît que jeudi la police va faire une rafle », dit-il. La prison ou le retour au pays sous escorte était pour lui la Terre promise.

Tandis qu'il parlait, trois ou quatre autres hommes du groupe confirmèrent ses dires et avouèrent qu'ils étaient dans le même pétrin. Un gamin au long nez, pâlot et maigrichon, sans rien d'autre sur le dos que sa chemise (qui avait un accroc à l'épaule) et coiffé d'un béret, se fraya un chemin jusqu'à moi à travers la foule. Il tremblait violemment de tous ses membres, mais s'efforçait de sourire avec mépris au discours du mendiant, espérant ainsi se hausser à hauteur de mon attitude. Il me regarda dans les yeux et je lui offris, à lui aussi, une boisson chaude. En prenant le verre, il se réchauffa également les deux mains, mais il avait à peine commencé à parler qu'il fut repoussé par un gros type brun au nez romain, en chemise imprimée et gilet, mais sans rien sur la tête. L'homme au nez romain demanda aussi une boisson chaude, suivi d'un grand vieillard ivrogne à la barbe en pointe, en bottes de tille, qui portait un manteau serré à la taille par une corde. Puis s'avança une espèce de nain joufflu aux yeux larmoyants en caban de nankin marron ; ses genoux nus pointaient par les trous de ses pantalons d'été et s'entrechoquaient de froid. Il grelottait si fort qu'il avait peine à tenir le verre dont il répandait partout sur lui le contenu. Les autres se mirent à l'agonir d'insultes, mais il se contenta de sourire d'un air pitoyable, sans cesser de grelotter. Puis vint un homme contrefait, en haillons, avec des bandes de linge nouées autour de ses pieds nus ; puis quelque chose ayant l'allure d'un officier ; puis quelque chose encore qui ressemblait à un ecclésiastique, et enfin une chose étrange dépourvue de nez : tous étaient affamés, mourant de froid, importuns et dociles. Ils se rassemblaient autour de moi et se pressaient près du vendeur de boissons qui eut tôt fait de liquider tout ce qu'il avait.

Un homme demanda de l'argent, et je lui en donnai. Un autre, puis un troisième, et bientôt la foule entière m'assiégea. Il s'ensuivit désordre et bousculade. Un concierge de la maison voisine cria à la foule de descendre du trottoir, et ils obéirent docilement. Des membres du service d'ordre se montrèrent parmi la foule et me prirent sous leur protection. Ils espéraient me dépêtrer de cette cohue, mais la foule qui, au début, se tenait en file le long du trottoir s'était massée en cercle autour de moi. Ils m'imploraient du regard et mendiaient. Chaque visage était plus las, plus pitoyable, plus dégradé que le précédent. Je distribuai tout ce que j'avais sur moi, peu de chose en fait, et suivis la foule dans l'asile de nuit.

C'était un immense bâtiment de quatre étages. Les hommes logeaient en haut, les femmes en bas. J'entrai d'abord dans le quartier des femmes : une vaste salle remplie de couchettes superposées, une en haut, une en bas. Des femmes entrèrent, jeunes et vieilles – bizarrement vêtues, en loques, sans vêtements chauds – et prirent possession de leur châlit. Certaines des plus âgées se signèrent et dirent une prière pour le fondateur de l'asile. D'autres riaient simplement et juraient.

Je montai à la section des hommes. J'aperçus parmi eux un homme auquel je venais de donner de l'argent. En le voyant, je me sentis soudain honteux, terriblement honteux, et pris la fuite. J'avais le sentiment d'avoir commis un crime. Je quittai l'asile et retournai chez moi. Là, je pénétrai dans le vestibule élégant de ma maison, au sol recouvert de tapis. Je posai mon manteau de fourrure et passai à table. Il y avait cinq plats au dîner. Cinq laquais en cravate blanche et gants blancs faisaient le service.

Il y a trente ans à Paris, en présence de milliers de spectateurs, j'assistai à une exécution capitale. L'homme qui montait sur l'échafaud, je le savais, était un affreux criminel. Je connaissais tous les arguments qui avaient été avancés en faveur de ce genre de châtiment. Je savais aussi que le crime avait été perpétré de propos délibéré, dans l'intention de donner la mort. Mais à l'instant où la tête, séparée du corps, roula dans le panier, je suffoquai, me rendant compte, non avec mon esprit mais avec mon cœur et de toute mon âme, que les arguments en faveur de la peine capitale étaient d'une cruelle absurdité et que, quel que fût le nombre des gens qui s'unissaient pour commettre un meurtre – le pire de tous les crimes – et quelque nom qu'ils se donnassent, un meurtre demeurait un meurtre. Je savais qu'on venait sous mes yeux de commettre un crime et que ce crime, par ma présence même et par ma non-intervention, je l'avais approuvé et y avais pris part.

De la même manière à présent, au spectacle de la faim, du froid et de la dégradation de milliers de gens, je comprenais non seulement par l'esprit et par le cœur, mais de toute mon âme, que l'existence de dizaines de milliers de ces gens à Moscou – tandis que moi et quelques milliers d'autres nous gorgions de biftecks et d'esturgeons, couvrions nos chevaux et nos planchers d'étoffes et de tapis – quoi que pussent dire de son caractère inévitable tous les savants du monde, était un crime, non pas commis une fois en passant, mais sans cesse. Ce crime, je savais que nous en partagions, moi et mon luxe, toute la responsabilité.

29

SACHA

Papa s'endormit sur ses journaux intimes et je n'osai le réveiller. Je jetai un coup d'œil à ce qu'il avait écrit : « Je sens que je devrais partir en laissant une lettre, mais j'ai peur pour Sonia, encore que cela lui serait, je présume, bénéfique à elle aussi. »

Ma main tremblait. Je tournai la page et lus : « Aide-moi, ô Dieu, esprit universel, origine et but de la vie, aide-moi au moins à présent, en ces derniers jours, ces dernières heures de ma vie terrestre, aide-moi à Te servir, à vivre pour Toi seul. »

Je fermai le journal pour que Maman ne le voie pas. Je ne pourrais supporter un nouvel accès d'hystérie.

Papa, pour sa part, n'est pas hystérique, bien qu'Andreï et Léon, mes frères, aient envisagé de la façon la plus désolante de le faire déclarer faible d'esprit par un médecin. Ce dont ils ont peur, bien entendu, c'est du testament secret. Ce qui les préoccupe, c'est de pouvoir disposer des manuscrits et journaux intimes de Papa. Ils sont tellement grippe-sous ! Tout ce qu'ils font est calculé en vue de subvenir à la luxueuse existence qu'ils adorent.

Tant de noirceur m'accablait de tristesse, aussi allai-je rejoindre Varvara dans sa chambre. Elle me berça dans ses bras en disant :

– L'un ou l'autre mourra bientôt. Tu peux compter là-dessus. Le temps a un rôle à jouer dans cette affaire.

Elle a raison, bien sûr. Les effets physiques de la lutte entre mes parents sont devenus évidents pour tout le monde. Le pouls de Maman court comme un dératé, tandis que Papa, certains jours, est à peine capable de traverser la pièce. Pâle, instable sur ses pieds, souvent il ne sait plus où il en est. Je ne sais comment il monte encore Délire l'après-midi. Ce cheval va le tuer, si cette tension ne s'en charge pas.

Papa m'a parlé un jour d'un vieil homme las de l'existence, et dont la famille s'était lassée. Il avait sellé son cheval à l'aube, sans rien dire, s'en était allé à travers bois dans le brouillard, et on ne l'avait jamais revu.

– Papa, tu ne ferais jamais ça…

– Je ne puis dire ce que je ferais ou ne ferais pas, répondit-il.

Je m'en allai après cette conversation, moins horrifiée que frappée de stupeur. Je me sentais assurée que, quoi qu'il advînt entre Maman et lui, il se comporterait de façon raisonnable – même si chacun le tenait pour dérangé.

Tania, mon excellente sœur, a entendu parler des récentes escarmouches matrimoniales et décidé de nous rendre visite. On dirait un seau d'eau ambulant en quête d'incendie à éteindre. Mais son tempérament, généralement bienfaisant, a d'heureux effets sur la maisonnée. Papa semble capable de se détendre lorsqu'elle est là.

– Ta sœur est si délicieusement stupide, m'a dit ce matin Varvara pendant le petit déjeuner. Auprès d'elle, chacun se sent intelligent. Voilà pourquoi elle jouit d'une telle popularité.

À Iasnaïa Poliana, nous vivons actuellement en état de siège. Ma sœur en a été si bouleversée qu'elle a insisté pour que nous retournions tous avec elle à Kotchety. La cordialité solennelle de Soukhotine, les soins dévoués de Tania, le timbre clair des voix d'enfants, le domaine si bien soigné, la cuisine française et le reste font que l'atmosphère y est toujours roborative. Kotchety a cet avantage supplémentaire de se trouver, pour le moment, hors de la portée immédiate de Tchertkov, ce pourquoi ma mère devrait se sentir encore plus à l'aise.

Après une très brève discussion, tout le monde fut d'accord pour y aller. Iasnaïa Poliana est devenu une chambre de torture morale.

Nous partîmes pour Kotchety à la mi-août, dans deux voitures, par une journée brumeuse. Je voyageai avec Varvara Mikhaïlovna et Douchane Makovitski dans une voiture inconfortable attelée à quatre chevaux, mes parents ensemble dans la première calèche, avec Tania et un couple de domestiques. Tout alla merveilleusement pendant trois jours, avec Maman plus détendue que je ne l'avais vue depuis bien des mois. Pas une seule parole d'hostilité entre Papa et elle ! Puis, le 18 août, parut dans le journal local un article annonçant que le ministre de l'Intérieur avait accordé à Tchertkov un permis de résidence permanent à Toula.

Maman entra dans la salle où nous prenions le petit déjeuner, serrant le journal dans une main comme un animal étranglé.

– Je vais faire assassiner Tchertkov. Ou il mourra, ou ce sera moi. Il ne peut y avoir de compromis.

Le visage de Papa devint blanc comme plâtre.

– Vous voyez tous ce que j'endure ! s'écria-t-il. C'est… intolérable !

Maman lui lança un regard furieux, puis tomba comme une masse sur le parquet aux larges lames, en se heurtant la tête contre la moulure. Une jeune bonne poussa un cri. Douchane Makovitski se porta en hâte au secours de Maman et lui prit aussitôt le pouls.

– Cent quarante, dit-il. Rien de sérieux.

Il la gifla avec un peu trop de sans-gêne peut-être, avant de lui donner des sels.

Maman entrouvrit légèrement les yeux.

– Sophia ! dit-il d'une voix forte. Ouvrez les yeux !

– Ma poitrine… ma poitrine, dit-elle d'une voix entrecoupée, s'efforçant de reprendre son souffle. Ça me fait mal, terriblement mal ! Mon cœur ! C'est mon cœur !

Elle retomba en arrière, les yeux clos. Sarah Bernhardt n'eût pas fait mieux.

– Elle va mourir ? demanda Tania.

– Elle va se remettre, dit Douchane. Elle a subi un léger choc, c'est tout.

Deux jeunes laquais en livrée emportèrent Maman dans sa chambre. Elle se balançait entre eux comme un gros matelas. On la mit au lit, bien calée, avec un tas d'oreillers.

Je m'assis auprès d'elle avec Papa, qui bouillonnait toujours intérieurement et n'eut pas un geste ni un mot, pas même un soupir. Lorsque Maman reprit conscience, elle semblait d'un calme inquiétant, rayonnante comme une reine. Elle demanda à Papa de lui promettre de ne plus se laisser photographier avec Tchertkov.

– Tu es comme une vieille coquette, lui dit-elle. Cela contrarie toute la famille, ces photos de toi dont il ornemente la moindre feuille de chou de Russie. Tu devrais avoir plus de fierté !

Papa, d'un air plutôt penaud, eut l'obligeance de lui dire qu'il ne permettrait plus à Tchertkov de le photographier, ce qui parut la contenter, mais les choses tournèrent vite à l'aigre quand il ajouta qu'il se réservait le droit, cependant, de s'adresser à Tchertkov par lettre aussi souvent qu'il lui plairait.

Ce léger revirement mit Maman hors d'elle.

– Regardez-moi comme il insiste pour avoir toujours le dernier mot ! dit-elle. C'est diabolique !

Le lendemain, elle me retint en disant qu'elle n'avait pas dormi de la nuit.

– Je ne peux penser qu'à une chose, me dit-elle, hors d'haleine, les joues empourprées de colère, c'est que désormais ses lettres seront pleines de remarques injustes sur moi, d'intrigues et d'horribles mensonges – tout cela sous des apparences d'humilité chrétienne. Ton père se prend pour le Christ, Sacha. C'est un péché, tu sais. Une âme peut être à jamais damnée pour cela.

– Au contraire, dis-je. Papa est d'une humilité extrême.

– C'est un maniaque égocentrique ! Il se prend pour le Christ et fait jouer à Tchertkov le rôle de principal disciple. Ce serait comique si ce n'était de la folie.

Maman resta au lit des jours entiers à Kotchety, se nourrissant de sucreries, buvant du thé et du chocolat, lisant et relisant les tout premiers romans et nouvelles de son mari à la recherche de signes de perversion. Elle trouva dans *Enfance* la description d'un homme du nom de Serguieï. Elle fit venir Papa dans la chambre et, à sa façon ridicule, lui lut le passage d'une voix de stentor.

– Comment se fait-il qu'il me préfère Tchertkov, cet imbécile obèse et déplumé ? me demanda-t-elle un matin comme nous prenions le thé dans sa garde-robe.

– Il t'aime toujours, Maman. Sinon, pourquoi resterait-il ?

Elle ne tint aucun compte des implications contenues dans ma question.

– Je me rappelle quand j'étais nue sur le bord de la Voronka, prête à me baigner, dit-elle. Et qu'il me surprenait, me rattrapait et me faisait rouler dans les hautes herbes, où il me prenait de force.

Elle roulait les yeux en parlant, l'air complètement folle, comme Othello avant de tuer Desdémone – avec ses grands yeux blancs qui brûlaient dans son visage noir et convulsé.

Cela ne me fit pas plaisir à entendre. Ce n'est pas le genre de chose qu'on raconte à sa fille.

Je n'aurais pu supporter ces dix jours de tension à Kotchety sans Varvara, qui ne permettait jamais à cette atmosphère de tromperie et de folie de me causer trop de tracas. Elle est comme un ruisseau qui court le long de mon champ, arrosant mes racines. Sans elle, je me dessécherais.

Papa m'a interrogée de bien étrange façon au sujet de Varvara, un jour où j'étais sur le point de prendre des notes sous sa dictée. Il me demanda si je croyais l'aimer.

– Oui, dis-je, j'ai de l'affection pour elle.

– Mais est-ce que tu l'aimes vraiment ?

– Je l'aime.

Il parut heureux d'entendre cela. Je suis sûre qu'il ne pense pas que notre amitié soit impie. Il n'est pas perverti comme Maman le prétend ; en vérité, il se rend compte qu'aimer les hommes est en tous points, les plus techniques mis à part, la même chose qu'aimer les femmes.

L'anniversaire de Maman tombe le 22 du mois. Elle a soixante-six ans et les fait largement. L'anniversaire de Papa, son quatre-vingt-deuxième, tombe six jours plus tard. Ç'aurait dû être une période de grandes réjouissances, mais Maman tint à ressasser les mêmes vieilles questions embarrassantes. Péniblement, ils enfoncèrent les clous l'un après l'autre, Tania jouant le rôle d'arbitre.

Ce fut Papa – qui, depuis des jours, souffrait le martyre – qui attaqua cette série particulière d'accusations. Nous étions réunis autour de la grande table à Kotchety lorsque, sans crier gare, il prit sous son bonnet de déclarer que célibat et chasteté étaient les deux buts principaux d'une vie chrétienne.

– Écoutez-le ! hurla Maman. Tu as aujourd'hui quatre-vingt-deux ans, Léon Nikolaïevitch, mais tu es toujours aussi stupide.

– Ce n'est pas une façon de vous parler l'un à l'autre un jour heureux comme celui-ci, dit Tania. Réjouissons-nous en famille et aimons-nous les uns les autres, comme nous le dit l'Évangile.

Elle resservit à chacun une tranche de venaison, tandis que Soukhotine versait à la ronde du vin de Moselle.

Mais il n'était pas question de faire taire ma mère.

– Un homme qui a engendré treize enfants vous insulte quand il prône la sainteté du célibat. Surtout si cet homme a couché avec Dieu sait combien de femmes – ou d'hommes. C'est scandaleux de parler ainsi, Léon Nikolaïevitch. Tu devrais avoir honte.

Après dîner, j'emmenai Papa se promener un moment dans le parc pour le libérer de la compagnie de Maman. Il me serrait le bras étroitement tandis que nous avancions parmi les longues ombres du soir. C'était charmant, avec ces hirondelles qui passaient en rasant la cime des arbres. La lune marquait de son empreinte le sable sombre du ciel et l'on entendait, dans le lointain, les cris d'un vol d'oies sauvages en route vers le sud.

– Elles savent exactement où elles vont. Et elles n'ont pas besoin d'y penser. Comme je les envie !

Nous fîmes halte auprès d'un petit étang plein de canards et nous assîmes sur un banc de pierre d'où l'on domine l'eau.

– Le plus malheureux, c'est que Maman t'aime.

– Ce que ta mère ressent pour moi n'est pas de l'amour, dit-il. C'est un sentiment qui a la possessivité de l'amour, mais qui est plus proche de la haine. Ce qu'elle veut, c'est me détruire.

Il ne pouvait en être ainsi. Pour autant que je la déteste, je ne crois pas que Maman veuille détruire son mari, qu'à sa façon pleine de contradictions elle vénère.

– Peut-être que non. Mais son amour se transforme en haine jour après jour.

Il se tut pour réfléchir.

– Tu vois, pendant des années, ce qui l'a protégée de son égocentrisme, ce sont les enfants. Ils l'absorbaient. Mais maintenant c'est fini, et rien ne peut plus la sauver.

Maman refusa de rester plus longtemps à Kotchety, puisque tout le monde, à l'entendre, la traitait « comme une Xanthippe ». Elle continuait à considérer sa vie comme un drame – une tragédie – où elle occupait le devant de la scène.

– Ce qu'elle veut, me dit Varvara, ce n'est pas une famille, c'est un chœur grec.

Comme Papa insistait, nous acceptâmes, Varvara et moi, de ramener Maman à Iasnaïa Poliana. Il refusa, Dieu merci, d'y aller lui-même. Il se plaisait à Kotchety, jouant aux échecs avec Soukhotine, se promenant dans le parc, lisant Rousseau chaque matin, Pascal le soir. Il dictait des lettres et relisait les épreuves que lui envoyait Tchertkov. Quelque temps sans Maman lui ferait du bien.

Je me figurais que cette séparation lui serait bénéfique à elle aussi, mais à peine étions-nous à la maison que son agitation reprit de plus belle. Le lendemain de notre retour, elle entra dans le bureau de Papa en proie à une véritable crise de nerfs. S'apercevant qu'on avait accroché au mur un grand nombre de photographies nouvelles prises par Tchertkov et par moi, elle les jeta violemment à terre et les remplaça par des photos de son cru. Puis elle fit venir un prêtre, qui se présenta avec tout son attirail liturgique, pour exorciser la présence diabolique de Tchertkov dans la pièce.

Nous écoutions, assises dans le vestibule. C'était presque incroyable. Puis Maman passa la tête par la porte, les yeux charbonneux.

– Je me moque de ce que fait ton père, Sacha. Il peut tout léguer à Tchertkov, si ça lui chante ! Ça n'aura aucune importance, je ferai annuler le testament. Tes frères m'appuieront, le tsar aussi !

Elle palpitait comme un cœur de poulet écorché.

Varvara assura Maman que Tchertkov ne nourrissait pas d'aussi noirs desseins.

– Rien n'arrêtera cet homme, répliqua-t-elle. Il veut m'anéantir !

Elle décida de retourner sur-le-champ à Kotchety.

Les quelques jours qui suivirent furent épouvantables. Maman refusa de prendre aucune espèce de nourriture solide. À table, elle faisait la tête, tandis que Papa tournait humblement autour d'elle, la suppliant de grignoter quelque chose.

– Juste un morceau de pain noir, mon amour, disait-il.

Ça faisait tellement peine à voir que Soukhotine, d'ordinaire si paisible, se mit en colère. Il se dressa, livide, au haut bout de la table, s'appuyant sur ses poings fermés.

– Pour l'amour du Ciel, Sophia Andreïevna ! dit-il. Savez-vous ce que vous êtes en train de faire ? Votre seul titre dans la vie, c'est d'être la femme de Léon Tolstoï, l'ignorez-vous ? S'il vous quitte, l'histoire dira que c'était votre faute. Et elle aura raison, je vous le jure !

Papa baissa la tête. Il se rendait compte que la situation était devenue intolérable. Il posa la main sur l'épaule de sa femme et soupira.

Il y avait maintenant des larmes sur les joues de Maman dont le visage exprimait un chagrin difficile à supporter.

Elle retourna ce jour-là à la maison – geste miséricordieux de sa part – en demandant à son mari de la rejoindre dans quelques jours. Elle voulait qu'ils fussent ensemble à Iasnaïa Poliana le 28 septembre pour le quarante-huitième anniversaire de leur mariage. Il lui était presque impossible de refuser.

Le matin de l'anniversaire, Maman descendit de sa chambre habillée d'une robe de soie blanche, un sourire puéril sur le visage, comme si leur mariage avait été un demi-siècle de bonheur inexprimable. Elle rayonnait, je l'avoue, et nous l'en félicitâmes, Varvara Mikhaïlovna et moi.

– Dis à ton père de mettre une chemise propre, dit-elle. Je vais demander à Boulgakov de nous prendre en photo sur la pelouse de devant.

Papa enfila sans enthousiasme une blouse de lin blanc et ses meilleures bottes de cuir – des bottes qu'il avait confectionnées de ses mains quelques années auparavant et qu'il réserve, comme il dit, « pour les grandes occasions ». Il se brossa soigneusement cheveux et barbe.

Le couple, mari et femme depuis près de cinquante ans, prit une tasse de chocolat bouillant avant de sortir pour la photographie. Il faisait chaud, pour une journée de fin septembre. Bien qu'il ne fût pas encore midi, le soleil brûlait d'un éclat presque sanglant, et sur les prés fauchés depuis peu – la dernière coupe de l'année – pesait une chaleur tremblante. À Boulgakov fut assigné le rôle de photographe, vu qu'on lui prêtait ce talent.

Maman pensait que la parution dans les journaux d'une magnifique photographie d'elle et Papa posant en majesté pourrait faire taire ce qu'elle appelait « la rumeur persistante de dissensions conjugales entre nous ». Papa pouvait difficilement lui refuser ce qu'il permettait à Tchertkov au gré de sa fantaisie. Je doute qu'aucun homme au monde ait été plus souvent photographié que Léon Tolstoï.

Je plaçai un écran derrière le couple, pour la photographie d'anniversaire, suivant les instructions de Boulgakov. Il travaillait « en professionnel ».

– L'écran va concentrer les rayons du soleil sur le sujet, dit Boulgakov.

Varvara et moi en avions le fou rire derrière son dos, tandis que Douchane Makovitski fronçait le sourcil.

Papa, dans tous ses états, l'air égaré, grimaçait à cause du soleil.

– Essayez de sourire, je vous prie, Léon Nikolaïevitch, dit Boulgakov.

Papa réussit à sourire faiblement.

Boulgakov, tenant de côté la poire en caoutchouc, fourra la tête sous le voile noir de l'appareil.

– Un petit peu plus à gauche, s'il vous plaît… Voilà ! Et maintenant, souriez…

Maman, naturellement, était aux anges. Elle passa le bras en douce autour de la taille de son mari et releva la tête vers son épaule. Elle voulait offrir au monde l'image du Couple Parfait. Mais impossible de faire changer Papa d'humeur.

Clic ! fit l'obturateur.

Mais, quand Boulgakov se mit en devoir de développer les photos, deux fantômes sans traits distinctifs apparurent sur le papier à l'odeur forte.

– L'appareil photo ne s'y trompe pas, lui ! dit Varvara Mikhaïlovna.

Ils essayèrent à nouveau le lendemain, avec de meilleurs résultats. Ensuite, je pris mon père à part.

– Vous n'auriez jamais dû la laisser vous persuader de prendre cette photo. Ce n'était pas honnête.

– Tu es bien comme ta mère, dit-il. Pleine de colère.

Il n'aurait jamais dû me dire une chose pareille. Mais je me rendis compte qu'il ne lui était pas possible de se comporter rationnellement dans une telle situation.

Avant le déjeuner, j'allai prendre des lettres sous sa dictée. Il était assis sur le divan et leva vers moi des yeux de chien battu.

– Ce n'est pas de ta sténo que j'ai besoin, Sacha, mais de ton amour.

Un amour intense, la pitié et la tristesse me montèrent soudain des talons à la moelle épinière en une vague énorme qui explosa au-dessus de ma tête.

– J'ai tant besoin de toi, Papa, lui dis-je en me laissant tomber sur le plancher.

Je pris ses genoux entre mes bras et pleurai.

– Ma chérie, dit-il en me caressant les cheveux. Je t'aime tant, tu sais, je t'aime tant...

Le lendemain, Papa fixa aux murs de son bureau les photos prises par Tchertkov et par moi. Et, dans l'après-midi, Maman perdit la tête.

Varvara et moi avions été invitées à passer quelques jours chez une amie, et nous partîmes après le petit déjeuner. L'après-midi de ce même jour, Papa fit une promenade dans les bois avec Délire. À son retour, il découvrit que Maman était allée dans son bureau avec un pistolet à amorces et avait tiré sur les photos de Tchertkov avant de les déchirer – les domestiques, comme toujours, ont raconté cette histoire sordide dans les moindres détails. Lorsqu'elle a vu Papa dans son bureau, Maman s'est précipitée vers lui avec le même pistolet et lui a tiré à la tête plusieurs coups de feu avant de retourner en courant dans sa chambre.

Un domestique partit aussitôt nous chercher, Varvara et moi. À notre retour, Maman prétendit qu'il ne s'était rien passé et nous traita d'idiotes.

– Qu'est-ce qui vous a fait revenir si vite ? Serait-ce que votre hôtesse était ennuyeuse à mourir ?

Je me fâchai.

– Tu as perdu la tête ! C'est toi qui nous feras mourir.

– C'est ce que tu crois ?

Elle se mit à énumérer les souffrances qu'elle endurait, mais c'en fut trop pour Varvara.

– Taisez-vous, pour une fois ! dit-elle.

Maman regarda mon amie d'un air méchant.

– Cela fait longtemps, très longtemps que je supporte votre présence, Varvara Mikhaïlovna, dit-elle. Mais je vais devoir vous prier de nous quitter pour toujours. Vous et Sacha vous conduisez comme des gamines, à tourner en rond en roucoulant et en vous bécotant sans cesse. Vous me dégoûtez, toutes les deux. La présence de ma fille, il faut bien que je l'accepte, mais la vôtre !…

Elle tendit vers Varvara un doigt crochu et ajouta en le secouant :

– Je ne veux pas de *vous* dans ma maison !

J'avais envie de l'assommer à coups de poing. Au lieu de cela, claquant la porte, j'allai trouver Papa dans son bureau et lui racontai ce qui venait de se passer. Il proposa que nous allions, Varvara et moi, quelques jours à Teliatinki jusqu'à ce que la colère de Maman se fût calmée.

Ce matin avant le petit déjeuner, nous sommes parties toutes deux à cheval avec quelques bagages légers et mon perroquet. Même la compagnie de Tchertkov nous paraît préférable à celle de cette femme dont la vie entière, à présent, n'est faite que d'une haine intense entrelardée d'apitoiement sur son propre sort.

30

L. N.

Lettre à Gandhi

Kotchety, le 7 septembre 1910

J'ai reçu votre journal *Indian Opinion*, et je me suis réjoui de connaître ce qu'il rapporte des Non-Résistants absolus. Le désir m'est venu de vous exprimer les pensées qu'a éveillées en moi cette lecture.

Plus je vis – et surtout à présent où je sens avec clarté l'approche de la mort –, plus fort est le besoin de m'exprimer sur ce qui me touche le plus vivement au cœur, sur ce qui me paraît d'une importance inouïe : à savoir que ce que l'on nomme Non-Résistance n'est, en fin de compte, rien d'autre que l'enseignement de la loi d'amour, non déformée encore par des interprétations menteuses. L'amour ou, en d'autres termes, l'aspiration des âmes à la communion humaine et à la solidarité représente la loi supérieure et unique de la vie… Et cela, chacun le sent et le sait au profond de son cœur (nous le voyons le plus clairement chez l'enfant). Il le sait, aussi longtemps qu'il n'est pas encore entortillé dans la nasse de mensonge de la pensée du monde.

Cette loi a été promulguée par tous les sages de l'humanité : hindous, chinois, hébreux, grecs et romains. Elle a été, je crois, exprimée le plus clairement par le Christ, qui a dit en termes nets que cette loi suprême contient la loi et les Prophètes. Mais il y a plus : prévoyant les déformations qui menacent cette loi, il a dénoncé expressément le danger qu'elle soit dénaturée par les gens dont la vie est livrée aux intérêts matériels. Ce danger est qu'ils se croient autorisés à défendre leurs intérêts par la violence, ou, selon son expression, à rendre coup pour coup, à reprendre par la force ce qui a été enlevé par la force, etc. Il savait, comme le sait tout homme raisonnable, que l'emploi de la violence est incompatible avec l'amour, qui est la plus haute loi de la vie. Il savait qu'aussitôt la violence admise, dans un seul cas, la loi était du coup abolie. Toute la civilisation chrétienne, si brillante en apparence, a poussé sur ce malentendu et cette contradiction, flagrante, étrange et, en quelques cas, voulue, mais le plus souvent inconsciente.

En réalité, dès que la résistance par la violence a été admise, la loi de l'amour était sans valeur et n'en pouvait plus avoir. Et si la loi d'amour est sans valeur, il n'est plus aucune loi, excepté le droit du plus fort. Ainsi vécut la chrétienté durant dix-neuf siècles. Au reste, dans tous les temps, les hommes ont pris la force pour principe directeur de l'organisation sociale. La différence entre les nations chrétiennes et les autres n'a été qu'en ceci : dans la chrétienté, la loi d'amour avait été posée clairement et nettement, comme dans aucune autre religion ; et les chrétiens l'ont solennellement acceptée, bien qu'ils aient regardé comme licite l'emploi de la violence et qu'ils aient fondé leur vie sur la violence. Ainsi, la vie des peuples chrétiens est une contradiction complète entre leur confession et la base de leur vie, entre l'amour, qui doit être la loi de l'action, et la violence, qui est reconnue sous des formes diverses, telles que : gouvernement, tribunaux et armées, déclarés nécessaires et approuvés. Cette contradiction s'est accentuée avec le développement de la vie intérieure, et a atteint ces derniers temps son paroxysme.

Aujourd'hui, la question se pose ainsi : oui ou non ; il faut choisir ! Ou bien admettre que nous ne reconnaissons aucun enseignement moral religieux, et nous laisser guider dans la conduite de notre vie par le droit du plus fort. Ou bien agir en sorte que tous les impôts perçus par la contrainte, toutes nos institutions de justice et de police, et avant tout l'armée, soient abolis. Le printemps dernier, à l'examen religieux d'un institut de jeunes filles, à Moscou, l'instructeur religieux d'abord, puis l'archevêque qui y assistait ont interrogé les fillettes sur les dix commandements, et principalement sur le cinquième : « *Tu ne tueras point !* » Quand la réponse était juste, l'archevêque ajoutait souvent cette autre question : « *Est-il toujours et dans tous les cas défendu de tuer par la loi de Dieu ?* » Et les pauvres filles, perverties par les professeurs, devaient répondre et répondaient : « *Non, pas toujours. Car, dans la guerre et pour les exécutions, il est permis de tuer.* » Cependant, une de ces malheureuses créatures (ceci m'a été raconté par un témoin oculaire) ayant reçu la question coutumière : « *Le meurtre est-il toujours un péché ?* » rougit et répondit, émue et décidée : « *Toujours !* » Et à tous les sophismes de l'archevêque elle répliqua, inébranlable, qu'il était interdit, toujours et dans tous les cas, de tuer – et cela déjà par l'Ancien Testament : quant au Christ, il n'a pas seulement défendu de tuer, mais de faire du mal à son prochain. Malgré toute sa majesté et son habileté oratoire, l'archevêque eut la bouche fermée, et la jeune fille l'emporta.

Oui, nous pouvons bavarder, dans nos journaux, sur le progrès de l'aviation, les complications de la diplomatie, les clubs, les découvertes, les prétendues œuvres d'art, et passer sous silence ce qu'a dit cette jeune fille ! Mais nous ne pouvons pas en étouffer la pensée, car tout homme chrétien sent comme elle, plus ou moins obscurément. Le socialisme, l'anarchisme, l'Armée du Salut, la criminalité croissante, le chômage, le luxe monstrueux des riches, qui ne cesse d'augmenter, et la noire misère des pauvres, la terrible progression des suicides, tout cet état de choses témoigne de la contradiction intérieure, qui doit être et qui sera résolue. Résolue, vraisemblablement, dans le sens de la reconnaissance de la loi d'amour et de la condamnation de tout emploi de la violence. C'est pourquoi votre activité, au Transvaal, qui semble pour nous au bout du monde, se trouve cependant au centre de nos intérêts ; et elle est la plus importante de toutes celles d'aujourd'hui sur la terre ; non seulement les peuples chrétiens, mais tous les peuples du monde y prendront part.

Il vous sera sans doute agréable d'apprendre que chez nous aussi, en Russie, une agitation pareille se développe rapidement, et que les refus de service militaire augmentent d'année en année. Quelque faible que soit encore chez vous le nombre des Non-Résistants et chez nous celui des réfractaires, les uns et les autres peuvent se dire : « Dieu est avec nous. Et Dieu est plus puissant que les hommes. »

Dans la profession de foi chrétienne, même sous la forme du christianisme perverti qui nous est enseignée, et dans la croyance simultanée à la nécessité d'armées et d'armements pour les énormes boucheries de la guerre, il existe une contradiction si criante qu'elle doit, tôt ou tard, probablement très tôt, se manifester dans toute sa nudité. Alors il faudra, ou bien anéantir la religion chrétienne, sans laquelle, pourtant, le pouvoir des États ne pourrait se maintenir, ou bien supprimer l'armée et renoncer à tout emploi de la force, qui n'est pas moins nécessaire aux États. Cette contradiction est sentie par tous les gouvernements, aussi bien par le vôtre, britannique,

que par le nôtre, russe ; et, par l'esprit de conservation, ils poursuivent ceux qui la dévoilent, avec plus d'énergie que toute autre activité ennemie de l'État. Nous l'avons vu en Russie, et nous le voyons par ce que publie votre journal. Les gouvernements savent bien d'où le danger le plus grave les menace, et ce ne sont pas seulement leurs intérêts qu'ils protègent ainsi avec vigilance. Ils savent qu'ils combattent pour l'être ou le ne-plus-être.

31

BOULGAKOV

Il ne m'a pas été commode de vivre ici, entre deux mondes. J'ai encore à Teliatinki quelques amis, surtout parmi les jeunes domestiques et les cochers, mais Serguieïenko et Tchertkov m'ont lâché. Ce dernier est revenu vivre ici, ce qui rend la situation encore plus insupportable. C'est un grossier idéologue, qui fait son jeu des gens et des circonstances, et pis encore, un raseur. Par ailleurs, Iasnaïa Poliana n'est plus pour moi le lieu de réconfort qu'il fut durant une brève période. Sophia Andreïevna éprouve de plus en plus de doutes quant à mes intentions. Elle ne comprend pas que je doive avant tout être loyal envers Léon Nikolaïevitch, que je m'efforce de faire ce qui le sert le mieux. Son attitude à mon égard passe d'un extrême à l'autre : tantôt elle me considère comme un traître, tantôt se conduit comme hier lorsque je la croisai dans le hall.

– C'est une bénédiction que de vous avoir ici avec nous, très cher, me dit-elle. Est-ce que vous vous en rendez compte ?

– Si cela est vrai, je suis heureux de l'entendre.

– On s'ennuie beaucoup moins lorsque vous êtes ici. Même Léon Nikolaïevitch se sent plus gai en votre présence. Et vous avez tellement de tact ! Le tact fait homme, un vrai miracle !

Il me vint à l'esprit qu'elle me taquinait, mais il y avait de la sincérité dans ce qu'elle disait. Le problème, avec Sophia Andreïevna, c'est toujours sa façon de s'exprimer. Comme beaucoup de gens, elle ne maîtrise pas le ton de sa voix. Une myriade de sentiments contradictoires lui passent par la tête, effaçant toute nuance. Il faut vraiment deviner ce qu'elle veut dire.

– Je devrais dire aussi que vous me semblez éviter les réponses trop précises. Est-ce le cas ?

– Pas moyen de répondre à cette question sans me compromettre.

– Chut ! fit-elle. Ne vous excusez pas. Vous valez mieux que cela. Vous essayez tout simplement de faire régner la paix autour de vous – chose tout à fait digne d'un chrétien.

– Vous me comprenez, n'est-ce pas ?

– En soixante-six ans, mon cher Valentin Fiodorovitch, j'espère avoir appris un petit quelque chose. Peut-être ai-je droit à un peu de pitié pour ce que je n'ai pas appris.

J'entrevis dans ces paroles le reflet de la grande dame qu'elle aurait pu être, en d'autres circonstances. La vie telle qu'elle est ici ne peut conduire à la sainteté, surtout pour une femme dans la situation de Sophia Andreïevna. Elle est déchirée, comme moi, entre deux attitudes divergentes.

Quoi qu'il en soit, je reste impressionné par Léon Nikolaïevitch. Il est imperméable à la flatterie. Il y a quelques jours, me promenant le long de la Voronka, je suis tombé sur la cabane de bain que la famille utilise en été, une adorable petite construction en clayonnage revêtu d'argile. Il y a, à l'extérieur, un mur blanchi au plâtre, sur lequel les visiteurs ont inscrit leurs commentaires. Je les ai relevés sur mon calepin :

1. *À bas la peine capitale !*

2. *Puisse la vie de L. N. se prolonger encore de longues années.*

3. *En témoignage d'une visite au comte Léon Tolstoï, cet homme dont l'intellect a la puissance du lion…*

4. *Venez, vous tous qui êtes fatigués du combat. Ici, vous trouverez la paix.*

5. *Cette hutte sacrée a reçu la visite d'un étudiant de l'Institut de géodésie de Moscou.*

6. *Un humble pèlerin présente ses respects.*

7. *Un admirateur du Comte, à présent et toujours.*

8. *Gloire, gloire au grand homme !*

9. *Nul, pas même Tolstoï, ne connaît la vérité.*

10. *Après en avoir longtemps rêvé, nous avons enfin rendu visite au génie de l'esprit humain.*

11. *« L'être né pour ramper ne peut voler. » Que puis-je écrire ? Tout semble pâle comparé à vous.*

12. *M. Bolsky est venu ici.*

Sur sa demande, j'ai donné à Sophia Andreïevna une copie de ces inscriptions, qu'elle a placée sur le piano du salon, où Léon Nikolaïevitch ne manquerait pas de les voir. Traversant la pièce, il a dit d'un ton rude :

– Qu'est-ce que c'est ?

– Des commentaires, mon cher. À votre sujet, pour la plupart. Sur le mur de la cabane de bain. C'est Boulgakov qui les a recopiés.

Il prit la feuille de papier et parcourut rapidement les commentaires en remuant légèrement les lèvres.

– Sans intérêt, dit-il en laissant retomber la feuille sur le piano.

Birioukov, l'un de ses plus ardents disciples, est venu lui rendre visite. Il est poursuivi par le gouvernement pour avoir en sa possession certains textes interdits de Tolstoï. Le procès commence dans quatre semaines et il risque jusqu'à dix-huit mois de prison. C'est une source de chagrin immense pour Léon Nikolaïevitch, qui voit toujours à regret souffrir quelqu'un à cause de lui.

Cet après-midi, il était allé faire une longue promenade avec Délire. Il en est revenu l'air égaré. Il a dit qu'il voulait monter faire un somme dans sa chambre – chose tout à fait inhabituelle chez lui.

Nous l'attendîmes pour dîner jusqu'à sept heures mais, comme il ne se montrait pas, nous commençâmes à manger sans lui. Sophia Andreïevna prit la louche et servit la soupe, un bouillon de poulet brûlant où flottaient de grosses carottes, puis s'excusa pour monter voir ce que faisait son mari. Cela ne lui ressemblait pas du tout, dit-elle, de manquer un repas. Aucun de nous ne dit mot, mais nous continuâmes à manger. Qu'un vieillard ne se montre pas à l'heure dite, c'est toujours éprouvant pour les nerfs.

Sophia Andreïevna revint en se tordant les mains. À ce qu'il semble, Tolstoï était assis sur le bord de son lit lorsqu'elle entra. Il avait l'air pâle et déclara qu'il n'avait pas faim, qu'il irait simplement au lit sans dîner. Son pouls était un tantinet rapide, une sueur fine perlait à son front et donnait à ses joues un aspect gras et luisant.

– Tu crois qu'il va bien ? demanda Sergueï.

Il était venu en visite pour quelques jours, ainsi que sa sœur Tania, inquiet de l'état de crise qui régnait entre ses parents. Ils s'imaginent tous que l'on peut y faire quelque chose.

– Il avait le regard vide, dit-elle. Je crois qu'il va avoir une attaque.

Après avoir pris quelques gorgées de bouillon, elle se leva de nouveau.

– Il faut que j'aille auprès de lui.

Lorsqu'elle fut partie, Sergueï et Tania échangèrent un regard excédé. Ne pouvait-elle laisser le pauvre homme en paix ?

Leur mère reparut avec une expression épouvantée.

– Montez vite, Douchane Petrovitch ! Il est inconscient et bredouille… Dieu sait ce qui lui arrive !

Elle s'agenouilla sur le plancher en se signant à plusieurs reprises.

Chacun bondit de sa place sur les pas de Douchane Petrovitch, qui avait quitté la salle à manger au pas de course sitôt après avoir perçu le regard effrayé de Sophia Andreïevna.

La chambre était obscure, bien qu'une bougie fût allumée sur la table de chevet, la flamme près de s'éteindre. Léon Nikolaïevitch était allongé sur le dessus-de-lit, la mâchoire agitée de tremblements. Il émettait des sons étranges, une sorte de mugissement inarticulé. Nous restions tous frappés de stupeur.

Nous regardâmes Douchane Makovitski le déshabiller et l'envelopper dans une couverture de laine. Le vieil homme avait les yeux fermés, mais faisait de vains efforts pour parler, plissant le front et gonflant les joues. Il se mit à remuer les mâchoires comme pour mastiquer quelque chose.

– Il va probablement s'endormir, maintenant, dit Douchane. Vous feriez aussi bien de finir de dîner. Je vais rester auprès de lui.

– Non, c'est moi qui resterai, dit Birioukov.

Personne ne s'y attendait. Mais il éprouve une immense loyauté pour Tolstoï, et pour lui il ferait de la prison.

– Appelez-moi s'il y a un changement quelconque, dit Douchane. Et prenez-lui le pouls toutes les cinq minutes.

Nous redescendîmes tranquillement dans la salle à manger et reprîmes notre repas.

C'est à peine si nous échangeâmes une parole. Je ne crois pas que nous ayons tout à fait fini le dessert quand Birioukov se précipita en appelant à grand bruit Douchane Makovitski.

Nous courûmes à l'étage une fois de plus. Léon Nikolaïevitch avait été pris de convulsions mais, au moment où nous atteignîmes la chambre, elles étaient en train de se calmer. Ses jambes, pourtant, remuaient violemment et son visage était défiguré par la douleur ; sa bouche grimaçait, les commissures des lèvres retournées vers le haut. Ses doigts s'ouvraient et se fermaient mécaniquement comme les mandibules d'un insecte.

Douchane Makovitski donnait des ordres comme un officier à ses troupes : « Dépêchez-vous ! Descendez chercher des bouillottes pour lui tenir les pieds au chaud. Il faut lui mettre aussi des sinapismes sur les mollets. Et du café ! Apportez du café bien chaud ! »

Dans tout ce mouvement, Douchane restait calme et de sang-froid, scientifique jusqu'à la moelle. Sophia Andreïevna, le dos au mur, priait, les yeux mi-clos, les paupières rouges et gonflées.

Un moment plus tard, couvert de sinapismes et de compresses froides, Léon Nikolaïevitch se redressa sur son lit avec notre aide. Le pire semblait passé. Il essayait de parler.

– La société…, dit-il. La société, au sujet de trois… au sujet de trois… prenez note de ceci.

– Il délire, dit Douchane Makovitski.

– Faut lire ! déclara brusquement Léon Nikolaïevitch.

Puis, d'une voix sourde, embarrassée par le mucus qui se formait dans sa gorge :

– Sagesse… Sagesse… Sagesse.

Chose douloureuse, cruelle, que de voir un homme d'une intelligence lumineuse réduit à prononcer des paroles incohérentes. Cela n'empêchait pas, même dans cette confusion, ses soucis primordiaux, en tant qu'être humain, de se manifester à la surface de son cerveau en ébullition.

Les convulsions recommencèrent à l'improviste, une succession d'attaques qui lui tenaillèrent tout le corps, comme s'il avait été frappé de coups de foudre. Après chaque crise il retombait en sueur, agité de tremblements et de frissons.

Douchane Makovitski lui appuyait sur les épaules pendant les convulsions les plus violentes, tandis que Birioukov le tenait par les jambes. Obéissant aux ordres du docteur, je massais les mollets chaque fois qu'il cessait de se tordre. Il subit cinq attaques à la file, la quatrième, particulièrement forte, le projetant en travers du lit. Nous avions peine à le contenir.

Quand il sembla que le pire fût passé, Sophia Andreïevna s'agenouilla à côté du lit et lui saisit les pieds.

– Seigneur Dieu, pas maintenant ! Ne le laissez pas mourir maintenant !

Tania posa la main sur l'épaule de sa mère et lui dit affectueusement :

– Descendons, Maman. Il faut qu'il se repose, maintenant.

– Tu ne comprends pas, dit Sophia Andreïevna. S'il meurt, vous perdrez un père. Mais moi, j'aurai tué un homme.

Ses paroles retentirent dans le noir comme des coups de feu.

– Vous devez tous descendre, dit Douchane Makovitski. Je le veillerai moi-même.

Léon Nikolaïevitch, toutefois, n'était pas encore disposé à mourir. Avant dix heures il était presque rétabli, bien qu'il n'eût pas essayé de se lever. Il avala quelques gorgées de thé et demanda à Douchane Makovitski de lui lire des passages de l'Évangile.

J'écoutai sans bruit à la porte.

« Je vous donne un commandement nouveau : aimez-vous les uns les autres. » Ces paroles chantaient dans mon cœur, elles étaient si belles, si parfaitement simples. « À ceci tous vous reconnaîtront pour mes disciples : à cet amour que vous aurez les uns pour les autres. »

À la voix de Douchane faisait écho la voix basse et rauque de Léon Nikolaïevitch.

J'étais à présent couché dans mon lit, tout éveillé, incapable de me détendre. Ç'avait été extrêmement pénible de lire la signature de la mort sur ce cher visage ridé. Comme toujours, mes pensées se tournèrent vers Macha à Pétersbourg. J'allumai la bougie sur ma table et lui écrivis cette lettre :

Me voici une fois de plus en train de me battre avec les vieilles formules. L'âme est-elle vraiment une entité distincte ? Le corps en est-il le vaisseau ? Je l'ignore, mais ayant vu dans un tel état le cher Léon Nikolaïevitch – la vie me semble à présent encore plus mystérieuse, fragile, évanescente. Et précieuse. D'un inconnu à l'autre, nous passons si brièvement nos jours sur terre, comme des pétales sur une branche.

Je pense à toi, Macha, même en ce moment, assis au milieu de la nuit à cette table de bois. Mes pensées retournent vers toi dans les moments les plus bizarres. Notre amitié est comme une fissure lumineuse dans un mur par ailleurs obscur. C'est comme si, en quelque sorte, je t'avais toujours avec moi. Ici encore, le mystère du temps et de l'espace me confond, me bouleverse. Ton âme, j'ose le croire, s'est liée à la mienne, et l'espace entre nous est d'une certaine manière sans rapport avec nous. Je ne crois pas qu'il existe. Je crois, en fait, t'avoir à côté de moi quand tu n'y es pas. Suis-je idiot de croire de telles choses ?

Je ne cesse de penser, pourtant, que l'amour seul peut atténuer, entre esprit et corps, entre âme et chair, cette terrible déchirure qui me tourmente. Je ne puis imaginer ce que cela signifie de dire qu'aujourd'hui je suis un jeune homme dans tout l'éclat de la jeunesse, que demain je serai vieux et seul et après-demain poussière sous la terre. S'il n'est pas d'amour en ce monde, pas d'esprit permanent en l'homme, alors je ne suis rien à présent, notre affection n'est rien, et nous pourrions aussi bien être morts tous les deux.

Mais à peine ai-je écrit ces mots que j'éprouve la grande soif de Dieu, qui me fait prendre conscience que Dieu existe. Par Dieu, j'entends l'Esprit du Monde, le sentiment de l'Éternel, cette flamme ou cet esprit qui plane sur le monde autour de nous et lui donne forme, le crée en quelque sorte. Nous sommes, chacun de nous, un petit Dieu, et l'amour que nous engendrons entre nous ne peut qu'accroître cette parcelle de divinité en nous, agrandir le cercle de l'affection que nous avons en partage, le souffle de l'esprit.

Tu me pardonneras, j'espère, ces divagations philosophiques. Il est horriblement tard, et les mots commencent à me manquer. La fatigue maintenant s'empare de moi, je puis à peine penser. J'écrirai à nouveau demain. Écris-moi. Tu me manques. Je t'aime.

32

SOPHIA ANDREÏEVNA

Sacha m'a dit hier :

– Tu es jalouse de lui, Mère. Voilà le problème.

Où cette fille a-t-elle la tête ? Bien sûr que je suis jalouse de lui ! Pourquoi faudrait-il que je le partage avec des vagabonds et des saltimbanques, des grippe-sous et des imposteurs ? Pourtant, il faut que je m'assure qu'on ne le contrarie pas constamment. La tension le tuerait. C'est mon devoir, en tant qu'épouse, de veiller à ce qu'il vive dans une atmosphère de calme.

Le lendemain de l'attaque de Liovotchka, j'ai dit à Sacha qu'elle et Varvara pouvaient revenir à la maison. On avait enlevé à son père sa petite églantine, et c'en était trop pour lui. Et qui eût pu dire quels complots, une fois hors de ma vue, elle allait fomenter avec Tchertkov ? Alors je me suis donnée en spectacle, debout sur les marches de bois à Teliatinki, en demandant à ma fille et à son amie de me pardonner. Elles avaient l'air sincèrement ahuries. J'ai adoré ça !

Sacha est une sentimentale, du genre à pleurer sur la mort d'un crapaud ; elle fondit en larmes à mon approche, et nous nous embrassâmes comme deux sœurs qui se seraient longtemps perdues de vue. Même Varvara Mikhaïlovna, qui est sensible comme un bloc de marbre, versa quelques larmes de crocodile et me serra dans ses bras.

– Réunion de famille ! dit Tchertkov tout dégoulinant de poison en s'avançant dans la lumière qui ricochait sur son crâne chauve et huileux.

Il empestait le parfum – travers féminin parfaitement approprié aux penchants « grecs » de ce monsieur.

– Cela fait plaisir de vous voir, Vladimir Grigorievitch.

– Pour moi pareillement, soyez-en sûre.

– J'aimerais vous inviter chez nous demain. Voulez-vous venir déjeuner ?

Il me remercia sans laisser paraître la moindre trace de son ironie habituelle – un numéro extraordinaire.

C'était une offre téméraire, malgré tout, et j'aurais dû avoir un peu plus de bon sens. Cet homme souille jusqu'au sol sur lequel il marche. Et se pose aussi la question de l'habitude. S'il se fourrait dans la tête l'idée qu'il peut nous rendre visite sans problème, il se pointerait tous les jours.

Quand j'entendis approcher sa voiture, mon pouls se mit à battre à toute allure : 142 ! Je guettais avec des jumelles de la fenêtre de ma chambre. Liovotchka était sur le perron, tout heureux d'attendre l'arrivée de son disciple. Je lui avais demandé de ne pas embrasser cet homme. C'est plus que je ne puis supporter. Mais il ne pouvait cacher la joie qui rayonnait sur son visage ; il avait l'air d'une jeune fiancée qui vient juste d'apercevoir au loin son amoureux. Dégoûtant de se montrer ainsi devant les domestiques !

Comment me suis-je débrouillée, je ne le saurai jamais. Appelant à moi toutes mes forces, j'ai observé une politesse froide, m'enquérant de sa mère et de sa femme, et comptant les minutes jusqu'à ce que ce gredin eût quitté ma maison. Lorsque enfin il fut parti, je priai Liovotchka de faire en sorte que ce fût la dernière fois que j'eusse à endurer sa présence malveillante. Contre toute attente, il accepta d'écrire à Tchertkov et à sa femme en laissant entendre qu'il était encore un peu trop tôt pour une réconciliation. Il faudrait laisser passer quelque temps avant de tenter une nouvelle visite.

Je suppose que Liovotchka, se sentant coupable, n'était pas disposé à me rendre la vie plus difficile. Il y a quelques jours, j'ai découvert dans sa botte un journal secret. Je ne lui en ai pas parlé, mais il a dû se rendre compte de son absence. Il est rédigé en termes sibyllins, mais confirme ce que je soupçonnais : Tchertkov et lui ont passé un contrat impie dans le but de dépouiller sa famille de ses droits d'auteur. Et cela au moment précis où je viens de recevoir une offre de Prozviechenie, l'une des plus solides maisons d'édition de Russie, d'acheter à sa mort tous les droits sur l'œuvre de Liovotchka. Pour un million de roubles ! De quoi assurer la subsistance de la famille Tolstoï – y compris les vingt-cinq petits-enfants – pour le restant de leurs jours !

Je suis entrée dans le bureau de Liovotchka avec la lettre de Prozviechenie, mais il m'a écartée d'un geste.

– Ne t'occupe pas de ces questions, dit-il. Elles sont sans importance. Je n'écris pas pour des éditeurs, mais pour des gens.

Impossible de discuter avec lui. Je fus forcée, le 14 octobre, de m'adresser explicitement à lui, par lettre :

Tu t'enquiers chaque jour de ma santé avec un air compatissant, Liovotchka. Tu me demandes si j'ai bien dormi avec une telle apparence de souci dans la voix. Et pourtant, chaque jour tu m'enfonces dans le cœur de nouveaux clous, abrégeant ma vie et me soumettant à une souffrance insupportable. Rien de ce que je fais ne semble apaiser cette douleur – tu devrais le savoir. Le Destin a voulu que je sois avertie de ce mauvais tour, de cet acte immoral que tu as accompli en dépouillant ta nombreuse progéniture de tes droits d'auteur (et je pourrais te signaler que ton complice dans ce crime s'est gardé de faire la même chose vis-à-vis de sa propre famille)...

Le gouvernement que vous diffamez et critiquez dans vos pamphlets, ton ami et toi, va maintenant légalement ôter le pain de la bouche de tes héritiers et le donner à quelque riche éditeur de Moscou, tandis que tes propres petits-enfants mourront de faim, en conséquence de ta vanité et de ton péché. Et c'est le gouvernement, une fois encore – sous la forme de la Banque d'État – qui recevra en sauvegarde les journaux de Tolstoï, simple ruse pour les mettre hors de la portée de ta femme...

Je suis horrifiée, atterrée, à la pensée de la plante maléfique qui jaillira peut-être de ta tombe pour s'épanouir dans le souvenir de tes enfants et petits-enfants.

Je posai la lettre le matin sur sa table de travail. Juste avant déjeuner, mes mains tremblaient. Je frappai à la porte du bureau. Je voulais connaître sa réaction, directement, de sa bouche même. C'était une question trop importante pour être laissée au hasard.

Il me dit d'entrer.

– Liovotchka, dis-je.

Je me sentais comme une écolière en visite chez le directeur.

– Je me demande si tu as lu ma lettre.

– Je l'ai lue.

J'attendis à côté de lui, les mains croisées sur le devant de mon tablier.

– As-tu quelque chose à me dire ?

Il leva les yeux vers moi, avec une expression de dédain que je n'avais jamais lue auparavant sur son visage. Ses narines semblaient se dilater comme celles d'un taureau.

– Veux-tu bien me laisser en paix ? demanda-t-il.

Je le suppliai de penser à sa famille, de reconsidérer tout ce qu'il avait fait pour modifier son testament, d'écouter la voix de la raison. Mais il resta impassible dans son fauteuil, répandant à travers la pièce un voile de lumière blafarde comme celle d'une ampoule électrique nue.

– En as-tu fini, Sophia Andreïevna ?

– Oui, dis-je.

Je pouvais voir qu'en effet j'en avais fini dans tous les sens du terme. Quel que fût l'amour qui avait pu vivre entre nous, il était mort.

Nous ne nous dîmes plus un mot ce jour-là. Le lendemain matin, il quitta la maison à cheval avant le petit déjeuner. Cela ne lui ressemblait guère. Je me dis aussitôt qu'il devait se rendre à Teliatinki. Aussi me dirigeai-je, à pied, vers la maison de Tchertkov.

À l'entrée de la propriété, je me cachai dans un fossé peu profond. Je restai allongée là toute la journée, une paire de jumelles braquée sur la maison. Je n'aperçus nulle part le cheval de Liovotchka, et lui pas davantage. Par deux fois je vis Tchertkov aller et venir, et finis par me demander si vraiment Liovotchka était allé à Teliatinki. Je m'étais peut-être trompée.

Lorsque le soir commença à tomber, je me remis en route, le cœur las, et revins à Iasnaïa Poliana. En arrivant, j'avais des élancements dans les tempes, les pieds brûlants. La tête me tournait et j'avais la nausée.

Je restai assise une heure ou deux sur un banc de bois sous un grand pin. Le ciel au-dessus de moi était piqueté d'étoiles, et je sentis que j'ouvrais les yeux sur l'infini. Je dis dans mon cœur: *Je suis toute à toi, Dieu. Prends-moi. Prends-moi.* Je voulais Dieu, ou l'oubli. Je voulais me compter au nombre des milliers d'étoiles.

J'aurais pu rester à jamais assise là si Ivan, notre cocher, ne m'avait vue.

– Est-ce vous, Comtesse?

– C'est moi, Ivan.

– Vous vous sentez bien?

– Je ne me sens pas bien du tout, Ivan. Aidez-moi.

Il me prit par la main et me conduisit à la maison, comme une vieille mule qu'on ramène à l'écurie.

Liovotchka ne dormait pas encore. Assis sur son lit, il lisait à la lueur d'une bougie. Je ne sais pourquoi, je lui racontai exactement ce que j'avais fait ce jour-là, mon attente dans le fossé, hors de moi, jusqu'à la nuit. Comment j'avais demandé à mourir, prié, imploré même.

Il m'écouta attentivement, puis me dit:

– Sonia, je suis fatigué à l'extrême par tes caprices. Ce que je désire, c'est la liberté. J'ai quatre-vingt-deux ans, et je refuse que tu me traites comme un enfant. Je ne veux pas être ficelé à tes cordons de tablier.

– Qu'est-ce que cela veut dire?

– Cela veut dire que, dorénavant, je me sentirai parfaitement libre d'écrire à Tchertkov, voire de le rencontrer quand je l'estimerai nécessaire. Je ne puis jouer davantage à ce jeu.

– Tu ne peux pas me faire ça, dis-je.

– Attends un peu, et tu verras.

Le lendemain, Liovotchka semblait déterminé à donner la preuve de son indépendance. Il s'assit au jardin et prit le thé avec Novikov, un moujik qu'il admire pour je ne sais quelles raisons. Novikov dit devant moi:

– Il faudrait que vous voyiez comme nous traitons nos femmes au village! À la moindre incartade – plaf!

Il se frappa la cuisse du plat de la main.

– Les femmes, ça se mène à la trique ! C'est le seul moyen de les faire tenir tranquilles.

Liovotchka, apôtre de la non-violence, partit d'un rire inextinguible.

– Nous avons beaucoup à apprendre des moujiks, dit-il. C'est absolument épatant. Spendide !

Je les laissai à leur ridicule conversation.

Cet après-midi-là, Liovotchka décida de montrer sa virilité en reprenant ses séances de gymnastique. Dans sa jeunesse, il se suspendait à une barre installée dans son bureau, ce qui terrifiait les domestiques.

– Ça porte le sang au cerveau, disait-il.

Cette fois, il essaya de se suspendre la tête en bas à une armoire qui avait des crochets de fer adaptés aux talons de ses bottes. Mais naturellement, entraîné par son poids, tout bascula sur lui.

– Tu es comme un gosse, lui dis-je. On ne peut pas avoir confiance en toi.

Furieux contre lui-même plus que contre moi, il s'enferma à clé dans son bureau jusqu'à l'heure du dîner. Il en descendit à sept heures et mangea sans dire un mot.

Nous voici presque en novembre, et je suis triste. Le temps empire chaque jour : venteux et froid, avec une pluie qui crépite comme des grains de plomb, parfois un poudroiement de neige. Je me promène chaque matin dans la forêt avec mes chiens, Marquis et Bielka. Nous prenons, dans le bois de Zassieka, les mêmes pistes que suit Liovotchka lorsqu'il sort à cheval l'après-midi. J'ai peine à croire qu'il puisse encore insister à ce point pour monter à cheval. Du moins permet-il à Douchane Makovitski de le suivre. Il a fait l'autre jour une chute terrible, et il est rentré noir de boue à la maison. Mais je n'ai pas parlé de l'incident. Cela n'aurait fait que le contrarier.

Mlle Natalia Alexeïevna Almedingen est arrivée hier. C'est une femme élégante, rédactrice d'un magazine et auteur de livres en vogue pour les enfants. Elle m'a parlé tranquillement de l'offre faite par Prozviechenie (qu'apparemment elle représente). Ils veulent absolument obtenir les droits de publication de Liovotchka. Si je puis l'amener à signer une déclaration, même provisoire, sans engagement, cela sera utile. Il faut couper la voie à Tchertkov pendant qu'il en est temps.

Nous avons d'autres visiteurs, comme d'habitude. Il y a Gastiev, ce bavard, qui s'amène bourré de cancans, que Liovotchka avale avidement. Tania est de nouveau ici. Et Sergueï, qui joue aux échecs deux fois par jour avec son père. Je me demande comment je fais pour supporter un monde pareil.

Tout allait bien depuis un moment, aussi fus-je attristée quand je découvris que Boulgakov avait porté ce matin une lettre à Teliatinki. Sacha en avait pris note, je l'ai vu sur son bureau de la Remingtonnière.

– Pour qui était cette lettre ? lui demandai-je.

– Galia, dit-elle.

Mon mari écrivait à la femme de Tchertkov ? Pour quoi faire ? J'allai tout droit le lui demander dans son bureau.

– Tu as envoyé une lettre à Galia Tchertkova ce matin, lui dis-je.

– Peut-être. Mais ce n'est pas ton affaire.

Il fit le gros dos sur son bureau, continuant de travailler.

– C'était à quel propos ?

– J'ai oublié, dit-il. Les vieux oublient.

– S'il te plaît, mon chéri. Tu n'as pas besoin de me traiter comme une enfant.

– Je ne me rappelle pas ce qu'il y avait dans cette lettre, c'est tout.

– Tu mens.

Il se tortilla sur son fauteuil. Cette fois, je le tenais!

– Fais-moi voir une copie de cette lettre, dis-je.

– Jamais!

Il se leva, on aurait dit Jupiter en personne, et ses poings lançaient des éclairs. Il m'aurait étendue raide morte, s'il avait pu.

– Il fut un temps où tu n'aurais jamais crié ainsi, lui dis-je. Un temps où tu m'aimais.

Il s'affaissa dans son fauteuil comme une fleur qui se fane. J'avais devant moi un vieil homme malade – le fantôme de l'homme que j'aime, que j'ai aimé plus que la vie elle-même depuis près de cinquante ans. Que ne le sait-il? Que ne sent-il la présence de mon amour?

– J'aimerais que tu me laisses tranquille, dit-il. Je veux être seul.

– Mais tu es seul, Liovotchka. Nous sommes seuls tous les deux. Cela fait déjà quelque temps que nous sommes seuls.

– Il faut que je parte.

– Tu es déjà parti, dis-je. Je vis seule ici.

Je quittai la pièce, maîtresse de moi-même, mais à peine étais-je sortie que je dus m'arc-bouter le dos au mur pour ne pas m'écrouler. Mes jambes me soutenaient à peine. Ma vie me soutenait à peine.

« Liovotchka », murmurai-je entre mes doigts. Je tremblais de tout mon corps. J'attendais que sa main vienne me toucher à l'épaule. Que sa grande ombre se dresse au-dessus de moi, pour me couvrir comme la nuit couvre les champs. Pour me mener au lit, me tenir dans ses bras, m'aimer.

Mais il n'est jamais venu.

Il ne reviendra jamais.

33

BOULGAKOV

La nuit dernière j'ai dormi dans ma petite chambre à Teliatinki, qui toujours me rappelle Macha. Je la vois dans chaque objet de la pièce, je sens sa présence. Je voudrais qu'elle soit auprès de moi, qu'elle me touche. Je lis et relis ses lettres, et me sens coupable. C'est une grave erreur que d'être venu travailler avec Tolstoï à Iasnaïa Poliana pour me trouver uniquement préoccupé de mes rapports avec une femme.

Notre séparation, si pénible soit-elle, m'a fait prendre clairement conscience du besoin que j'ai d'elle. Par ses yeux, je vois le monde avec plus de fraîcheur. Tout ce qui m'arrive prend à cause d'elle des couleurs délicieuses.

Je me suis trouvé, ces temps derniers, beaucoup plus en accord avec les tolstoïens, en partie du fait qu'il est très difficile de rester en relations intimes avec Sophia Andreïevna. Elle est devenue plus que jamais irritable et soupçonneuse.

Tchertkov ces jours-ci est aux anges, il sent que la victoire est proche. Malgré cela, ses rapports tendus avec Sophia Andreïevna lui donnent de l'inquiétude, car ils lui interdisent un accès facile auprès de Léon Nikolaïevitch ; il parle sans cesse de se réconcilier avec elle pour pouvoir passer plus de temps avec le Maître avant sa mort.

Je crois que Tchertkov sous-estime l'intensité de ses sentiments à son égard. Non seulement elle ne l'aime pas, mais elle le déteste.

Ce matin, peu après le petit déjeuner, j'ai été convoqué dans la salle à manger de Teliatinki. Tchertkov était perché sur un haut tabouret, l'air radieux. Telle une fiancée juste avant le mariage. L'atmosphère était épineuse et tendue.

Je m'inclinai devant lui, plus profondément qu'il n'était nécessaire.

– Il y a du nouveau, dit-il. Une nouvelle stupéfiante, en vérité.

Je sentis les muscles de mon abdomen se nouer.

Tchertkov resta imperturbable.

– Léon Nikolaïevitch est parti, dit-il.

On eût dit qu'il prenait chaque mot dans l'air avec des pincettes, pour les déposer un à un sur une assiette de porcelaine tendre.

– Il est parti ce matin avec Douchane. Personne ne sait où ils sont allés.

C'était venu comme la mort dans une famille, après une longue maladie.

– Allez trouver Sophia Andreïevna, me dit Tchertkov. Tâchez de savoir ce qu'il en est et revenez me le dire plus tard.

Je partis aussitôt pour Iasnaïa Poliana, où j'arrivai vers onze heures. Sophia Andreïevna venait juste de s'éveiller, après une nuit d'insomnie. Elle avait les yeux rouges et bouffis, les joues enflées, comme si elle pleurait déjà depuis des heures. Mais elle était maintenant prise de panique. Elle, Sacha et moi convergeâmes sur le palier du premier étage.

– Où est-il, Sacha ? demanda Sophia Andreïevna avec une rare intensité. Où est Papa ?

– Il a quitté la maison.

– Que veux-tu dire, « quitté la maison » ? Quand ?

– Hier soir.

– Mais, Sacha, ce n'est pas possible !

– Je te dis ce qui s'est passé, Maman. Il est parti. Où, je n'en ai aucune idée. Personne ne le sait.

Sophia Andreïevna recula en titubant, l'esprit comme un million de feuilles mortes tourbillonnant dans un bois noir.

– Il est parti, répétait-elle comme pour analyser le sens de ces paroles.

– Oui, il est parti, dit Sacha.

– Parti pour toujours.

– Je le crois.

– Seul ?

– Avec Douchane.

Alors elle voulut savoir.

– Sacha, ma chérie, dis-moi où ton père est parti. Tu le sais, j'en suis sûre. Ne me raconte pas d'histoires… pas maintenant.

– Je n'ai pas la moindre idée de l'endroit où il est allé. Rien de précis, en tout cas. Mais il m'a donné une lettre.

Elle tendit la lettre à sa mère.

Sophia Andreïevna la lui arracha des mains, retenant son souffle. Elle la lut lentement, en remuant les lèvres.

Mon départ va te faire de la peine. J'en suis désolé, mais tâche de comprendre, je te prie, et de croire que je ne puis faire autrement. Ma situation dans cette maison est devenue intolérable. En plus de tout le reste, je ne puis supporter davantage les conditions luxueuses dans lesquelles je vis. Ce que je fais à présent, c'est ce qu'ont fait communément de vieilles gens – abandonner leur vie terrestre derrière elles afin de passer leurs derniers jours dans la paix et la solitude.

Comprends cela, je te prie, et n'essaie pas de me suivre, même si tu découvres l'endroit où je me trouve. Cela ne ferait que rendre plus difficiles ta situation et la mienne. Cela ne changerait rien à ma décision.

Je te suis reconnaissant pour les quarante-huit ans que tu as vécus honnêtement avec moi, et te demande de me pardonner tout ce dont je me suis rendu coupable envers toi, comme je te pardonne de tout mon cœur ce dont tu as pu te rendre coupable à mon égard. Je t'adjure de t'adapter aux nouvelles conditions de vie auxquelles tu auras à faire face après mon départ et de ne pas m'en vouloir.

Si tu désires m'écrire, dis-le à Sacha. Elle saura où je me trouve et m'enverra tout ce dont j'aurai besoin ; mais elle ne peut te dire où je serai, car je lui ai fait promettre de ne le révéler à personne.

La lettre, en date du 28 octobre, était signée de l'habituel gribouillis.

Le visage de Sophia Andreïevna, ses joues se mirent à frémir comme des feuilles sèches et fendillées agitées par le vent. Les muscles de son cou se tendirent, pareils à des cordes, comme afin de maintenir en équilibre son énorme tête. Ses épaules commencèrent à trembler. L'instant d'après, elle relevait les pans de sa robe qui pendaient jusqu'à terre et s'élançait en hurlant dans l'escalier. Elle fila par la porte d'entrée à travers la pelouse, où nous l'aperçûmes d'une fenêtre.

– Elle va vers l'étang ! s'écria Sacha. Rattrapez-la !

J'emboîtai aussitôt le pas à Sacha, grimaçant un peu à cause du soleil, et vis la silhouette floue de Sophia Andreïevna, une grande tache grise, disparaître dans un bouquet de hêtres.

Elle courait plus vite que je ne l'eusse cru possible pour une femme de son âge et de sa corpulence.

Deux domestiques me suivaient à toute vitesse, Sémène Nikolaïevitch, le cuisinier, et Vania, le gros valet de chambre, que ses jambes grêles pouvaient à peine porter. Je vis également Timothée, le fils bâtard au sourire édenté, qui faisait des gestes du haut d'un arbre.

Sophia Andreïevna avait franchi les hêtres et se dirigeait droit vers l'étang à travers un bosquet de tilleuls.

Sacha était derrière moi, criant :

– Ne courez pas si vite !

Mais ce n'était pas le moment de s'attarder. Sophia Andreïevna approchait de l'étang. Je pouvais seulement l'apercevoir au loin, et les éclairs de ses deux mollets blancs.

Sacha me dépassa brusquement, soufflant comme une locomotive, ses jupes virevoltant au soleil. Elle criait à présent :

– Dépêchez-vous ! Dépêchez-vous !

Sophia Andreïevna était debout sur les madriers près de la cabane de bain, là où les femmes se penchent pour laver le linge. Elle se retourna, nous vit accourir vers elle, et s'élança sur l'appontement de bois. Mais le plancher était glissant, et elle tomba lourdement sur le dos. Elle s'accrocha à la surface de ses deux mains rougies, mais en vain, et roula de côté dans l'eau noire.

Sacha était très en avant de moi à présent, elle approchait de l'appontement de bois à toute vitesse. Elle s'était débrouillée, tout en courant, pour se débarrasser de son pull-over de laine aux mailles serrées. Mais elle culbuta elle aussi sur les lames de bois moussues et glissa sur le dos. Le temps que j'atteigne l'appontement, elle s'était remise sur ses pieds et jetée à l'eau avant moi. J'enlevai mes bottes à coups de pied et sautai debout dans l'eau glacée.

L'eau est un milieu étrange, qui altère la géométrie du mouvement. À travers lui, espace et temps semblent curieusement irrationnels. Il me parut, dans les brefs instants qui suivirent mon plongeon, voir mille images et penser mille pensées, jusqu'à ce que j'eusse repéré Sophia Andreïevna, flottant les joues gonflées comme les ouïes d'un poisson des tropiques.

La distance entre elle et moi semblait infinie, et j'éprouvais à présent une sensation de vertige, la peau pleine de picotements, le souffle court. L'eau trouble de l'étang était glaciale, après plusieurs nuits de suite d'un froid terrible.

Sophia Andreïevna émergea brusquement comme une loutre, la face vers le ciel, à dix mètres de moi environ. Elle semblait déjà morte, l'eau coulait dans sa bouche ouverte, puis elle glissa de nouveau sous la surface et disparut complètement.

Sacha, qui sait elle-même à peine nager, se débattait non loin de là de tous ses membres, s'efforçant en vain de rejoindre sa mère.

– Retournez au ponton, Sacha ! criai-je.

– Au secours !

Je tendis le bras pour la prendre par la main et l'aider à regagner l'appontement de bois.

– Elle est en train de se noyer !

– N'essayez pas de la secourir ! dis-je. Je peux m'en tirer tout seul.

Bien que nous fussions face à face, je hurlais.

Je m'écartai du ponton et plongeai brusquement dans ce qui me semblait la bonne direction et, au bout de ce qui me parut un temps démesurément long, dix ou quinze secondes peut-être, je sentis sous mes doigts la tête de Sophia Andreïevna. Je les entortillai dans ses longs cheveux, qui s'étaient dénoués sous l'eau, et la ramenai vers la rive, faisant rouler son grand corps sur le bord vaseux de l'étang. Elle était noire de boue, les yeux clos, la langue pendant entre les dents.

– Elle est morte ! criait Sacha. Ma mère est morte !

Vania, le valet de chambre obèse, était maintenant auprès de Sophia Andreïevna, et semblait savoir ce qu'il fallait faire. Il la retourna sur le ventre et, grimpé sur elle tel un hippopotame sur sa femelle, fit sortir de l'eau de ses poumons en la serrant entre ses genoux. Elle gisait là, en silence, telle une dalle sombre, à l'agonie, me figurais-je. Quelques instants après, elle respirait normalement, les yeux fermés. La vie était revenue en elle, pour la torturer quelque temps encore.

Quand elle fut en mesure de se tenir debout, nous la ramenâmes à la maison, nous arrêtant pour nous reposer toutes les cinq minutes. Un moment, elle tomba à terre en sanglotant.

– Laissez-moi mourir ici ! dit-elle. Laissez-moi mourir. Pourquoi faut-il que vous me voliez tous ma mort ?

Pour finir, Vania et moi fîmes un siège avec nos mains et la transportâmes à la maison. Elle frissonnait de tout son corps, elle avait les lèvres bleu foncé. Avant même que nous l'eussions mise au lit, elle dit à Vania d'aller aussitôt à la gare demander par quel train son mari était parti.

Elle tomba dans une sorte de torpeur et dormit une heure, mais, en se réveillant, se mit à se frapper la poitrine avec une pierre qui servait de presse-papiers. Nous ôtâmes cet objet de son bureau ainsi que son canif, et la fiole de laudanum qui se trouvait dans un tiroir de sa table de toilette.

Sacha elle-même semblait à présent tout à fait instable. Elle envoya chercher à Toula le psychiatre qui avait assisté Sophia Andreïevna à l'occasion de ses crises précédentes. Elle fit venir aussi les Soukhotine par télégramme.

Lorsque Vania revint avec des nouvelles du train qu'avait pris Léon Nikolaïevitch, Sophia Andreïevna rédigea un télégramme qu'elle adressa au train numéro 9 et qui disait : « Cher

Papa, reviens tout de suite, Sacha. » Elle avait dit à Vania de ne le montrer à personne mais – Dieu merci – celui-ci l'avait fait voir à Sacha (car, comme la plupart des domestiques, il est loyal envers Léon Nikolaïevitch et déteste Sophia Andreïevna). Sacha laissa partir le télégramme, mais elle en expédia un autre où elle disait à son père de ne pas tenir compte des télégrammes censés venir d'elle s'ils ne portaient la signature de « Alexandra ». Sacha aime ce genre de petites tromperies. Elle est sur ce point différente de sa mère.

Je restai avec Sacha dans la Remingtonnière toute cette longue après-midi. Elle me dit franchement qu'elle ne savait pas où son père était parti. À dire vrai, elle avait été intriguée par la remarque de ce dernier dans sa lettre à sa mère. Il avait dit à plusieurs personnes, elle y compris, qu'il irait probablement rendre visite à sa sœur, religieuse au couvent de Chamardino, dans la province de Kalouga. C'était, ainsi qu'il l'avait dit, « sur son chemin ». Mais impossible de deviner où il projetait de se rendre après sa visite à Chamardino.

Après avoir parlé avec Sacha et plusieurs des domestiques, je fus en mesure de reconstituer la suite des événements de la nuit précédente.

Vers minuit, Léon Nikolaïevitch avait été éveillé par un bruit de papiers froissés en provenance de son bureau. C'était Sophia Andreïevna, à la recherche des preuves concrètes d'un nouveau testament. Ce fut la goutte d'eau qui fit déborder le vase. Quelques heures plus tard, il frappait doucement à la porte de Sacha et de Varvara Mikhaïlovna, qui partagent une petite chambre au même étage.

– Qui est-ce ? s'écria Sacha.

– C'est moi.

Sacha ouvrit la porte et trouva son père, une bougie à la main, avec, dans les yeux, un regard résolu.

– Je pars à l'instant pour toujours, dit-il. Mais j'ai besoin de ton aide.

Douchane Makovitski avait déjà été réveillé et préparait ses propres bagages. Il accompagnerait Léon Nikolaïevitch dans son dernier voyage.

Ils se réunirent dans le bureau de Léon Nikolaïevitch, s'efforçant de décider de ce qu'il lui faudrait emporter.

– Rien que des choses essentielles ! répétait-il sans cesse. Je ne puis rien emporter qui ne soit absolument nécessaire.

Ces choses incluaient une lampe de poche, un manteau de fourrure, et tout ce qu'il fallait pour lui faire un lavement.

Les bagages achevés, il alla aux écuries harnacher lui-même les chevaux. En chemin, dans l'obscurité complète, il tomba dans un buisson et perdit son chapeau. Il revint tête nue, réclamant une lampe de poche. Sacha commençait à se demander s'il allait suffisamment bien pour entreprendre ce voyage, mais ne disait rien. Son père avait pris la décision de partir.

Douchane Makovitski avait fait venir le cocher, Adrian Eliseïev, qui se rendit à l'écurie avec son maître pour atteler les chevaux au *drojki*. Ilya, un postillon, alluma une torche avec laquelle il précéderait le *drojki*, car c'était une nuit sans lune et sans étoiles et l'on voyait à peine la route.

– Tout était prêt pour le départ, me dit Sacha, quand Papa demanda qu'on le laissât seul un instant. Il alla jusqu'à la pelouse de devant et resta là un bon moment, à regarder la maison où il était né. Je pensai un instant qu'il allait peut-être changer d'avis et retourner se coucher. Soudain, il s'agenouilla dans l'herbe mouillée et se pencha pour caresser les brins d'herbe de ses doigts. Puis il baisa la terre et se leva. Sa vie passée était maintenant derrière lui.

Sacha et Varvara Mikhaïlovna l'aidèrent à monter dans le *drojki*, après avoir échangé avec lui des adieux éplorés, et

Adrian les conduisit à la gare de Iasenki, où Léon Nikolaïevitch et Douchane Makovitski prirent le train de huit heures du matin en direction du sud.

C'était le commencement d'une vie nouvelle pour Léon Tolstoï. De cela, du moins, tout le monde était sûr.

34

L. N.

Pages de journal

28 octobre 1910

Je me suis couché à onze heures et demie et j'ai dormi jusqu'à trois heures. C'est alors que j'ai entendu, comme les nuits précédentes, des bruits de pas et des grincements de portes. Les autres nuits, je n'avais pas pris la peine d'aller voir, mais cette fois je le fis et aperçus de la lumière sous la porte de mon bureau. J'entendis qu'on feuilletait rapidement des papiers. C'était Sophia Andreïevna en train de farfouiller, probablement de lire des choses que j'avais écrites. Elle avait insisté, la veille, pour que je ne ferme pas mes portes et laissait les siennes ouvertes afin de pouvoir détecter le moindre de mes déplacements. Elle veut connaître, contrôler chacune de mes paroles, chacun de mes mouvements. Cette fois, lorsque je l'entendis fermer la porte et s'éloigner dans le couloir, j'éprouvai une aversion, une colère des plus profondes. Je ne sais pourquoi, mais je n'ai pu me contenir. J'ai essayé de dormir, mais c'était à présent impossible. Je n'arrêtais pas de me tourner et de me retourner. J'allumai une bougie et m'assis sur mon lit.

Ma porte s'ouvrit brusquement. C'était Sophia Andreïevna, qui me dit : « Comment vas-tu ? » Elle avait été surprise, dit-elle, de voir de la lumière. Ma colère augmenta. Je me tâtai le pouls – quatre-vingt-dix-sept.

Je ne pouvais plus rester couché, et je pris soudain la décision irrévocable de quitter la maison. Je suis en train de lui écrire une lettre, et commence à faire mes bagages, n'y mettant que les choses dont j'ai besoin pour m'en aller. J'ai réveillé Douchane, puis Sacha – ils m'ont aidé. Je tremblais à la pensée que ma femme ne nous entende et sorte pour vérifier ce qui se passait. Il y aurait eu des scènes, de l'hystérie, et – ensuite – pas moyen de partir sans bouleversement. À six heures, tous les bagages étaient préparés, et j'allai à l'écurie faire atteler les chevaux. (Douchane, Sacha et Varvara achevaient de boucler les bagages.) Il faisait encore nuit – nuit noire. J'ai manqué le sentier de l'écurie, trébuché contre un buisson, fait une chute, perdu mon chapeau, puis regagné la maison non sans mal. Les autres sont revenus avec moi. Je tremblais au-dedans, de peur d'être poursuivi. Mais, enfin, nous sommes partis.

À la gare de Iasenki, il nous fallut attendre une heure, et je redoutais à tout moment de voir apparaître ma femme. Nous avons finalement pris place dans le wagon, le train a démarré brusquement, mes craintes se sont dissipées, et j'ai ressenti dans mon cœur de la pitié pour Sophia Andreïevna. Pourtant, je n'éprouvais aucun doute à propos de ce que j'allais faire. Peut-être ai-je tort et cherché-je à justifier ma conduite, mais ce qui me frappe, c'est que j'ai assuré mon salut – pas celui de Léon Nikolaïevitch, mais de ce quelque chose dont il y a parfois en moi une étincelle.

De Gorkatchev à Chamardino, le voyage se déroula dans un wagon de troisième classe plein de travailleurs. C'était très instructif, bien que ma faiblesse ne m'ait pas permis de saisir pleinement les choses. C'est maintenant le soir, nous sommes au monastère d'Optina.

29 octobre 1910

Mal dormi. Le matin, surpris de voir Serguieïenko. Ne comprenant pas quelles nouvelles il apportait, je l'accueillis chaleureusement. Puis il me raconta l'affreuse histoire. Après avoir lu ma lettre, Sophia Andreïevna a poussé un cri, elle est sortie en courant et s'est jetée dans l'étang. Sacha et Vania l'en ont tirée.

Andreï est à la maison. Ils ont tous deviné où je me trouvais, et Sophia Andreïevna a insisté pour qu'Andreï vienne me chercher pour me ramener à la maison. J'attends son arrivée pour aujourd'hui. J'ai reçu une lettre de Sacha. Elle me conseille de ne pas désespérer. Elle a fait venir un spécialiste des troubles mentaux, elle attend aussi Sergueï et Tania. J'ai été faible et très déprimé toute la journée. Suis allé faire une promenade. Hier, j'ai réussi à ajouter une note à mon discours sur la peine capitale.

Suis allé en voiture à Chamardino. Ma sœur Machenka m'a fait une impression très heureuse et consolante, ainsi que sa fille Lizanka. Pendant le trajet, je me suis demandé par quel moyen Sophia Andreïevna et moi pourrions échapper à notre situation, mais n'ai pu en trouver aucun. Je dois me concentrer uniquement sur la manière d'éviter le péché.

35

LETTRES

De Sergueï à L. N.

Cher Papa,

Je t'écris parce que Sacha me dit que tu aimerais connaître notre opinion. Je pense que Maman souffre de maladie mentale et qu'elle est de bien des façons irresponsable, et je crois qu'il était nécessaire que vous vous sépariez. Vous auriez dû le faire depuis longtemps. Cette situation, toutefois, vous est pénible à tous les deux. Je crois aussi que s'il arrive quoi que ce soit à Maman – et je pense qu'il ne lui arrivera rien – tu ne devrais pas t'en blâmer. Je crois que tu as choisi la meilleure solution. Pardonne la franchise de ma lettre.

D'Ilya à L. N.

Cher Papa,

En ce moment pénible, je sens que je dois t'écrire. Je tiens à te dire la vérité, et je sais que c'est ce que tu préfères.

Sacha te tiendra au courant de ce qui s'est passé après ton départ, de notre réunion à la maison, et de ce dont nous avons discuté et décidé. Je crains néanmoins que ses explications ne semblent partiales, c'est pourquoi je t'écris de mon côté. Nous avons décidé de ne pas porter de jugement sur tes actes. Il y a mille causes pour un seul acte, et même si nous pouvions les connaître toutes, nous ne pourrions cependant les relier l'une à l'autre. Inutile de dire que nous ne désirons ni ne pouvons faire porter le blâme à qui que ce soit. Pourtant, nous devons faire notre possible pour protéger Maman et la calmer. Depuis deux jours elle n'a rien mangé, et n'a bu qu'une gorgée d'eau ou deux dans la soirée. Elle dit qu'elle n'a pas de raison de vivre, et son état est si pitoyable qu'aucun de nous ne peut parler d'elle sans pleurer. Il y a, comme toujours dans son cas, beaucoup de simulation et de sensiblerie, mais à la fois tant de sincérité que sa vie en est pour de bon en danger. C'est là mon opinion et, pour l'amour de la vérité, je te l'expose sans mettre de gants. Je me rends compte que la vie ici a été difficile pour toi, mais tu considérais cette vie comme ta croix, comme le font ceux qui te connaissent et t'aiment. Je regrette que tu n'aies pas choisi de porter cette croix jusqu'au bout. Vous avez vécu une longue vie tous les deux, et devriez la terminer de façon convenable.

Pardonne-moi si par hasard il t'apparaît que je te parle durement. Sois assuré que je t'aime et te comprends sur bien des points, et que je souhaite uniquement être de quelque secours. Je ne te demande pas de revenir immédiatement à la maison, sachant que tu ne peux le faire. Mais par égard pour la santé mentale de Maman, il est important que tu restes en étroit contact avec elle. Écris-lui. Donne-lui une chance de réparer ses forces nerveuses, et ensuite, quoi que Dieu décide, laisse les choses se produire selon Sa loi ! Si tu désires m'écrire, j'en serai très heureux.

D'Andreï à L. N.

Cher Papa,

C'est le meilleur des sentiments à ton égard, comme je te l'ai fait savoir lors de notre dernière rencontre, qui m'oblige à te dire ce que je pense de l'état de santé de ma mère.

Tania, Sergueï, Ilya, Mikhaïl et moi nous sommes réunis ici et, si attentivement que nous ayons examiné la question, nous n'avons pu trouver qu'un seul moyen de protéger Maman d'elle-même, bien que je pense qu'elle finira par se tuer, quoi que nous fassions. L'unique moyen d'empêcher cela est de la placer sous surveillance constante. Naturellement, elle n'accepterait jamais de s'y soumettre. La situation actuelle est une situation impossible, du fait que nous ne pouvons abandonner notre famille et notre travail pour rester au côté de notre mère. Je sais que tu as décidé pour toujours de ne pas revenir auprès d'elle, mais il est de mon devoir de te signaler que, par cette décision irrévocable, tu es en train de la tuer.

Je sais combien le fardeau a été lourd pour toi ces derniers mois, mais je sais aussi que Maman souffre de maladie mentale, et que la vie commune a été, depuis quelques années, insupportable pour tous les deux. Si tu nous avais demandé de parler à Maman, afin que vous ne vous sépariez pas pour une durée indéterminée, mais à l'amiable, dans l'espoir que ses nerfs se calment, nous n'aurions peut-être pas vécu cette souffrance horrible que nous partageons avec elle comme avec toi – bien que tu sois loin d'ici. Quant à ce que tu m'as dit la dernière fois que nous nous sommes vus au sujet du luxe qui t'entoure, il me semble que, l'ayant enduré jusqu'à présent, tu aurais pu sacrifier les dernières années de ta vie pour ta famille et supporter la chose encore un moment.

Pardonne-moi, mon cher Papa, si ma lettre te semble un peu trop bourrée de conseils, mais je sens comme les choses sont tristes et douloureuses pour Maman et pour toi, et il m'est impossible de les considérer sans inquiétude.

De Tania à L. N.

Papa chéri, père adoré,

Tu as toujours souffert de trop de conseils, aussi ne t'en donnerai-je plus. Comme tous les autres, il te faut agir de ton mieux, et comme tu le juges nécessaire. Je ne te condamnerai jamais. De Maman, je dirai seulement qu'elle est pitoyable et touchante. Pour elle, c'est soit la crainte, soit le pouvoir qui est nécessaire. Nous nous efforçons de la calmer, et cela semble avoir quelque effet.

Je suis épuisée et dis des bêtises. Pardonne-moi.

Adieu, mon ami.

De L. N. à Sergueï et Tania

4 heures du matin, Optina,
le 31 octobre 1910

Très chers Sergueï et Tania,

Un grand merci, mes chers, mes vrais amis, pour la part que vous prenez à mon chagrin et pour vos lettres. La tienne, Sergueï, m'a causé un très grand plaisir. Elle est brève, concise, claire et – par-dessus tout – généreuse. Je ne puis m'empêcher de tout craindre, ni me libérer d'un sentiment de responsabilité, mais je n'avais pas la force d'agir autrement. J'écris également à Maman. Elle te montrera la lettre. J'ai écrit, après avoir sérieusement réfléchi, ce que j'étais en mesure d'écrire.

Nous sommes sur le départ, mais ne savons encore où nous irons. Tu pourras toujours me joindre par l'intermédiaire de Tchertkov.

Au revoir et merci, mes chers enfants. Pardonnez-moi la souffrance que je vous cause, toi surtout, Tania, ma chérie.

Voilà, c'est tout. Je dois me hâter pour éviter ce que je crains le plus – que votre mère ne me retrouve. La rencontrer maintenant serait terrible. Adieu donc.

De L. N. à Sophia Andreïevna

Optina, le 31 octobre 1910

Sonia chérie,

Une rencontre entre nous est impossible, à plus forte raison mon retour à l'heure qu'il est. Cela ne pourrait que te faire du mal, car ma situation et ma mauvaise santé s'aggraveraient encore à cause de ton agitation et de ton irritabilité. Je te recommande de te faire à l'idée de ce qui est arrivé. Essaie de t'adapter à ta nouvelle situation et, surtout, prends soin de ta santé.

Si tu… je ne puis dire si tu m'aimes, mais si du moins tu ne me hais pas… tu devrais essayer, dans une certaine mesure, de comprendre ma situation. Et si tu le fais, non seulement tu ne me condamneras pas, mais tu m'aideras à trouver la paix et la possibilité de vivre une vie humaine ou quelque chose d'approchant. Aide-moi en te maîtrisant, en ne souhaitant pas que je rentre immédiatement.

Ton humeur présente révèle plus que toute autre chose ton manque de sang-froid, qui rend mon retour impensable pour le moment. Il n'y a que toi qui puisses me libérer de la souffrance que nous endurons. Essaie de concentrer toutes tes forces en vue de rendre la paix à ton âme. J'ai passé deux jours à Chamardino et Optina, et m'en vais à présent. Je posterai cette lettre en chemin. Je ne te dirai pas où je vais, car je considère notre séparation comme essentielle pour tous les deux. Ne crois pas que je sois parti parce que je ne t'aimais pas. Je t'aime et te plains de tout mon cœur, mais ne puis agir autrement. Ta lettre était sincère, je le sais, mais tu n'es pas en mesure de réaliser ce que tu proposes. L'important, ce n'est pas que soit accompli aucun désir, aucune exigence de ma part, mais seulement que tu retrouves la sérénité, le calme et un rapport raisonnable avec la vie.

Aussi longtemps que cela te fera défaut, vivre avec toi est inconcevable pour moi. Revenir à toi tant que tu es dans cet état voudrait dire renoncer à la vie. Et c'est une chose, à mon avis, que je n'ai pas le droit de faire.

Adieu, chère Sonia, et que Dieu te vienne en aide ! La vie n'est pas une plaisanterie, et nous n'avons pas le droit de la gaspiller à notre fantaisie. La mesurer à sa durée n'est pas raisonnable non plus. Peut-être les mois qui nous restent à vivre sont-ils plus importants que toutes les années déjà vécues. Nous devons les vivre correctement.

36

SACHA

Je suis allée à Chamardino avec Varvara Mikhaïlovna juste deux jours après Papa. Je savais, par Tchertkov, exactement où les trouver.

Toute la journée nous nous sommes senties libres, Varvara et moi, dans ce compartiment de seconde classe, avec le soleil d'octobre qui mettait un vernis doré sur les chaumes, de chaque côté du train, tandis que nous roulions vers le sud. Nous nous enfoncions brusquement dans une forêt de pins profonde, pleine d'ombres, pour déboucher ensuite dans des plaines à découvert. Nous grimpions de petites rampes, plongions dans des vallées, passions au pied de falaises rocheuses. Nous restions droites, tendues sur nos sièges, émerveillées par le spectacle de la création.

Quand je pense à l'immense beauté du monde, le genre humain m'attriste. Nous n'avons rien qui puisse l'égaler. Nos âmes sont souillées, corrompues par l'envie, la haine des différences.

De temps en temps, sans quitter son siège, Varvara tendait le bras vers moi et me touchait la main. Cela m'émouvait jusqu'aux larmes. Il y a tant d'amour entre nous. Cela donne d'autant plus d'éclat au monde radieux.

J'avais apporté avec moi une provision de lettres de mes frères, de Tania et de Maman. Je ne les avais pas lues, bien sûr, mais je savais qu'elles causeraient pas mal de chagrin à Papa. Ce qu'il lui fallait à présent, c'était une délivrance. On dirait que nous ne pouvons le laisser mourir en paix.

Vers le soir, nous arrivâmes à Chamardino, le couvent aux murs blancs où ma tante vit à présent. C'est une chrétienne orthodoxe qui obéit servilement à la lettre de la Loi, mais elle et Papa sont restés en très bons termes. Nous gagnâmes directement l'étroite cellule de ma tante, une petite femme en habit sombre pareille à une figue desséchée que je reconnus à peine. Elle resta tout interdite en me voyant entrer.

– C'est une conférence familiale? dit-elle avec juste un brin de sarcasme.

Une religieuse ne doit jamais être ironique, et elle le savait.

– Où est mon père?

– Assieds-toi, ma chérie, dit-elle.

Elle tendit un doigt crochu vers Varvara Mikhaïlovna.

– Et vous aussi, asseyez-vous. Qui est cette jeune femme que tu as amenée avec toi?

Je présentai ma tante à ma compagne, qui avait l'air fraîche et jolie avec sa robe paysanne ornée d'une broderie jaune autour du cou. Ses cheveux noirs brillaient à la lueur de la bougie.

– Alexandra Lvovna! s'écria mon père, qui se tenait figé dans l'encadrement de la porte.

– Papa! Nous nous serrâmes très fort dans les bras l'un de l'autre, et il pleura. Je vis aussitôt qu'il était heureux de me voir.

– Et vous, Varvara, dit-il en lui prenant le menton.

Il l'observa attentivement, comme une statue de bronze, puis se tourna vers moi.

– J'espère que ta mère ne t'a pas accompagnée.

– Elle est à la maison. Mais elle souffre.

Papa, embarrassé, dansait d'un pied sur l'autre.

– Tu ne pouvais pas faire autrement.

– Je sais, dit-il. Néanmoins, s'il lui arrive quelque chose, j'en serai triste. Elle est toujours ma femme. On ne peut éviter de se sentir responsable de certaines choses…

– Elle veut que tu reviennes. Tu dois le savoir.

Il changea à nouveau de position, mal à l'aise.

– J'ai trouvé une isba à louer, dit-il, les yeux fixés sur le plancher. C'est une agréable petite chaumière à portée des sonneries de cloches de l'église. Bon endroit pour finir mes jours, Sacha. Je vais lire et réfléchir, et peut-être même écrire un peu.

– Maman te trouvera. Elle te ramènera à la maison.

Varvara Mikhaïlovna me serra le poignet.

– Tu as raison, j'en ai peur, répondit Papa. Il faut partir avant qu'elle ne nous trouve ici.

Une servante passait dans le corridor, et ma tante l'appela pour lui demander du thé.

– Asseyez-vous, nous dit-elle. Ce bavardage inutile nous met tous sens dessus dessous.

Papa se pencha pour embrasser sa sœur sur le front.

– Je ne puis rester. Et pourtant, j'aimerais beaucoup.

Je donnai les lettres à Papa, qui les prit à contrecœur et retourna dans sa chambre pour les lire.

C'est là que nous étions assis, plus tard dans la soirée, essayant d'établir un plan d'action. Dans l'âtre de pierre, brûlait un feu qui dégageait une bonne odeur de tourbe.

– Si nous devons partir, il faut savoir où, dit Douchane Makovitski avec son penchant habituel pour les truismes.

– C'est cela, Douchane Petrovitch, allons quelque part, dit Varvara avec une nuance d'ironie que je fus la seule à saisir.

Papa semblait impatient d'étudier les itinéraires possibles. La Bulgarie et la Turquie furent proposées comme d'éventuelles bonnes destinations – là-bas, personne ne nous connaîtrait, et le climat serait supportable. Je me demandai, toutefois, si nous n'aurions pas besoin de passeports pour passer la frontière. Pourquoi ne pas nous installer dans le Caucase ? Il y a là-bas plusieurs colonies tolstoïennes, et elles ne seraient que trop flattées si Léon Tolstoï en personne choisissait de vivre auprès d'elles ses derniers jours.

Nous débattions depuis un moment des avantages et des inconvénients du Caucase lorsque Papa, d'une façon tout à fait inattendue, se mit à parler d'une voix irritée, ce qui ne lui ressemblait pas du tout.

– Non ! Je ne puis supporter ces prévisions, ces projets ridicules. Partons… n'importe où sera le mieux. Nous n'avons pas besoin de projets.

Il les a toujours évités, préférant agir, pour sa part, avec la spontanéité d'un papillon. Il aime à faire remarquer que le Christ lui-même s'opposait à toute détermination de l'avenir.

– Je suis très fatigué, dit-il.

– Laisse-moi t'accompagner jusqu'à ton lit, Papa.

Je le menai à son lit de camp, dans la petite chambre aux murs blanchis à la chaux et au plafond voûté. La table de chevet avait été installée comme à la maison, avec une bougie, des allumettes, un carnet et des crayons taillés. Il aime pouvoir prendre des notes au milieu de la nuit si une idée ou un rêve l'éveille.

Il se coucha précautionneusement. Il était si fatigué qu'il ne voulut même pas que je lui enlève ses bottes. Mais j'étendis sur lui une couverture de laine rude, car il faisait grand froid dans la chambre. Il dormait avant que je ne sois partie, ronflant par sa bouche toute plissée. Sa respiration était très irrégulière et cela m'inquiétait.

Je dormis dans une pièce avec plusieurs autres femmes et Varvara Mikhaïlovna. Ce fut une expérience étrange, déroutante. La pièce sentait la cire d'abeille et le désinfectant. Un chat répugnant dormait sous mon lit, j'en avais des démangeaisons aux yeux. Une vieille femme toussait dans son sommeil comme une chèvre au flanc d'une colline. Il régnait un froid glacial.

Je ne sais comment je parvins à m'endormir. Mais Varvara Mikhaïlovna me réveilla à quatre heures du matin, perçant la bulle de mes rêves de la pointe de ses paroles.

– Réveille-toi, Sacha ! Nous partons. Ton père veut s'en aller pendant qu'il fait encore nuit. Il croit que Sophia Andreïevna est déjà sur ses traces.

Il y avait dans le ton qu'elle avait adopté une note cynique qui me déplut vivement.

– Ce n'est pas possible, dis-je.

– Tu lui as fait peur, hier soir. Il croit que ta mère a projeté de le suivre. Et il ne veut pas en démordre.

– C'est insensé. Papa n'est pas en mesure de supporter ce genre de déplacement perpétuel.

Je vis Douchane Makovitski en chemise de nuit, pieds nus sur le pas de la porte, une chandelle à la main. Il était venu nous réveiller et agitait l'autre bras avec frénésie. Il avait les pieds maigres et osseux.

La route qui menait à la gare de Kozelsk était pleine d'ornières et de rigoles. Un récent orage l'avait emportée par endroits, et nous dûmes faire un détour par le champ de raves d'un fermier. Cela prit un temps fou. La gare n'était qu'à une quinzaine de kilomètres, mais il fallut des heures pour y arriver. Le *drojki* que nous avions emprunté aux sœurs semblait à peine tenir debout. Papa gémissait chaque fois que les roues passaient sur une bosse, et je savais maintenant qu'il était en train de mourir. Le reflet vitreux de son regard me faisait peur. Bien qu'il n'eût pas encore pénétré dans l'autre monde, il avait l'air d'avoir déjà cessé de vivre dans celui-ci. J'avais envie de pleurer, mais je me retins.

Nous prîmes à Kozelsk le premier train en partance pour le Sud, dans la vague intention de rejoindre le domaine de mon cousin, près de Novotcherkassk. Denissenko aime beaucoup Papa, et ils ont correspondu, dernièrement. Papa semblait d'accord avec ce projet, bien qu'il fallût vingt-quatre heures au moins pour atteindre l'endroit.

– Léon Nikolaïevitch est-il encore en assez bonne santé pour faire un tel voyage ? demanda Varvara à Douchane.

– Disons qu'il est dans une forme raisonnable.

Douchane Makovitski est, comme moi, un optimiste. Nous désirions beaucoup, s'il se pouvait, pousser tout droit jusqu'à Novotcherkassk. Mais quand nous arrivâmes à la gare, Papa était dans un état épouvantable, les yeux voilés et les mains qui tremblaient.

– Tu es sûr de pouvoir voyager, Papa ?

Il me lança un coup d'œil désapprobateur, et j'en fus ulcérée.

– Vous vous sentez suffisamment bien, Léon Nikolaïevitch ? demanda Douchane en lui prenant le pouls. Ça ne servirait à rien de ruiner votre santé.

– Il faut partir, Douchane. Je n'ai pas le choix.

– Pouls – soixante-seize. Excellent, annonça Douchane comme si la santé de mon père était de son invention.

– Je pense que nous devrions rester ici, dit Varvara. Sophia Andreïevna ne le poursuivra pas. Tania est avec elle.

Mais la décision avait déjà été prise et Papa n'allait pas changer d'avis.

– Je vous en prie, allez me chercher les journaux, dit-il.

Chaque fois qu'il entreprend un voyage par le train, il achète tous les journaux.

Douchane Makovitski rapporta les journaux, mais je pus voir à l'expression austère de son visage que quelque chose le tracassait.

– Regardez les gros titres, dit-il en désignant la une de l'un des journaux. On pouvait lire : TOLSTOÏ ABANDONNE SON DOMICILE ! ON NE SAIT OÙ IL EST ! Un autre journal annonçait : LE SAGE DE IASNAÏA POLIANA PREND LA FUITE !

Papa parcourut les journaux et secoua la tête.

– Ils savent tout, dit-il. Ce n'est pas la peine.

Dans le wagon, tout le monde commentait la nouvelle du jour, et cela l'embarrassait. Derrière nous, un dandy en gilet anglais lança : « Il lui a tiré sa révérence. Il a bien fait ! » Son ami, légèrement plus âgé, cligna de l'œil et dit : « Elle ne lui donnait pas ce qu'il voulait, hein ? » Ils se mirent à rire tous les deux comme des écoliers. La figure de Papa prit l'aspect impassible et tout de surface du fer-blanc. Il serra les poings. Un homme s'écria :

– C'est Léon Tolstoï ! C'est lui !

Douchane Makovitski se précipita pour le faire taire, mais c'était trop tard. Tout les gens du wagon se rendirent compte aussitôt de la présence de Léon Tolstoï. Ils avaient vu sa photographie dans les journaux, et il n'y a guère de personnes qui lui ressemblent, avec sa barbe blanche en bataille et ses sourcils neigeux. Je me retournai pour regarder les deux hommes qui avaient si gaiement plaisanté à son sujet et m'amusai de leur air affolé. Le plus âgé, en particulier, ne l'aurait pas été davantage s'il eût été surpris tout nu dans le palais d'Hiver par le tsar en personne.

– Vos péchés vous révéleront sous votre vrai jour, soyez-en sûrs, murmura Douchane aux deux hommes, d'une voix qu'ils furent seuls à entendre.

Je vis Varvara Mikhaïlovna esquisser une grimace de dégoût et la pinçai. Douchane s'en aperçut et rougit. Il murmura quelque chose, mais je fis comme si je n'avais rien entendu. J'adore le plonger dans l'embarras.

Comme le bruit courait dans tout le train que Tolstoï était à bord, des foules s'amassèrent dans le couloir à chaque bout du wagon. Les curieux ne cessaient de passer entre les sièges, bouche bée devant le Russe le plus célèbre du monde. J'étais étrangement fière, à ce moment-là, d'être la fille de Léon Tolstoï, mais en même temps je ressentais le besoin de le protéger. Je haïssais l'insolence de ces gens, leurs visages crasseux, leurs regards de concupiscence et leur tapage. Pour qui se prenaient-ils ?

Je demandai au chef de train de tenir la foule en respect, et il accepta de m'aider, avec force courbettes, en disant :

– Oui, Excellence. Tout ce que vous voudrez, Excellence.

Ce titre semblait déplacé dans ce wagon de seconde classe plutôt miteux ; de toute façon, je m'élève contre ce genre d'obséquiosité, même si, en l'occurrence, la sollicitude de cet homme n'était pas inutile.

Je fis chauffer un peu de soupe d'orge pour Papa sur un vieux réchaud à pétrole, dans le fond du wagon, avec Douchane qui était devenu plutôt bavard. Ça lui fait plaisir que Papa soit un homme célèbre.

– Vous auriez dû voir cette agitation quand nous allions à Optina, dit-il. Tout le monde se rassemblait autour de lui dans le wagon, lui posant des questions sur Dieu, sur la meilleure forme de gouvernement, sur les impôts. Il fallait voir votre père ! Debout au milieu du wagon, il a parlé pendant une heure de Henry George et de sa théorie de l'impôt unique. Un homme qui venait juste de quitter la maison où il vivait depuis quatre-vingt-deux ans ! Et il n'avait pas dormi non plus la nuit d'avant. Pas un battement de paupières. Quel homme ! Quel homme remarquable !

Cette histoire m'intrigua et me contraria un tant soit peu. Papa était-il à ce point détaché de tout, si impassible, qu'il pouvait se concentrer sur une théorie des impôts au beau milieu de la période la plus éprouvante de sa vie ? Était-il surhumain ou… inhumain ? Par ailleurs, il peut être si sympathique, si plein d'égards. Il répond sans détour, sans prétention, à tous ceux qui s'adressent à lui, domestiques ou chefs d'État. Quand il vous regarde avec ce regard dur, on n'ose pas dire une chose qu'on ne pense pas.

Nous donnâmes la soupe d'orge à Papa, avec un peu de craquelin que Douchane avait apporté de la maison, et il en parut reconnaissant. Il était assis au soleil, qui pénétrait par les vitres du train et couvrait le plancher de métal d'une lumière qui semblait ne venir d'aucune source. Plus tard il s'endormit, malgré le vacarme et le balancement du train, la plainte prolongée des rails, l'odeur de suie crachée par la locomotive. Je l'enveloppai d'une couverture, le laissant seul, pelotonné sur un siège.

À une gare montèrent deux hommes dont la tâche ne paraissait présager rien de bon. Debout à l'arrière du wagon, ils coulaient des regards vers nous, feignant de fumer et de bavarder. Cela me parut suspect, et j'appelai le chef de train.

– Oui, Excellence ?

– Ces hommes… vous les voyez ?

– Je les vois, Excellence.

– Qui sont-ils ?

– Des policiers, Excellence. Pour votre protection.

Papa se dressa sur son siège à l'improviste, l'air égaré et souffrant.

– Où sommes-nous maintenant ? demanda-t-il d'une voix forte.

Douchane accourut auprès de lui.

– Tout va bien, Léon Nikolaïevitch. Tout va très bien.

Il fit étendre mon père à nouveau sur le côté et prit sa température. Elle dépassait trente-neuf !

– Douchane ! m'écriai-je.

Il parut ébranlé lui aussi.

– Ça va aller. Tout ira bien, dit-il.

Mais je pouvais lire, dans son regard oblique, qu'il n'en croyait pas un mot.

Papa tendit la main vers moi.

– Écoute ce que dit Douchane, ma chérie. Je me sens beaucoup mieux à présent… juste besoin d'un peu de sommeil.

Il avait à peine la force de me serrer le poignet.

Je me penchai sur lui et me mis à pleurer. Je ne pouvais m'en empêcher. La fumée était si épaisse dans le wagon, et il y avait tant d'inconnus qui se pressaient autour de nous. C'était affreux. Même Varvara Mikhaïlovna semblait lointaine, perdue dans un état d'âme que je ne pouvais sonder. Elle s'était montrée irritable, impatiente et même rosse toute la journée. Je ne voyais pas de quelle façon nous pourrions parvenir jusqu'à Novotcherkassk.

Deux heures plus tard, trois peut-être, Douchane me dit à l'oreille que la fièvre de Papa montait. Il était maintenant tout à fait affolé. Inutile de prétendre le contraire.

– Nous ne pouvons pas continuer ! lui dis-je.

Douchane secoua la tête. Mais que faire ?

Le train roulait avec de brusques embardées, en faisant ses bruits déchirants, familiers, de métal contre métal. Le nom d'une petite gare poussiéreuse s'afficha devant notre fenêtre : Astapovo.

– Ça ira, dit Douchane. Nous pouvons au besoin passer la nuit ici. Votre père est trop malade pour voyager. Il a besoin d'un repos complet, de plusieurs jours peut-être.

Il se mordit la lèvre supérieure, qui maintenant tremblait. Je crois qu'il vit, à ce moment-là, se briser ses rêves de Turquie, de Bulgarie ou de Caucase.

Plusieurs hommes s'avancèrent pour aider Papa à descendre du train tandis que nous suivions, Varvara et moi.

– Je suis désolée, Sacha. Vraiment, dit Varvara.

– Désolée de quoi ?

– Je me sens… désorientée. Je ne sais pas ce que je fais ici.

– Nous nous aimons, n'est-ce pas ? Tu es depuis longtemps mon amie. J'ai besoin de toi.

Elle me prit dans ses bras.

– Est-ce que je suis affreuse ?

– Oui, dis-je. Tu es affreuse.

Main dans la main, nous suivîmes Papa et Douchane Makovitski. Papa avançait pas à pas, avec d'infinies précautions, s'appuyant au bras de Douchane pour assurer son équilibre. Se faire porter, en la circonstance, aurait été comme reconnaître sa défaite.

Il s'assit sur un banc de bois à côté de la gare, tenant une canne entre ses jambes. Sa tête s'affaissa sur sa poitrine. Il avait les joues légèrement moites.

Douchane alla parler au chef de gare, qui avait une maison près de là, où nous espérions que Papa pourrait se reposer quelques jours. C'était une petite isba au toit de tôle brillant, aux murs de pisé peints en rouge. Elle n'était qu'à une cinquantaine de pas des voies – ce qui voulait dire qu'elle serait bruyante – mais au milieu d'un jardinet.

– Léon Nikolaïevitch sera très bien ici, nous dit Douchane.

Il semblait à nouveau confiant, et j'en fus soulagée.

– Le chef de gare dit que nous pouvons disposer de sa chambre d'amis aussi longtemps que nous en aurons besoin. C'est une chance qu'il soit généreux, il n'y a pas d'auberge dans le pays. Nous autres, nous pourrons dormir dans la gare même, il va nous trouver des lits de camp.

Je regardai Papa entrer en titubant dans la minuscule maisonnette – pas plus grande qu'une de nos cabanes à outils de Iasnaïa Poliana. Je ne sais pourquoi, je ne pouvais me retenir de pleurer. Varvara avait beau serrer ma main dans la sienne et appuyer ma tête contre son épaule, rien n'y faisait.

J'eus l'impression que c'était pour nous la fin du monde.

37

Dr MAKOVITSKI

Nous aurions dû, sans aucun doute, rester à Chamardino. Il est fort possible que mon jugement de praticien ait été altéré par mon enthousiasme pour nos projets. Je le regrette.

Léon Nikolaïevitch est alité, malade, dans la maison d'Ozoline.

C'était effrayant de le voir marcher quand nous sommes descendus du train. Chaque pas lui coûtait un effort énorme ! Il y avait des moujiks tout le long de l'allée jusqu'à la porte, conscients que se produisait quelque chose de grandiose et de terrible. Tout le monde savait que c'était Léon Tolstoï. Ils ôtaient leur chapeau et se courbaient comme on le fait en Inde, où un Saint Homme est respecté.

Léon Nikolaïevitch se croyait de retour à Iasnaïa Poliana.

– Où est ma couverture ? demanda-t-il en se couchant dans l'étroite chambrette.

Cette couverture, aux motifs en forme de clef, orne son lit depuis l'enfance.

Il grelottait, alors nous le couvrîmes d'épaisses couettes fournies par la femme du chef de gare. Il tomba vite dans un demi-sommeil apathique, la tête renversée sur le côté dans une position inconfortable.

– Est-ce qu'il va vivre, Douchane ? me demanda sa fille.

Je ne savais que dire.

– Si telle est la volonté de Dieu.

Elle s'assit sur une chaise à côté du lit, et je pensai qu'elle allait peut-être pleurer. Je n'aime pas voir quelqu'un pleurer.

Je pris le pouls du malade. Quatre-vingt-treize. Vu l'état de sommeil où il était, je trouvai cela alarmant. Je vis aussi qu'il était agité de légères convulsions, dont je fus secrètement inquiet. C'était une période difficile qui commençait. Sa température restait constamment élevée, mais du moins elle ne montait pas. Son poumon gauche, qui est sujet aux inflammations, faisait entendre un sifflement très net. Je redoutais un début de pneumonie.

L'épouse du chef de gare, une aimable personne au visage arrondi, avec des masses de cheveux noirs mêlés de mèches d'une blancheur de neige, nouées en chignon derrière la tête, nous apporta de la *kacha* et des flocons d'avoine. Nous buvions le thé de son samovar, verre après verre. Ce sont des gens simples, respectueux et honnêtes, qui comprennent ce que cela signifie d'avoir Léon Tolstoï chez soi ; en fait, ils semblaient bougrement contents qu'il occupe leur chambre d'amis. Je n'arrêtais pas de les remercier en notre nom à tous.

Cela m'ennuyait que Sacha ne l'eût pas fait elle-même. Elle n'est qu'une enfant, en vérité, qui ne sait ce qu'est la politesse. Très franchement, elle a une propension à l'égoïsme qui a toujours inquiété son père. Varvara Mikhaïlovna est pire encore. À elles deux, elles mettraient à rude épreuve la patience d'un saint. Il m'a fallu pas mal d'endurance, cette année, pour supporter de les voir rire sottement, se pincer et se tenir par la main. Leur attachement physique, bien que personne n'en parle, est devenu une gêne pour tout le monde. Je ne serai pas le premier à aborder le sujet.

À son réveil, Léon Nikolaïevitch fit signe à Sacha. Il voulait lui dicter quelque chose. Un télégramme à Tchertkov.

– J'ai grand besoin de le voir, dit-il.

Nous fûmes d'accord pour le faire venir.

– Mais pas les autres ! ajouta-t-il. Ne dites à personne d'autre où je suis.

– Ne vous inquiétez pas, lui dis-je. Toutes les précautions seront prises.

– Merci, Douchane. Merci infiniment.

Il avait l'air prêt à pleurer, ça faisait peine à voir. Je détournai la tête.

Cette nuit-là, une fois de plus, toutes ses pensées se bousculèrent et il ne comprit pas clairement où il était. Mais il tomba vite endormi, premier sommeil vraiment profond depuis son arrivée à Astapovo. Il eut seulement quelques convulsions.

Le lendemain matin, il allait beaucoup mieux. Son pouls était normal, ainsi que sa température. On aurait dit qu'il pouvait réellement surmonter cette crise, et que très bientôt nous serions en Crimée, en Bulgarie ou en Turquie – dans un endroit chaud et ensoleillé où Léon Nikolaïevitch pourrait penser, travailler et prier sans que rien vienne troubler sa solitude.

Il s'assit sur son lit, remarquablement gai, bavardant aimablement avec chacun. Il voulait discuter des divers projets que nous avions envisagés, ce que nous fîmes pendant près d'une heure. Le monde n'avait pas perdu pour lui de son intérêt.

Sacha l'interrogea sur Dieu, pensant que, dans son délire, il avait pu prendre conscience de quelque chose de différent de ce qu'il avait toujours pensé – ce qui me fit rire intérieurement. Mais il était comme toujours bienveillant et répondit à sa question avec sa franchise habituelle.

– Dieu est le tout éternel dont chaque personne représente une part infime. Nous sommes la manifestation de la Divinité dans le temps, l'espace et la matière.

Elle nota ce qu'il venait de dire, et je fis de même.

Léon Nikolaïevitch leva le doigt.

– Encore une pensée pour toi, Sacha. Dieu n'est pas amour, mais plus il y a d'amour chez l'homme, plus Dieu se manifeste en lui, et plus il existe réellement.

– Cela ne rend-il pas l'existence de Dieu arbitraire ? lui demandai-je.

Il secoua la tête.

– Rien n'est arbitraire.

Je le remerciai pour cette déclaration.

Nous lui rappelâmes qu'il avait demandé Tchertkov la veille au soir, et il commença à s'inquiéter de ce que Sergueï et Tania éprouveraient à ce sujet. Il demanda à Sacha d'écrire la lettre qui suit :

Ne m'en veuillez pas, je vous prie, de ne pas vous avoir fait venir en même temps que Tchertkov. Vous savez qu'il entretient avec moi une relation particulière, ayant consacré sa vie à la cause que j'ai moi-même servie pendant près de quarante années. C'est une cause qui m'est chère, et que je tiens pour essentielle pour tous les hommes, vous deux compris… Adieu. Essayez de réconforter votre mère, que j'aime sincèrement.

– Vous pourrez leur donner ce billet après ma mort, dit-il, avant de se mettre à pleurer, ce qui ne lui ressemblait guère.

Toute la journée, les enfants d'Ozoline jouèrent dans la pièce voisine, chantèrent des chansons, sifflèrent et poussèrent des cris. Une délicieuse odeur de choux en train de cuire venait de la cuisine, en même temps que des rires et des tintements de casseroles. Je craignais que cela n'importunât Léon Nikolaïevitch, mais il dit qu'il adorait le bruit et qu'il ne fallait pas les déranger.

– Nous sommes leurs hôtes, dit-il. Nous devons respecter leur vie de famille.

À quatre heures, il fut pris de frissons. Il se glissa de nouveau sous les couvertures, une sueur froide au front, la mâchoire grelottante. Je pris sa température : quarante. Il se mit bientôt à cracher un mucus sanglant dans la cuvette.

Je pris Sacha à part dans la pièce voisine.

– Je vous recommande de faire venir le Dr Nikitine de Toula. Il en sait beaucoup plus long que moi sur la pneumonie.

– Je devrais envoyer un télégramme à Sergueï, dit-elle. Il fera en sorte que Nikitine vienne au plus vite.

Sacha, pâle comme un spectre, s'empressa d'aller à la gare. La pneumonie, c'est bien connu, est mauvaise au-delà de tout espoir pour les vieilles gens – ou bonne aussi peut-être. On dit d'elle, souvent, qu'elle est « l'amie des vieux », parce qu'elle les éloigne du spectacle de la misère quotidienne.

Je restai assis toute la nuit au chevet de Léon Nikolaïevitch, prenant à intervalles son pouls et sa température. C'était un vrai supplice. Il avait une soif inextinguible et appela Dieu plusieurs fois, lui criant de le laisser mourir. Il était comme un vieux navire louvoyant dans la tempête, le bordage disloqué, les voiles en lambeaux, le beaupré arraché.

Je fus soulagé, quand vint l'aube, de voir que Léon Nikolaïevitch était en vie. Je sortis prendre l'air tandis qu'il ronflait, tombé enfin dans un profond sommeil. Je me sentais à bout de forces moi aussi, avec des crampes à l'intestin. Je me retins à la balustrade pour ne pas tomber.

La gare était vide, à cette heure. Comme j'étais assis seul sur le quai, je laissai mon regard courir le long des voies au reflet argenté qui allaient se perdre à l'infini. Je pensai brusquement que la vie du corps et la vie de l'âme étaient comme ces rails, courant parallèlement dans l'avenir visible. Nous nous plaisons à imaginer une rencontre, un point de jonction où le corps terrestre et le corps céleste ne font qu'un. Mais c'est une illusion. Le rail du corps s'arrête quelque part, en un point défini du temps. Celui de l'âme continue, à l'infini peut-être, qui peut le dire ?

À genoux près du banc, je priai pour la famille de Tolstoï et pour mon âme. Et je sentis, au plus profond de moi, que je n'étais pas seul.

Quand Léon Nikolaïevitch s'éveilla, une heure plus tard, il prit lui-même sa température. Elle était de quarante et deux dixièmes.

– Pas bon signe, Douchane, dit-il.

– Vous vous en tirerez, dis-je.

– Inutile de mentir, mon ami. Mais je comprends ce que vous devez ressentir. Souvenez-vous que vous êtes mon médecin, pas mon ange gardien. Quoi qu'il arrive, ce n'est pas votre faute.

Il fut pris d'une quinte de toux soudaine, et se mit à trembler très fort. Je lui donnai un verre d'eau.

– Tout ira bien, dit-il. Vous avez parfaitement raison.

Je regardai à mes pieds. C'était stupide de ma part de lui parler comme à un enfant.

– Ça y est, dit-il. Échec et mat.

Je relevai les yeux vers lui. Il souriait.

38

TCHERTKOV

Je me suis réjoui en apprenant que Léon Nikolaïevitch avait quitté Sophia Andreïevna. Tout le monde tenait pour certain que j'étais derrière ce départ, mais il n'en est rien. Des reporters de Moscou et de Pétersbourg, de Paris et de Londres, étaient dès le début en contact avec moi. Mais je leur ai dit tout de suite la vérité : j'ignorais où il était parti. Tolstoï voulait s'échapper. Il ne voulait aucune publicité. Voilà ce que je leur ai dit.

Mais notre cause a besoin de publicité. Pour éviter que la version de l'histoire fournie par Sophia Andreïevna ne domine la presse, j'ai préparé un communiqué sur les causes de la fuite de Tolstoï. Pour des raisons de logique morale, il n'avait d'autre choix que s'en aller, ai-je expliqué.

Le télégramme d'Astapovo, qui sollicitait ma présence, m'a terriblement ému. Je me sentais à présent le souffle coupé et étrangement ravi. Je n'avais pas travaillé en vain.

Parti aussitôt, je suis arrivé mardi dans cette petite gare, ayant voyagé toute la nuit pour me porter à son chevet. Serguieïenko m'accompagnait.

Mon cœur bondit quand je vis Léon Nikolaïevitch, son visage fatigué, creusé, mais toujours beau, une couverture tirée jusque sous le menton. Il était rouge de fièvre et épuisé, mais il m'accueillit avec des larmes et des embrassades.

– C'est vous ! répétait-il sans cesse. J'ai peine à croire que vous soyez là. Merci, Vladimir, merci.

Le chef de gare demanda si j'étais son fils.

Léon Nikolaïevitch acquiesça avec empressement.

– Oui, c'est mon fils, dit-il. Je n'ai aucun autre fils qui ait compris.

Nous bûmes un verre de thé et parlâmes de son départ de la maison. En ce qui concerne Sophia Andreïevna, c'est une histoire absolument invraisemblable. Ayant perdu la tête, elle serait capable de nous tomber dessus dès qu'elle aurait appris où se trouve son mari. Cela au moins était certain.

– Elle viendra, je le sais, dit Léon Nikolaïevitch. Je ne sais quand, mais elle viendra.

– Elle ne vous embêtera pas, dis-je.

Il eut l'air de se détendre en entendant ces mots, et je résolus de l'empêcher de la voir. Elle ne lui gâcherait pas ses derniers instants.

Comme je le craignais, nous n'eûmes pas à attendre longtemps cette maudite femme. Vers le début de l'après-midi, Ozoline apparut et nous pria de sortir, Sacha et moi. Heureusement, Léon Nikolaïevitch sommeillait.

– Un télégramme est arrivé de Toula, dit-il. La comtesse Tolstoï a affrété un train privé, un train de première classe ! Elle arrivera à Astapovo après dîner.

Je convoquai aussitôt tout le monde dans la salle d'attente de la gare : Sacha, Varvara Mikhaïlovna, Douchane, Serguieïenko. Tout le monde fut d'accord pour empêcher Sophia Andreïevna de voir son mari. Vu son état, cela le tuerait.

– Maman le ramènerait à la maison comme un sac de fèves, mort ou vif, dit Sacha.

– Il faut former un cordon de protection autour de la maisonnette du chef de gare, dis-je. Et empêcher Sophia Andreïevna et son horrible progéniture – je veux parler des plus odieux, Ilya et Andreï – d'envahir cette chambre de malade.

Nous pouvions nous féliciter d'une chose, c'était que Léon fût à Paris. C'est un menteur et une brute, et Dieu sait ce qu'il aurait essayé de faire pour contrecarrer mes projets.

Ce soir-là, avant dîner, Sergueï arriva. Mais il me semblait important qu'il ne fût pas admis au chevet de son père – pas pour le moment.

– Il *faut* que je voie mon père, insista le jeune homme avec rudesse dans l'encadrement de la porte.

– Ça va, laissez-le entrer, dit Sacha.

Je ne vis aucune raison de résister. Consentir à présent me donnerait davantage de prise pour plus tard, quand j'en aurais besoin.

Léon Nikolaïevitch, comme je m'y attendais, fut troublé et contrarié par l'arrivée de Sergueï.

– Comment m'as-tu trouvé, Sergueï ? demanda-t-il affolé, dans un murmure.

– Je passais par Gorkatchev, répondit Sergueï, et je suis tombé sur un chef de train qui savait où tu étais. Simple coup de chance, Papa !

On eût dit que Léon Nikolaïevitch se rendait compte qu'il se préparait quelque chose où il avait un rôle à jouer.

À ma grande surprise, il me parut impatient d'obtenir de Sergueï des nouvelles de sa femme et de Iasnaïa Poliana. Je me rendis compte, non sans tristesse, qu'il était encore attaché à son ancienne vie.

Après dîner sa fièvre monta, et il se mit à délirer. Puis, vers dix heures, il s'endormit.

– Qu'est-ce que tu en penses, Douchane ? demandai-je à voix basse.

– Il est près de sa fin, dit-il. Je mentirais en disant le contraire.

Le train bleu foncé de Sophia Andreïevna arriva à minuit et fut poussé sur une voie de garage. Elle voyageait en wagon de luxe, avec plusieurs domestiques, une infirmière, divers enfants et leurs conjoints. C'était un spectacle ridicule, digne de la comtesse sous tous rapports.

Douchane Makovitski alla la saluer. Il dit que le Dr Nikitine et lui étaient tous deux d'avis que personne ne voie son mari pour le moment. Son abord inflexible fut payant : Sophia Andreïevna accepta ses raisons et fut d'accord pour rester dans le train jusqu'à ce que le malade reprît des forces.

– Parfois, me glissa un peu plus tard Serguieïenko, il arrive qu'un vent chaud souffle du nord.

Comme il n'y avait pas d'autres possibilités d'hébergement, le train privé devint un hôtel improvisé.

Le Dr Nikitine n'arriva pas avant le lendemain, mais Sophia Andreïevna n'en sut rien. Il examina Léon Nikolaïevitch et dit que le cœur était faible et qu'en effet le poumon gauche était atteint. C'était bon signe, néanmoins, que la température soit redescendue à trente-huit et trois dixièmes et s'y maintienne. La pneumonie n'était pas, d'après lui, le diagnostic définitif, puisque l'on entendait un râle dans la poitrine du malade. En cas de pneumonie, le poumon – ou les poumons – se remplit de liquide. Au lieu d'un râle, on n'entend qu'un silence de mauvais augure.

Léon Nikolaïevitch, enchanté de ce bulletin médical, avait à présent retrouvé toute sa présence d'esprit ; il se blottit dans un fauteuil rembourré, une couverture autour des épaules et les jambes sur un tabouret. Il semblait impatient de parler.

– Laissez-moi vous exposer ma façon de voir la vie, docteur Nikitine, afin que vous compreniez pourquoi j'ai quitté ma femme et pourquoi, même si je suis trop vieux pour entreprendre une chose pareille, j'ai le sentiment que je dois poursuivre mon voyage.

Stupéfaits, nous nous installâmes pour l'écouter, et il nous fit une conférence en miniature sur sa philosophie de la vie : concise et bien articulée. Je n'aurais pu faire mieux.

– Il serait irréfléchi de ma part de recommander autre chose qu'un repos prolongé, dit le Dr Nikitine. Votre résistance est très affaiblie.

– Combien de temps, alors ? Une semaine ?

– Deux pour le moins. Un mois, en fait, serait préférable.

– Impossible ! Avec autant de temps devant elle, ma femme me trouverait immanquablement. Cela ne doit pas se produire.

Il se tourna vers moi.

– Vladimir, cela ne doit pas se produire. Tu comprends cela, n'est-ce pas ?

Je l'assurai que oui, mais lui dis de ne pas se faire de souci. Sergueï ne lui avait-il pas dit qu'elle avait accepté sa nouvelle vie ?

– Pensez-vous que je vais avaler cela ?

– Oui, dis-je. Il n'y a pas de raison pour ne pas le croire.

Il fit le tour de la pièce d'un regard sceptique, puis se recala dans son fauteuil, le menton sous la couverture dont il s'était enveloppé.

– J'ai terriblement froid, dit-il. Il y a un courant d'air quelque part.

À midi, Goldenweiser arriva de Moscou avec Gorbounov, notre éditeur. Je lui avais télégraphié deux jours plus tôt, mais ne m'attendais pas à le voir à Astapovo. Je savais, comme Léon Nikolaïevitch, qu'il avait un concert important à Moscou, à l'Académie. Quelques semaines plus tôt, nous avions envisagé la possibilité de lui faire la surprise d'assister à son récital. Léon Nikolaïevitch, bien que gravement malade, se souvint de la date du concert et gronda Goldenweiser pour l'avoir annulé.

– Je n'aurais pu faire autrement, dit Goldenweiser. Comment jouer en public en vous sachant souffrant à l'autre bout du pays ?

– Sottise, dit Léon Nikolaïevitch. Lorsqu'un paysan laboure ses champs, il ne les abandonne pas, même si son père est à l'article de la mort. Le concert, c'est votre champ. Vous n'auriez pas dû lâcher la charrue.

Puis il se tourna avec empressement vers Gorbounov pour discuter des futures publications de *L'Intermédiaire*. Il allait terminer un livre intitulé *La Voie de la vie* quand il serait installé, dans le Caucase ou ailleurs, expliqua-t-il. Il avait déjà rédigé des notes importantes, dont certaines étaient restées à Iasnaïa Poliana, et il espérait pouvoir les récupérer. Je lui assurai que cela ne posait aucun problème. Sacha m'appuya, déclarant qu'elle savait de quelles notes il s'agissait, et se proposant pour l'aider.

Léon Nikolaïevitch se recoucha. Il continua de parler, les yeux fermés, mais sa voix devint plus faible.

Soudain, le visage de Sophia Andreïevna emplit le petit rectangle vitré qui s'ouvrait dans la porte de la chambre. Ce visage bouffi, déformé, son nez, ses joues pareilles à des tomates, s'écrasaient contre la vitre, les yeux écarquillés.

Sacha bondit de sa chaise, faisant sursauter son père, qui entr'aperçut un bref instant sa femme avant qu'on ne l'eût écartée de là.

– Quoi ! s'écria-t-il. Qui était-ce ?

– La femme du chef de gare, dit Sacha. Elle voulait entrer, et je lui ai dit que tu dormais, que l'on ne devait pas te déranger.

– C'était Sophia Andreïevna !

– Tu te l'es imaginé, dit-elle. C'était la femme d'Ozoline.

– C'est la vérité, dis-je. Ce n'était pas votre femme. Elle est à la maison, comme Sergueï vous l'a dit.

– Si Sonia avait besoin de me voir, je ne pourrais pas le lui refuser, dit Léon Nikolaïevitch. Mais cela me tuerait. Je sais que cela me tuerait.

– Aucun risque, lui dis-je. Elle est à la maison.

Heureusement, il était trop malade pour discuter. Il accepta nos observations, mais encore une fois je me demandai s'il ne connaissait pas la vérité. Pour empêcher de nouvelles intrusions, nous masquâmes la vitre avec une couverture, en lui disant que les amis du chef de gare étaient curieux et le dérangeraient encore si l'on n'obstruait pas cette lucarne.

– Sacha, dit-il d'une voix tremblante, à peine audible. Il faut que je te dicte une autre lettre.

– Oui, Papa.

Elle posa un bloc sténo sur son genou.

– Envoie cela à Aylmer Maude en Angleterre : « Cher Maude – En route pour un lieu où j'espère être seul, je suis tombé malade… »

Il essaya de continuer, mais Sacha ne put l'entendre ; sa voix se perdait dans un gargouillement de mucus.

– Tu finiras plus tard, Papa, dit Sacha. Quand tu auras dormi.

Je vis sur son visage l'intense frustration d'un homme pour qui la communication humaine avait tout représenté. Il avait beaucoup de mal à supporter la chose. Sacha se cramponna solidement à ce que son père avait dit – qu'il ne résisterait pas à une rencontre avec sa femme – et se précipita, plutôt cruellement, à mon avis, vers le train bleu, afin d'y transmettre ce sentiment. Je la suivis pour m'assurer que Sophia Andreïevna la croirait.

– Lui as-tu dit que j'ai failli me noyer dans l'étang ? demanda celle-ci.

– Il sait tout, répondit Sacha.

– Et qu'a-t-il dit ?

– Il a dit que si tu te tuais, il en serait affreusement bouleversé, mais qu'il n'aurait pu agir autrement qu'il ne l'a fait.

– Sais-tu ce que ce train me coûte ? hurla Sophia Andreïevna ? Cinq cents roubles !

Sacha répondit que ce train pouvait bien lui coûter la fortune entière des Tolstoï, qu'elle s'en moquait, sur quoi sa mère se déchaîna, nous accusant, Sacha et moi, puis son mari, de toutes sortes de perfidies. Je l'entendais crier du train :

– Menteur ! Menteur !

Plus tard, un peu calmée, elle supplia Douchane Makovitski de donner à son mari un petit oreiller brodé qu'elle avait apporté de Iasnaïa Poliana. C'était un de ses préférés, dit-elle. Il se reposerait mieux si on le lui glissait doucement sous la tête.

Makovitski, plutôt sentimental quant à ce genre de chose, fut assez stupide pour ramener le coussin dans la chambre du malade et pour le déposer sur le lit, où Léon Nikolaïevitch le remarqua aussitôt.

– D'où vient cette chose ? dit-il.

– Votre fille Tania est ici. C'est elle qui l'a apporté, dit cet idiot de Makovitski.

– Tania ! Je veux voir ma fille, dit-il. Où est Tania ?

Tania, tremblante, la larme à l'œil, fut introduite par Sacha dans la maisonnette du chef de gare. Elle embrassa son père et pleura sur son épaule.

– Où est ta mère, Tania ? demanda-t-il.

– Elle est restée à la maison.

– Comment va-t-elle ? A-t-elle l'intention de venir ici ?

Les paupières de Tania frémirent.

– Je ne crois pas… Je ne sais pas, Papa. Il n'y a pas moyen de…

– De quoi ?

Tania pouvait à peine parler. Son père lui prit la main et lui dit de ne pas se faire de souci, qu'il serait tout à fait rétabli dans quelques jours.

– Demande au Dr Nikitine, dit-il. Ce n'est qu'un râle dans le poumon gauche. Ce n'est pas nouveau, il m'a toujours fait des ennuis.

Tania est désespérément faible de caractère. Et écœurante de douceur. Comme l'a dit un jour Varvara Mikhaïlovna, elle a la patience d'une vieille tapisserie.

Léon Nikolaïevitch demanda son journal intime, dans lequel il nota d'une main tremblante :

> *Nuit affreuse. Deux jours au lit avec la fièvre. Il paraît que Sophia Andreïevna… Le 3 novembre, Tania. Sergueï est venu hier soir. J'ai été extrêmement ému par sa visite. Aujourd'hui, le 3, Nikitine, Tania, Goldenweiser, Gorbounov. Et donc, mon projet… Fais ce que dois adv… C'est pour le bien des autres, j'espère, mais principalement pour moi-même.*

Il ne se servait plus guère du français. Pas comme d'autres dans notre classe. Mais il avait choisi un bon proverbe : « Fais ce que tu dois. Advienne que pourra. »

Devant la maisonnette, c'était devenu un cirque. Un reporter avait découvert la visite à Chamardino et, de là, l'endroit où nous étions. La ville d'Astapovo, par ailleurs peu digne de mémoire, est devenue célèbre. Le bruit s'est répandu comme la petite vérole à travers la communauté journalistique, qui se nourrit et vit de cancans. Au début, quelques-uns d'entre eux seulement se sont joints à nous. Mais il ne se passa pas longtemps avant qu'il en arrive une véritable foule, couronnée par la venue des reporters de Pathé armés de caméras cinématographiques avec lesquelles ils filment des bobines d'actualités qu'ils répandent dans le monde entier. Chaque train amenait à présent un nouveau contingent de cameramen, de secrétaires de rédaction, de reporters, de dactylos. Le bureau du télégraphe était plein à craquer, et Makovitski réduit à tenir d'heure en heure des conférences de presse où il donnait le pouls et la température de Tolstoï avec ses prévisions sur son état de santé pour les quelques heures à venir.

Par ordre du gouvernement, qui craignait sans doute un soulèvement révolutionnaire, la police montée arriva sur les lieux. On nous surestime énormément.

Les employés du chemin de fer se sont sentis obligés de dresser une vaste tente pour les journalistes et d'y installer une douzaine de rangées de châlits. Sans le claquement des machines à écrire et le cliquetis des caméras et appareils photographiques, on se croirait dans un camp militaire. La Compagnie du chemin de fer Riazan-Oural a fourni un nombre considérable de wagons-lits qui sont arrivés ce matin, et un entrepôt inachevé a été aménagé pour y recevoir de nouveaux bataillons de badauds, parasites et soi-disant membres de la presse. Si Léon Nikolaïevitch ne meurt pas, il y aura du grabuge quelque part…

Pour une fois, Sophia Andreïevna eut un public à la mesure de son amour-propre. Elle s'offrit complaisamment aux regards des caméras et débita un nombre impressionnant de mensonges tout à fait imprimables. Elle raconta que je la tenais à l'écart de son mari agonisant, si bien que chacun dut me tenir pour un démon de première envergure. J'aurais dû m'y attendre, mais cependant j'avais honte pour elle.

Nous réussîmes en tout cas à l'empêcher, jour après jour, de troubler la tranquillité de Léon Nikolaïevitch, qui crut ou fit semblant de croire qu'il était seul à la campagne, au milieu d'un cercle d'amis qui partageaient son point de vue sur la vie. Il avait l'air heureux, serein même, toutes les fois que la fièvre diminuait et qu'il pouvait parler.

Le jeudi matin, il dit à Sacha :

– Je crois que je vais bientôt mourir, mais peut-être pas, comment savoir ?

– Essaie de ne pas penser, Papa, lui dit-elle.

Ces paroles le piquèrent au vif.

– Comment peut-on ne pas penser ? dit-il. Il *faut* que je pense !

La plupart du temps, lorsqu'il était conscient, je m'asseyais auprès de lui et lui lisais des passages de *Pour tous les jours*, insistant sur les chapitres importants des Évangiles, des Upanishad, et des *Discours et Conversations* de Confucius. Léon Nikolaïevitch demandait souvent que j'y ajoute des extraits de Rousseau, vieille habitude dont je m'efforçai cependant de le dissuader. Il insista aussi sur Montaigne, autre athée. Je ne comprenais pas non plus ce désir, mais j'acquiesçai.

Cette nuit-là, il fut en proie à un grand nombre de petites convulsions. Il tremblait un bref instant de la tête aux pieds et, en même temps, tenait un crayon imaginaire avec lequel il gribouillait sur un papier inexistant.

Varvara Mikhaïlovna entra bruyamment dans la chambre et Léon Nikolaïevitch sursauta.

– Macha ! Macha ! s'exclama-t-il avant de retomber dans sa torpeur.

Il ne s'était jamais remis de la mort de Macha, sa fille bien-aimée. Sacha fut blessée dans ses sentiments de ce qu'il eût crié le nom de Macha avec une telle violence, signe évident de la douleur qu'il éprouvait de cette disparition.

Le vendredi, son état s'aggrava. L'éminent Dr Berkenheim, spécialiste des affections pulmonaires, arriva de Moscou et ne cacha pas son sentiment.

– C'est la fin, j'en ai peur, dit-il.

– Ce n'est pas possible ! dit Sacha. Vous vous trompez. Sa fièvre est tombée.

Mais la fièvre n'était pas tombée. Elle frisait les quarante depuis deux jours. Dans l'après-midi, le pouls devint si incroyablement rapide que nous crûmes que le cœur allait éclater. Douchane Makovitski s'affolait, se considérant comme personnellement responsable du pouls de son patient.

Le Dr Berkenheim avait apporté avec lui l'arsenal de la médecine moderne : ballons d'oxygène, digitaline, etc. Mais Léon Nikolaïevitch se méfiait de cette médecine et de ses inventions. Il refusa le traitement. Son état variait d'heure en heure. Parfaitement cohérent au dîner, nous donnant des ordres et discutant de *L'Intermédiaire*, avant huit heures il délirait, appelant sa tante Toinette, morte depuis longtemps.

Tania réapparut, et il lui dit :

– Cette pauvre Sonia, ma chère Sonia, tant de choses lui sont tombées dessus. Elle ne le supportera pas. Ça la tuera.

– Tu veux la voir ? demanda Tania. Faut-il l'appeler ?

Tout le monde se raidit. Qu'est-ce qui lui passait par la tête ?

Heureusement, son père ne dit rien. Il nous regarda, l'air égaré, et s'affaissa sur l'oreiller. Sa bouche fut aspirée entre ses gencives édentées comme un pain trop levé qui retombe sur lui-même.

Arrivèrent de Moscou deux autres médecins, le Dr Oussov et le Dr Chourovski. Andreï et Ilya les avaient fait venir. Deux médicastres incompétents qui restèrent dans un coin à discuter de la situation avec Makovitski dans un jargon pseudo-scientifique. Celui-ci avait l'air douloureusement égaré.

Lorsqu'il les vit, Léon Nikolaïevitch murmura à Tania :

– C'est donc bien ça. La fin. Et ce n'est rien.

Nous restions plantés là, à proximité. Je me souvins de la fois, il y a neuf ans à Gaspra, où il avait failli mourir. Il y était allé se rétablir au chaud soleil de Crimée. Son état, un moment, s'était aggravé, et lorsqu'il sembla sur le point de mourir, Sergueï lui demanda s'il voulait voir le prêtre de l'endroit, qui avait sollicité un dernier entretien avec « le Comte ». Léon Nikolaïevitch avait répondu : « Ne peuvent-ils pas comprendre que, même sur un lit de mort, deux et deux font toujours quatre ! »

À présent, Sacha tournait sans cesse autour de lui, arrangeant son oreiller, lissant les draps de lin amidonnés, tirant sur la couverture ou la rebordant.

– Ma chérie, dit-il. Tu gaspilles trop d'efforts pour un vieil homme dont la vie est finie. Il y a plein de gens en ce monde qui auraient besoin de tes soins.

– Chut, Papa, dit-elle.

Sophia Andreïevna, Andreï et Ilya se tenaient devant la maisonnette, trio haineux, exigeant qu'on leur permît d'entrer, mais Douchane Makovitski les tint en échec comme un brave lieutenant. Il leur dit que Léon Nikolaïevitch allait beaucoup mieux aujourd'hui, que sa température avait baissé. Je ne sais comment, il réussit à les persuader de retourner dans leur train.

Vers le soir, Léon Nikolaïevitch se remit à délirer, et les médecins de Moscou insistèrent pour lui faire des piqûres de camphre, qui le firent un instant se trémousser de tout son corps, puis se détendre. Ils lui mirent sur le visage un ballon d'oxygène – horrible invention moderne, véritable chambre de torture. Je dus tourner la tête.

Nous eûmes aussi des ennuis avec l'Église. Léon Nikolaïevitch représentait un défi à ses dogmes en faillite. L'Église avait hypnotisé le peuple, lui enjoignant de suivre les armées du tsar dans une succession ininterrompue de batailles futiles. Il était évidemment de leur intérêt de rapporter que Léon Tolstoï, sur son lit de mort, s'était rétracté et était mort muni de tous les sacrements.

Un télégramme en provenance du métropolite de Saint-Pétersbourg suppliait Léon Nikolaïevitch de se repentir. Se présenta bientôt sur notre seuil un moine du nom de Père Varsonofy, petite créature chevelue à la barbe noire tachetée de blanc, puant l'ail et le vin. Il prétendit d'abord éprouver une grande sympathie pour les idées de Tolstoï, puis essaya de nous enjôler pour que nous lui permettions de voir Léon Nikolaïevitch.

« Je veux seulement le *voir* ! » criait-il. Nous lui dîmes que c'était impossible, alors il entreprit des démarches auprès de Sophia Andreïevna, comme si cela eût pu accroître ses chances d'obtenir une entrevue ! Ozoline me dit ensuite que l'évêque de Toula en personne avait été envoyé à Astapovo par l'archevêque de Moscou. Que de sottises !

Sacha me remit un billet que le moine lui avait écrit. Bel exemple de supercherie, d'une écriture très ornée :

> *Vous n'êtes pas sans savoir que le comte a dit à sa sœur votre tante qu'il désirait parler avec un représentant de l'Église dans l'intérêt de la paix éternelle de son âme. Il a profondément regretté que ce désir n'ait pu être exaucé durant son séjour à Chamardino. Je vous supplie, chère Mademoiselle, avec tout le respect que je vous dois, de l'informer de ma présence à Astapovo. Je serais heureux de le voir, ne serait-ce que quelques minutes. S'il ne veut pas que je l'entende en confession, je rentrerai immédiatement à Optina et que la volonté de Dieu soit faite.*

Je jetai le billet dans le feu, où il déploya lentement ses ailes avant de se volatiliser en une flamme orangée.

Je me souvins d'un passage du journal de Léon Nikolaïevitch, écrit à Gaspra en 1901 pendant sa maladie : « Quand je serai au seuil de la mort, je veux qu'on me demande si je vois encore la vie comme une progression continue vers Dieu, comme un accroissement de l'amour. Si je n'ai pas la force de parler, et que la réponse soit oui, je fermerai les yeux ; si la réponse, hélas, est non, je lèverai les yeux. » Il me vint à l'esprit que c'était le moment de lui poser la question, mais cela ne sembla pas en valoir le risque.

Mon cher Léon Nikolaïevitch paraissait on ne peut plus proche de ce qui peut se tenir derrière le voile de papier qui nous sépare de l'Éternité.

Le samedi soir, ses lèvres prirent une teinte terreuse. Des taches bleues apparurent sur ses joues, ses oreilles et ses mains. Il commença à étouffer, appelant les médecins d'une voix râpeuse :

– Je ne peux pas respirer !

Ils lui firent de nouvelles piqûres d'huile camphrée, en dépit de ses objections répétées.

– Sottise… sottise ! s'écriait-il d'une voix rauque à peine audible. Arrêtez ces piqûres… Laissez-moi tranquille, pour l'amour de Dieu.

Les piqûres, néanmoins, ne furent pas inutiles. À nouveau, il parut se calmer aussitôt et se redressa sur son lit. Il appela Sergueï.

– Mon fils, dit-il comme celui-ci s'asseyait près de lui, l'oreille toute proche des lèvres de son père. La vérité… elle a pour moi tant d'importance… la voie…

Sa voix se brisa. Il était une fois encore épuisé par l'effort qu'il faisait pour formuler la vérité, garder la haute main sur le langage.

Il s'endormit, l'air tout à fait heureux, à dix heures trente. Je fis sortir tout le monde de la chambre, à l'exception de Douchane Makovitski.

Pour la première fois de sa vie peut-être, celui-ci pleura.

39

SOPHIA ANDREÏEVNA

Après quatre jours de silence, sans rien manger ni boire d'autre qu'un peu d'eau, je lui écrivis :

Ne crains pas, mon chéri, que je vienne te chercher. Je peux à peine remuer, tellement je suis affaiblie. Je ne voudrais, pour rien au monde, te forcer à revenir. Fais ce que tu juges le mieux. Ton départ m'a donné une leçon, une leçon terrible, et si je n'en meurs pas, et que tu reviennes à moi, je ferai tout mon possible pour te rendre les choses plus faciles. Je sens pourtant, au plus profond de moi, que nous ne nous reverrons jamais plus… Liovotchka, découvre en toi l'amour qui s'y trouve, et sache qu'il s'en est éveillé beaucoup en moi.

Il me fallait quelque chose pour terminer ma lettre, une façon de lui signifier mon affection qui n'a jamais cessé, pas une seconde : « Je t'embrasse, mon chéri, mon cher et vieil ami, qui jadis m'aimait tant. Dieu te garde, prends soin de toi. »

Je dormis mal cette nuit-là, en dépit d'une fatigue inexprimable, rêvant de Liovotchka et de notre vie commune. Le lendemain matin avant l'aube, j'allai de nouveau à mon secrétaire et présentai à la clarté de la chandelle un vieux portrait de Liovotchka et moi, où la flamme redonnait vie et couleur aux joues spectrales des silhouettes d'autrefois.

J'essayai de trouver quelques phrases capables de le toucher, mais les accusations commencèrent à pleuvoir en cascade, et je me rendis compte que cela ne ferait que me l'aliéner davantage. C'était tout simplement inutile.

Une servante frappa à la porte pendant que j'étais en train d'écrire. Elle apportait un télégramme d'un nommé Orlov, reporter au Russkoie Slovo. « Léon Nikolaïevitch malade à Astapovo. Température : quarante. »

Il était mourant !

Mon devoir était clair. Il fallait me rendre auprès de lui. Il aurait besoin de me voir, n'est-ce pas ? N'avions-nous pas vécu ensemble toutes ces années ? N'avions-nous pas mis treize enfants au monde ? Je ne doutais pas qu'à la fin il souhaiterait m'avoir auprès de lui. Il désirerait entendre et recevoir ma confession, comme je voudrais entendre et recevoir la sienne. Chaque fois qu'il était malade, il redevenait comme un enfant, avide de mes soins. Et je les lui donnais, comme je les lui donnerais à présent, même s'il persistait à se moquer de moi, à tourner publiquement en ridicule notre mariage, qui a duré près d'un demi-siècle.

Je fis le voyage avec Tania, Ilya, Mikhaïl et Andreï, emmenant une infirmière, le psychiatre qui m'avait suivi ces dernières semaines, et quelques domestiques. On ne sait jamais ce qui peut arriver au cours d'un tel voyage, et il vaut mieux y être préparé. Nous nous rendîmes à la gare de Toula dans plusieurs voitures. Nous nous étions dépêchés pour prendre le train du matin, mais nous le manquâmes, et je fus obligée d'affréter un train spécial, ce qui m'a coûté cinq cents roubles !

Nous roulâmes vers le sud-est toute la journée et une bonne partie de la soirée, et arrivâmes tard dans la nuit. Comme nous approchions de la gare où mon mari agonisait, je pouvais à peine reprendre mon souffle. Je me sentais comme une grande actrice de Moscou sur le point de faire sa dernière apparition en public devant une salle comble. Je préparai dans ma tête pour Liovotchka une douzaine de phrases exemplaires. Ses vieilles, ses douces mains caresseraient mes cheveux une fois encore, comme toujours. Le rideau de la mort tomberait devant ses yeux. Et je mourrais aussi. L'affection ne s'éveillerait jamais plus dans mon cœur.

Mais l'affreuse réalité me sauta au visage quand j'atteignis Astapovo. Liovotchka était entouré de ses partisans, de ses fanatiques, et on ne me laissa pas parvenir jusqu'à lui. Sergueï était arrivé de Moscou par le train précédent et se présenta comme un ambassadeur du camp ennemi, s'adressant au cercle de famille tel un petit prince bouffi d'importance. Il a beau être mon fils, je le détestai. Cela « tuerait » son père s'il me voyait, dit-il. Avais-je bien entendu ?

J'étais trop faible, cependant, pour faire autre chose qu'obéir à ces hommes qui m'imposaient leur volonté comme ils l'ont toujours fait. Une femme a-t-elle jamais une chance de se faire entendre ? Ai-je jamais eu une seule chance avec Liovotchka, qui m'a traitée comme une vieille vache ?

Jour après jour il agonisait, tandis que la plupart du temps je restais éveillée. Par intervalles, miracle ! l'extrême fatigue me délivrait un court instant de ma douleur. Mais j'entendais à tout moment mon sang battre, bruyamment, à mes tempes et à mes poignets. Mon esprit était tourmenté par des images, des visions infernales.

Pendant ce temps-là, les cinéastes enregistraient mon chagrin. Le monde entier voyait mes peines, sans les comprendre. « Tournez-vous à droite, Comtesse, criait ce maudit cameraman de Meyer. Fermez les yeux, Comtesse. » Je les entends encore, mes Furies, je les vois tourner la manivelle de leurs machines !

Une fois, comme je passais devant la maisonnette du chef de gare, je trouvai la porte non gardée. Je m'avançai hardiment et le vis – mon mari mourant – qui se tordait dans le lit étroit. Je vis sa barbe blanche, ses cheveux blancs, ses sourcils décolorés, blancs comme neige sur la blancheur des draps. Un voile de blancheur, l'image de la mort. La mort et le gâchis !

– Liovotchka ! m'écriai-je, mais déjà quelqu'un me tirait en arrière, telle Eurydice, me ramenait dans l'enfer de ma solitude.

Arriva un télégramme du patriarche de Saint-Pétersbourg, demandant à mon mari de se repentir, mais Tchertkov refusa même de le lui montrer. Ils tinrent également à l'écart l'abbé Varsonofy, venu du monastère d'Optina.

Le jour du Seigneur, Sergueï me réveilla juste après minuit. Je venais de rêver d'une journée de juin, il y a des dizaines d'années, où je courais dans les bois avec Liovotchka. Nous nous assîmes dans une vaste clairière entourée de fleurs sauvages, déjeunâmes de pain et de venaison, bûmes du vin. Il me dit qu'il ne me quitterait jamais, que j'étais sa vie, qu'il ne pouvait vivre sans moi. Il me renversa dans les boutons d'or et les pâquerettes ; il souleva ma jupe, me dénuda de ses grandes mains. Et il me pénétra de son esprit indomptable. Il brandit le glaive brûlant de l'amour et m'en transperça. Je m'abandonnai tout entière à son âme rude et étincelante.

Et à présent, ceci.

– Maman, réveille-toi ! dit Sergueï.

Je sentis dans son souffle une odeur de tabac.

– Il ne passera pas la nuit. Tu peux le voir, à présent.

En chemise de nuit, grelottante, je suivis mon fils entre deux rangées de journalistes. L'un d'eux me lança, en français :

– Est-il mourant, Comtesse ?

Je les écartai tous d'un revers de main.

– Laissez-moi le voir, hurlai-je à Tchertkov, qui se dressait comme un mur sur mon passage. Laissez-moi passer, espèce de sale type !

– Il faut être patiente, Sophia Andreïevna.

Qu'avais-je fait d'autre ? N'avais-je pas attendu des jours et des nuits dans ce wagon où j'étouffais, pendant qu'on organisait une véritable réception autour du lit de mon mari mourant ?

Baissant la tête, je passai sous le bras étendu de Tchertkov, qui ne tenta pas de m'arrêter.

Liovotchka était sur son lit, vidé de lui-même. Son visage était bleu dans cette faible lumière, son nez nettement ciselé. Je lui touchai le front : il était moite et brûlant. Il remuait les lèvres, mais pas un son n'en sortait. Pas même un murmure.

– Pardonne-moi, mon chéri, pardonne-moi ! J'ai été sotte. Je ne suis pas une femme raisonnable – tu le sais... Je suis une femme égoïste, oui. Je n'ai jamais été capable de te montrer l'amour que je ressens pour toi. Il faut me croire, Liovotchka ! Il faut comprendre ! Je t'en prie ! Je t'en prie !

Je parlais trop fort, quoique sans crier.

Serguieïenko me tira par les épaules hors de la chambre.

– Maîtrisez-vous, Comtesse.

Il m'avait poussée dans un fauteuil de la pièce voisine et me regardait d'un œil froid. Une foule de gens se mit à tourner autour de moi comme des vautours, prêts à m'arracher des morceaux de chair, à se repaître de ma dépouille.

– Je veux parler à mon mari, dis-je d'une voix entrecoupée de sanglots.

Ils lui avaient administré de la morphine contre sa volonté, comme je m'en aperçus bientôt. Et de nouvelles injections d'huile camphrée pour le cœur. Tout cela était d'une cruauté barbare.

Plus tard – des heures plus tard – le Dr Oussov les persuada de me laisser m'asseoir auprès du lit, à condition que je ne parle pas à voix haute.

Peu avant l'aube, Douchane Makovitski approcha une bougie du visage de mon mari. Liovotchka fit une grimace et tourna la tête. Il se mit à bouger convulsivement et à gémir.

– Il faut boire, Léon Nikolaïevitch. Mouillez-vous les lèvres, dit Douchane en portant une tasse à sa bouche.

Il but un peu et retomba en soupirant.

– Liovotchka ! m'écriai-je, mais il ne pouvait pas m'entendre.

Sa respiration ralentit, puis devint irrégulière.

Sa conscience s'élargit, comme des cercles sur un étang, chaque onde s'éloignant de plus en plus du centre.

Brusquement, le Dr Oussov s'écria :

– Premier arrêt !

Je savais ce qui approchait, l'instant que j'avais imaginé et répété depuis des années. Je pressai la main droite de Liovotchka très fort contre ma joue. Elle était chaude, irriguée de sang. Il était encore vivant, mon Liovotchka. « Je sais que tu ne le croiras pas, Liovotchka, mais je suis désolée. J'ai été dure et ne t'ai pas écouté. Ne peux-tu, ne peux-tu… » Je ne pouvais plus maîtriser mes sanglots, et Sergueï tendit une main vers moi, essaya de me réconforter, mais je le frappai au visage d'un revers de main et Serguieïenko m'attrapa de ses grandes mains et me tira en arrière.

Je le maudis, comme je maudis Tchertkov. Ils m'avaient empêchée d'approcher mon mari, ils l'avaient tenu à l'écart du vicaire de Dieu, l'abbé, qui avait supplié avec moi, pour le salut de l'âme éternelle de mon mari, qu'on le laissât lui parler, ne fut-ce qu'une minute ou deux.

Douchane Makovitski s'avançait à présent.

– Six heures moins le quart, annonça-t-il.

Que voulait-il dire ? Je ne pouvais comprendre, même quand il ferma les paupières de Léon Tolstoï, tira les volets devant ces yeux qui jamais plus ne regarderaient la lumière, jamais plus n'y aspireraient, jamais plus ne l'inventeraient.

Ils m'avaient empêchée de dire adieu à mon Liovotchka. Ils nous en avaient empêchés tous les deux. Et maintenant, c'était fini.

– Je suis désolé, Sophia Andreïevna.

C'était une voix étrange et douce, celle de Tchertkov penché au-dessus de moi, une main sur mon épaule.

Comme l'aube s'animait aux rideaux, taquine et moqueuse, je vis que tout était terminé – la fin du monde tel que je l'avais connu. Ce qui arriverait dorénavant n'aurait jamais plus d'importance. Jamais.

40

L. N.

Extrait de *La Mort d'Ivan Ilitch*

Trois jours durant le temps n'exista plus, tandis qu'il se battait durement pour résister au sac noir dans lequel l'enfonçait une force invisible, cachée. Il se battit comme se bat contre son bourreau un condamné, même en sachant qu'il ne pourra échapper à son sort. Il savait qu'à chaque instant, malgré sa résistance, il se rapprochait davantage de ce qui lui faisait le plus horreur. Il souffrait le martyre à cause de ce sac noir, de ce trou noir, mais c'était pire parce qu'il ne pouvait simplement se glisser dedans. Ce qui le retenait, c'était le sentiment que sa vie avait été celle d'un homme de bien. Cette autojustification le maintenait à flot, l'empêchait de progresser, provoquait son angoisse plus que toute autre chose.

Il sentit soudain une pression violente s'exercer contre sa poitrine, contre son flanc, puis gêner sa respiration. Il glissa dans le trou noir, toucha le fond, et vit qu'il y avait de la lumière. Ce qui s'était produit ressemblait à ce qui se passe lorsqu'en chemin de fer on croit avancer tandis qu'on recule, et que l'on découvre ensuite la réalité.

– Ainsi, ce que j'ai vécu jusqu'ici n'était pas la chose réelle. Peu importe. Peut-être puis-je en faire la chose réelle. Mais la chose que je désire, quelle est-elle ? se demanda Ivan Ilitch.

Puis il se calma.

Ceci se produisit vers la fin du troisième jour, une heure avant sa mort. À ce moment-là, son fils s'introduisit sans bruit dans la chambre et s'approcha du lit. Le mourant continuait à pleurer et à battre l'air de ses bras. Une de ses mains toucha la tête du garçon. Celui-ci la saisit, la couvrit de baisers et se mit à pleurer. C'est à cet instant qu'Ivan Ilitch glissa dans le trou et vit une lumière, et qu'il lui vint à l'idée que sa vie n'avait pas été ce qu'elle aurait pu être, bien que la situation ne fût pas désespérée. « Mais la chose réelle, quelle est-elle ? » se demanda-t-il, et il se calma, l'oreille tendue. Puis il sentit qu'on lui baisait la main. Ouvrant les yeux, il vit son fils. Il eut pitié de lui. Puis sa femme entra dans la chambre et s'approcha de lui. Elle le regarda tendrement, la bouche ouverte, des larmes sur le nez et les joues, le désespoir sur son visage. Elle lui fit affreusement pitié.

– En vérité, je leur rends la vie malheureuse, se dit-il. Ils ont pitié de moi, mais les choses iront mieux pour eux quand je serai mort.

Il avait envie de dire cela, mais pas la force de parler.

– Mais pourquoi parler ? Ce qu'il faut, c'est que je *fasse* quelque chose, pensa-t-il.

Il lança un regard à sa femme et lui fit signe d'éloigner leur fils.

– Fais-le sortir… Je suis désolé… pour lui et pour toi.

Il aurait aimer ajouter « Pardonne-moi », mais c'est « Oublie-moi » qui lui sortit de la bouche. Il était cependant trop faible pour se reprendre, et ne s'en soucia pas, car Il comprendrait ce qu'il avait voulu dire, Celui qui devait le savoir.

Soudain, il s'aperçut nettement que ce poids qui le tirait vers le bas et ne voulait pas disparaître, se dissipait, d'un seul coup – de deux côtés, de dix côtés, de tous les côtés à la fois ! Il avait de la peine pour eux et voulait les réconforter. Les libérer, eux comme lui, de cette angoisse.

– Et la douleur ? se demanda-t-il. Où est-elle à présent ? Où es-tu, Douleur ?

Il attendit anxieusement son retour.

– Ah, elle est encore là. Bon, et puis ? Laisse-la tranquille.

– Et la mort ? Qu'est-ce que la mort ?

Il essaya de repérer en lui son habituelle peur de la mort et ne la trouva pas. Où était la mort ? Quelle mort ? Il n'éprouvait aucune peur parce que la mort n'existe pas.

À la place de la mort, il y avait de la lumière.

– C'est donc ça ! s'écria-t-il. Quelle joie !

Tout ceci ne prit qu'un instant à se faire jour, mais le sens en était durable. Pour ceux qui l'entouraient, son angoisse se prolongea deux heures encore. Un râle envahit sa poitrine ; son corps dévasté tremblait. Puis le râle, la respiration sifflante cessèrent.

– C'est fini, dit quelqu'un debout à côté de lui.

Il entendit ces paroles et les répéta dans son âme.

– La mort est finie, se dit-il. La mort n'existe plus.

Il prit vite sa respiration, s'interrompit au beau milieu, ses membres se relâchèrent, et il mourut.

41

BOULGAKOV

TANDIS QU'IL AGONISAIT, je passai mes jours à Teliatinki. Je tins mon journal – essayant de me rappeler tout ce que je pouvais sur nos dernières journées ensemble – et travaillai à un essai sur les jeunes années de Tolstoï dans le Caucase. En 1854, à Sébastopol – arrivé d'Odessa par bateau, début novembre –, il avait servi quelques jours dans un hôpital militaire. Voici plusieurs mois, au cours d'une longue promenade dans les bois de Zassieka, il m'avait parlé de ce séjour là-bas.

Il était amoureux d'une fille cosaque, « une beauté aux yeux noirs », comme il l'appelait. « Elle avait les hanches étroites d'un garçon, des cheveux noirs coupés court – signe qu'elle était indépendante. Les autres portaient les cheveux longs, comme les Gitanes. »

Lui et un jeune officier d'infanterie, nommé Ilya, étaient devenus amis intimes plusieurs mois durant. Ils passaient leurs journées au jeu ou à cheval, leurs nuits à courir les filles chez les Gitans. Mais Léon Nikolaïevitch était attiré par cette jeune Cosaque, tout comme Ilya. En manière de plaisanterie, ils jouèrent la fille aux cartes. Le perdant devait dormir seul cette nuit-là, ou avec une autre femme.

Tous les après-midi, les fourgons revenaient du champ de bataille avec leur chargement de cadavres. Un jour, par hasard, Léon Nikolaïevitch se trouvait à proximité lorsqu'ils arrivèrent. « C'était le plus lumineux des jours d'automne, me dit-il, avec son sens habituel du détail. Une journée sans nuages. Les platanes se balançaient dans le vent. » Un officier supérieur fit signe à Léon Nikolaïevitch. « Vous, là, venez nous donner un coup de main. » Il s'élança vers le fourgon, où plusieurs officiers, mutilés, gisaient parmi les simples fantassins. L'un d'eux, à sa grande stupéfaction, était Ilya.

Frappé d'une balle à la gorge, Ilya portait une plaie à la base du cou, mais son visage était intact – « beau, même », comme Léon Nikolaïevitch se le rappelait. Presque incapable de contenir son émotion, soulevant Ilya hors du fourgon, il l'avait transporté dans ses bras à la morgue. Les manches de sa vareuse étaient tellement tachées de sang qu'il l'avait jetée au feu.

Pourquoi cela était-il arrivé à Ilya et pas à Léon Nikolaïevitch ? La vie était-elle fondamentalement irrationnelle ? Il ne pouvait répondre à ces questions.

Cette nuit-là, il se rendit chez la jeune Cosaque. Il ne lui parla pas de ce qui était arrivé à Ilya. « J'étais dominé par un sentiment puissant, sentiment qui n'était sans doute que de la luxure, mais qui ressemblait à... l'amour. » Il resta auprès d'elle jusqu'à l'aube, dit-il, se jurant que ce serait leur dernière nuit ensemble. Il péchait contre Dieu, cela il le savait, mais péchait hardiment – comme dit Martin Luther.

« Vous savez, je pense encore bien souvent à elle », me dit Léon Nikolaïevitch.

Il avait un étrange regard en disant cela, un mélange de nostalgie, de regret et de chagrin sincère.

Macha était venue de Saint-Pétersbourg pour l'enterrement, qui aurait lieu le lendemain matin. Arrivée à Toula par le dernier train, j'étais allé la chercher avec un *drojki* que je conduisais moi-même. Je ne sais pourquoi, assis à côté d'elle, je songeais à la jeune Cosaque.

Nous tournâmes brusquement dans la longue allée de gravier. Teliatinki était éclairé comme un crâne, avec ces bougies allumées aux fenêtres. Les chênes, qui avaient gardé leurs feuilles, tremblaient dans le vent froid.

– Bienvenue chez nous, dis-je à Macha, qui sourit tristement.

La maisonnée était en deuil, naturellement, et l'endroit semblait un peu hanté. Tchertkov et Serguieïenko avaient accompagné Léon Nikolaïevitch au cours de cette rude épreuve, et les rumeurs commençaient seulement à nous parvenir, au goutte à goutte. L'enterrement attirerait des foules nombreuses. En fait, les trains en provenance de Moscou et d'ailleurs avaient été pris d'assaut toute la journée par des centaines de gens, qui campaient déjà sur les terres de Iasnaïa Poliana – et dont la plupart n'avaient jamais rencontré Tolstoï.

– Je n'arrive pas à croire que tu sois ici, dis-je. J'imagine que je n'aurai pas à poster ma lettre d'aujourd'hui. Je peux te la remettre en mains propres.

Elle sourit comme je lui tendais l'enveloppe, qu'elle enfouit dans la poche de son manteau.

Ma main se tendit vers la sienne et la serra, un court instant. Elle leva vers moi un regard si intense que j'en eus presque mal.

Nous prîmes un verre de thé dans la cuisine.

– Je crois que je te connais infiniment mieux à présent, lui dis-je tendrement. J'ai presque peur que, face à face, nous ne nous parlions pas franchement. C'est beaucoup plus aisé par lettres. Je suis plus sincère en noir sur blanc.

– Tu gardes trop de choses pour toi – même dans tes lettres.

– Ce n'est pas ce que je veux.

– Il n'y a pas de raison pour ne pas nous parler franchement, dit-elle.

Je vis qu'elle frissonnait.

– Tu as froid ?

– Je me sens bien.

J'ôtai mon manteau et le posai sur les épaules étroites de Macha, respirant l'odeur agréable de ses cheveux dont les reflets cireux ne me déplaisaient pas. Ils sentaient comme l'eau d'un étang.

– Tu as voyagé toute la journée. Tu dois être épuisée.

– Ça m'est égal. C'est si bon de te voir.

Quand nous eûmes fini notre thé, je portai sa valise de cuir dans sa chambre, où j'avais fait le lit avec des draps lavés de frais.

– Merci, dit-elle timidement.

Fermant la porte derrière nous, je tendis la main vers son visage et laissai mes doigts courir sur sa peau, légers, légers. Elle ferma les yeux.

– Macha, je peux t'embrasser ?

Elle ne dit rien. Elle ouvrit simplement ses yeux immenses, mouillés et profonds, d'un bleu vert à la flamme de la chandelle.

Je sentis ma timidité se dissiper, ou plutôt je m'en libérai comme un serpent de sa peau. Enhardi, j'appuyai mes lèvres sur les siennes et posai fermement les mains sur ses hanches.

Quand elle me passa les bras autour du cou, je compris que tout irait bien.

– Je t'aime, Valia, dit-elle.

– J'en suis si heureux.

Ce soir-là nous fîmes l'amour – pas de la façon frénétique que j'avais imaginée, mais en nous fondant tendrement l'un en l'autre, presque solennellement. Je compris que je ne serais plus jamais le même.

Des heures durant, nous restâmes nichés l'un contre l'autre comme des enfants. Elle semblait profondément endormie ; moi, au contraire, j'étais on ne peut plus éveillé, abasourdi par ce qui était en train de se passer. Je n'avais même pas envie de dormir. Je voulais tout sentir, les couvertures soulevées, son corps allongé contre le mien, ses cuisses et son dos, ses bras et ses épaules. Je planais, maintenant, perméable, pleinement humain – créature de chair, d'os et de cheveux.

Au petit jour, je vis que Macha était éveillée et l'embrassai doucement sur le front.

– J'aimerais comprendre ce que c'est que l'amour, dis-je.

– Tu n'as pas à comprendre, dit-elle. Ce n'est pas quelque chose qui ait besoin d'être analysé.

On parlait à présent au bout du couloir, et je me rendis compte qu'il était temps de nous lever si nous devions assister à l'arrivée du train en gare de Zassieka, du train qui ramenait au pays, pour qu'il y reposât en paix, le corps de Léon Nikolaïevitch.

« Le voilà ! » cria un moujik.

Le train, avec une heure de retard, entra en gare en soufflant bruyamment. Il faisait un froid vif ce matin-là, et il y avait de la neige gelée dans la cour de la gare ; laiteron et bouillon-blanc – derniers souvenirs de l'été – perçaient la croûte blanche. Par endroits se montrait le sol nu, la terre noire de Russie que j'ai toujours aimée. J'entendis huit heures sonner au clocher de la chapelle.

L'air étincelait, notre haleine formait devant nous un nuage de vapeur blanche. Il y avait des policiers partout. Le tsar, m'avait-on dit, craignait un soulèvement. Partout en Russie, police et milice avaient doublé leurs effectifs, et la censure était à l'œuvre dans tous les journaux.

Mais les sentiments du peuple russe ne pouvaient être réprimés. Dans les rues, on pleurait sans se cacher. Les théâtres de Moscou et de Saint-Pétersbourg faisaient relâche, et les professeurs d'université refusaient de donner leurs cours. Macha et moi nous tenions derrière une délégation d'étudiants de Moscou.

Je savais, intellectuellement, que Léon Tolstoï signifiait beaucoup de chose pour les Russes. Mais, d'une certaine façon, je n'avais pas compris, pas pleinement, le sens de sa vie, de son exemple.

Sophia Andreïevna descendit du train avec calme et dignité. Comme son mari, elle avait vivement désiré en finir. Lorsque les gens la virent, ils entonnèrent « Éternel Souvenir », un vieil hymne dont on savait que Léon Nikolaïevitch l'admirait. La gare entière se joignit à ce chant, même les chefs de train dans leurs wagons.

Le cercueil apparut, enfin. Un cercueil tout simple de pin jaune foncé, long et étroit ; les quatre fils de Léon Nikolaïevitch, des hommes forts, le portèrent sur leurs épaules du wagon à une charrette qui attendait. Des moujiks lançaient des fleurs sur leur passage, chantant à haute voix et pleurant. Un groupe de paysans portait une pancarte où on lisait : « Cher Léon Nikolaïevitch, nous nous rappelons votre bonté. Son souvenir ne mourra jamais. » C'était signé : « Les moujiks orphelins de Iasnaïa Poliana. »

Nous gagnâmes lentement, en procession, le domaine des Tolstoï, les pieds grattant le sol gelé de la route ou traînant dans la neige, un long cortège de deux à trois mille personnes qui s'engagèrent, la tête profondément baissée, entre les deux piliers majestueux de l'entrée de Iasnaïa Poliana. Vers dix heures et demie, le cercueil arrivait à la porte du bureau où Léon Nikolaïevitch écrivit les paroles qui ont enflammé la conscience collective de la race.

Sergueï, qui s'était chargé du déroulement de la journée, ouvrit le cercueil, révélant la dépouille de Léon Tolstoï. Et le long, le triste défilé commença.

Léon Nikolaïevitch ne ressemblait plus à lui-même. Il était effroyablement maigre, le nez bulbeux à l'extrémité mais ratatiné sur les côtés, les joues creuses. Quelqu'un l'avait coiffé dans le mauvais sens, et sa barbe était tout ébouriffée, comme de l'ouate. On lui avait cousu les lèvres pour empêcher sa mâchoire de s'ouvrir. La peau de son visage était craquelée, telle une vieille peinture, en mille et mille fragments qui tenaient ensemble par la force de l'habitude plus que par la matière elle-même.

Quand vint mon tour de prendre place près du cercueil, je touchai ses doigts glacés et priai : « Dieu, accueille ton fils Léon Nikolaïevitch dans Tes bras éternels. » Et, pour la première fois ce jour-là, je pleurai devant tout le monde.

Macha me tenait par la main.

Léon Nikolaïevitch avait demandé à être enterré près du bord d'un ravin, dans le bois de Zassieka. C'était un endroit où son frère Nikolenka avait dit un jour que le secret de l'amour éternel était enfoui, gravé sur un rameau vert. Sacha montra l'endroit exact, où l'enterrement se déroula au milieu de l'après-midi – moment de la journée où Léon Nikolaïevitch avait l'habitude de se promener dans les bois avec Délire. En fait, n'étais-je pas passé tout près de là à cheval, avec lui, il y avait moins d'un mois ? Cela semblait impossible…

On pouvait voir de toutes parts les gens agenouillés ou debout, la tête basse, et chantant « Éternel Souvenir ». L'hymne retentissait entre les troncs massifs, se gonflant telle une grosse vague avant de déferler à travers les bois. Les photographes n'arrêtaient pas de prendre la scène sous tous les angles, et les cinéastes de tourner la manivelle de leurs étranges machines. Un vent coupant poussait les gens les uns contre les autres.

Sophia Andreïevna avait insisté pour qu'il n'y eût pas d'allocution, ni de prêtre pour prononcer les paroles habituelles. Il n'y aurait point de cérémonie. Même dans la mort, Léon Nikolaïevitch indiquait le chemin vers un monde nouveau – un monde sans louange mensongère, sans cérémonie vide, sans déguisement futile. Il n'avait nul besoin de bénédictions officielles.

Cependant, un vieil homme, un moujik, prit sur lui de monter sur une souche et de prononcer un court sermon en l'honneur du « cher homme qui avait changé leur vie ». Tout le monde l'écouta avec un respect mêlé de frayeur. Bien que son discours fût celui d'un homme « sans éducation », il fut simple et éloquent. Qu'un paysan – l'un de ces moujiks russes honorés par Léon Tolstoï dans ses écrits – eût prononcé son oraison funèbre, voilà qui semblait on ne peut plus juste.

À un moment donné, plusieurs membres de la police montée traversèrent la foule sur leurs chevaux noirs. Ce fut une affreuse intrusion, mais ils furent immédiatement encerclés par les moujiks, qui les obligèrent à mettre pied et genou à terre. Ce à quoi ils consentirent, à mon grand soulagement.

Il se mit soudain à neiger. Rien qu'un duvet pour commencer, mais bientôt la neige s'épaissit et les fossoyeurs s'inquiétèrent. Sur un signe de Sergueï, ils commencèrent à verser de la terre sur le cercueil, et la foule à se retirer – chantant plus fort encore « Éternel Souvenir ».

– Je me sens si vide, dis-je à Macha.

Elle passa son bras sous le mien.

– Rentrons, Valia. Il y aura du thé et quelque chose à manger. Je suis *frigorifiée* !

– Je pars avec toi, Macha, dis-je, sans lâcher pied. Tu es d'accord ?

– Où ça ?

– À Pétersbourg.

Elle se tourna vers moi avec une douceur étrange et rayonnante.

– Ça me ferait plaisir, dit-elle. Mais pour l'instant, rentrons.

En retournant à Iasnaïa Poliana, nous marchâmes au milieu des gens sans un mot de plus sur notre destination future, sans dire pourquoi, ni quand ce serait. Nous étions portés, soulevés par ces milliers de voix qui chantaient, ces voix d'hommes et de femmes qui aimaient Tolstoï autant que nous, qui comprenaient comme lui que la mort était simplement l'une des grandes métamorphoses de la vie, et que rien d'autre ne comptait en ce monde que l'amour.

42

J. P.

Élégie

Trèfle, couvre-le bien.
Herbe où siffle le vent,
Couvre-le de tes longs cheveux,
Maintiens-le sous la terre.

Homme elle était, cette poussière
Qui cueille tes racines, qui fait signe
Dans le noir encore et encore.

Il était toi et moi, cet homme,
Mon aimable lecteur.

On dit qu'il était admirable. Pas pire
Que tu n'es quand tu laisses ton lit
Défait et vide.

Pas pire que je ne suis lorsque je mange
Du pain frais tandis que partout ailleurs
Le pain est rassis.

Ni pire, ni meilleur,
Bien qu'il ait tenté de guérir.

Parle, vent de Russie.
Souffle âprement des steppes
Et balaie les décombres.

Fends de grands arbres et que siffle
Le bois dépouillé de ses feuilles.

Le vieux monde est nu en hiver
à l'heure où nous partons.

POSTFACE

Une année dans la vie de Tolstoï est un ouvrage de fiction, bien qu'il affiche certains des signes extérieurs et des affects d'une étude littéraire. Il eut pour point de départ le journal intime tenu par Valentin Boulgakov au cours de sa dernière année passée auprès de Tolstoï, et sur lequel je tombai il y a cinq ans en fouillant dans les rayons d'un bouquiniste de Naples. Je découvris bientôt que des journaux similaires avaient été tenus par de nombreux autres membres du cercle des intimes de Tolstoï, qui s'était considérablement élargi vers 1910. Je lus et relus les mémoires et journaux intimes de Vladimir Tchertkov, Sophia Andreïevna Tolstoï, Ilya et Léon, Sergueï, Tania et Alexandra (Sacha) Tolstoï, Douchane Makovitski, et d'autres. Les lire à la suite, c'était comme regarder une image identique à travers un kaléidoscope. Je fus bien vite épris de ces formes de vie symétriques, constamment changeantes, qui se présentaient à ma vue.

Un roman est un voyage par mer, un départ vers des eaux étrangères, mais je me suis efforcé de naviguer aussi près que possible du littoral des événements réels dont est tissée la dernière année de la vie de Tolstoï. Chaque fois que je fais parler

Tolstoï dans le roman, je cite ses propres paroles ou, moins souvent, crée des dialogues basés sur des conversations rapportées au style indirect. Pour le reste, j'ai imaginé librement ce qui avait peut-être été dit, aurait pu ou aurait dû l'être.

Outre les journaux que j'ai cités, je me suis appuyé, pour ce qui est de la chronologie et des circonstances, sur les biographies bien connues d'Aylmer Maude, Edward A. Steiner, Ernest J. Simmons, Henri Troyat, et A. N. Wilson. M'a également été utile la vie de Sophia Andreïevna Tolstoï par Anne Edwards. Je voudrais signaler au lecteur intéressé l'ouvrage sur lequel je me suis reposé en ce qui concerne les renseignements d'ordre bibliographique: *Leo Tolstoy: An Annotated Bibliography of English-language Sources to 1978*, par David R. Egan et Melinda A. Egan (Metuchen, N.J., et Londres, 1979).

Toutes les citations des écrits de Tolstoï – y compris les extraits de ses lettres et journaux intimes – ont été récrites dans mon anglais sur la base des traductions existantes. J'ai pu ainsi lui donner une voix en rapport – quant à la cadence et au langage – avec le Tolstoï de mon invention[1].

J'ai une dette considérable envers le Professeur R. F. Christian de l'Université de St. Andrews en Écosse. Il est l'un des grands spécialistes de Tolstoï de ce siècle, et a eu la bonté de lire mon roman en manuscrit et de m'apporter des suggestions et des corrections détaillées. Je suis également reconnaissant envers Gore Vidal, qui m'a prodigué ses encouragements, son amitié et ses conseils pratiques tout au long de la composition de ce roman. Comme toujours, mon lecteur le plus attentif aura été Derson Jersild, ma femme.

1. Pour les mêmes raisons, nous avons traduit ces passages à partir de l'anglais de l'auteur au lieu de recourir, comme il est d'usage, à des traductions françaises établies à partir du texte russe original. Comme le dit l'auteur, il s'agit, non d'une étude critique mais d'un roman, dont il convenait de conserver l'unité de ton et de style. (N.d.T.)

Ce livre a été imprimé au Québec en septembre 2008
sur les presses de l'imprimerie Gauvin.

L'intérieur de ce livre est imprimé sur
du papier certifié FSC, 100% recyclé.